"十三五"国家重点图书出版规划项目

浙江文化艺术发展基金资助项目

中国民间文艺思想史论

夜来风雨声
宋代社会民间文艺新面貌

高有鹏　著

宁波出版社
NINGBO PUBLISHING HOUSE

图书在版编目（CIP）数据

夜来风雨声：宋代社会民间文艺新面貌/高有鹏著. -- 宁波：宁波出版社，2023.3
（中国民间文艺思想史论）
ISBN 978-7-5526-4190-5

Ⅰ.①夜… Ⅱ.①高… Ⅲ.①民间文学—文艺思想史—研究—中国—宋代 Ⅳ.① I207.709

中国版本图书馆 CIP 数据核字（2021）第 026076 号

夜来风雨声 YE LAI FENGYUSHENG

宋代社会民间文艺新面貌

高有鹏 著

策　　划	袁志坚　徐　飞
责任编辑	苗梁婕
责任校对	叶呈圆
出版发行	宁波出版社
地址邮编	宁波市甬江大道 1 号宁波书城 8 号楼 6 楼　315040
装帧设计	金字斋
印　　刷	宁波白云印刷有限公司
开　　本	710 毫米 ×1000 毫米　1/16
印　　张	17.25
字　　数	234 千
版　　次	2023 年 3 月第 1 版
印　　次	2023 年 3 月第 1 次印刷
标准书号	ISBN 978-7-5526-4190-5
定　　价	78.00 元

本书若有印装错误，影响阅读，请与出版社联系调换，电话：0574-87248279。
（版权所有　翻印必究）

前　言

清明上河风俗画：宋代民间文艺历史

民间文艺穿越过大唐的风烟，走进宋代历史文化，呈现出一派繁荣。赵宋王朝整理和吸收唐代文化，重视文治[1]，尤其是随着城市经济和城市文化的迅速发展，戏曲艺术异军突起，整个宋代的民间文艺，在艺术形式上几乎具备了所有的类型。宋王朝（包括西夏、辽、金等不同民族政权的历史阶段）民间文艺的发展，犹如一幅《清明上河图》，融会了中华民族在这个特殊时期的各种各样的生活。

与唐代社会不同的是，宋王朝的疆域相对狭小，它失去了大唐帝国那样宽阔的胸襟和视野，在它的周围，西有吐蕃，南有交阯，东有高丽，北方则有其政治和军事上的劲敌西夏王朝和辽王朝，以及后来崛起的金。赵宋王朝的统治者曾统一中原以及南部和北部的割据政权，但扬文抑武的政策，严重限制了它自身的发展，以至于后来出现徽钦二帝被掳，政治和文化重心全面移向东南这样惨痛的局面。尤其是理学的崛起，在对民族思想文化进行规范的同时，也严重限制了民族的创造力。这种种现象的出现，具体影响到宋代民间文艺的文化风度。宋王朝曾有过熙宁年间的改革，出现了像王

---

[1]《宋史·文苑传》中有"艺祖革命，首用文臣，而夺武臣之权。宋之尚文，端本乎此"等内容的记述，《宋稗类钞》卷一称，宋太祖曾立戒碑，盲"不得杀士大夫及上书言事人"，"子孙有渝此誓者，天必殛之"。

安石那样伟大的改革家,甚至在偏居东南时还一度中兴,但它到底还是灭亡了。它的灭亡是否是我国传统文化的悲哀呢?特别是它对腐败的治理全面无效,个中原因应该引起我们深思。宋代的法制和吏选制度是相当完备的。在科学技术和文化建设上,也取得了令世界瞩目的成就。印刷术的发达,民间书院的繁盛,都促进了科学文化的发展。如沈括的《梦溪笔谈》、秦九韶的《数书九章》、李诫的《营造法式》、苏颂的《新仪象法要》、宋慈的《洗冤录》,以及傅肱的《蟹谱》、韩彦直的《橘录》、吕大临的《考古图》等,都代表着当时世界科学技术的最高成就;更不用说《文苑英华》《太平御览》《太平广记》《册府元龟》《太平寰宇记》《乐府诗集》《夷坚志》《资治通鉴》《通志》等文史典册,洋洋数万卷,举世无双;宋代文学大家辈出,如群星闪烁。但是,制度也好,文化也好,都挡不住金兵的铁蹄。作为中国古典文化集大成时代的宋王朝,其灭亡是必然的——使其灭亡的正是宋王朝自身,是其自身思想、文化和体制上的严重缺陷。单纯地发展文化,企图以文化治国、强国,犹如在沙滩上建造大厦,其薄弱的根基无论如何是经不起八方会聚的狂飙的。历史不容许假设,宋代民间文艺用最真实而形象的话语,向我们讲述着这个充满耻辱的年代。这个时代的长卷,在审美表现上有着数不清的巧夺天工之举,徽宗等人喜的是天上人间的《大晟乐》,爱的是缘自笔端的花鸟,心里唯独没有千百万劳苦大众。与大唐帝国的豪迈恢宏气象相比,我们深深地感到怆然。应该说,大宋王朝的统治者们错过了让中华民族最早步入现代化的大好时机,令我们惋惜不已。从这种意义上讲,民间文艺是这个时代最忠实的记录,一面是风花雪月,一面是"啼天哭地"。

宋代民间文艺有着自己的时代特色。赵宋王朝统一中国,对民族文化的发展做出了卓越贡献,他们进一步加强中央集权,中国封建专制文化于此时已经走过了最辉煌的历程,渐渐出现了衰败。这是宋王朝的统治者无力回天的大趋势,他们对历史采取了错误态度,其责任是无可推脱的。他们面对的现实是内忧外患,外患在于北方少数民族屡次骚扰入侵,内忧在于不断发生农民起义，尤其是封建文化自身出现了许多矛盾。世间常说仁者寿，我详细读过《宋史》《续资治通鉴长编》等史籍，看到一个尤为突出的生命现象，那就是宋代皇帝命运大多不佳，或者无子，或者短寿，几乎没有一个是寿终正寝者。这究竟是什么原因呢？像宋神宗，可谓历史上难得的一位颇有作为的政治家，他曾经坚定不移地支持王安石的改革事业，元丰年间积累的财帛至徽宗初年还没用完，但他年仅三十八岁便撒手而去；宋哲宗继承了他的皇位，结果是高太后垂帘听政，司马光等守旧势力卷土重来，尽废新法，使改革的成果损失殆尽；正当高太后死去，宋哲宗欲大展宏图时，这位少年天子也是精疲力尽，二十多岁就早早地离开了人间。整个宋王朝的历史，总是不能令人扬眉吐气，尽管这个时代的文化成就远远超过了唐代。宋王朝的统治者们太重视文化的发展和控制，过于讲究纯正的文化。他们一次次拒绝少数民族王朝的求亲，失去了联结姻亲使天下安定的重要机会。他们吸取唐代节度使割据称雄的教训，一次次让那些无德无才的宦官充当战争的决策者，使渴望报国的将领们束手无策。在文化建设上，经学笺注趋于没落，佛与道竞相崛起，宋王朝的统治者极力倡导"理"，希望诸种民间文艺和宗教信仰能够兼收并蓄，营造出一个以儒学的"三纲五常"理论为核心的精神体系，并到处封神，甚至出现宋徽宗自称道君的荒唐局面。尽管理学的完善是在宋末才出现的，但弥漫在宋王朝精神世界的就是这种儒学、神学相统一的腐朽没落的文化，靠这种装神弄鬼、自欺欺人的伎俩，怎能实现中华民族文化的真正复兴！

与此相异的是金的崛起，让我们看到年轻的政治力量的盎然生机。撇开中原王朝唯一合法性社会政治理念，宋、夏、辽（契丹）和金等历史地理版图，都是中华民族不可分割的疆域。政治斗争中的此消彼长，都是竞争，而宋王朝在竞争中之所以被动，其实还是文化思想的重要缺失。在我看来，宋王朝的悲剧关键在于这个王朝集体表现出的心胸狭隘，过于急功近利，所以导致它的改革不彻底、不全面。范仲淹、王安石等政治家都倡导改革，但每一次改革都触动了强大的守旧势力的利益,阻力重重,只取得了政治改革和经济改革的短暂胜利,文化和思想的改革几乎谈不上有什么进展。中国传统的专制文化极度成熟的同时,也标志着它走到了末路,它对范仲淹他们多次呼喊的"穷则变,变则通,通则久也"的古训常常充耳不闻,所以这个王朝在异族入侵面前就显得格外脆弱。在宋代民间歌谣中,广大百姓对腐败、黑暗的社会现实的批判,成为一个重要主题,这说明主流文化再也不能承担起复兴中华民族的历史重任了。当然,有一些歌谣存在着误识,表现了社会文化氛围中所充斥的愚昧、短视等现象。改革的彻底性、全面性、长久性关乎国家和民族的命运,这种道理在宋代民间文艺中反复咏唱,我们应给予它应有的重视和思索。民间文艺是特定历史阶段的某种文化生活的集中反映,宋代民间文艺中对改革的迫切呼唤告诉我们,只有改革,才有出路。宋王朝的统治者们更多的是不敢正视现实,他们回避矛盾,甚至沉溺于声色犬马,其命运也就可想而知了。

民间文艺在历史文化的长河中前浪连着后浪;一切都不会风平浪静,都不会无动于衷。

宋代民间文艺对唐代有许多继承和发展,而且这种继承不局限于唐代,对唐之前的时代,宋代民间文艺也有所继承。如宋人较早提出了"笔记"这一概念(宋祁《笔记》),在《四库全书总目》中,收宋人笔记113种,其中子部小说家类43种,子部杂家类56种,史部类14种。在所谓"杂家"笔记中包含着一些唐及魏晋时代的传说,"史部"笔记中包含得更多。在《太平广记》中这种现象更加明显,几乎保存了唐及唐之前重要民间故事的所有内容。这固然与宋皇室编修《太平广记》的目的有关,而更重要的是宋代的文化风尚形成了这种保存状况。宋代的民间传说和民间故事,其原型、母题有许多都能在唐代之前的民间文艺中找到。最为典型的是民间歌谣和变文,诸如竹枝词在宋代继续存在,并成为文学创作中常见的形式,许多民间词曲在宋代进一步完善,出现了宋词的繁荣;变文在宋代初叶真宗时期被禁止,但它转变成其他形式,弥漫在其他民间文艺之中。诚如郑振铎所说:"变文的名称虽不存,她的躯壳虽已死去,她虽不能再在寺院里被讲唱,但她却幻身为宝卷,为诸宫调,为鼓词,为弹词,为说经,为说参请,为讲史,为小说,在瓦子里讲唱着,在后来通俗文学的发展上遗留下最重要的痕迹。"[1] 宋代的民间戏曲更离不开对唐代民间戏曲的继承。如《宋史·乐志》所载:"凡祭祀、大朝会,则用太常雅乐,岁时宴享,则用教坊诸部乐。前代有宴乐、清乐、散乐,本隶太常,后稍归教坊,有立、坐二部。宋初循旧制,置教坊,凡四部。其后平荆南,得乐工三十二人;平西川,得一百三十九人;平江南,得十六人;平太原,得十九人;余藩臣所贡者八十三人;又太宗藩邸有七十一人。由是,四方执艺之精者皆在籍中。"在太平兴国三年,"诏籍军中之善乐者,命曰引龙直",至淳化四年又改名为"钧容直",大中祥符五年,"增龟兹部,如教坊"。由此可见,宋代宫廷和军队中的音乐机构,对唐代教坊有直接继承,那么民间文艺也应当如此。教坊是唐代音乐艺术的重要教育和演出场所,崔令钦在《教坊记》中曾记述"阿叔子""谈容娘"等女优、调弄之类的内容;南宋绍兴三十一年教坊被遣散罢去,宴享中的演唱由勾栏乐工、百戏杂剧艺人来充当,教坊始让位于新兴的民间文艺。教坊演出对宋代杂剧的形成和发展有着十分重要的意义;同时我们也可以看到,宋代民间文艺,尤其是戏曲艺术,存在着官民共享的现象。据《东京梦华录》记载,许多民间歌舞杂技的演出活动,都是由皇家与民间百姓共同观看的。当然,宋代民间文艺的时代特色也是非常明显的,诸如说唱、诸宫调、杂剧、大曲、歌舞等民间艺术,尤其是"或云宣和间已滥觞,其盛行则自南渡"的"永嘉杂剧"(徐渭《南词叙录》),即南戏,都有鲜明的个性。同时代的少数民族文学,诸如维吾尔族的《突厥语大词典》和《福乐智慧》,其中保存着丰富的民间文艺作品;《蒙古秘史》记述了大量蒙古族历史传说,书末记有"大聚会,鼠儿年七月,写毕

---

[1] 郑振铎:《中国俗文学史》上册,作家出版社1954年版,第269页。

于客鲁涟河的阔迭额阿敕勒地面的朵罗安孛勒答合和失勒斤扯克之间的行宫"[1]，由此可知，虽然这部巨著的汉文音译本在明代才出现，但其成书于1240年间，相当于南宋第一部法医著作《洗冤录》问世前后，在《数书九章》问世之前。民间文艺作为社会风俗生活的重要形式，在科技发展、文化繁荣的风浪中前行，常常汹涌澎湃。

更重要的是，继汉代之后，宋朝，尤其是北宋时期，形成民间文艺思想理论的又一次高峰。诸如范仲淹、欧阳修、王安石、苏轼和司马光他们，表现出对民间文艺为核心内容的社会风俗生活的热忱，形成他们独具特色的民间文艺思想体系。这是中国民间文艺史上非常重要的思想文化内容。

宋代民间文艺是我国民间文艺史上具有重要意义的一页，它记录了宋王朝319年间的风风雨雨及其所形成的繁荣景象。

---

[1] 谢再善译本《蒙古秘史》，中华书局1956年版。

目 录

第一章　宋代民间歌谣和谚语	001
第二章　《突厥语大词典》与《福乐智慧》	013
第三章　笔记小说与民间传说故事	022
第四章　宋代的"说话"与民间文艺	043
第五章　宋代民间戏曲	058
第六章　《路史》的民间文艺价值	070
第七章　宋代故事传说与社会风俗生活	106
第八章　传说地图：《太平寰宇记》的民间文艺史价值	175
第九章　历史记忆：《宋史》中的宋代传说故事	218

第一章
宋代民间歌谣和谚语

宋代民间歌谣主要保存在《宋史》《宋季三朝政要》《宣和遗事》《宋名臣言行录》《东都史略》等史籍和一些笔记之中，其中时政歌谣占据了相当大的比重。

时政歌谣最鲜明的主题集中在两个方面，一是对丑恶现象的辛辣讽刺与深刻批判，一是对正义力量的维护和赞颂。

对邪恶现象的指斥表现出民间百姓清醒的认识，包含着他们对黑暗势力的憎恨、轻蔑。如《宋史·李稷传》中记李稷"擢盐铁判官……遂为陕西转运使，制置解盐。秦民作舍道傍者，创使纳侵街钱，一路扰怨。与李察皆以苛暴著称，时人语曰：宁逢黑杀，莫逢稷察"。《宋史·崔鹂传》中载："徽宗初立，以日食求言，鹂上书曰：今宰相章惇狡诈凶险，天下士大夫呼曰惇贼。贵极宰相，人所具瞻，以名呼之，又指为贼，岂非以其孤负主恩，玩窃国柄，忠臣痛愤，义士不服，故贼而名之，指其实而号之以贼邪！京师语曰：'大惇，小惇，殃及子孙'，谓惇与御史中丞安惇也。"（《东都事略·崔鹂传》亦载此）《宋史·苏绅传》载："绅与梁适同在两禁，人以为险诐。故语曰：草头木脚，陷人倒卓。"《宋史·秦桧传》记述秦桧阴险残忍，报复忠正之臣，贬至"地恶瘴深"的安远县，谚语称"龙南安远，一去不转"，言被贬者必死。《宋季三朝政要》卷一载："理宗绍定三年，上饮宴过度，史弥远卧病中，时人讥之曰：阴阳眠燮理，天地醉经纶。"《舆地纪胜》卷三十二"江南西路"载，

"宣和末,金敌入寇",赣州李大有"守虔州",他进行"召募,不旬日得五千人,鼓行而前",于是"淮甸歌云":"天下奸臣皆守室,虔州太守独勤王。"卖官鬻爵,横征暴敛,是社会黑暗的集中表现。《曲洧旧闻》卷十载:"王将明当国时,公然受贿赂,卖官鬻爵,至有定价。故当时为之语曰:三千索,直秘阁;五百贯,擢通判。"陆游《老学庵笔记》卷一载:"方腊破钱唐时,朔日,太守客次有服金带者数十人,皆朱勔家奴也。"朱勔是著名奸臣,败坏朝政。所以"时谚"曰:"金腰带,银腰带,赵家世界朱家坏。"《老学庵笔记》卷二载:"崇宁间,初兴学校,州郡建学,聚学粮,日不暇给。士人入辟雍皆给券,一日不可缓,缓则谓之害学政,议罚不少贷。已而置居养院、安济坊、漏泽园,所费尤大,朝廷课以为殿最,往往竭州郡之力,仅能枝梧。谚曰:不养健儿,却养乞儿;不管活人,只管死尸。"《老学庵笔记》卷六载:"及大驾幸临安,丧乱之后,士大夫亡失告身批书者多。又军赏百倍平时,贿赂公行,冒滥相乘,饷军日滋,赋敛愈繁,而刑狱亦众,故吏、户、刑三曹吏胥,人人富饶,他曹寂寞弥甚,吏辈为之语曰:吏勋封考,三婆两嫂;户度金仓,细酒肥羊;礼祠主膳,淡吃齑面;兵职驾库,咬姜呷醋;刑都比门,人肉馄饨;工屯虞水,生身饿鬼。"《鸡肋编》中"建炎后俚语,有见当时之事者"载有"仕途捷径无过贼,上将奇谋只是招""欲得官,杀人放火受招安;欲得富,赶著行在发酒醋"(《张氏可书》卷一载:绍兴间,盗贼充斥,凡招致必以厚爵;又,行朝士子多鬻酒醋为生)等歌谣。社会黑暗腐朽之至,宋代出现的这种状况,在历史上是不多见的,故《四朝闻见录》"戊集"所载歌谣大声疾呼:"满潮(朝)都是贼!"

的确,有的人死了,他还活着,因为他为了他人更好地活着;有的人活着,却被人诅咒,诅咒他不如死了,因为他活着,别人就不能好过! 历史上被人诅咒的坏东西,常常是有权有势的家伙,其肆无忌惮、为所欲为,下场一般都没有好的。在民间传说故事中,这些坏东西被神仙所报应;在现实生活中,其无一例外受到人民唾弃。这是历史的必然规律,世世代代如此。宋代的民间歌谣批判现实,代表着时代的良心,是历史的又一次重复证明。或者说,如果这些历史的垃圾、民族的罪人、社会的败类没有被鞭挞,民间文艺就已经不存在!

民间文艺是历史的良心。

民间时政歌谣对社会黑暗力量的仇恨,常常集中在对一些祸国殃民的奸佞的诅咒上,以此表达人民胸中的愤懑。如《独醒杂志》卷九载:

何执中居相位时,京师童谣曰:

杀了穜(童)蒿割了菜(蔡),

吃了羔(高)儿荷(何)叶在。

说者谓指童贯、蔡京、高俅三人及执中也。

《清波别志》卷上载有同样内容:"蔡京、童贯,朋奸误国,时有谣语:打破筒,泼了菜,便是人间好世界。"《续通鉴纲目》卷十三中记述了"大蔡、小蔡,破坏天下;大惇、小惇,殃及子孙"(《夷坚志》《宋史》亦载此歌谣),对蔡京、蔡卞、章惇、安惇等"误国欺君"之流进行了无情鞭挞。

《宣和遗事》记述的歌谣中对这些奸臣的诅咒更加严厉:

徽宗建中靖国元年……用丞相章惇言,举蔡京为翰林学士。满朝上下皆喜谀佞,阿附权势,无人敢言其非。……

殿中侍御史龚夬亦上表奏言:"臣伏闻蔡卞落职,太平州居住,天下之士,共仰圣断。然臣窃见卞、京表里相济,天下知其恶,民谣有云:二蔡一惇,必定沙门,藉没家财,禁锢子孙。又童谣云:大惇、小惇,入地无门。大蔡、小蔡,还他命债。百姓受苦,出这般怨言,但朝廷不知之耳。蔡京、蔡卞为人反复变诈,欺陷忠良,皆由京、卞二人簸弄。"

是时,章惇罢相……贬雷州居住。

蔡京成为宋代民间文艺中狡诈、阴险、残忍、狠毒的一个典型，一切罪恶都集中在他的身上。民间文艺正是通过这个典型来概括全社会的黑暗。姑且不论历史上真正的蔡京是一个什么样的人物，从这里我们可以看到全社会复杂的矛盾交织在蔡京身上，汇聚着数不尽的仇恨。不独这些史籍，在其他一些笔记诸如《太清楼侍宴记》《避戎夜话》中，也记述了"蔡京居中人不羡，万乘官家渠底串""不管肃王，却管舒王。不管燕山，却管聂山。不管山东，却管陈东。不管东京，却管蔡京。不管河北界，却管秀才解"等歌谣。在这里，我们没有必要为蔡京辩护，证明他在历史上其实是一个很有学识、很有能力的干臣，证明他曾经蒙冤，是民间歌谣如何对他不公平；我们可以理解的是，民间百姓恨透了黑暗，而蔡京、童贯、朱勔、高俅、何执中、章惇之流，在历史上确曾制造了数不胜数的黑暗，他们是一层遮天蔽日的乌云，所以他们成为民间文艺诅咒的对象是理所当然的。这里面固然有毛泽东批评的"只反贪官，不反皇帝"的倾向，然而更重要的是民间文艺表达了人民的情感，我们在理解它的真实时不必拘泥于历史，更何况历史在文献中有许多内容并不真实。

《宋诗纪事》中记述了一些无能将帅的丑态，如其卷九六中的《嘲张师雄》：

> 昨夜阴山贼吼风，
> 帐中惊起蜜翁翁。
> 平明不待全师生，
> 连著皮袭入土空。

其卷一百《行在军中谣》载：

> 张家寨里没来由，

使它花腿抬石头。

二圣犹自救不得，

行在盖起太平楼。

前一首讲述的是张师雄"好以甘言悦人"，"洛中人目为蜜翁翁"，其"会官于塞外，一夕，传胡骑犯边，师雄仓惶震恐，衣皮裘两重，伏于土穴中"（《宋诗纪事》引《隐居诗话》）。后一首讲述的是"车驾渡江，韩、刘诸军皆征戍在外，独张俊一军常从行在，择卒少壮长大者，自臂而下，文刺至足，号花腿，军人皆怨之"，"加之营第宅房廊，作酒肆，名太平楼；搬运花石，皆役军兵"（《宋诗纪事》引《鸡肋编》），所以兵卒们唱此歌谣讽刺之。由此可见宋王朝军事腐败的普遍性。

《京本通俗小说·冯玉梅团圆》中记述了"风高放火，月黑杀人；无粮同饿，得肉均分"的歌谣，还有《宣和遗事》中记述的"来时三十六，去后十八双。若还少一个，定是不还乡"，则反映了著名的水浒英雄与朝廷官军的殊死斗争，歌颂了人民对黑暗势力的反抗。

民间歌谣对寇准、包拯、范仲淹、岳飞等历史上的英雄，给予了深情的讴歌与赞颂，包含着的是民间百姓的向往和呼唤，是他们渴望光明、期待社会安定和国家富强的心声。这些英雄身上，会聚着民族的爱戴和希望，他们的无私、刚正、为人民谋福利等光辉品格被尽情地宣扬，在民间文艺中被塑造成济世救人、光明磊落的典型。如《宋史·岳飞传》中所记，岳飞"师每休舍，课将士注坡跳壕，皆重铠习之。……善以少击众，欲有所举，尽召诸统制与谋，谋定而后战，故有胜无败，猝遇敌不动。故敌为之语曰：撼山易，撼岳家军难"。范仲淹，字希文，是一位先天下之忧而忧的志士，"明敏通照，决事如神"，《东都事略·范仲淹传》中记述"京师谣"："朝廷无忧有范君，京师无事有希文。"其知延州时，"训练齐整"，"与韩琦俱有威名"，《东都事略·范仲淹传》载军中歌谣："军中有一韩，西贼闻之心骨寒。军中有一范，西贼闻之惊破胆。"寇准是一位受人尊重的宰相,丁谓曾陷害他,《东都事略·寇准传》中载民间歌谣:"欲得天下宁,当拔眼中钉;欲得天下好,莫如召寇老。"《宋名臣言行录》中称他"性忠朴,喜直言,无顾避",载有"寇准上殿,百僚股栗"的歌谣。包拯是民间百姓崇敬的"清官",《宋史·包拯传》载,他"立朝刚毅,贵戚宦官为之敛手,闻者皆惮之。人以包拯笑比黄河清,童稚妇女亦知其名,呼曰包待制","旧制,凡讼诉不得径造庭下。拯开正门,使得至前陈曲直,吏不敢欺",所以,歌谣中称赞他的威严:"关节不到,有阎罗老包。"其他还有《舆地纪胜》卷九八所载的"君不见恩平陈守贤,优游治郡如烹鲜",这是对"守南恩州"的陈丰"田野无秋毫之扰"的赞颂;其卷一八七所载"日出而耕,日入而归。吏不到门,夜不掩扉。有孩有童,愿以名垂。何以字之?薛孙薛儿",是对巴州刺史薛逢的赞颂;其卷一八八中载"我有父母,前吕后王。抚爱我民,千里安康"的歌谣,是对蓬州官吏吕锡山、王大辩"相继为守"政绩的赞颂。《过庭录》中记述范纯仁"门下多食客",他"以己俸作布衾数十幅待寒士",民间歌谣称"孟尝有三千珠履客,范公有三千布被客"。这虽然有讥讽之意,但我们也可以从另一方面看到范纯仁之"仁"。这些歌谣表明,正是因为范仲淹、包拯、寇准、岳飞等贤臣名将的尽职尽责,才缓和了社会矛盾,他们才是真正的国家栋梁,体现出民族的浩然正气。正因为如此,宋王朝才持续了三百多年而没有很快灭亡。

但是,民间文艺有时也会出现为传统的主流话语所支配的现象,宋代时政歌谣中对于王安石变法的态度,就表现出宋代民间文艺的严重缺憾。王安石变法是宋代社会发展中具有重要意义的大事。王安石是一位伟大的改革家,他有着远大的政治抱负,希望以改革实现富国强兵的宏伟理想;但是,他面对的不仅是诸如富弼、司马光、文彦博这些德高望重的老一代具有保守意识的政治家,而且是千百年来积累而成的传统的腐朽力量,同时还有吕惠卿之流的险恶之徒;特别是他触动了皇室曹太后、高太后等人和为富不仁的巨商大贾这些传统政治中的既得利益者,所以面临着儿子王雱的早逝、吕惠卿的背叛,他势单力薄,终于失败了。王安石无私无畏地推行变法,他应该被视作中华民族历史上的英雄,却没有得到应有的尊重。北宋末年的邵伯温之流,用无耻谰言攻击、中伤王安石,这与宋代民间文艺中王安石形象被扭曲有着直接联系。元代学者就有人想把他归入奸臣之列,但是找不出他利己的一丝蛛迹,连他的敌人也不得不承认他的无私。他没有家产,没有墓碑,只有一腔热血;而至今还有一些心胸狭隘的学者对他不理解,甚至无视其贡献,横加非议。在宋代历史文献中,就有不少人把社会的混乱、丑恶,归于他的改革。如《老学庵笔记》卷六中称"自元丰官制,尚书省复二十四曹,繁简绝异",记述京师歌谣道:"吏勋封考,笔头不倒;户度金仓,日夜穷忙;礼祠主膳,不识判砚;兵职驾库,典了袯袴;刑都比门,总是冤魂;工屯虞水,白日见鬼。"这语言不是民间社会的语言,而是谰言,是谣言;因为它没有民间文艺的清新。

更为无理的是《续通鉴纲目》卷十三所载:

> 宋高宗绍兴六年七月,以陈公辅为左司谏。分注云:公辅还为吏部员外郎,言今日之祸岂非王安石学术坏之耶!广义云:王安石万世之罪人也,自其作俑于神宗之朝,故后来凡有怀奸挟诈,误国欺君者,莫不悉蹈其辙,其在徽宗时特甚焉耳。故时人语曰:大蔡、小蔡,破坏天下;大惇、小惇,殃及子孙。是知汴宋之亡,亡于王安石也。

这是极为不公正的;这同样不是民间文艺语言。王安石生前即遭陷害,身后亦被泼污水,这只能说明小农生产方式下中国文化心理的狭隘、愚昧、保守。《枫窗小牍》中记有人举"宣和中有反语",即"寇莱公之知人则哲,王子明之将顺其美,包孝肃之饮人以和,王介甫之不言所利",称"此皆贤者之过,人皆得而见之者也"。又如《孔氏谈苑》卷一载:"王雱,丞相舒公之子。不慧,有妻未尝接,其舅姑怜而嫁之,雱自若也。侯叔献再娶而悍,一旦叔献卒,朝廷虑其虐前妇之子,有旨出之,不得为侯氏妻。时京城有语云:王太祝生前嫁妇,侯兵部死后休妻。"《东轩笔录》中说:"王雱为太常寺太祝,素有心疾,娶同郡庞氏女为妻。逾年,生一子,雱以貌不类己,百计欲杀之,竟以悸死。又与其妻日相斗哄,荆公念其妇无罪,遂与择婿而嫁之。是时有工部员外郎侯叔献者,荆公之门人也,娶魏氏女为妻,少悍,叔献死而帏薄不肃。荆公奏逐魏氏归本家。"考诸史实,王雱何曾"不慧"!又何曾以其子"貌不类己"而"百计欲杀之"!腐朽文人仇恨改革,鼠目寸光,治世济世无术,唯以造谣诬蔑为能事。与之相对照者,可见《闻见后录》卷二中对"起司马光为宰相,天下归心焉"的"宣仁皇后"则谬赞为"复见女中尧舜"。一个毫无建树的高太后,一个垂帘听政,败坏改革成果,使国家迅速衰退的顽固、保守的代表者,竟有"耆老盛德之士,田野至愚之人,皆有复见女中尧舜"之语,可见史册文献的骗人实质。腐朽文人嫉恨社会变革,诬蔑王安石,连其儿子也不放过。应该说,这不是真正的民间百姓的心声。在民间歌谣中,真正如此诅咒改革者的内容,是很少见甚至几乎是见不到的。把祸国殃民的罪名轻易地扣在王安石的头上,是不折不扣的谰言。民间文艺的爱和恨都是鲜明的,有人民利益的体现,并作为思想文化立场在民间歌唱中表达,这与无耻文人利用所谓民间文艺的口头形式进行招摇撞骗、混淆视听,完全是两回事。

谚语是歌谣的姊妹,都有诗一般的语言;谚语更为精粹,述说的道理也更为精辟。

宋代的民间谚语大多保存在笔记中,诸如《农书》《孔氏谈苑》《后山谈丛》《鸡肋编》《老学庵笔记》《鹤林玉露》等都有记载。如陈旉《农书》所记"凡从事于务者,皆当量力而为之,不可苟且贪多务得,以致终无成遂也",引谚语"少则得,多则惑""多虚不如少实,广种不如狭收";在论及"耕耨之先后迟速,各有宜"时,引谚语"春浊不如冬清";在论及"民居去田近,则色色利便,易以集事"时,引谚语"近家无瘦地,遥田不富人"等。孔平仲的《孔氏谈苑》中详细论述了南方农谚,如"正旦晴,万物皆不成",作者还以"元丰四年正旦,九江郡天无片云,风日明快,是年果旱"来验证。其他还有"芒种雨,百姓苦""一日雨,百泉枯。二日雨,傍山居。三日雨,骑木驴。四日雨,余有余""春雨甲子,赤地千里""夏雨甲子,乘船入市""云向南,雨罩罩;云向北,老鹳寻河哭;云向西,雨没犁;云向东,尘埃没老翁""上元一夕晴,麻小熟;两夕晴,麻中熟;三夕晴,麻大熟""朝霞不出门,暮霞行千里""月如悬弓,少雨多风;月如仰瓦,不求自下"等。陈师道的《后山谈丛》中,记述了浙西谚语"夏旱修仓,秋旱离乡"和颍谚"黄鹤口噪,荞麦斗金",以及"杏熟当年麦,枣熟当年禾""行得春风有夏雨""田怕秋旱,人怕老贫"等。陆游在《老学庵笔记》中记述了"淮南谚"即"鸡寒上树,鸭寒下水"和"鸡寒上距,鸭寒下嘴",还记述了"《文选》烂,秀才半"和"苏文熟,吃羊肉;苏文生,吃菜羹"等文坛谚语。"苏文"指苏氏(轼)文章,"吃羊肉"即步入上流社会,"吃菜羹"即仍处于社会下层。"《文选》烂",是指"国初尚《文选》,当时文人专意此书"。庄绰即庄季裕的《鸡肋编》中,记述了"苏杭两浙,春寒秋热""地无三尺土,人无十分思""麦过人,不入口""甘刀刃之蜜,忘截舌之患""病从口入,祸从口出""巧媳妇做不得无面馎饦""远水不救近渴""瓦罐终须井上破""人作千年调,鬼见拍手笑""将勤补拙"等谚语。罗大经的《鹤林玉露》中,记述了"吃拳何似打拳时""但存方寸地,留与子孙耕""成人不自在,自在不成人"等生活谚语。

记述这个时代民间歌谣、谚语的典籍,还有陈元靓的《岁时广记》、高承的《事物纪原》、无名氏的《分门古今类事》[1]、周密的《乾淳岁时记》和《武林旧事》、吴自牧的《梦粱录》、孟元老的《东京梦华录》、耐得翁的《都城纪胜》、

---

[1] 此书20卷,《四库全书总目》中提到其"大旨在征引故事,以明事有定数,无容妄觊","盖亦《前定录》《乐善录》之类","且其书成于南渡之初,中间所引如《成都广记》《该闻录》《广德神异录》《唐宋遗史》《宾仙传》《蜀异记》《晋绅脞说》《灵验记》《灵应集》诸书,皆后世所不传,亦可以资博识之助也"。

西湖老人的《繁胜录》、范成大的《桂海虞衡志》、朱辅的《蛮溪丛笑》等。在元代陶宗仪的《说郛》中，存有叶隆礼撰写的《辽志》、宇文懋撰写的《金国志》等，记述了辽和金的民俗生活与民间作品，诸如歌谣、谚语等。更值得一提的是郭茂倩的《乐府诗集》，这部典籍在某种程度上可以看作是宋人所编的歌谣集成；特别是其分类方法，应看作最早的歌谣分类法。郭茂倩呕心沥血，采录唐代及唐代之前各个时期的民间歌谣，为我们研究民间歌谣的发展提供了大量珍贵的资料。尤其应该提到的是范成大所撰的《桂海虞衡志》和朱辅所撰的《蛮溪丛笑》，这是两部少数民族风俗志。《桂海虞衡志》记述了瑶族和黎族等民族的民俗文化生活，《蛮溪丛笑》记述了瑶族和仡佬族等民族的民俗文化生活，二者都保存了宋代少数民族中的民间歌谣。

今天看来，宋朝文化繁荣，并不是中国历史文化的时代内容的全部；体现中国思想与中国文化的民间文艺，还应该包括宋王朝政治疆域以外的中国土地上那些绚丽多彩的口头创作。

在我国南方，大理国的存在时代与宋王朝相当。《续资治通鉴长编》中引有杨佐《云南买马记》，记述宋曾封大理首领为"云南八国都王"。大理国时代上承南诏时代，产生了许多本主故事和相关的民间歌谣，白族与汉族之间的文化交流频繁，"像《孟姜女哭夫》《姜太公钓鱼》《诸葛亮》《梁山伯与祝英台》等古老的汉族民间传说故事，就不可能不传入白族人民聚居的地区。这些作品一经传入，白族人民就欣赏它，接受了它，并在口头流传的过程中，根据自己的生活理想，不断地加工和丰富，并把它们创作成诗（歌谣），使它们具有独特的民族风格及浓厚的地方色彩，使它们成为白族文学的一个组成部分"[1]。立于宋代的碑《兴宝寺德化铭》《嵇肃灵峰明帝记》和《渊公塔之碑铭》等，可作此佐证。宋代少数民族民间文艺异常繁荣，如这一时期

---

[1] 张文勋主编：《白族文学史》（修订版），云南人民出版社1983年版，第151页。著名的民歌如《读书歌》等，显然都是白族情调。

所流传的彝族仪式歌谣《指路经》《送魂曲》《六祖分支》等毕摩经典,以及纳西族《东巴经》(以《创世纪》《黑白战争》《鲁搬鲁饶》为典型)等,如串串珍珠,闪烁着异彩。

在《辽史》和《金史》中,保存了与宋王朝同时代的一些民间歌谣和谚语,反映出辽和金的社会发展变化,这也是我们应该重视的。如《辽史·杨佶传》中记述"重熙十五年,(杨佶)出为武定军节度使。境内亢旱,苗稼将槁。视事之夕,雨泽沾足",百姓用歌谣为之唱道:

何以苏我?
上天降雨。
谁其抚我?
杨公为主。

《辽史·皇子表》中记述"太祖淳钦皇后生三子","倍第一,太宗第二,李胡第三"。李胡立为皇太弟,兼天下兵马大元帅;世宗"即位于镇阳",太后怒,"遣李胡将兵往击",引起朝中争议;太后在论述"我与太祖爱汝(指李胡)异于诸子"的道理时,引用谚语"偏怜之子不保业,难得之妇不主家"。《辽史·萧岩寿传》引用谚语"以狼牧羊,何能久长",来说明"岩寿虽窜逐,恒以社稷为忧"的道理。在《金史·五行志》中集中引用了"易水流,汴水流,百年易过又休休。两家都好住,前后总成留""团圞冬,劈半年。寒食节,没人烟""青山转,转山青。耽误尽,少年人"等"童谣",以此作为时谶。《金史》诸"传"中也引用了许多歌谣和谚语,借以表现人物性格。如《杨伯雄传》记述"先是张浩治平阳,有惠政,及伯雄为尹",受到百姓称赞,所以有歌谣"前有张,后有杨"作为赞语。在《赵秉文传》中,记述"有司论秉文上书狂妄,法当追解,上不欲以言罪人,遂特免焉",当时歌谣中描述道:"古有朱云,今有秉文;朱云攀槛,秉文攀人。"因此,"士大夫莫不耻之"。在《撒合辇传》中,引谚语"水深见长人";在《王竞传》中,引谚语"西山至河岸,县官两人半";在《佞幸·胥持国传》中,引谚语"经童作相,监婢为妃"等。这些谚语从不同方面表现出金代社会的各种历史状况。有一些歌谣的流传,还伴随着一定的传说,如《辽史·太祖淳钦皇后述律氏传》中,称皇后"简重果断,有雄略",以童谣"青牛妪,曾避路",来作为"有女子乘青牛车,仓猝避路,忽不见"所显示的立皇后的谶言。这种现象在历史文献中是相当普遍的。

第二章
《突厥语大词典》与《福乐智慧》

公元 11 世纪，在维吾尔族中出现了两部巨著，一部是马赫穆德·喀什噶里的《突厥语大词典》，一部是玉素甫·哈斯·哈吉甫的《福乐智慧》。这两部巨著都保存了丰富的民间文艺。因为这两部巨著完成的时间相当于宋代的北宋年间（960—1127 年），在此，我们也把它列入宋代民间文艺史。维吾尔族人民对于中国民间文艺的发展和繁荣，同样做出了贡献。《突厥语大词典》和《福乐智慧》，就是这种贡献的典型体现，我们从中可以看到维吾尔族民间文艺的特色。

《突厥语大词典》是一部用阿拉伯语诠释突厥语词的词书，完成于 1072 年至 1074 年间。它最早以手抄的形式流传，包括"序论""正文"两部分；在正文部分援引大量的民间传说、故事、民间歌谣、谚语、谜语，借以说明一些词语的含义，从而保存了丰富的民间文艺。这部著作的作者马赫穆德·喀什噶里，全名为马赫穆德·依本·阿勒侯赛音·依本·穆罕默德·喀什噶里，其出生地在今新疆喀什噶尔疏附县乌帕尔，其父曾是黑汗王朝的贵族。马赫穆德·喀什噶里因为宫廷政变而逃亡至中亚一带，考察了中亚地区突厥部落民间文化等内容，为编写这部著作打下了基础。突厥是我国古代西北地区的重要民族，《周书·突厥传》中曾详细记述了关于这个民族起源的神话传说，提到一个 10 岁少年被侵灭阿史那部落的敌兵"刖其足，弃草泽中，有牝狼以肉饲之"，"及长，与狼合，遂有孕焉"，"遂生十男"，"子孙蕃育，渐至数百家";还提到"阿谤步兄弟十七人","其一曰伊质泥师都,狼所生也","泥师都既别感异气,能征召风雨,取二妻,云是夏神冬神之女也","一孕而生四男",其大儿被供奉为主,"号为突厥,即讷都六设也"。讷都六死后,其子阿史那与众兄弟"相率于大树下共为约曰:向树跳跃,能最高者,即推立之",因其"年幼而跳最高",被奉为主,"号阿贤设"。据传,"讷都六有十妻,所生子皆以母族为姓。阿史那是其小妻之子也"。这些传说表明了突厥民族祖先神话生成的社会背景。《突厥语大词典》记述了大量的突厥神话传说,还记述了丰富的天文、地理、历史等知识,以及宗教、哲学、艺术等内容,具有百科全书的意义,堪称古代突厥族人民的文化宝库。其中的民间歌谣异常优美,内容包括对自然风光的赞颂,对节日习俗和狩猎生活的详细描述等,表现出古代突厥族人民的情怀。诸如在表现节日习俗的歌谣中,记述了"让小伙子们摇下树上的果子,让他们猎取野马黄羊,让我们欢度节日",以及"壶头如鹅颈,斟满的酒杯如眼睛""吆喝着各饮三十杯""如狮子一样吼叫"等生活场景;在表现狩猎生活的歌谣中,记述了"架上猎鹰,跨上骏马追赶羱羊,鹰捕黄羊,放出猎犬抓狐狸""用石头打狐狸和野猪"等内容。这些记述具有很高的史志价值,是研究突厥民族生活史的珍贵资料。特别是歌谣中对自然风光的描绘,表现出非凡的情致,体现出古突厥人民的审美方式和他们对大自然的热爱:

百花盛开,
像织锦的地毯铺开;
像天堂的住所,
今后将不再有严寒。

万花簇拥,
结满花蕾;

含苞欲放，
竞相吐蕊。

亦的勒河水奔流，
击打着崖壁，
有许多鱼儿和青蛙，
河水溢出了岸。

野马奔驰，
野山羊和麂子成群，
它们奔向夏季牧场，
列队成行。

鸟和野畜都苏醒，
雌雄群集，
它们结群散开，
它们不再回到窟中。[1]

在今天的维吾尔族等少数民族的民间歌曲中，我们可以看到相似的内容，由此可见维吾尔族人民悠久的文化传统。

《福乐智慧》是玉素甫·哈斯·哈吉甫用回鹘语（"哈卡尼亚语"）写成的诗集，它成功地运用了阿拉伯文学中"阿鲁孜"格律"玛斯纳维""木塔卡里甫"等歌体，其前十一章为颂词，第十二章之后具有生动的故事，讲述了

---

[1]《突厥语大词典》所存抄本，以今存于土耳其的1266年抄本为最早，1917年之后由土耳其刊印，后有苏联出版的乌孜别克语译本和我国的维吾尔语译本。此歌谣转自马学良等主编《中国少数民族文学史》。

国王、大臣、大臣之子及修道士觉醒四人之间的对话。诗中既有优美的故事，又有生动的歌谣和谚语。这部长诗的写作用了18个月，于1069年完成[1]，其作者玉素甫·哈斯·哈吉甫出身于虎思斡耳朵名门，生平未见于史籍。这部长诗完成于喀什噶尔，喀什噶尔是喀拉汗王朝的中心，其文化联结着祖国中原文化和阿拉伯文明，在这一时期出现了高度繁荣[2]。玉素甫·哈斯·哈吉甫就是这一时期文化繁荣中涌现出来的杰出诗人。

《福乐智慧》讲述了一个大故事，即国王日出很想有所作为，求贤若渴，遇到贤士月圆自荐；月圆任大臣，兢兢业业，颇有政绩；月圆辞世时，向国王托付幼子贤明，贤明有一位宗亲觉醒，国王想让贤明和觉醒一起辅助他，但觉醒潜心修行，贤明也生出遁世的念头；后来觉醒死去，国王日出和贤明都很敬佩觉醒的人格，二人团结一致，共同治理国家。在这个大故事中，又包含着诸多小故事，如第五章《论七曜和黄道十二宫》中所讲的真主"按照自己的意愿创造了乾坤，让太阳和月亮照亮了宇宙"，"创造了冥冥蓝天和灿烂星斗，创造了沉沉黑夜和光辉的白昼"，土星、木星、火星、太阳、金星、水星、月亮以及黄道十二宫，它们分属春夏秋冬，众星辰被"万能的真主"安排得"井然有序，各按正道行走"；在第九章《对善行的赞颂并略论它的益处》中，记述了"试问狂悖的查哈克何以受人咒骂，幸福的法里东何以受人赞誉"，"让我们看看突厥人的伯克，人世的君王中，数他们优异。突厥诸王中唯他最为著名，他是幸福的同俄·阿里普·艾尔"；在第二十六章《贤明供职于日出宫廷》中，记述了"请听三帐伯克怎么教导，他说话在理，智慧甚高"，"样磨伯克说得真好，他足智多谋，办事周全"；在第二十八章《贤明论国君应具备的条件》中，记述了"请听乌德犍伯克之言，他的言语符合于理性"；在第

---

[1] 见《福乐智慧》"译者序"，郝关中等译，民族出版社1986年版。此书原意为"赋予（人）幸福的知识"，冯家升、耿世民等人译作此名。

[2] 见《福乐智慧》"译者序"，郝关中等译，民族出版社1986年版。此书原意为"赋予（人）幸福的知识"，冯家升、耿世民等人译作此名。

二十九章《贤明论大臣应具备的条件》中,记述了"真主在创造宇宙之前,即已创造了记载善恶的木板";在第四十七章《贤明对觉醒论如何为国君供职》中,记述了"阔克·阿尤克、亦难赤、恰格里、特勤、乔黎、叶护、尤格鲁西、艾尔·乌基";在第五十八章《论如何对待商人》中,记述了"倘若契丹商队的路上绝了尘埃,无数的绫罗绸缎又从何而来";在第六十四章《论如何管理手下的仆役》中,记述了"莫要和洪水与伯克为邻";在第六十七章《觉醒对贤明论遁世和知足》与"附篇之一"即《哀叹青春的消逝和老年的到来》中,尤为集中地记述了当时流传的传说故事。如前者记述:

> 那位索福求乐于今生的人啊,
> 为自己构筑的铁堡和官殿何在?

> 那位骑跨黑鹰之背飞升苍穹,
> 追求今世之乐的狂犬何在?

> 那位以真神自居的狂悖之徒,
> 终被真主击沉海底的恶魔何在?

> 那位聚敛了现世的财富,
> 与财富一起被大地吞没的妄人何在?

> 那位从东方到西方杀伐,
> 占有千邦万郡的世界之主何在?

> 那位抛杖至地变为巨蟒,
> 海水为之分路的伟人何在?

那位主宰禽兽、人类和万物精灵
伟大而公正的圣贤何在？

那位身具起死回生之力，
而自己却为死亡所掳的圣人何在？

那位堪称人类精英，
失去他世界便荒芜缺损的先知何在？

所有这一切都归于"冥冥的死神带走了这一切一切"，借此告诫人们"切莫因尊贵而忘乎所以"，欢乐、幸福与灾祸、痛苦是紧密联系在一起的。这里第一段诗句中所记述的是关于阿代之子谢达德的英雄传说，相传他们建造了人间天堂"伊兰牟"；谢达德反抗真主，企图进入天国乐园，被死神攫走了生命。第二段诗句所记述的是亚伯拉罕时代昏王乃木鲁德的传说，他曾乘黑鹰上天，被蚊蝇毁掉。第三段诗句所记述的是摩西同时代的埃及法老，他骄横跋扈，不可一世，被真主投入大海。第四段诗句所记述的是富豪可拉，他为富不仁，欺压族人，在地陷中身亡。第五段诗句所记述的是亚历山大·马其顿，他征服世界，有"双角王"之称，是强大帝王的典型。第六段诗句所记述的是摩西，传说他感化法老，使手中的木杖化成巨大的蟒蛇；他还使用木杖将海水分开，带领众人逃脱法老的捕杀。第七段诗句所记述的是所罗门先知的传说，在传说中，所罗门主宰世间人、兽、鸟、虫和各种精灵，处理事情非常公正。第八段诗句所记述的是先知耶稣，传说他可以起死回生，但他自己却被死亡之神所掳走。第九段诗句所记述的是先知穆罕默德，在民间传说中，他是一位圣灵，若失去他，"世界便荒芜缺损"。这些传说中的英雄和先知都是了不起的，但他们谁都无存于世，这就是"今生的法则"。

在后者即"附篇之一"《哀叹青春的消逝和老年的到来》中,作者流露出对曾经有过的过失的忏悔,在"即使"句中一次次运用民间传说,来说明"最终的去处仍是一抔黄土,只能将两块白布带入坟茔",诗人慨叹道:"赤条条而来,赤条条而去,我却为何对今世寄予了热情!"在其所举的传说中,有威风无比的凯斯拉和凯撒,有建造了人间仙境的谢达德和阿代,有征服世界的斯堪德尔,有"活到千岁高龄"的人类第二始祖"努哈"(即诺亚),有"挥刀如电"的雄狮阿里,有"世间传遍威名"的英雄鲁斯台模,有能飞上天空的尔撒(耶稣),以及公正的伊朗诺希尔旺大帝、摩西族人豪富葛伦(可拉)、虽铸造铁城也免不了为真主毁灭的古代阿拉伯滥斯人等。这些传说在诗句中具有特殊的意蕴,与唐代诗歌中的神话传说一样,使诗歌因此获得非凡的魅力。

《福乐智慧》中的传说材料,有许多可以在古代典籍或至今仍流传的故事中找到相应的内容。如第七十一章《觉醒对国王的告诫》中,有"无论是白鹄、黄鹄、大雁、水鸭,还有大鸨、鹌鹑、天鹅、锦鸡;抑或是天穹中成群翱翔的黑鹰,苍狼啊,它们也都难以逃逸",还有"莫忘却死亡,坟墓是你乡土;莫忘乎所以,珍惜你的声誉。你萌于精液,别以我而自负,你躯体若说我,坟墓便是归宿"。前一句中记述了"苍狼"的传说,在《周书·突厥传》等文献中我们可以看到,在记述突厥族的起源时,有"狼所生也""及长,与狼合,遂有孕焉"等内容,都是狼图腾的体现。后一句中记述了关于"精液"的传说,与维吾尔族祖先起源神话《库马尔斯》有着密切联系。在《库马尔斯》中,记述了库马尔斯的精囊中滴下两滴精液,掉在地上,长成植物,植物中生出摩西和摩西娜一对男女;摩西和摩西娜婚媾之后,繁衍人类,于是库马尔斯被尊为维吾尔族的始祖神。[1] 这些材料绝不是一般意义上的巧合,而是文化传承中民间传说的具体嬗变形态。

---

[1] 参见马学良等主编《中国少数民族文学史》(上册),中央民族学院出版社1992年版,第82页。

民间谚语在《福乐智慧》中随处可见。在某种程度上讲,这部长诗可以称为一部民间谚语集。如第六章《论人类的价值在于知识和智慧》中,有"知识极为高尚,理智极为珍贵""无知识的人,个个都是病人""智慧好比缰绳,谁若抓住了它,心愿都能实现,万事顺遂""人若有了知识,才会显得高贵""办理任何事情,都要依靠智慧;须用知识驾驭时间,莫让它荒废"等内容。许多章节对谚语的运用不但准确,而且非常生动。如第九章《对善行的赞颂并略论它的益处》中,有"青春易逝,生命匆匆流失""无知识的人和盲人没有两样""统治世界,必须多才多能;制服野驴,必须依靠雄狮"等内容;第十二章《故事开始——关于日出王的叙述》中,有"为使卑劣之徒远离你身边,男儿应当宽厚大度,果断谨严。为人需要果敢与宽厚,人的价值由此二者体现""人人都赞美冷静与清醒,多少人由于昏聩而丧生""明君治国,国人由穷变富;绵羊和野狼,一池清水同饮"等内容;第十六章《月圆向国王阐述幸运的实质》中,有"世间三物:流水、舌头和幸运,总是反复无常,流转不停""幸运于人,好比羚羊般无羁;如果它来了,要捆住它的四蹄。你若会驾驭幸运,它不会逃走;它若逃走了,再无得到的时机"等内容。对知识、正义的尊崇,是全书的主调。处理人与人之间的关系,是谚语所表现的重要内容,在《福乐智慧》中,自第四十八章至第六十四章,集中论述了如何与宫廷人员、黎民、圣裔、哲人和学者、医生、巫师、圆梦者、星占士、诗人、农民、商人、牧人、工匠、贫者、妻子、子女、仆役等各种人物交往的具体原则,其中所表现的价值观念、审美观念、道德判断方式等内容,明显反映出维吾尔人民的特色。如对待商人,中原汉族人民更多的是鄙夷,以为无商不奸,在道德上进行简单而粗暴的否定。而《福乐智慧》第五十八章《论如何对待商人》中则热情歌颂商人,称"世界上无数的珍宝和绸缎,全都来自他们的身旁","对待他们应该慷慨大方,你的名声由此而四处传扬","他们对利害计算得十分精细,与之交往,需要特别注意","倘若你想使自己名扬四海,就应将异乡人好好地对待。倘若你想在世上扬名,对商人的回赠千万莫轻"。

在第六十三章《论如何教育子女》中,强调"要教授给子女知识和礼仪,今生和来世他们都会获益",诗人也讲述了"女大当嫁,男大当娶",以及"女大待嫁时切莫让她久居家里,否则,无病无灾,你也会悔恨而死""莫放陌生人进宅,莫让女人出去,街巷的陌生目光,会诱惑她迷失道路"和"多少名流、豪杰和勇士,只因了女人而白白葬送了自己"等,这些观念与中原汉族相似。此外,诗人还一再强调种瓜得瓜、种豆得豆,举止要端正,秉性要和善,见贤思齐,尊重知识,珍惜时光,不要贪得无厌等。在全书中,诗人还突出表现了维吾尔族人民的生命观念,使这些谚语的意义不断得到升华。《福乐智慧》看起来是讲给国王的,事实上是说与每一个人的,所以它深受维吾尔族等少数民族的喜爱。在此后的盲诗人阿合买提·玉克乃克《真理的入门》等作品中,都有其影响。

第三章
笔记小说与民间传说故事

宋代笔记小说的繁盛，是与宋代的文化风尚密切联系在一起的。如胡应麟《少室山房笔丛·九流绪论》中所言，笔记小说的内容，"率俚儒野老之谈故也"。当然，这里的"俚儒野老"反映了笔记小说的民间故事色彩及其与民间文化之间的复杂联系。宋代笔记小说的作者中，不仅有一般中下层文人，而且有欧阳修、司马光、苏轼这样的达官贵人，但不论其身份如何，他们都对民间文艺有着浓郁的兴趣，在笔记小说中保存了丰富的民间传说与民间故事。尤其是《夷坚志》和《路史》这样典型的民间故事集成之作的出现，标志着宋代民间故事在中国民间文艺史上所形成的又一座高峰。

所谓笔记这一概念，宋人史绳祖在《学斋占毕》卷二《陵菱二物》中讲，"前辈笔记小说固有字误或刊本之误，因而后生末学不稽考本出处，承袭谬误甚多"；郑樵在《通志·校雠略·编次之讹论》中说，"古今编书所不能分者五，一曰传记，二曰杂家，三曰小说，四曰杂史，五曰故事。凡此五类之书，足相紊乱"。应当说，史绳祖与郑樵所举，正是笔记小说的特点，它自由、随便，比一般文体要灵活得多。明代胡应麟在《少室山房笔丛·九流绪论》中举小说数种，如《搜神》《述异》《宣室》《酉阳》之类"志怪"，《飞燕》《太真》《崔莺》《霍玉》之类"传奇"，《世说》《语林》《琐言》《因话》之类"杂录"，《容斋》《梦溪》《东谷》《道山》之类"丛谈"，《鼠璞》《鸡肋》《资暇》《辨疑》之类"辨订"，《家训》《世范》《劝善》《省心》之类"箴规"等。胡应麟的分类虽然显得过于宽泛，却列出了笔记小说内容广泛性这一重要特点。《四库全书总目》中"小说家类一"中，把笔记小说分为三大类："其一叙述杂事，其一记录异闻，其一缀辑琐语。"此与后人所分小说故事、历史琐闻、考据辨证三大类基本相同。一句话，"杂"就是笔记小说的文体特点，也是其内容特点。这与民间故事的文化个性有着直接联系。诸如吴淑的《江淮异人录》，黄休复的《茅亭客话》，张师正的《括异志》《倦游杂录》，章炳文的《搜神秘览》，刘斧的《青琐高议》，洪迈的《夷坚志》，罗泌和罗苹的《路史》及《路史后纪》，郭彖的《睽车志》，王明清的《挥尘后录》《摭青杂记》《投辖录》，无名氏的《鬼董》，李石的《续博物志》，郑文宝的《南唐近事》，李献民的《云斋广录》，何薳的《春渚纪闻》，张洎的《贾氏谈录》，钱易的《南部新书》，张齐贤的《洛阳缙绅旧闻记》，欧阳修的《归田录》，徐铉的《稽神录》，司马光的《涑水纪闻》，王辟之的《渑水燕谈录》，魏泰的《东轩笔录》，黄鉴与宋庠的《杨文公谈苑》，沈括的《梦溪笔谈》，陆游的《老学庵笔记》，岳珂的《桯史》，蔡絛的《铁围山丛谈》，周密的《齐东野语》《癸辛杂识》，孔平仲的《续世说》《释稗》《孔氏杂说》《孔氏谈苑》，王谠的《唐语林》，李垕的《南北史续世说》，叶绍翁的《四朝闻见录》，苏轼的《艾子杂说》《调谑编》，陈日华的《谈谐》，沈俶的《谐史》，周文玘的《开颜录》，朱晖的《绝倒录》，高怿的《群居解颐》，徐慥的《漫笑录》，无名氏的《籍川笑林》，天和子的《善谑集》，以及释文莹的《玉壶清话》和释惠洪的《冷斋夜话》等等，都表现了笔记小说"杂"的特征。宋代笔记小说则独树一帜。这些笔记小说无闻不录、无异不取，与《新唐书》《新五代史》《两朝国史》《三朝国史》《五朝国史》《四朝国史》《资治通鉴》《续资治通鉴长编》《建炎以来系年要录》《三朝北盟会编》《通鉴纪事本末》等官修或私修的史册，在文化性格上表现出鲜明的差异。民间传说和民间故事成为这些笔记小说的重要内容，其中既有对前代各时期民间作品的继承，又有着鲜明的时代特色。但正如古代的文人画之于民间的木版年画一样，笔记小说毕竟是文人创作，与民间故事虽然发生一定联系，二者的区别也是明显的。

同时，我们还应该看到，宋代"讲史"和"小说"两类市人小说以及传奇小说，在宋代民间传说和民间故事的保存上也占有重要地位。它们和笔记小说一起，使宋代民间文艺得到较为全面而完整的保存。由此可见，宋代笔记小说只是宋代小说的一种重要形式，只是从一个方面记述了宋代民间传说故事；即使是其中保存了一些民间作品，也经过了文人的加工。

笔记小说中保存的民间传说故事颇有特色者甚多。如北宋时期刘斧的志怪小说《青琐高议》，《宋史·艺文志》中著录谓有十八卷，而《文献通考》与《四库全书总目》等文献曰有二十卷。高承的《事物纪原》卷十也称"熙宁中刘斧撰《青琐集》"。其中记述了许多报应故事，宣扬善有善报，恶有恶报。如《龚球记》记龚球夜遇一婢女，骗其金珠；婢女被主人捕获，致死，以冤相报，使龚球遍身生恶疮。《异鱼记》记广州夜渔者得一奇异的"重百斤"大鱼，"舟载以归"，此鱼"人面龟身，腹有数十足，颈下有两手如人手"，"询诸渔人，亦无识者"，因"众谓杀之不祥"，渔人"复荷而归"，"置于庭下，以败席覆之"，夜听其"切切有声"。"有市将蒋庆知而求之于渔者"，得其鱼后，也听到此鱼夜语。鱼言"渴杀我也""放我者生，留我者死"；后来，蒋庆"以小舟载入海，深水而放之"；"后半年"，蒋庆于市中见"有执美珠货者"，廉价得之，原来是"龙之幼妻"使人以报"不杀之恩"。在这段故事的结尾，还有刘斧"此事人多传闻者，余见庆子，得其实而书之也"一段补记。与此报应故事相似者在《青琐高议》中颇多，如其中《朱蛇记》中的李百善因救蛇而登第；《梦龙传》中的曹钧梦见白龙求救，以弓箭相助，后获报恩；在《小莲记》中，某狐女同某郎中相爱，但狐女终遇猎人鹰犬而丧生，原来是她前世曾经陷害人，受阴司报应而有此下场。在《大姆记》中，因某人食龙子之肉，全城下陷为湖，"大姆庙今存于湖边，迄今渔者不敢钓于湖，箫鼓不敢作于船"，"天气晴明，尚闻水下歌呼人物之声"，"秋高水落，潦静湖清，则屋宇阶砌，尚隐见焉"。尤其是其中的《卜起传》等篇，在《西游记》的《陈光蕊赴任救灾，江流僧复仇报本》中可见其原型。其中的《吕先生记》《何仙姑续补》《韩湘子》《施先生》诸篇,可见吕洞宾、何仙姑、韩湘子、汉钟离等著名的神仙传说故事原型。《青琐高议》中的故事强调"至孝,当有善报",将世俗生活故事与精怪故事相糅合,其中的民间故事以幻想故事为典型,在宋代笔记小说中表现出自己独有的风格。作者在许多故事结尾处所作的议论,表现出他的民间文艺观,在民间文艺观念发展史上具有重要意义。《青琐高议》还记述了一些名臣传说,如《直笔》中记范仲淹不畏一切,秉笔直书,"公之刚直足可见也"。徐铉的《稽神录》广泛采录民间传说,记述了大量精怪故事。如其中的《宋氏》讲述"江西军吏宋氏,尝市木,至星子江",见人渔得大鼋,"以钱一千赎之,放于江中";后来宋氏因这一善举而免遭在"疾风雨"中身死之灾。其中的《蜂余》与《建安村人》记述了蜜蜂成精、金子成精等情节,是尤为典型的民间幻想故事,前者可见梦幻主题的原型,后者可见识宝传说的原型。《婺源军人妻》讲述已死的前妻回到阳间教训后妻,是典型的幽冥还魂故事,作者在故事结尾还记述了"建威军使汪延昌言如是",作为记录真实的说明。其他还有《周洁》《僧珉楚》,以鬼神故事写人间黑暗;《刘璠》中记述刘璠被海陵郡守褚仁规诬谄处死,他让家人在棺椁中多放纸钱,决心在阴间与海陵郡守斗争到底,一定要打赢官司,后来果有应验。这些故事纳入小说,使小说主题得到深化,尤为可贵。吴淑的《江淮异人录》记述了大量世俗故事,如能隐身的润州处士、会缩地的书生李胜、能日行千里的司马郊、善驱鬼的歙州江处士、善治病济人的聂师道、能在白昼升天的杭州野翁、通于道术而能于怀中炼金银的明慧、爱打抱不平而能除暴安良的豪侠穿户书生等。特别是其中的《洪州书生》记述洪州录事参军成幼文在窗下见恶少欺侮卖鞋小儿,有一书生"悯之,为偿其值",恶少"因辱骂之";成幼文"嘉其义,召之与语","夜共话",书生显示出穿户奇术,又将恶少头颅掷地,并"出少药敷于头上,捽其发摩之,皆化为水"。这个生动的故事,对后世侠义传说有重要影响。张师正的《括异志》也记述了许多善恶报应故事,如其中的《黄遵》记述黄遵死后,思念母亲孤苦,请求判官放其回阳间奉孝,判官为其增阳寿,如其愿;在《莱州人王廷评俊民》中记述了女厉报冤的故事:"或闻王未第时,家有灶婢,蠢戾不顺,使令积怒,乘间排坠井中","又云王向在乡间,与一娼切密,私约俟登第娶焉。既登第,为状元,遂就媾他族。妓闻之,忿恚自杀,故为女厉所困,夫关而终"。有人考证此为著名的"王魁负桂英"故事原型,《云斋广录》《类说》《醉翁谈录》等文献以及宋元杂剧《王魁三乡题》《海神庙王魁负桂英》等文学作品,都以此为题材进行再创作。《括异志》中还有《嵩店巡检》篇,记述渭州巡检张殿直之妻为人掳为奴,有家犬相随,后家犬引张妻逃回。作者借此故事慨叹家犬"既陷夷狄之域,尚犹思汉,又能导俘虏之妇间关而归,可谓兽貌而人心也",抨击那些"有被衣冠而叛父母之邦者,斯(如)犬之罪人也",这在当时是有新意的。章炳文的《搜神秘览》卷上有《王旻》篇,记述某商人向费孝先问卦,费孝先对商人讲了"教住莫住,教洗莫洗;一石谷捣作三斗米;遇明即活,遇暗即死"三句话,引发出商人之妻与人私通欲谋害商人和杀人者"糠七"即"康七"、清明之官使商人得清白的故事。李献民的《云斋广录》所记故事亦颇为清新,如其中的《甘陵异事》记述某人与灯檠成精所化美妇共眠,为人发觉,使精怪现形;其中的《钱塘异梦》记述司马槱在梦中遇见"翠冠珠耳、玉珮罗裙""颜色艳丽"的苏小小,引发青年书生与女鬼相恋,在阴间成为夫妻的故事。后人对《钱塘异梦》格外青睐,将其作为小说、戏曲的题材,颂扬纯洁而炽烈的爱情。这些笔记小说所记述的民间故事各有特色,体现出北宋社会的思想文化风貌。

  南渡之后,宋代笔记小说曾出现低潮,待到中后期,即孝宗之后,才出现新的转机,而且出现了洪迈的《夷坚志》、罗泌罗萍父子的《路史》(及"注")那样的巨制。何薳的《春渚纪闻》所记"嗜酒伴狂,时盲人祸福"的金陵僧人"风和尚";马纯的《陶朱新录》中所记为鬼诱去,"每馁即出取食"的林家妇,以及生前被马伯释放,死后化为鬼魂为马伯透题,使马伯高中,其后又助其捕贼的营卒盗;王明清《投辖录》中所记自为媒的女鬼、助人成眷属的"猪嘴道人"、为京城庙灵迷惑的贾生、"易形外避"而适于太庙斋郎的剑仙夫人;

郭彖的《睽车志》所记"引(饮)水不饥"以"供母"的沧州妇人、"首荐于龙舒"的刘观、借尸还魂的丹阳牙校靳瑶之妻;无名氏《鬼董》中所记吃人成癖,先吃家中僮仆,又贿赂吏卒捕邻境之人,案发后却只轻判充军的林千之,以及其中为鬼魅以女色相诱的樊生。这些传说故事以鬼魅写人间,影射了是非颠倒的黑暗现实。

又如《萍洲可谈》,属于南渡之后对过去时期社会风俗生活的"追忆"。《四库全书总目提要》称其"所记土俗民风,朝章国典,皆颇足以资考证"。其卷一中记述"三省俱在禁中,元丰间移尚书省于大内西,切近西角楼,人呼为'新省'。崇宁间,又移于大内西南,其地遂号'旧省',以建左右班直。或云,旧省不利宰相,自创省至废,蔡确、王珪、吕公著、司马光、吕大防、刘挚、苏颂、章惇、曾布更九相,唯子容居位日浅,亦谪罢,余不以存没,或贬广南,或贬散官",此为具有谶言故事;此处记述"茶见于唐时,味苦而转甘,晚采者为茗。今世俗客至则啜茶,去则啜汤。汤取药材甘香者屑之,或温或凉,未有不用甘草者,此俗遍天下。先公使辽,辽人相见,其俗先点汤,后点茶。至饮会亦先水饮,然后品味以进。但欲与中国相反,本无义理",记述"京师买妾,每五千钱名一个,美者售钱三五十个。近岁贵人,务以声色为得意,妾价腾贵至五千缗,不复论个数。既成券,父母亲属又诛求,谓之'遍手钱'。本朝贵人家选婿,于科场年,择过省士人,不问阴阳吉凶及其家世,谓之'榜下捉婿',亦有缗钱,谓之'系捉钱',盖与婿为京索之费。近岁富商庸俗与厚藏者嫁女,亦于榜下捉婿,厚捉钱以饵士人,使之俯就,一婿至千余缗。既成婚,其家亦索'遍手钱',往往计较装橐,要约束缚如诉牒,如此用心何哉",则属于记录社会风俗生活的风物传说;其记述"苏子瞻谪黄州,居州之东坡,作雪堂,自号'东坡居士',后人遂目子瞻为东坡,其地今属佛庙。子瞻元祐中知杭州,筑大堤西湖上,人呼为苏公堤,属吏刻石榜名。世俗以富贵相高,以堤音低,颇为语忌。未几,子瞻迁谪。时孟氏作后,京师衣饰,画作双蝉。目为孟家蝉,识者谓蝉有禅意,久之后竟废",此属于人物传说。其卷二中记述"广州蕃坊,海外诸国人聚居,置蕃长一人,管勾蕃坊公事,专切招邀蕃商入贡,用蕃官为之,巾袍履笏如华人。蕃人有罪,诣广州鞫实,送蕃坊行遣。缚之木梯上,以藤杖挞之,自踵至顶,每藤杖三下折大杖一下。盖蕃人不衣裈袴,喜地坐,以杖臀为苦,反不畏杖脊。徒以上罪则广州决断。蕃人衣装与华异,饮食与华同。或云其先波巡尝事瞿昙氏,受戒勿食猪肉,至今蕃人但不食猪肉而已。又曰汝必欲食,当自杀自食,意谓使其割己肉自唊,至今蕃人非手刃六畜则不食,若鱼鳖则不问生死皆食。其人手指皆带宝石,嵌以金锡,视其贫富,谓之指环子,交阯人尤重之,一环直百金,最上者号猫儿眼睛,乃玉石也,光焰动灼,正如活者,究之无他异,不知佩袭之意如何。有摩娑石者,辟药虫毒,以为指环,遇毒则呎之立愈,此固可以卫生""广中富人,多畜鬼奴,绝有力,可负数百斤。言语嗜欲不通,性淳不逃徙,亦谓之野人。色黑如墨,唇红齿白,发鬈而黄,有牝牡,生海外诸山中。食生物,采得时与火食饲之,累日洞泄,谓之换肠。缘此或病死,若不死,即可蓄。久蓄能晓人言,而自不能言。有一种近海野人,入水眼不贬,谓之昆仑奴",以及"广州杂俗,妇人强,男子弱。妇人十八九,戴乌丝髻,衣皂半臂,谓之'游街背子'","广州蕃坊,见蕃人赌象棋,并无车马之制,只以象牙,犀角,沈檀香数块,於棋局上两两相移,亦自有节度胜败。予以戏事,未尝问也","闽、浙人食蛙,湖湘人食蛤蚧,大蛙也。中州人每笑东南食蛙,有宗子任浙官,取蛙两股脯之,给其族人为鹑腊,既食然后告之,由是东南谤少息。或云蛙变为黄鹄。广南食蛇,市中鬻蛇羹,东坡妾朝云随谪惠州,尝遣老兵买食之,意谓海鲜,问其名,乃蛇也,哇之,病数月,竟死。琼管夷人食动物,凡蝇蚋草虫蚯蚓尽捕之,入截竹中炊熟,破竹而食。顷年在广州,蕃坊献食,多用糖蜜脑麝,有鱼虽甘旨,而腥臭自若也,唯烧笋菹一味可食。先公使辽日,供乳粥一碗甚珍,但沃以生油,不可入口。论之使去油,不听,因给令以他器贮油,使自酌用之,乃许,自后遂得淡粥。大率南食多盐,北食多酸,四夷及村落人食甘,中州及城市人食淡,五味中唯苦不可食"等,各卷相连接,便是一幅风物传说地图。这些传说故事中所展现的社会风俗生活具有独特的历史价值。这也是一种民间文艺现象,即风物文化表现为风物传说,风物传说体现为风俗生活,循环往复,在生活中显示传说,在传说中表现历史。

宋代另一类记述朝野人物轶事的笔记小说,又从另一个方面保存了当时流传的民间故事。

欧阳修的《归田录》是宋代笔记小说中特色鲜明的著作,书中所记各类传说和故事,与其身遭奸佞小人攻击、陷害的处境相关;同时,我们也可以看到欧阳修深邃的史学修养和文学修养在其中的体现。他记述了关于宋太祖、宋仁宗等君王的传说,也记述了普通人的故事,代表作《卖油翁》成为家喻户晓的民间寓言的名篇。司马光的《涑水纪闻》所记人物传说,在后世也流传甚广,其笔下的赵普敢于坦言直谏,王嗣宗指责宋太宗不能任用贤俊,吕蒙正不记小怨而以仁爱为怀,曹彬攻下金陵后不滥杀无辜,向敏中、钱若水治狱清明,以及宋太祖知过而改等,成为后世小说和戏曲常用的题材。一些民间故事在传说人物的形象塑造上颇见功力,如《涑水纪闻》卷七写向敏中断案,记述某僧人惧怕受盗贼牵连,夜堕窨井,而有"妇人已为人所杀,先在其中",待"主人搜访亡僧"时,向敏中以"赃不获为疑","密使吏访其贼",得知"妇人者,乃此村中少年某甲所杀也","案问,心服,并得其赃",使僧人未蒙冤屈,"一府咸以为神"。陆游的《老学庵笔记》共十卷,存576则,记述宋徽宗之后的各种传说和民间故事尤其丰富。陆游是一位卓越的爱国主义诗人,曾亲临大散关前线,在仕途中几起几落,始终不渝的是坚持抗战,以收复中原为己任。这种思想融入其笔记,表现为书中对爱国志士的热情赞颂。在卷二中讴歌善画马"几能乱真"的赵广,他在"建炎中陷贼",敌人让他作画,"胁以白刃",仍"不从",被敌人"断右手拇指遣去";而对"杀岳飞于临安狱中",致使"都人皆涕泣"的罪人秦桧,陆游表示了极大愤慨,在卷二记述"有殿前司军人施全者,伺其入朝,持斩马刀邀于望仙桥下斫之",讴歌敢行大义、为国除害的英雄施全。《老学庵笔记》在表现作者爱国情怀的同时,也记述了许多关于王安石等同时代人物的传说,如其卷五所记"张文昌《纱帽诗》云:'惟恐被人偷剪样,不曾闲戴出书堂。'皮袭美亦云:'借样裁巾怕索将。'王荆公于富贵声色,略不动心,得耿天骘(宪)竹根冠,爱咏不已。予雅有道冠、拄杖二癖,每自笑叹,然亦赖古多此贤也"。癖好最易于显示人的真性情,这类传说显然是在文人间传播的,于不经意间塑造出王安石等鲜明生动的形象。苏轼、苏辙的笔记中,也保存了不少民间传说故事。如《东坡杂著五种》中有苏轼所著《艾子杂说》和《调谑编》等笔记,有人曾怀疑并不是苏轼所作,如《直斋书录解题》中陈振孙就说"相传为东坡作,未必然也",但他们并没有太多的证据否定其出自苏轼。在《艾子杂说》中,我们可以看到艾子这样一个虚拟的历史人物的经历,其中保存了一些民间故事,有一些是典型的笑话。如其所记述"居于稷下"的田巴,"是三皇而非五帝","一日屈千人,其辨无能穷之者";但这样一个高才,却不能回答"婴媪"所提"马鬣生向上而短,马尾生向下而长""人之发上抢,逆也,何以长?须下垂,顺也,何以短"等问题,只好"乃以行呼滑厘曰:禽大禽大,幸自无事也,省可出入"而闭门。艾子所经历的事迹,有古代帝王、神仙世界、水族、幽冥等生活场景,其中更多的是借古讽今,运用古代传说故事来讽喻当时社会的种种丑陋和黑暗。苏辙的《龙川别志》中记述了宋真宗、宋仁宗时代的宫廷传说故事,如著名的狸猫换太子故事即源于此。仁宗本为李妃所生,刘后"欲取入宫养之",后引发了一次未遂的宫廷政变;仁宗处乱不惊,在"有方仲弓者上书乞依武氏故事,立刘氏庙"时,章献"不作此负祖宗事",他随机应变,曰"此亦出于忠孝,宜有以旌之"。这则传说被后世不断演绎,赋予新意。欧阳修、司马光、苏轼、苏辙、陆游等都是文坛巨子,自觉进行笔记这一文体的写作,在其中保存、记述民间传说故事,这从一个方面体现出宋代作家与民间文艺的联系。它告诉我们,无论什么时候,包括民间文艺在内的现实生活,都是文学创作的重要源泉,闭门造车是不可能取得重要成就的。文学的前途,从来都在于同人民大众的密切结合,在于对生活的热爱,对时代的热情参与。

宋代笔记小说还记述了相当丰富的历史传说故事,在一些笔记中,甚至有人自觉地摒弃正史的记述传统,有意追求与历史典籍相背的民间传闻。张洎的《贾氏谈录》记述了李德裕"厄在白马"的传说,具有谣谶色彩;钱易的《南部新书》记述了安西节度使哥舒翰刚正无畏的传说,以及"西鄙人"所歌"北斗七星高,哥舒夜带刀。吐蕃总杀尽,更筑两重壕"的歌谣,同时也记述了奸佞之徒杨国忠、张擢的罪恶的传说;另外,还有淮西将李祐之妇姜氏"为乱卒所劫,以刀划其腹"而"气绝踣地","敷以神药"后,"满十月,生一男"等传说。张齐贤的《洛阳缙绅旧闻记》被《四库全书总目》称为"殆出传闻之讹,殊不可信",其实是更典型的地方传说故事汇编。张齐贤在"自序"中描述道:"余未应举前十数年中,多与洛城缙绅旧老善,为余说及唐梁已还五代间事,往往褒贬陈迹,理甚明白,使人终日听之忘倦,退而记之。旋失其本,数十年来无暇著述。今眼昏足重,率多忘失。迩来营丘事有条贯,足病累月,终朝宴坐,无所用心。追思曩昔缙绅所说及余亲所见闻,得二十余事,因编次之,分为五卷。"此缙绅与司马迁在《史记》中所举"缙绅先生所言之"并无区别,都是民间传说讲述群体。在《洛阳缙绅旧闻记》中,历史传说和民间故事被撰写成文言小品,如《梁太祖优待文士》《白万州遇剑客》《田太尉候神仙夜降》等篇,都有着文人创作的雕琢痕迹。其中最生动者为人物传说,如《张相夫人始否终泰》篇讲述张从恩继室漂亮、聪明,多伎艺,曾失身于某军校,因患重病被遗弃,为人所救,又嫁一书生,后逢战乱,书生又遭乱兵所杀,张从恩部下掠得之,献与为妻室,"终享富贵大国之封"。又如《齐王张全义》记张全义为民祈祭,言"今少雨,恐伤苗稼,和尚慈悲,告佛降雨","如是未尝不澍雨",所以民间百姓为他唱道:"王祷雨,买雨具,无畏之神耶?齐王之洁诚耶?"文莹的《湘山野录》《续湘山野录》《玉壶清话》等笔记,是从一个僧人的视野描述世事,记述民间传说故事的。如《续湘山野录》中写宋太祖宋太宗兄弟"烛影斧声"的传说;《湘山野录》中记钱镠(即吴越王)还乡省亲,乡人九十老媪称其"小字",并自唱《还乡歌》,又"觉其欢意不甚浃洽,再酌酒,高揭吴喉唱山歌以见意",其山歌中有"你辈见侬底欢喜,别是一般滋味子,永在我侬心子里"等句,是原汁原味的民间乡音,所以"今山民尚有能歌者"。在《玉壶清话》中也记述有钱氏传说,但此时的钱俶已远不比钱镠的潇洒,而是"拜讫恸绝"!魏泰的《东轩笔录》记述了宋皇室及大臣的逸事,如"少贫悴"而后为一代名臣的范仲淹不取非分之财,对朋友讲忠义;在记述"江南有国日,有县令钟离君与县令许君结姻"故事时,特意在故事前加上"余为儿童时,尝闻祖母集庆郡太守陈夫人言",点明此传说的记述背景。魏泰是曾布妇弟,《桐江诗话》中曾记述他在试院中殴打蛮横的考官而不应举一事,可见其个性颇突出。魏泰不阿附权贵与时势,在《东轩笔录》中对王安石怀着崇敬心情,记述了关于他性格正直、刚强、嫉恶如仇的传说,这与南宋后期一些腐朽文人无端漫骂王安石形成鲜明对比,在宋代民间文艺史上写下了很可贵的一页。与魏泰对王安石传说的如实记述不同,曾慥在《高斋漫录》中极言苏轼的诙谐、幽默,对王安石则大肆讥讽。如其记述"东坡闻荆公《字说》新成,戏曰:'以竹鞭马为笃,以竹鞭犬有何可笑?'又曰:'鸠字从九从鸟,亦有证据。《诗》曰:鸣鸠在桑,其子七兮。和爹和娘,恰是九个'",这就明显具有诋毁性质了。但令人可恼的是,控制民间文艺主流话语的,在很大程度上就是曾慥这类不分大是大非的庸俗文人。庄季裕的《鸡肋编》除了记述王公大臣的传说,还记述了一些平民百姓的传说故事。如其中所记"淮阴节妇",讲述某人为夺商人之妇,"因同江行,会旁无人,即排其夫水中","夫指水泡曰:他日此当为证"。某人待其夫"既溺"而"大呼求救",并"号恸为之制服如兄弟,厚为棺敛,送终之礼甚备",迷惑了商人之妇,"嫁之",而且婚后"夫妇尤欢睦","后有儿女数人"。但事情终于还是败露,商人之妇"伺里人之出,即诉于官","鞠实其罪而行法焉"。后商人之妇以为因自己的颜色而"杀二夫",遂"赴淮而死"。后人对此故事颇感兴趣,在小说、戏曲中进行改编,如《欢喜冤家》中的《陈之美巧计骗多娇》等,至今此故事还有流传。其他还有费衮的《梁溪漫志》、王灼的《碧鸡漫志》、罗大经的《鹤林玉露》、范公偁的《过庭录》、王铚的《补侍儿小名录》、王明清的《摭青杂记》、朱弁的《曲洧旧闻》等笔记小说,在记述世俗民间故事上都有突出成就。

最后还应该提到的是岳珂的《桯史》、蔡絛的《铁围山丛谈》,以及周密的《齐东野语》等笔记小说。《桯史》作者岳珂为抗金名将岳飞之孙,岳飞的爱国热忱在《桯史》中得到继承。岳珂记述了许多关于秦桧这个历史罪人的传说故事,突出了秦桧残忍、奸诈、无耻的本性。最生动者,是在秦桧与他人交往中对其个性的展示,如在"秦桧以绍兴十五年四月丙子朔赐第望仙桥"一节中,借优伶之口,利用"此何镮""二胜镮"(即"二圣还"),抨击秦桧的卖国行径,"桧怒,明日下伶于狱,有死者,于是语禁始益繁"。在"秦桧在相位,颐指所欲为,上下奔走,无敢议者"一节中,记述"院官不敢违","夜呼工鞲液",而"富家闻之大窘",可见"其机阱根于心,虽嵬琐,弗自觉"的无耻小人形象。《桯史》对秦桧形象的塑造,在后世流传甚广。叶绍翁《四朝闻见录》也有类似记述,如记"秦桧权倾天下,然颇谨小嫌",不许家人着"黄葛",责备夫人露富,以糟鲩鱼掩饰家财等。这些传说材料与《桯史》中的秦桧传说相映,使宋代奸佞秦桧作为典型的千古罪人在口头传播中凸现出鲜明个性,遗臭万年。蔡絛的《铁围山丛谈》多记述宋代朝野传说,如关于王安石的传说故事。另外也记述了一些方术传说,如其所记嗜酒"韩生""夜不睡,自抱一篮,持匏杓出就庭下","以杓酌取月光,作倾泻入篮状";"适会天大风,俄日暮,风益急,灯烛不得张,坐上墨黑,不辨眉目",韩生"从舟中取篮杓而一挥,则月光瞭焉","如是连数十挥,一坐遂尽如秋天夜晴,月光潋滟,则秋毫皆得睹",当其"又杓取而收之篮,夜乃黑如故"。《铁围山丛谈》与《桯史》都是宋代笔记,前者因蔡絛与蔡京的联系在后世流传中命运不佳,后者因岳珂是岳飞之后而形成另一种命运。笔记传播与作者出身背景的联系,值得我们深思。周密的《齐东野语》在我国民间故事史上有着特殊的意义。《齐东野语》取名于孟子有"齐东野人之语",其书虽然成于宋亡之后,但其记述的传说故事皆取材于宋代,是宋元之际民间传说故事文化转型的典型。在《齐东野语》中,抗金的岳飞、多情的陆游、阴险的朱熹,以及千古罪人秦桧、贾似道等,他们的传说故事都异常生动。周密还撰有《癸辛杂识》,其所记述的传说故事,如杨昊客死,因为眷恋妻子儿女而身化彩蝶飞至妻儿身边,从中可以看到著名的民间传说《梁山伯与祝英台》中"化蝶"情节的借用。又如其所记"宋江三十六人赞",从中也可以看到《水浒传》成书的民间文艺背景。书中还有一些民间识宝故事,如《癸辛杂识续集》中的《海井》篇,记述华亭小常卖铺中有一种"如小桶而无底,非竹非木,非金非石,既不知名,亦不知何用"的宝物,却无人认识。有一"海舶老商"发现此宝物后,称"此至宝"即"海井",能产生无尽的甘泉,帮助人们在"寻常航海"中解决淡水不足的困难。《桯史》《铁围山丛谈》和《齐东野语》代表着宋代记述世俗性民间故事的三种基本类型,其作品所显示的影响,已超过文本自身所具有的实际价值和意义。

洪迈的《夷坚志》得名于《列子·汤问》中的"夷坚闻而志之"。夷坚是传说中上古时的一位博学之士。据陈振孙《直斋书录解题》载,《夷坚志》有二百卷,《夷坚支志》(即二志)有一百卷,《夷坚三志》有一百卷,《夷坚四志》有二十卷,总计四百二十卷,所收故事在五千篇以上。《宋史·艺文志》则著录其甲、乙、丙志六十卷,丁、戊、己、庚志八十卷。涵芬楼《新校辑补夷坚志》存二百零六卷,为今传版本中收录篇目最多者。今可见洪迈所作《夷坚志》"乙志序""丙志序""丁志序""支甲序""支乙序""支景(丙)序""支丁序""支戊序""支庚序""支癸序""三志己序""三志辛序""三志壬序"等序文;由这些序中,可以看到《夷坚志》曾陆续刻印于闽、蜀、婺、临安等地,而且由洪迈自己出资刻印。宋人赵与时在《夷坚志洪迈序大旨》中称,此志"积三十二编,凡三十一序,各出新意,不相复重,昔人所无也",后人评价更高。《夷坚志》所记,大部分为"一话一首,入耳辄录"的民间传说故事;其分类依清人陆心源《夷坚志·又跋》中所总结,为"甲集分忠臣、孝子、节义三门;乙集分阴德、阴谴、禽兽二门;丙集分冤对报应、幽明二狱、欠债、妒忌四门;丁集分贪谋、诈谋、骗局、奸淫、杂附妖怪五门;戊集分前定宴婚、嗣息、夫妻三门;己集分神仙、释教、淫祀三门;庚集分神道、鬼怪二门;辛集分医术、杂艺、妖巫、卜相、梦幻五门;壬集分奇异、精布、坟墓三门;癸集分设醮、冥官、善恶、僧道恶报、入冥五门",总计三十五门类。洪迈在《夷坚支甲序》中称,"《夷坚》之书成,其志十,其卷二百,其事二千七百有九。盖始末凡五十二年,自甲至戊,几占四纪,自己至癸,才五岁而已,其迟速不侔如是",一部书的写作,花费了作者五十余年的时间,这在我国文化史上是相当少见的[1]。特别是《夷坚志》中所记述民间传说故事之丰富,完全可称为宋代民间文艺的传说与故事的集成,举世无双。

  《夷坚志》中的民间故事最突出者,一类是精怪,一类是奇人,一类是奇物,其中精怪故事占了相当大的比重。这正是民间文艺的重要特点"神秘性"的集中体现。在民间文艺的文化个性特征上,人们一般多强调口头性、集体性、传承性和变异性,而忽略神秘性这一重要特点。应该说,正是这种神秘性的体现,才是民间文艺区别于其他文艺的底蕴。《夷坚志》中精怪故事占有较大比重,正是民间文艺真实状况的表现。若把各种精怪故事进行分类,又可区分为精怪、鬼怪、神怪三种主要类型,而其中神鬼作为一种特殊的精怪,具有更复杂的意义。如《夷坚甲志》卷一共收十九事,几乎每事都有精怪意蕴的体现。《铁塔神》《冰龟》《冷山龙》《熙州龙》《犬异》《黑风大王》《柳将军》等篇,都是以神灵为主角,演绎出生动的故事。如饶州安仁令蒋静因"邑多淫祠"而"悉命毁撤","且禁民庶祭享",只有柳将军庙得幸免。柳将军的化身是庙庭中的杉树,"枝干极大"而"蔽阴甚广",蒋静"意将伐之",得其梦中指点,自称"姓木卯氏,居此方久矣",并称"幸司成赐庇,不敢忘德,后十五年当复来临"。后来果然应验,蒋静"自中书舍人出镇寿春、

---

[1] 洪迈还撰有《容斋随笔》,其中所记民间传说故事较少。此处不详述。

江宁","入为大司成"。显然这是杉树成精与报应故事相融的产物。[1]又如"蔚州城内浮图中有铁塔神,素著灵验",当"契丹将亡"时,"州民或见其神奔走于城外",人"亟诣寺视之",则见"神像流汗被体",而"莫测其故"。到夜里,铁塔神托梦,告以"来日午时,女真兵至破城",劝其"从此而逝,庶万一可脱";后来果然"如神告之数"。由此可见宋代民间信仰之一斑。龙神信仰在宋代也有着不寻常的意义,如此卷中三次提到龙。在"阿保机射龙"中,记述阿保机"晨起见黑龙长十余丈,蜿蜒其上","引弓射之",却见与人所藏"董羽画《出水龙》绝相似";在"冷山龙"中,记述"有二龙,不辨名色,身高丈余,相去数步而死",其"冷气腥焰袭人,不可近";在"熙州龙"中,记述三日接连见龙,尤其是第三日,"见一帝者乘白马,红衫玉带如少年中官状。马前有六蟾蜍,凡三时方没"。此三则关于龙的传说故事从不同方面表现出宋代民间信仰中的崇龙观念及龙神在宋代所展示的形象。在《夷坚志》中,柳树和桐树等树木可以成精,老鼠、猴子和蜥蜴等动物也可以成精,如《夷坚甲志》卷四中的"鼠报"、卷六中的"宗演去猴妖"、卷十二中的"鼠坏经报"、卷十三中的"了达活鼠",及《夷坚丙志》卷十二中的"红蜥蜴"等。花卉也可以成精,如《夷坚乙志》卷十九中的"秦奴花精"等。物老而生精,这是原始信仰万物有灵观念的遗存;其中的精怪、精灵让人感到尤为熟悉,这正是宋代民间信仰中时代性的体现。鬼故事在《夷坚志》中所体现的民间文艺的审美意义最典型,也最丰富。查遍各卷,几乎每一卷都有鬼故事的记述。诸如《夷坚甲志》卷七中的"法道变饿鬼""金钗辟鬼",卷八中的"金四执鬼",卷十一中的"五郎鬼",卷十四中的"漳民娶山鬼""芭蕉上鬼""潮部鬼";《夷坚乙志》卷一中的"臭鬼",卷八中的"牛鬼""吹灯鬼""无颏鬼",卷十四中的"鱼陂疠鬼""结竹村鬼""大名仓鬼",卷十九中的"庐山僧鬼""韩氏放鬼";《夷坚丙志》卷一中的"九圣奇鬼""贡院鬼",卷三中的"黄花伥鬼",卷七中

---

[1] 树木成精故事在《夷坚志》中颇多,如《夷坚丙志》卷七中的"新城桐郎"等。

的"扬州雷鬼",卷十一中的"华严井鬼""牛疫鬼""芝山鬼",卷十二中的"朱二杀鬼";《夷坚丁志》卷二中的"白沙驿鬼",卷十三中的"李遇与鬼斗",卷十九中的"鬼卒渡溪",卷二十中的"雪中鬼迹",等等。这些鬼的身份也是多种多样的,其性情更是"因鬼而异"。不用说,鬼怪世界中的情形就是世间的写照,洪迈以鬼写人,这种记述方式一方面使得《夷坚志》成为中国古代民间鬼故事的集大成者,一方面启发和影响了后世以鬼魅写人世的文化传统,如《聊斋志异》中的许多鬼故事可以在这里找到原型。

《夷坚志》中的精怪传说故事给人印象最深者,是《夷坚丁志》卷十九中的"江南木客",其中记述"大江以南,地多山,而俗礼鬼。其神怪甚诡异,多依岩石树木为丛祠,村村有之"。"木客"又名"木下三郎""独脚五通","所谓木石之怪、夔、罔两(魍魉)及山獠是也"。其"变幻妖惑","隐见不常","尤喜淫","阳道壮伟,妇女遭之者,率厌苦不堪"。作者"纪十余事于此",所记诸事表面上看都是真实的,细看时却大都是假托,如某某家的某某氏、某某地方的某某,这种记述是为了增强故事的真实效果,是民间故事常用的手法。所记故事大都是某种精怪与人相交后,人或者精神失常,或者病死,或者生下怪胎。这种观念正是淫祀产生的基础,至今在苏浙闽一带还存在着。

《夷坚志》中的精怪、神怪、鬼怪作为文化象征符号,其实也是联系古今的文化纽带。我们既可从中看到宋之前民间文化层层积累而形成的传统,也可以从中看到由于多种因素而形成的宋代民间文化的特色,即以道教文化为重要内容的多种文化并存且相互影响的格局的体现。

《夷坚志》中奇异人物类传说故事也相当丰富,体现出宋代社会发展及其与各色人物之间的具体联系。如《夷坚甲志》卷一中的"石氏女"与人为善,"尝有丐者病癞,垢污蓝缕,直诣肆索饮",她从不嫌弃,结果她遇到了"吕翁"即传说中的神仙吕洞宾,因而获得富贵。《夷坚甲志》卷二中的"张夫人"篇记述张子能与夫人郑氏相约守誓不娶,结果张子能依附右丞相邓洵仁的权势而与其女合婚,后变成阉人。《夷坚甲志》卷二十中"一足妇人"篇记述

"泉州有妇人货药于市,二女童随之,凡数日",她们共处于某僧堂内,"旁人夜夜闻捣药声,旦则复出,初未尝见其寝食处也"。后来,人发现她们"皆一足",因"失声叹咤",此后再没有见到她们。《夷坚乙志》卷十中记"张锐医"是郑州名医,曾使人起死回生,他不尽信经书所载的药方,而"特以意处之",并感慨于"世之庸医,学方书未知万一,自以为足,吁!可惧哉"。在《夷坚志》中,上至王侯公卿,下至平民百姓、三教九流,各种人物纷纷登场;他们的故事,应该是宋代社会,尤其是民间社会百态的缩影。洪迈在记述不同的人物传说故事时,流露出浓郁的个人情绪,表现了嫉恶如仇、见贤思齐,以及善恶有报等复杂情感。他所记述的故事也是有选择的,除了大量记述宋高宗绍兴年间的故事,对于徽宗时代也有着特殊的感情。如《夷坚甲志》卷一中的"酒驼香龟",记述"徽庙有饮酒玉骆驼,大四寸许,贮酒可容数升。香龟小如拳,类紫石而莹","去室蜡即驼出酒,龟吐香","禁中旧无之,或传林灵素所献也";卷十一中的"蔡衡食鲙"以"蔡攸之子衡"入阴间所遇,展示蔡氏家族的罪恶;卷十四中的"妙靖炼师"记述徽宗政和年间"婺州金华人"陈氏,能"行水上,阅数日,衣裳不濡",自称在"水中遇婺女星君,相导往蓬莱,始知元是第十三洞主","从此绝食,便能诗词。及知人间祸福",其事"闻于朝,召至京师赐对","至八九十岁容貌不衰"。《夷坚乙志》卷十中的"余杭宗女"记述秀才唐信道于徽宗宣和五年在会稽听人讲述"宗室之女"的鬼魂与僧人幽会并且怀孕的故事;卷十一中的"唐氏蛇"仍记秀才唐信道在会稽所遇怪蛇的故事;卷十二中的"成都镊工"记述徽宗政和初年成都镊工"出行尘间",其妻在家遇到"一鬅鬙道人来求摘耏毛",原来是传说中的仙人钟离先生,镊工便四处寻找,"狂走于市","夜以继日,饥渴寒暑皆不顾",终于感动天帝,后得道而去;卷十七中的"林酒仙"记述"崇宁间,平江有狂僧,嗜酒,亡赖,好作诗偈,冲口即成",郡人称"林酒仙","多易而侮之",只有郭氏待其"甚厚",后得到其帮助,"遂致富"。《夷坚丙志》卷十三中的"太平宰相"记述宋徽宗梦见"金紫人"为艮岳新楼所取名与"翰林学士李邦彦入对"之后所奏相同,"自是数日间拜(李邦彦为)尚书右丞,遂为次相"。最令人注目的传说是《夷坚丙志》卷十八中的"林灵素":

> 林灵素传役使五雷神之术。京师尝苦热,弥月不雨,诏使施法焉。
> 对曰:"天意未欲雨,四海百川水源皆已封锢,非有上帝命,不许取。独黄河弗禁而不可用也。"
> 上曰:"人方在焚灼中,但得甘泽一洗之,虽浊何害!"
> 林奉命,即往上清宫,敕翰林学士宇文粹中莅其事。
> 林取水一盂,仗剑禹步,诵咒数通,谓宇文曰:"内翰可去,稍缓或窘雨。"
> 宇文出门上马,有云如扇大,起空中,顷之如盖,震声从地起,马惊而驰。仅及家,雨大至,迅雷奔霆,逾两时乃止。人家瓦沟皆泥满其中,水积于地尺余,黄浊不可饮,于禾稼殊无所益也。

这里没有必要讲述林灵素如何蛊惑徽宗,如何败坏朝政,但从《夷坚志》中可以看到洪迈在内心深处对徽宗时代这一北宋最后的王朝怀着难割难舍的情愫,这种感情应该包含着忧国的衷肠。

社会稳定与国家安全的责任是神圣的。宋徽宗也曾经是一位有作为的皇帝,有清明政治。但是,他盲目乐观,刚愎自用,沉湎于酒色,致使大权旁落于祸国殃民的蔡京等人,最后匆忙间让位于钦宗,导致亡国的悲剧。宋代许多有志之士耿耿难忘于这段历史,把靖康之耻作为整个国家和民族的耻辱,洪迈也是这样。在其记述中虽然未见对宋徽宗的指责,我们依然能感受到作者对北宋王朝的眷恋,对中原故国的无限感慨。

《夷坚志》中的奇人比比皆是,成为宋代民间文艺中的一个亮点。所谓"奇",或在外形,或在行为。许多奇人在故事中并不是孤立地存在,而是包含着许多复杂的内容。如《夷坚甲志》卷五中的"人生鳖",洪迈自称讲述的是其"宗人"的故事,此人因喜欢捕鱼捉鳖之类的事而获"苦报","背生三物,隐隐皮肉间,数日,头足皆具,俨然三鳖也",使其"痛不可忍",死后还借人之口要家人把"网罟之属"即捕鱼捉鳖的工具迅速烧掉,以免冥间使者得此证据后加重其罪罚。显然,这里记述的是报应主题,在报应背后,又包含着巫的成分。《夷坚乙志》卷二中的"人化犬"与此意义相同,都是为了劝诫人们珍惜生命,珍惜粮食。再则,在《夷坚志》的奇异人物传说故事中,我们还可以看到其"奇"常与梦境联系在一起,形成不平凡的人生预验(示)。如《夷坚甲志》卷六中的"史丞相梦赐器",记述其"未策名之时,清贫特甚","岁除之夕,随力享先",梦见有贵人引其"奉圣旨赐史某金器若干、银器若干,凡四百七十件",与其后来"跻位辅相","前后锡赉"的经历正好相同。其他如《夷坚甲志》卷九中的"邹益梦""绚纺三梦""黄司业梦""张琦使臣梦",卷十一中的"瓦陇梦""李邦直梦""赵敦临梦"和卷十三中的"傅世修梦""樊氏生子梦""卢熊母梦";《夷坚乙志》卷一中的"食牛梦戒""赵子显梦""梦读异书",卷四中的"梦登黑梯""许顗梦赋诗""张聿梦"和卷二十中的"梦得二兔""龙世清梦";《夷坚丙志》卷九中的"应梦石人""老僧入梦""后土祠梦",卷十一中的"牛媪梦";《夷坚丁志》卷二中的"张敦梦医""张注梦",卷十六中的"胡飞英梦""鸡子梦""国子监梦",卷十八中的"齐安百咏""东坡雪堂"等,无不与梦有关。梦,在这些故事中成为奇异的人和事的关键性内容,把古今联系在一起,把冥间与现世以及未来联系在一起,既具有谶纬的意义,又具有占卜的意义,使民间传说、民间故事的氛围显得更为凝重深厚。《夷坚志》中的奇人主要有道士、僧人、巫、妇女和官吏,尤其是妇女奇人在故事中屡屡出现,她们的命运大多不幸,常常是被迫害、被蹂躏的对象。这些内容表现出洪迈对于妇女阶层有一定的理解与同情,同时也显示出广大妇女在宋代社会中的实际地位。

《夷坚志》中的奇物作为风物传说的描述对象,其内容也相当丰富。这些奇物有许多是作为宝物出现的。如《夷坚甲志》卷十五中的"伊阳古瓶",

记述"西京伊阳县小水镇"张虞卿"得古瓦瓶于土中",用以养花,偶遇天寒而知此瓶为宝,"试注以汤,终日不冷","置瓶于箧,倾水瀹茗,皆如新沸者"。后来被人打碎,发现其秘密在于"夹底厚几二寸,有鬼执火以燎,刻画甚精,无人能识其为何时物也"。《夷坚乙志》卷五中的"树中盗物"记述临川王深之常丢失东西,"不复可得",有一次因"暴风起","屋东大皂荚树吹折,断处中空","凡王氏积年所失物皆贮其内";卷八中的"万寿宫印"记述某人得神告而得到一纽印;同卷"无缝船"记述绍兴年间"福州甘棠港有舟从东南漂来,载三男子一妇人,沉檀香数千斤",有人在海岛上生活了十三年,得到这只船——这则传说应是宋代贸易史的反映;卷十中的"金马驹"记述某人"尝夜半闻屋上甲马奔骤声",发现"一马大如猫而差高,驰走不止","收养于家,久而驯熟,出入无所畏","呼为金马驹",某日"有人扣门,曰:还太尉马钱",此马即死,某人厚葬此马,几年后"发瘗而观","则成一金马,旋化为铜"。这应是宋代颇为典型的识宝传说,其中所表现的令人遗憾的情节,是识宝传说中普遍存在的现象。《夷坚丙志》卷五中的"桐川酒"记述"得一壶于两竹间"与"亡酒数百尊",酒壶成为神壶;卷十三的"福州异猪"记述福州某"卖豆乳人家"之猪"夜生七子","但一为猪,余皆人头马足","郡守知为不祥,命亟杀之"。《夷坚丁志》卷一的"夏氏骰子"记述"卫州汲县人"夏廛"居太学甚久,未成名,家故贫至无一钱",后学会了"博戏","束带焚香,对局设拜",投掷骰子,"三采皆同",皆如心愿,后来"登科"得官,"其家藏所卜骰子,奉之甚肃";卷十九中的"留怙香囊"记述"衢人留怙","进士及第,调官归乡",有一珠囊"皆北珠结成","极圆莹粲洁,非世能有",原来是水仙之物,留怙从此处学得养生之道而长寿;卷十九中还记有"复塘龙珠""建昌犀石"和"谢生灵柑"等传说故事,都是记述奇物的。这些风物传说在宋代民间文艺史上有着特殊意义,标志着宋代民间识宝传说的重要转变,即大量的胡人识宝传说渐渐式微,蜕变为宝物神话,成为道术、巫术的工具性文化符号。无疑,这是与宋王朝闭国的政治策略密切联系在一起的。

《夷坚志》作为民间传说、民间故事的集成,在具体记述上,洪迈在许多篇章的末尾都注明讲述人的姓名,这在我国民间文艺史上是很可贵的,如《夷坚甲志》卷二十"一足妇人"所注"三事王嘉叟说";《夷坚乙志》卷二"吴圻梦"所注"圻之侄亿说";《夷坚乙志》卷十七"宣州孟郎中"所注"石田人汪拱说,王十三乃其家仆也"等。由此亦可见洪迈对传说故事记述的审慎态度;在某些方面,他与段成式在《酉阳杂俎》中的做法是一致的。

第四章
宋代的"说话"与民间文艺

宋代民间文艺的发展,离不开对前代的继承;有许多民间文艺作为一种艺术形式,常常是几代人共同造就,才在某一个历史时期得到成熟发展,并呈现出繁荣的。"说话"就是这样。在段成式的《酉阳杂俎》中,我们曾见到关于"说话"即"市人小说"的描述:"予太和末,因弟生日,观杂戏,有市人小说,呼扁鹊作褊鹊,字上声。予令座客任道昇正之。市人言:二十年前,尝于上都斋会设此,有一秀才甚赏。某呼扁字与褊同声,云世人皆误。"可知"说话"这种艺术形式属于"杂戏",而且与"斋会"有一定联系。唐代"说话"即说唱,发展为讲经、俗讲等形式,至宋代由于政治干预、文化自身发展等原因,走向"杂戏"的其他形式。高承在《事物纪原》中曾记述"市人有能谈《三国》者",可见关于三国历史的传说故事,在宋代"说话"中已经发展成为相当通俗的表现内容。"说话"作为民间大众娱乐的重要形式,体现出通俗性、平民性、商品性的时代特征。

事实上,"说话"作为一种民间文艺生活,早在汉代就已经出现,如刘向《列女传》卷一中提到的"夜则令瞽诵诗道正事",以及汉代文物中的"说书俑",都表明汉代已经有这种职业艺术行为。三国时期,裴松之在注《三国志》引《魏略》中,也记述有"诵俳优小说数千言"等材料。而只有到宋代,当城市经济高度发展以后,市民这一特殊阶层在社会生活中起到越来越重要的作用,尤其是寺院俗讲被宋真宗所禁止,民间百姓对审美艺术的要求越来越高,勾栏瓦肆林立,"说话"就成为社会的主流文化之一,日益繁荣。在文艺史研究中,有一些学者对于"说话"存在着许多误识,或者把它作为寺院俗讲的变体,或者仅仅把它作为一种文人生活。勿庸赘述,汉代社会就有了"说话"的雏形,甚至荀子的《成相篇》也可看作这种艺术的萌芽,只是僧人出于宗教宣传需要,在讲经时借用了这种形式;"说话"或者有文字底本,即话本,或者在传唱中由师徒间口头传授,从根本上就是一种口头创作,是典型的民间文艺生活,包含着民间文艺的具体内容。我国文人素有学习和借用民间文艺的文化传统,借用"说话"艺术创作话本小说,绝不是"说话"的源头;相反,话本应是民间"说话"的衍生——一些异常浅薄而自负的学者动辄鄙视民间文艺,实在是数典忘祖。

为什么只有到了宋代才出现"说话"的繁荣呢?其中一个非常重要的原因,是宋代城市商贸管理的飞跃发展,和整个宋代社会思想文化环境的相对宽松,在客观上促成了这种民间文艺形式的规模性发展与繁荣。如唐代都城长安,虽然号称当时世界上最大的都会,但在城市管理上却异常拘谨。坊市分区制严重限制了居民和工商业者的各种活动。程蔷与董乃斌的《唐帝国的精神文明》[1]一书,在《都市民俗篇》中对此作了详细描述。当时市场的拓展受到很大限制,坊区内由人把守,早晚开闭有严格规定,出入极为不便,它又如何使大众得到充分的娱乐呢?而宋代城市管理能力有了很大提高,人们的闲暇时间较多,并且言路较为自由,虽然有"乌台诗案"那样的文字狱,但终未形成气候。在这样的氛围中,"说话"有了广大的听众,获得了广泛的社会支持;"说话"人在规模和技能上不断扩大和提高,并且融入商业贸易活动,即听众付钱与"说话"人,使勾栏瓦肆的硬件建设得到迅速发展。在这种情况下,全社会的民间文艺日益繁荣,就是必然的了。如孟元老《东京梦华录》卷二"东角楼街巷"条载:"街南桑家瓦子,近北则中瓦,次

---

[1] 程蔷、董乃斌:《唐帝国的精神文明》,中国社会科学出版社1996年版。

里瓦。其中大小勾栏五十余座。内中瓦子莲花棚、牡丹棚,里瓦子夜叉棚、象棚最大,可容数千人。自丁先现、王团子、张七圣辈,后来可有人于此作场。瓦中多有货药、卖卦、喝故衣、探博、饮食、剃剪、纸画、令曲之类。终日居此,不觉抵暮";卷五"京瓦伎艺"条所记更为详细:

> 崇、观以来,在京瓦肆伎艺,张延叟,《孟子书》。主张小唱李师师、徐婆惜、封宜奴、孙三四等,诚其角者。嘌唱弟子:张七七、王京奴、左小四、安娘、毛团等。教坊减罢并温习张翠盖、张成,弟子薛子大、薛子小、俏枝儿、杨总惜、周寿奴、称心等般杂剧。杖头傀儡任小三,每日五更头回小杂剧,差晚看不及矣。悬丝傀儡张金线。李外宁,药发傀儡。张臻妙、温奴哥、真个强、没勃脐、小掉刀,筋骨上索杂手伎。浑身眼、李宗正、张哥,球杖踢弄。孙宽、孙十五、曾无党、高恕、李孝详,讲史。李慥、杨中立、张十一、徐明、赵世亨、贾九,小说。王颜喜、盖中宝、刘名广,散乐。张真奴,舞旋。杨望京,小儿相扑、杂剧、掉刀、蛮牌。董十五、赵七、曹保义、朱婆儿、没困驼、风僧哥、俎六姐,影戏。丁仪、瘦吉等,弄乔影戏。刘百禽,弄虫蚁。孔三传,耍秀才,诸宫调。毛详、霍百丑,商谜。吴八儿,合笙。张山人,说诨话。刘乔、河北子、帛遂、胡牛儿、达眼五、重明乔、骆驼儿、李敦等,杂班外入。孙三,神鬼。霍四究,说《三分》。尹常卖,《五代史》。文八娘,叫果子。其余不可胜数。不以风雨寒暑,诸棚看人,日日如是。教坊、钧容直,每遇旬休按乐,亦许人观看。每遇内宴前一月,教坊内勾集弟子小儿,习队舞作乐,杂剧节次。

与此内容相似、相关联者,还有卷六中的"元宵"、卷七中的"驾登宝津楼诸军呈百戏"、卷八中的"六月六日崔府君生日二十四日神保观神生日"、卷九中的"宰执亲王宗室百官入内上寿"等处。这种情景的记述,对于我们研究古代戏曲史具有异常重要的意义。其他如耐得翁的《都城纪胜》中,有

"瓦舍众伎"条记述南渡之后的民间说话等艺术生活;《西湖老人繁胜录》中也有记述;吴自牧《梦粱录》卷二十中,列有"百戏伎艺""小说讲经史"等。"说话"的分类即职业化特征越来越明显,如《西湖老人繁胜录》中提到"瓦市"有"南瓦、中瓦、大瓦、北瓦、蒲桥瓦。惟北瓦大,有勾栏一十三座,常是两座勾栏,专说史书","小张四郎一世只在北瓦占一座勾栏说话,不曾去别瓦作场,人叫做小张四郎勾栏"。而且,"说话"艺人还有了自己的行会组织,诸如周密的《武林旧事》"社会"条所载"二月八日,为桐川张王生辰,震山行宫,朝拜极盛,百戏竞集,如绯绿社、齐云社、遏云社、同文社、角觝社、清音社、锦标社、锦体社、英略社、雄辩社、翠锦社、绘革社、净发社、律华社、云机社",其中"雄辩社"是专业的"小说"即"说话"行会。这些行会已形成了一定的行规,称先生、名公等。他们或创作,或表演,使"说话"这种民间文艺形式专业化,有效地提高了其艺术水平。如罗烨《醉翁谈录》中"小说开辟"所述,其内容"论才词有欧、苏、黄、陈佳句,说古诗是李、杜、韩、柳篇章。举断模按,师表规模,靠敷演令看官清耳。只凭三寸舌,褒贬是非;略咽万余言,讲论古今。说收拾寻常有百万套,谈话头动辄是数千回","说国贼怀奸从佞,遣愚夫等辈生嗔;说忠臣负屈衔冤,铁心肠也须下泪;讲鬼怪令羽士心寒胆战;论闺怨遣佳人绿惨红愁","讲论处不滞搭,不絮烦;敷演处有规模,有收拾;冷淡处提掇得有家数,热闹处敷衍得越久长"。从《三朝北盟会编》等史册可知,宋仁宗曾要臣下"日进一奇怪之事",宋高宗有"王六大夫"等人,"元系御前讲话",金人也曾"来索御前祗候",有"杂剧、说话、弄影戏、小说"等艺人;《东京梦华录》卷二"酒楼"中所记"大抵酒肆瓦市,不以风雨寒暑,白昼通夜,骈阗如此",可见"说话"艺人的演出通宵达旦,其影响自朝廷至民间都有广泛存在。《都城纪胜》和《梦粱录》还提到"说话"有"四家",可见"说话"在宋代不论是规模上还是艺术成就上都达到了相当高的水平;其内容有"小说""说铁骑儿""说经""说参请""讲史书"等,所讲"烟粉、灵怪、传奇、公案、朴刀、杆棒""宝庵、管庵、喜然和尚""讲说《通鉴》、汉唐历代书史文传、兴废争战之事"等,"大抵多虚少实","真假相半"。所有这些材料都表明宋代"说话"的繁荣景象及其成熟的艺术发展形态。

总观宋代民间"说话",其存留至今的"话本"即"说话"的底本,在内容上可分为三大类:一类是"讲史"[1],即以历史题材为讲说对象,对历史传说故事进行讲述;一类是"说经",即对宗教文化中的世俗性传说故事进行讲述;一类是世俗性民间传说和民间故事,即"小说"[2],这是"说话"的核心部分,主要有时事类、剑侠类、言情类、神怪类和公案类等。

我们对民间"说话"的理解,现在只能依据文献典籍;而由于历史上一次次文化浩劫,保存宋代"说话"底本较丰富的典籍,如《永乐大典》等遭到损害,我们只能窥一斑而见全豹。同时,我们还可以结合异常艰辛的田野作业,从现在仍流传的历史传说故事中去进行探究,但这项工作难度太大,只有在可能条件下尽量去努力。

"说话"中的"讲史",也有称为"评话"或者"平话"的。今天我们所见的一些"平话",如《武王伐纣平话》《七国春秋平话后集》《秦并六国平话》《前汉书平话续集》《三国志平话》《五代史平话》和《宣和遗事》等,都初刻于元。这是否说明它们都是在元代才成书呢?我们的回答是否定的。显然,在此之前,就应该有相当多的"说话"底本存在了;但是,我们缺乏宋刻本的文献做凭据。我们所能看到的,只是在《东京梦华录》等典籍中所不断提及的与历史传说故事相关的材料,如《东京梦华录》卷五"京华伎艺"中提到的说《三分》《五代史》;《梦粱录》卷二十"小说讲经史"中提到的"讲说《通鉴》、汉唐历代书史文传、兴废争战之事";《事物纪原》卷九中所记"仁宗时,

---

[1] "讲史"类话本主要有《武王伐纣平话》《七国春秋平话后集》《秦并六国平话》《前汉书平话续集》《三国志平话》《薛仁贵征辽事略》《五代史平话》《宣和遗事》等,其中除《薛仁贵征辽事略》刊于明代外,其他几种最初皆刊于元代。关于为何会出现这种现象,在其他处再予以详述。

[2] 关于"小说",散佚亦较多,目前我们所能见到的,主要保存在明代洪楩所编的《六十家小说》和近人江东老蟫缪荃孙所刊《烟画东堂小品》中。前一种因洪楩的"清平山堂"堂号,人称"清平山堂话本";后者摘取丛书,命名为"京本通俗小说"。此外,"小说"还存于明代的"三言""二拍"之中。

市人有能谈《三国》者";《东坡志林》中所记"涂巷小儿薄劣,其家所厌苦,辄与钱,令聚坐听说古话。说至《三国》事,闻刘玄德败,频蹙眉,有出涕者;闻曹操败,即喜悦畅快";《夷坚志》支丁卷三中所记"吕德卿偕其友……出嘉会门外茶肆中坐","见幅纸用绯帖,尾云:今晚讲说《汉书》";《宋事实类苑》中所记"优者曰:说韩信";《后村先生大全集》卷十《田舍即事》中,记刘克庄观市优所见"纵谈楚汉割鸿沟""听到虞姬直是愁";《醉翁谈录》"小说开辟"中所记更为系统而完整:

也说黄巢拨乱天下,也说赵正激恼京师。说征战有刘项争雄,论机谋有孙庞斗智。新话说张、韩、刘、岳,史书讲晋、宋、齐、梁。三国志诸葛亮雄材,收西夏说狄青大略。说国贼怀奸从佞,遣愚夫等辈生嗔;说忠臣负屈衔冤,铁心肠也须下泪。

在所保存下来的宋代"说话"文献中,有人以曹元忠有《宋巾箱本五代史平话跋》[1],认为《五代史平话》为"宋刊本",但理由并不充分。关于这个问题,陈汝衡说得颇有道理:"最早将三国故事编刊为首尾完备的书本,并用话本形式出现,就已经发现的说,那就是元刊《全相三国志平话》。这书作蝴蝶装,上栏为图,下栏述事,颇类现今流行市上的连环图画。书首以司马仲相断狱故事为人话,指曹操、孙权、刘备就是汉初韩信、英布、彭越的再世,完全是因果报应之谈。这些似乎是从北宋以来就有的传说。因为在宋刊本《五代史评话》里,已有类似的故事了。"[2] 这里陈汝衡也是把《五代史评话》作"宋刊本"对待的。他又举例《东京梦华录》中提到"说三分""五代史",推测现存的董氏诵芬室影印本《新编五代史评话》,"可能就是北宋(或南宋)

---

[1] "董氏诵芬楼刊本"存,商务印书馆1925年版。
[2] 陈汝衡:《说书史话》,作家出版社1958年版,第35页。

讲史遗留下来仅存的话本"[1]。他还说："北宋既有专说三分的艺人,可见三国故事很早就被民众所喜爱,并且说话人还根据听众的感情,已经把刘备作为正面人物,曹操作为反面人物来处理了。"[2] 对此,鲁迅论述道："说《三国志》者,在宋代已甚盛,盖当时多英雄,武勇智术,瑰伟动人。而事状无楚汉之简,又无春秋列国之繁,故尤宜于讲说。"[3] 宋代民间"说话"的史料钩沉,是非常艰难的事。鲁迅曾在这方面做出卓越的贡献,有《古小说钩沉》和《唐宋传奇集》等著述。

"讲史"不仅在一般"说话"中存在,而且在其他艺术形式中也有,这就是我们所讲的广义性的"说话"。诸如鼓子词,其"多叙历史上英雄和侠义故事,其题材往往采取长篇的讲史小说",而"北宋说书已有鼓子词的存在",如赵德麟《元微之崔莺莺商调蝶恋花鼓子词》,"在北宋勾栏瓦肆里久经作为题材在讲唱"[4]。赵德麟在《侯鲭录》卷五中保存了这篇鼓子词。与一般"讲史"不同的是,他所采用的题材不是那些叱咤风云的历史英雄,而是历史上的爱情传说故事。陈汝衡指出,赵德麟的鼓子词在"体制"上有着重要意义,它"上承唐代变文形式,下开民间鼓子词话本的先河"[5]。

"说话"中的"说经"即"演说佛书",它对唐代"俗讲"有所继承,而更多的是与宋代的"说话"相融,那些被演说的佛教经义类传说故事,因为社会需要而被演绎成具有鲜明的世俗意义的传说故事。同时,在"演说佛书"中,还形成了蔚为壮观的"说经"队伍,如《武林旧事》中所记长啸、彭道安、陆妙慧、陆妙静、余信庵、周太辩、达理、啸庵、隐秀、混俗、许安然、有缘、借庵、保庵、戴悦庵、息庵、戴忻庵等,又如《梦粱录》中所记宝庵、管庵、喜然和

---

[1] 陈汝衡:《说书史话》,作家出版社1958年版,第35页。
[2] 陈汝衡:《说书史话》,作家出版社1958年版,第34页。
[3] 鲁迅:《中国小说史略》,人民文学出版社1982年版,第128页。
[4] 陈汝衡:《说书史话》,作家出版社1958年版,第37页。
[5] 陈汝衡:《说书史话》,作家出版社1958年版,第39页。

尚等。宋代民间"说话"中,关于"说经"所存文献,一般学者多举《大唐三藏取经诗话》《花灯轿莲女成佛记》《五戒禅师私红莲记》《陈可常端阳仙话》等。其中,以《大唐三藏取经诗话》最为重要。

关于《大唐三藏取经诗话》的刊刻时代,王国维在《大唐三藏取经诗话跋》中提及,因"卷末有中瓦子张家印款一行",与《梦粱录》卷十三"铺席"门中所记"保佑坊前"有"张官人诸史子文籍铺",其次即为中瓦子前诸铺相合,故王国维认为"南宋临安书肆,若太庙前尹家、太学前陆家、鞔鼓桥陈家所刊书籍,世多知之,中瓦子张家,惟此一见而已",当为"南宋人所撰话本",为"人间希有之秘笈"[1]。罗振玉也持此见,他以为"宋人平话,传世最少",此书与《宣和遗事》《五代评话》《京本小说》为"宋人平话之传人间者,遂得四种"[2]。

三藏法师即玄奘,他本人曾撰《大唐西域记》,《旧唐书·方伎传》录其事迹。唐代有慧立、谚悰《大唐大慈恩寺三藏法师传》,记述玄奘取经途中所遇种种困难及其一次次化险为夷。《大唐三藏取经诗话》在内容上借用了《大唐大慈恩寺三藏法师传》,叙述唐僧玄奘和猴行者西天取经,历尽艰难险阻,最后胜利返回。其十七段故事,每段都有"行程遇猴行者处第二""经过女人国处第十""入沉香国处第十二""入波罗国处第十三"等"××处第×"之类的标题模式。在此话本中,记述唐僧取经路上,在某国遇到颇有神通的猴行者,入大梵天王宫,被赐以隐形帽、金环锡杖和钵盂三件宝物,一路又遇香山寺、狮子国、树人国、大蛇岭、火类坳、鬼子母国、女人国、王母池、沉香国、波罗国、优钵罗国等,后抵达天竺国,得到五千卷经文;最后回长安,受到皇帝欢迎,于七月十五日其师徒乘天降莲舡而去。其中,第十一段《入

---

[1] 古典文学出版社1954年版。罗振玉所据影印本《吉石庵丛书》类为宋刊大字本,藏日本德富苏峰成篑堂文库;另有宋椠巾箱本,亦为日本人所藏。

[2] 古典文学出版社1954年版。罗振玉所据影印本《吉石庵丛书》类为宋刊大字本,藏日本德富苏峰成篑堂文库;另有宋椠巾箱本,亦为日本人所藏。

王母池之处第十一》记述在王母池,三藏使猴行者偷桃,后世演为孙悟空偷吃王母仙桃故事;第六段《过长坑大蛇岭处第六》记述猴行者斗白虎精,白虎精化为白衣妇人被猴行者识破,以及猴行者钻入白虎精腹中等情节,后世演为孙悟空三打白骨精故事。《大唐三藏取经诗话》当是宋代及其之前玄奘取经相关传说和故事的集大成者,基本上奠定了后来家喻户晓的《西游记》这一文学经典的情节基础。当然,《大唐三藏取经诗话》中的许多故事并不是孤立存在的,而是以宋代社会广泛的民间文艺基础作为其存在背景的。如刘克庄《释老六言十首》中已经有"取经烦猴行者,吟诗输鹤阿师"之句,记述玄奘得到猴行者帮助的内容;张世南在《游宦纪闻》中也有相关的诗句:"无上雄文贝叶鲜,几生三藏往西天。行行字字为珍宝,句句言言是福田。苦海波中猴行复,沉毛江上马驰前。"《大唐三藏取经诗话》既吸收了同时代的传说故事,也吸收了前代诸如《大唐西域记》中的传说故事,同时它也吸收了《博物志》《汉武故事》和《舜子变》等典籍中的传说故事。经过无数人的努力,在元代形成了吴昌龄的杂剧《唐三藏西天取经》和(朝鲜)《朴通事谚解》等作品,并出现了小说《西游记》,成为明代吴承恩创作《西游记》的重要范本。

《花灯轿莲女成佛记》[1]叙述的是花店主人张元善与其妻王氏年四十尚无子女,平素乐善好施,遇一年老乞妇,将她接往家中,老妇死后即转生为张元善之女;后受能仁寺惠光长老的点化,"作善的俱以成佛",此莲女与李小官人结亲,在出嫁中坐化。《五戒禅师私红莲记》开头有"话说大宋英宗治平年间,去这浙江路宁海军钱塘门外",可知临安在太平兴国年间称"宁海军",作品记述"红莲女淫玉禅师"故事,当在宋代成书。五戒禅师与红莲相淫而犯色戒,明悟禅师作偈相讽喻,使五戒羞惭不已。后来五戒与明悟两人

---

[1] 收入洪楩《六十家小说》之《雨窗集》,萧相恺《宋元小说史》中以为其"大约出自南宋",见浙江古籍出版社1997年版,第160页。

圆寂，一个投生于蜀中眉州苏家，转世成苏轼，一个投生谢家，转世成佛印谢端卿，二人又成好友。这则传说在后世被不断演绎成小说、杂剧，如《东坡佛印二世相会》[1]和《两世逢佛印度东坡，相国寺二智成正果》[2]《月明和尚度柳翠》[3]等。此类故事的流传，其意义已经超过了文本自身。《陈可常端阳仙化》[4]在开头有"话说大宋高宗绍兴年间"和"温州府乐清县"字样，由此可知此话本当在宋末出现，因为温州置府是在南宋咸淳年间。此篇故事记述和尚陈可常颇有诗才，在吴七郡王府中填写过《菩萨蛮》，被人指控与王府歌伎有奸情而下狱，"追了度牒"后，"杖一百"，"转发宁家"；第二年端午澄清了陈可常的冤情，陈可常仙化。这两篇故事都具有世俗性特征，以"奸"即淫为故事发生的重要契机，体现出宋代民间"说话"由经卷味向世俗生活味转化的大趋势。和尚偷情故事在民间文艺中是并不少见的内容，它的流传体现出我国民间文化中僧人形象被扭曲的一面；同时，大量的荤味被这类故事所渲染，也是民间文化中婚前性教育、世俗故事中性心理宣泄释放的具体体现。后人因受腐朽而又虚伪的理学观念影响，多鄙视这类作品；这对于我国文化生活的健康发展是不利的——因为它回避现实，无视人的身心健康，只能使人越来越脆弱，越来越虚伪。

世俗性民间传说和民间故事，是宋代民间"说话"最重要的内容。但是，与"讲史"类"说话"一样，许多文本散佚，我们只好依靠钩沉等方式去管窥、探微。世俗的意义在"说话"中体现为以浓郁的生活气息形成别具一格的文化特色，产生了人们所称的"小说"。吴自牧、耐得翁、罗烨等人所分类目大致相同。如耐得翁在《都城纪胜》中，释"小说"谓"银字儿"，分为"烟粉、灵怪、传奇、说公案，皆是朴刀、杆棒及发迹变泰之事"；吴自牧在《梦粱录》

---

[1] 见《绣谷春容》与《燕居笔记》。
[2] 见《警世奇观》。
[3] 见《古今小说》卷二十九。
[4] 存于《警世通言》卷七中，《京本通俗小说》卷十一为《菩萨蛮》。

中分为"烟粉、灵怪、传奇、公案、朴刀、杆棒"等类;罗烨在《醉翁谈录》中分"灵怪、烟粉、传奇、公案兼朴刀、杆棒、妖术、神仙"等类。其中,《醉翁谈录》所录"小说"名目计有一百零七种,是宋代民间"说话"中"小说"类集大成者。如其"灵怪"类存《杨元子》《汀州记》《崔智韬》《李达道》《红蜘蛛》《铁瓮儿》《水月仙》《大槐王》《妮子记》《铁车记》《葫芦儿》《人虎传》《太平钱》《芭蕉扇》《八怪国》《无鬼论》;其"烟粉类"存《推车鬼》《灰骨匣》《呼猿洞》《闹宝录》《燕子楼》《贺小师》《杨舜俞》《青脚狼》《错还魂》《侧金盏》《刁六十》《斗车兵》《钱塘佳梦》《锦庄春游》《柳参军》《牛渚亭》;其"传奇"类存《莺莺传》《爱爱词》《张康题壁》《钱榆骂海》《鸳鸯灯》《夜游湖》《紫香囊》《徐都尉》《惠娘魄偶》《王魁负心》《桃叶渡》《牡丹记》《花萼楼》《章台柳》《卓文君》《李亚仙》《崔护觅水》《唐辅采莲》;其"公案"类存《石头孙立》《姜女寻夫》《忧(夏)小十》《驴垛儿》《大烧灯》《商氏儿》《三现身》《火枕笼》《八角井》《药巴子》《独行虎》《铁秤槌》《河沙院》《戴嗣宗》《大朝(相)国寺》《圣手二郎》;其"朴刀"类存《大虎头》《李从吉》《杨令公》《十条龙》《青面兽》《季铁铃》《陶铁僧》《赖五郎》《圣人虎》《王沙马海》《燕四马八》;其"杆棒"类存《花和尚》《武行者》《飞龙记》《梅大郎》《斗刀楼》《拦路虎》《高拔钉》《徐京落章(草)》《五郎为僧》《王温上边》《狄昭认父》;其"神仙"类存《种叟神记》《月井文》《金光洞》《竹叶舟》《黄粮梦》《粉盒儿》《马谏议》《许岩》《四仙斗圣》《谢塘落梅》;其"妖术"类存《西山聂隐娘》《村邻亲》《严师道》《千圣姑》《皮箧袋》《骊山老母》《贝州王则》《红线盗印》《丑女报恩》。其中存录最多者是"水浒"故事,如"公案"类中的《石头孙立》,"朴刀"类中的《青面兽》,"杆棒"类中的《花和尚》《武行者》(还有"公案"类中《独行虎》可能也是)等作品;其次是"杨家将"故事和"西游记"故事,如"朴刀"类中的《杨令公》和"杆棒"类中的《五郎为僧》,"灵怪"类中的《芭蕉扇》和"妖术"类中的《骊山老母》等。其他还有存于"传奇"类中的《莺莺传》《爱爱词》《牡丹记》《王魁负心》《卓文君》,存于"公案"类中的《姜女寻夫》,存于"神仙"类中的《黄粱梦》和"妖术"类中的《西山聂隐娘》《贝州王则》《红线盗印》等故事,显然是以前代小说和民间传说故事为题材的,由此也可以看到元杂剧和明清小说的源头或原型在宋代民间文艺中的具体体现。其中,宋代就已流行的"水浒"故事、"杨家将"故事和"包拯"故事(即"公案"类中的《三现身》,在后世演为《三现身包龙头断案》),在宋代民间文艺史上具有尤为独特的价值和意义。《京本通俗小说》[1]中存有《错斩崔宁》《碾玉观音》《西山一窟鬼》,被冯梦龙录入《醒世恒言》和《警世通言》,分别题作《十五贯戏言成巧祸》(注为"宋本作《错斩崔宁》")、《崔待诏生死冤家》(注为"宋人小说题作《碾玉观音》")、《一窟鬼癞道人除鬼》(注为"宋人小说作《西山一窟鬼》")。洪楩《清平山堂话本》中二十九种"小说"名目和晁瑮《宝文堂书目》所存二十八种,也都存有不少宋代"小说"。[2]钱曾的《也是园书目》录入"宋人词话十二种",诸如《灯花婆婆》《风吹轿儿》《冯玉梅团圆》《种瓜张老》《错斩崔宁》《简帖和尚》《紫罗盖头》《山亭儿》《李焕生五阵雨》《女报冤》《西湖三塔》《小金钱》等,是尤为难得的材料。正如明代绿天馆主人在《古今小说叙》[3]中所述:"史统散而小说兴。始乎周季,盛于唐,而浸淫于宋……迨开元以降,而文人之笔横矣。若通俗演义,不知何昉。按南宋供奉局,有说话人,如今说书之流,其文必通俗,其作者莫可考。泥马倦勤,以太上享天下之养。仁寿清暇,喜阅话本,命内珰日进一帙,当意,则以金钱厚酬。于是,内珰辈广求先代奇迹及闾里新闻,倩人敷演进御,以怡天颜。然一览辄置,卒多浮沉内庭,其传布民间者,什不一二耳。"在某种程度上讲,宋代民间"说话"中的"小说"对社会现实的反映是相当及时的,

---

[1] 《京本通俗小说》编者不详,1915年江东老蟫刊印时,收《碾玉观音》《菩萨蛮》《西山一窟鬼》《志诚张主管》《拗相公》《错斩崔宁》《冯玉梅团圆》等篇,后亚东图书馆在原七篇基础上加入《金主亮荒淫》,刊印《宋人话本八种》。

[2] 陈汝衡:《说书史话》,作家出版社1958年版,第59页。其中诸如《简帖和尚》《西湖三塔记》等,系宋人作品。

[3] 商务印书馆订正"明天许斋本"本,1947年上海涵芬楼排印。

与汉乐府民歌颇为相似,朝廷和民间都喜爱这种艺术,一方面用以娱乐,一方面则借以"观民风"。因此它获得了广泛的社会支持,所出现的繁荣景象也就是自然的了。

宋代"小说"对后世的影响相当久远,有许多作品甚至因为在明清时期被改编成戏曲、小说而家喻户晓。如《警世通言》中的《碾玉观音》记述郡王韩世忠府内的养娘璩秀秀与碾玉待诏崔宁相爱,他们私奔他乡后被排军郭立发现。璩秀秀被抓回郡王府打死,崔宁被遣往建康,而璩秀秀的鬼魂与崔宁相结合,一起在建康生活。此事又为郭立发现,最后璩秀秀与崔宁在阴间做了夫妻。故事中的璩秀秀泼辣、勇敢、坚贞,崔宁则忠厚、朴实、聪明、善良,二人的结合是由于崔宁将玉碾成观音像,受到郡王重视而将璩秀秀许配给他,后来碾玉又成为他们的生计,因而作品取名《碾玉观音》。《小金钱》即《警世通言》中的《小夫人金钱赠年少》,又名《志诚张主管》,记述小夫人身为人妾,被弃后嫁与比她大三四十岁的线铺张员外,她爱上了店铺中的年轻主管张胜;但张胜生性懦弱,不敢接受小夫人的爱,离开了店铺。后来小夫人自缢而死,希望张胜能接受她,而张胜恪守"忠""孝",仍然拒绝,使小夫人非常失望。《警世通言》中的《金明池吴清逢爱爱》即《爱爱词》,记述酒家女爱爱与小员外吴清相遇,因受父母责骂而死。后来吴清再访,爱爱鬼魂与其相会并结合。吴清因而身体消瘦,引起父母警觉,请来道士驱邪,道士送吴清宝剑用以镇爱爱鬼魂。爱爱怒惩吴清,又因爱吴清而为其撮合亲事。《醒世恒言》中的《闹樊楼多情周胜仙》记述商人之女周胜仙与范二郎相遇并相爱,但周父拒绝此亲事。周胜仙气绝而亡,葬于坟中,遇朱真盗墓并奸尸,死而复生,成为朱真之妻。后来周胜仙与范二郎结成夫妇,朱真被斩。这几篇故事有两个共同的内容值得我们注意:一是都有店铺出现,碾玉铺、线铺、酒铺、商铺,表明是市井故事;一是鬼魂与人相爱,璩秀秀、小夫人、爱爱、周胜仙四个女性都是死后仍挚爱着自己的情人,表现出宋人特有的人鬼观念和婚姻观念。《京本通俗小说》中的《西山一窟鬼》记述杭州秀才吴某娶李乐娘为妻,而李乐娘却是鬼魅。后秀才与人过西山,得癫道人帮助,将鬼魅除去,吴某则因此出家。存于《宝文堂书目》中的《西湖三塔记》记述杭州有水獭、白蛇、乌鸡三怪迷惑他人,被奚真人所收,造成三塔,镇此三怪于湖中。此中有"白蛇"作为精怪,可以看出民间传说《白蛇传》生成的端倪。《古今小说》中的《张古老种瓜得文女》即《醉翁谈录》"神仙"类中的《种叟神记》,《也是园书目》作《种瓜张老》,记述文女(即天上玉女)下凡,张古老扮成种瓜人,娶文女为妻;文女之兄因杀心太重,只能做扬州城隍而不能成仙。这个故事中有八十老翁与十八少女成婚、雪中生瓜等神奇情节,引人入胜。这几篇精怪、神仙类"小说",更具体地体现出宋代民间信仰中的神怪观念。《醒世恒言》中的《十五贯戏言成巧祸》即《也是园书目》中的《错斩崔宁》,记述商人刘贵借得十五贯钱,回家与妾陈二姐开玩笑,戏称已将其典卖,陈二姐为此离家,路上遇见崔宁,二人结伴同行。适逢某盗贼入室行窃,抢走十五贯钱,杀死刘贵。崔宁因身边亦有十五贯钱,被告成凶手、奸夫,屈打成招而被错斩。后刘贵之妻王氏知悉实情,告至官府,盗贼被抓获,陈二姐与崔宁之冤情始得昭雪。《警世通言》中的《三现身包龙图断案》即《醉翁谈录》"公案"类中的《三现身》,记述包拯"日间断人,夜间断鬼",其中有孙押司被某算命先生算定某日必死,果然应验,而罪犯竟是孙押司之妻及与之有奸情的小押司。孙押司的冤魂三次现身显灵,给包拯托梦,包拯运用智慧,通过对冤魂所留字句和梦中所得"要知三更事,掇开火下水"的解析,最后使冤案大白。这两篇"公案"类小说在体现宋人因果报应观念的同时,也表现出宋代的法制情况与法制观念。其中的包拯传说对后世产生了深远影响,为后世的清官传说模式奠定了基础。《警世通言》中的《万秀娘仇报山亭儿》即《也是园书目》中的《山亭儿》,是《醉翁谈录》中"朴刀"类的《十条龙》和《陶铁僧》两篇故事的融合。作品记述万秀娘被陶铁僧等人所劫,义盗尹宗相救,并将万秀娘送至家中,却被十条龙苗忠所杀,后来邻人报告官府,苗忠等人被斩,尹宗则得以立庙受奉祀。这里突出的是义盗尹宗的"义"字,作品写他以孝事母,遇人之危而舍身相救,并拒绝万秀娘以身相许,以避乘人之危的嫌疑,其光明磊落的形象跃然而出。这些内容体现出宋代民间文化中崇尚侠义的观念,从另一个方面表现出宋代社会的世俗生活。

宋代文献在各朝代中特别丰富,而其残损也尤为严重。我们理解宋代民间的"说话"艺术,只好从其他文献的字里行间去寻找蛛丝马迹,判断哪些属于宋代的民间文艺。这必然影响我们对于宋代民间文艺史的全面认识。随着更多史料、文献的发现,这种局面必然会打破。更重要的是,在"说话"中,我们可以看到后世小说和戏曲等艺术的滥觞,看到民间文艺的继承和发展情况。

第五章
宋代民间戏曲

宋代是中国戏曲艺术的黄金时期之一。

宋代民间戏曲在《东京梦华录》和《梦粱录》等典籍中以不同形式被记述，其发展与繁荣，标志着我国戏曲艺术的第一个高潮。同时我们也应该看到，宋代民间戏曲不仅仅在市井里巷和村野演出，而且为宫廷和王侯将相府第所青睐[1]。这种现象在我国古代文化史上应该是相当普遍的。

直到今天，在河南、山西、陕西等地，还分散着宋代神庙及为供演出神戏所筑就的露台等文物，从一个方面表现出往昔民间戏曲的繁荣景象。尤其是中原地区的民间文化中，至今还保存着与宋代文献的记载相合的各种戏曲形式，诸如傀儡戏、杂技、歌舞、鼓子词等，堪称民间戏曲的"活化石"。这也是我国民间文艺史上一个特殊的现象。

《东京梦华录》等文献记述了北方地区的民间文艺生活，即以东京为中心的戏曲演出的具体场景，这是十分珍贵的内容，如《东京梦华录》卷五中对"京华伎艺"的描述。其卷六对"元宵"的记述更加周详："奇术异能，歌舞百戏，鳞鳞相切，乐声嘈杂十余里"，"李外宁，药发傀儡"，"榾柮儿，杂剧"，"温大头、小曹，稽琴"，"党千，箫管"，"王十二，作剧术。邹遇、田地广，杂扮"，"尹常卖，《五代史》"，"杨文秀，鼓笛"，"更有猴呈百戏，鱼跳刀门，使唤蜂蝶，

---

[1] 如《东京梦华录》卷六"元宵"中载"上有大牌，曰宜和与民同乐"。

追呼蜈蚁";"内设乐棚,差衙前乐人作乐杂戏,并左右军百戏,在其中驾坐一时呈拽";"教坊、钧容直、露台弟子,更互杂剧","万姓皆在露台下观看,乐人时引万姓山呼"。其卷七"驾幸临水殿观争标锡宴"中,记述"近殿水中,横列四彩舟,上有诸军百戏,如大旗、狮豹、掉刀、蛮牌、神鬼、杂剧之类。又列两船,皆乐部。又有一小船,上结小彩楼,下有三小门,如傀儡棚,正对水中乐船。上参军色进致语,乐作,彩棚中门开,出小木偶人,小船子上有一白衣垂钓,后有小童举棹划船,辽绕数回,作语,乐作,钓出活小鱼一枚。又作乐,小船入棚。继有木偶筑球舞旋之类,亦各念致语,唱和,乐作而已,谓之水傀儡。又有两画船,上立秋千,船尾百戏人上竿,左右军院虞候监教,鼓笛相和",待"水戏呈毕","百戏乐船并各鸣锣鼓,动乐舞旗,与水傀儡船分两壁退去"。卷七中《驾登宝津楼诸军呈百戏》一节,记述最为详细:

  驾登宝津楼,诸军百戏,呈于楼下。先列鼓子十数辈,一人摇双鼓子,近前进致语,多唱"青春三月蓦山溪"也。唱讫,鼓笛举,一红巾者弄大旗,次狮豹入场,坐作进退,奋迅举止毕。次一红巾者手执两白旗子,跳跃旋风而舞,谓之扑旗子。及上竿、打筋斗之类讫,乐部举动,琴家弄令,有花妆轻健军士百余,前列旗帜,各执雉尾、蛮牌、木刀。初成行列拜舞,互变开门夺桥等阵,然后列成偃月阵。乐部复动蛮牌令,数内两人出阵对舞,如击刺之状,一人作奋击之势,一人作僵仆。出场凡五七对,或以枪对牌、剑对牌之类。忽作一声如霹雳,谓之爆仗,则蛮牌者引退,烟火大起,有假面披发,口吐狼牙烟火,如鬼神状者上场,着青帖金花短后之衣,帖金皂裤,跣足,携大铜锣随身,步舞而进退,谓之抱锣。绕场数遭,或就地放烟火之类。又一声爆仗,乐部动《拜新月慢》曲,有面涂青碌(绿),戴面具金睛,饰以豹皮锦绣看带之类,谓之硬鬼。或执刀斧,或执杵棒之类,作脚步蘸立,为驱捉视听之状。又爆仗一声,有假面长髯,展裹绿袍靴简,如钟馗像者;傍一人以小锣相招和舞步,谓之舞判。继有二三瘦瘠,以粉涂身,金睛白面,如骷髅状,系锦绣围肚看带,手执软仗,各作诙谐趋跄,举止若俳戏,谓之哑杂剧。又爆仗响,有烟火就涌出,人面不相睹,烟中有七人,皆披发文身,着青纱短后之衣,锦绣围肚看带,内一人金花小帽,执白旗,余皆头巾,执真刀,互相格斗击刺,作破面剖心之势,谓之七圣刀。忽有爆仗响,又复烟火。出散处以青幕围绕,列数十辈,皆假面异服,如祠庙中神鬼塑像,谓之歇帐。又爆仗响,卷退。次有一人击小铜锣,引百余人,或巾裹,或双髻,各着杂色半臂,围肚看带,以黄白粉涂其面,谓之抹跄。各执木棹刀一口,成行列,击锣者指呼,各拜舞起居毕,喝喊变阵子数次,成一字阵,两两出阵格斗,作夺刀击刺之态百端讫,一人弃刀在地,就地踢声,背着地有声,谓之扳落。如是数十对讫,复有一装田舍儿者入场,念诵言语讫,有一装村妇者入场,与村夫相值,各持棒杖,互相击触,如相殴态。其村夫者,以杖背村妇出场毕。后部乐作,诸军缴队杂剧一段,继而露台弟子杂剧一段。是时,弟子萧住儿、丁都赛、薛子大、薛子小、杨总惜、崔上寿之辈,后来者不足数……

其后又有"引马""开道旗""拖绣球""蜡柳枝""旋风旗""扁马马""跳马""拖马""飞仙膊马""绰尘""黄院子""妙法院""小打""大打"等百戏动作。这里我们看到的是杂剧演出及其演出之前的民间文艺即"百戏"作为准备、热身的情景。杂剧演出被掺杂以百戏并与之相糅合,这是宋代民间戏曲的普遍现象,在此处得到集中而典型的体现。杂剧及百戏的演出服饰、面具、动作,在此处也得到完整的表现。应该说,这段记述对杂剧、百戏及傀儡戏等文艺形式的描绘,是整个宋代民间文艺生活,尤其是民间戏曲生活的一个缩影。这样,我们就不难理解宋杂剧为何具有不断的源泉,使其保持着旺盛的生机了。杂剧本身就是民间文艺的一种形式,与之相伴而生的傀儡戏,以及各种民间艺术,诸如舞蹈、杂技、大曲等内容,也是民间文艺生活的一部分,它们之间互相影响,共同发展。这里值得我们注意的是,在杂剧演出的过程中,那些露台弟子,诸如"萧住儿、丁都赛、薛子大、薛子小、杨总惜、崔上寿之辈",以及"不足数"的"后来者",应当是当时的名角。这表明杂剧演出对专业演出人才的培养及他们艺术水平的提高,具有十分重要的作用。

耐得翁的《都城纪胜》、西湖老人的《繁胜录》、吴自牧的《梦粱录》和周密的《武林旧事》,所记民俗生活都是以杭州为中心的南方地区的内容,其中有许多关于民间戏曲演出的详细记述。如《都城纪胜》中"瓦舍众伎"条所记"杂剧"与"诸宫调",以及其他民间"杂扮"(即"杂剧之散段")、傀儡、影戏等艺术形式。耐得翁解释"瓦"为"野合易散之意",在京师"甚为士庶放荡不羁之所,亦为子弟流连破坏之地"。在这样的环境中,杂剧演出的氛围与此相融合。如其记述"散乐传学教坊十三部,唯以杂剧为正色"。旧教坊中,有"筚篥部、大鼓部、杖鼓部、拍板色、笛色、琵琶色、筝色、方响色、笙色、舞旋色、歌板色、杂剧色、参军色"等,"杂剧部又戴诨裹,其余只是帽子幞头"。其他还有"小儿队""女童采莲队""钧容班"等,"乘马动乐者,是其故事也"。《都城纪胜》对"杂剧"的创作、作曲扮演角色等,所记尤为详细。如"有孟角球,曾撰杂剧本子,又有葛守成撰四十大曲词,又有丁仙现捷才知音,绍兴间,亦有丁汉弼、杨国祥";"杂剧中,末泥为长,每四人或五人为一场,先做寻常熟事一段,名曰艳段;次做正杂剧,通名为两段。末泥色主张,引戏色分付,副净色发乔,副末色打诨,又或添一人装孤",这是现有文献中较早的关于杂剧演出内容的记述。诸宫调是宋代民间曲艺中的重要形式,此中记述了"京师孔三传编撰",具体内容有"传奇、灵怪、八曲、说唱",所配乐器有"箫管、笙、篥、稽琴、方响",又有"拍番鼓子、敲水盏锣板、和鼓儿";在诸宫调的演唱中,有"小唱""嘌唱""下影带""散叫""打拍""唱赚"及"缠令""缠达""覆赚"等,"凡赚最难,以其兼慢曲、曲破、大曲、嘌唱、耍令、番曲、叫声诸家腔谱也"。"杂扮"又名"杂旺""纽元子""技和","乃杂剧之散段"。"村人罕得入城",于是"多借装为山东、河北村人,以资笑"。"傀儡戏"有"弄悬丝傀儡、杖头傀儡、水傀儡、肉傀儡","凡傀儡敷演烟粉灵怪故事、铁骑公案之类，其话本或如杂剧，或如崖词，大抵多虚少实，如巨灵神朱姬大仙之类是也"。关于"影戏"，其中记述道："凡影戏乃京师人初以素纸雕镞，后用彩色装皮为之；其话本与讲史书者颇同，大抵真假相半，公忠者雕以正貌，奸邪者与之丑貌，盖亦寓褒贬于市俗之眼戏也"。在《西湖老人繁胜录》中，记有"国忌日，分有无乐社会（日）"[1]，如"恃田乐、乔谢神、乔做亲、乔迎酒、乔教学、乔捉蛇、乔焦锤、乔卖药、乔像生、乔教象、习待诏、青果社、乔宅眷、穿心国进奉、波斯国进奉"等；待重大节庆活动时，民间文艺活动更为繁盛，如"全场傀儡、阴山七骑、小儿竹马、蛮牌狮豹、胡女番婆、踏跷竹马、交衮鲍老、快活三郎、神鬼听刀"等；其他还有"清乐社"中的"鞑靼舞、老番人、耍和尚"，"斗鼓社"中的"大敦儿、瞎判官、神杖儿、扑蝴蝶、耍师姨、池仙子、女杵歌、旱龙船"，以及"福建鲍老一社，有三百余人"，"川鲍老亦有一百余人"，"喝涯词，只引子弟；听淘真，尽是村人"，"御街扑卖摩侯罗"者以"牛郎织女，扑卖盈市"，"卖荷叶伞儿，家家少女乞巧饮酒"等记载。"瓦市"条所记民间戏曲等民间文艺活动亦相当详细，如其中的"北瓦"记有"勾栏一十三座"，"背做蓬花棚，常是御前杂剧，赵泰、王葵喜、《宋邦宁河宴》清锄头、段子贵。弟子散乐，作场相扑，王侥大、撞倒山、刘子路、铁板踏、宋金刚、倒提山、赛板踏、金重旺、曹铁凛，人人好汉"；"女流，史惠英，小张四郎，一世只在北瓦，占一座勾栏说话，不曾去别瓦作场"；"勾栏合生，双秀才"；"仗头傀儡，陈中喜；悬丝傀儡，炉金线"；"杂班，铁刷汤、江鱼头、兔儿头、菖蒲头"；"舞番乐，张遇喜"；"水傀儡，刘小仆射"；"影戏，尚保义、贾雄"；"卖嘌唱，樊华"；"唱赚，濮三郎、扇李二郎、郭四郎"；"说唱诸宫调，高郎妇、黄淑卿"；"乔相扑，鼋鱼头、鹤儿头、鸳鸯头、一条黑、斗门桥、白条儿"；"谈诨话，蛮张四郎"；"散耍，杨宝兴、陆行、小关西"；"装秀才，陈斋郎"；"学乡谈，方斋郎"等，其中"分数甚多，十三应勾栏不闲，终日团圆"。《梦粱录》卷一"元宵"条中，载有"清

---

[1] 此为"初八日""十二日"和"十三日"。

音、遏云、掉(棹)刀、鲍老、胡女、刘衮、乔三教、乔迎酒、乔亲事、焦锤架儿、仕女、杵歌、诸国朝、竹马儿、村田乐、神鬼、十斋郎各社,不下数十",以及"乔宅眷、旱龙船、踢灯、鲍老、驼象社"和"官巷口、苏家巷二十四家傀儡";其卷三"宰执亲王南班百官入内上寿赐宴"条载有"教乐所伶人以龙笛腰鼓发诨子,参军色执竹竿拂子,奏俳语口号,祝君寿","杂剧色打和毕"而"参军色再致语,勾合大曲舞","百官酒,乐部起三台舞,参军色执竿奏数语,勾杂剧入场,一场两段","是时,教乐所杂剧色何雁喜、王见喜、金宝、赵道明、王吉等,俱御前人员,谓之无过虫";其卷二十"妓乐"条载有"散乐传学教坊十三部"等内容,与《都城纪胜》中"瓦舍众伎"所记大致相同,当是吴自牧对此所做摘录,本卷"百戏伎艺"条所记民间文艺则非常详细而有颇为珍贵的价值,其所记"百戏踢弄家""承应上竿抢金鸡","能打筋头、踢拳、踏跷、上索、打交辊、脱索、索上担水、索上走装神鬼、舞判官、斫刀蛮牌、过刀门、过圈子"等"百戏"活动。"踢弄人"即民间艺术家,在此举数27人,都是其他典籍中所少见的。这里还记述了"又有村落百戏之人,拖儿带女,就街坊桥巷,呈百戏伎艺,求觅铺席宅舍钱酒之资",这种村落间民间艺人的生活,在宋代文献中也是很少见到的。关于傀儡戏,这里集中记述道:"凡傀儡,敷演烟粉、灵怪、铁骑、公案、史书历代君臣将相故事话本,或讲史,或作杂剧,或如崖词。如悬线傀儡者,起于陈平六奇解围故事也。今有金线卢大夫、陈中喜等,弄得如真无二,兼之走线者尤佳。更有杖头傀儡,最是刘小仆射家数果奇,大抵弄此多虚少实,如巨灵神姬大仙等也。其水傀儡者,有姚遇仙、赛宝哥、王吉、金时好等,弄得百怜百悼。"周密的《武林旧事》卷一"圣节"条列举了"天基圣节排当乐次"中各种乐曲的演奏与"杂剧""傀儡""百戏"的演出名目。在"杂剧色"中记述有"吴师贤、赵恩、王太一、朱旺(猪儿头)、时和、金宝、俞庆、何晏喜、沈定、吴国贤、王寿、赵宁、胡宁、郑喜、陆寿";其他还记述有"歌板色""拍板色""箫色""筝色""琵琶色""嵇琴色""笙色""觱篥色""笛色""方响色""杖鼓色""大鼓色""舞旋色""内中上教""弄傀傀""杂手艺""女厮扑""筑球军""百戏""百禽鸣"等,总计有273人,有姓名者158人。其卷三"迎新"条记述有"杂剧百戏诸艺之外,又为渔父习闲、竹马出猎、八仙故事"等"台阁"演出活动;其卷六"诸色伎艺人"条记述了"书会""演史""说经诨经""小说""影戏""唱赚""小唱""丁未年拨入勾栏弟子嘌唱赚色""鼓板""杂剧""杂扮""弹唱因缘""唱京词""诸宫调""唱耍令""唱拨不断""说诨话""商谜""学乡谈""舞绾百戏""神鬼""撮弄杂艺""踢弄""傀儡""清乐""角觝""乔相扑""女飐""散耍""装秀才""吟叫""合笙""沙书""说药"等民间文艺演出中的角色及其姓名。最有价值者是其第十卷中所记"官本杂剧段数",总计有280段,其中有《简帖薄媚》《郑生遇龙女薄媚》《柳毅大圣乐》《二郎熙州》《李勉负心》《相如文君》《崔智韬艾虎儿》《裴航相遇乐》《木兰花爨》[1]《钟馗爨》《王魁三乡题》《眼药酸》和《二郎神变二郎神》等,都是我们所熟悉的以民间传说故事为题材的杂剧。由此,我们可以管窥宋代杂剧与民间文艺之间的密切联系。

在民间文艺生活中,民间戏曲的存在和发展从来都是以丰富多彩的民间文化等内容为背景的;同时,有许多民间戏曲因为社会的广泛需要,日益成为当时的名篇(剧),因而也从演出中涌现出一批有影响的民间文艺名角,带动了民间文艺更大的繁荣。从《东京梦华录》《都城纪胜》《西湖老人繁胜录》《梦粱录》《武林旧事》等典籍中,可以清晰地看到不同形式的民间文艺之间的相互影响和作用,以及民间艺人与民间文艺之间的具体联系。从这里也可以看到,历史上任何一种民间文艺形式的脱颖而出,首先都取决于社会的需要、时代的选择,以及民众的广泛支持。其中,中下层文人的积极参与,也是一个很重要的因素;诸如"书会"[2]对团结民间艺人、提高创作和

---

[1]《水经注》曰:"常若微雷响,以草爨之,则烟腾火发。"此爨既不是姓氏,也不是军事上的炊事,应该是短小的鼓曲。笔者另述。

[2]《武林旧事》卷六"诸色伎艺人"条载"书会",列"李霜涯、李大官人、叶庚、周竹窗、平江周二郎、贾廿二郎"。

演出水平,发挥着重要作用。官方的参与,即通过召集民间文艺团体进入官方文艺活动,并不影响民间文艺本色的保持;在一定程度上讲,这是民间文艺发展和提高社会知名度的重要机会,也是民间文艺在社会文化中更广泛地传播的契机。以往,我们在划分文学类型时,总是强调民间文艺同文人文学相对立的一面,自觉或不自觉地忽视了它们之间的相互影响。它们共处于同一个民族文化的空间之中,共同构成了我们这个民族在不同时代的精神食粮,都是我们应该珍惜的文化资源。

宋代民间戏曲与文人文学的联系,我们从宋祁、王珪、元绛、苏轼等人所撰"教坊致语"与"勾杂剧词"等作品,可以管窥其表现。如苏轼在《集英殿秋宴勾杂剧》中,提到"朱弦玉琯,屡进清音。华翟文竿,少停逸缀。宜进诙谐之技,少资色笑之欢。上悦天颜,杂剧来欤"。黄庭坚在《傀儡诗》中说:"万般尽被鬼神戏,看取人间傀儡棚。烦恼自无安脚处,从他鼓笛弄浮生。"陆游在《社日》诗中记述"太平处处是优场,社日儿童喜欲狂。且看参军唤苍鹘,京师新禁舞斋郎";又在《赛神曲》中记述"击鼓坎坎,吹笙呜呜。绿袍槐简立老巫,红衫绣裙舞小姑。乌桕烛明蜡不如,鲤鱼糁美出神厨。老巫前致词,小姑抱酒壶。愿神来享常欢娱,使我嘉谷收连车";更不用说他在诗中对鼓子曲所作"斜阳古柳赵家庄,负鼓盲翁正作场;死后是非谁管得,满村听说蔡中郎"的记述。柳永的《鹤冲天》中,满眼是"烟花苍陌,依约丹青屏障",叹的是"忍把浮名,换了浅斟低唱"。清宋翔风在《乐府余论》中说柳永"失意无俚,流连坊曲,遂尽收俚俗语言编入词中,以便伎人传习,一时动听,散播四方。其后东坡、少游、山谷辈相继有作,慢词遂盛";于是,他的词也深深影响了民间曲词的发展,如叶梦得在《避暑录话》中记"凡有井水饮处,即能歌柳词"。周邦彦的《兰陵王》是借用著名的民间曲式《高长恭破阵曲》而写成的,毛开在《樵隐笔录》中记述道:"绍兴初,都下盛行周清真咏柳《兰陵王慢》,西楼南瓦皆歌之,谓之'渭城三叠'。以周词凡三换头,至末段,声尤激越,惟教坊老笛师能倚之以节歌者。"宋代民间戏曲的繁荣,离不开广大文人的文艺创作对民风与文风的潜移默化,同样,它也对宋代文人文学产生了深刻的影响和作用。宋代文人文艺与民间戏曲相联系的例子举不胜举,尤其是宋词的兴起、繁荣及其作为民间词曲对民间戏曲的融入,我们在《全宋词》中屡见不鲜。宋代文人在诗词中自觉学习民间文艺,以俚言俗语和民间歌谣、神话传说融入作品,这是一个普遍存在的现象。尤其值得一提的是,南宋形成的温州杂剧作为民间戏曲,直接影响到元杂剧的发展和繁荣,这在很大程度上是众多文人和民间艺人共同努力的结果。

宋代民间戏曲的发展,在我国民间文艺史上具有承前启后的意义。一方面,它作为一种综合艺术,吸收了宋和宋之前的许多民间传说故事,继承了前代民间歌曲、舞蹈等文艺形式,诸如唐代参军戏、傀儡戏和各种大曲等;另一方面,它为元代民间戏曲文化根基的铸造、启蒙和艺术上普遍繁荣,作了必要的准备。也就是说,若没有唐代民间戏曲和民间传说等民间文艺的全面发展,就不会出现宋代民间戏曲的繁荣;同样,若没有宋代民间戏曲诸如杂剧、傀儡戏、影戏的全面充分的积聚,也就没有元代杂剧的黄金时代。关于这些,近代学者王国维有许多独到见解。王国维在《宋元戏曲史》中,把宋、金时代的戏曲分为五个部分,即"宋之滑稽戏""宋之小说杂戏""宋之乐曲""宋官本杂剧段数"和"金院本名目"。他在"宋之滑稽戏"中,先后举刘攽《中山诗话》、范镇《东斋纪事》、张师正《倦游杂录》、宋无名氏《续墨客挥犀》、朱彧《萍洲可谈》、陈师道《谈丛》、王辟之《渑水燕谈录》、李廌《师友谈记》、曾敏行《独醒杂志》、洪迈《夷坚志》、周密《齐东野语》、刘绩《霏雪录》、张知甫《可书》、岳珂《桯史》、明田汝成《西湖游览志余》、张端义《贵耳集》、张仲文《白獭髓》和罗大经《鹤林玉露》、仇远《稗史》等文献中的材料38条,并附"辽金伪齐"部分4条。他把杂剧当作"杂戏",是颇有见地的。因为杂剧在宋代民间戏曲中,"全用故事,务在滑稽",并非像元代那样表现重大社会主题,而更多在于调节庆典中的严肃氛围,冲之以荒诞类故事,以衬托、营造喜庆效果。他指出:"宋人杂剧,固纯以诙谐为主,与唐之滑稽剧无异。但其中脚色较为著明,而布置亦稍复杂;然不能被以歌舞,其去真正戏剧尚远。"然则何谓"真正戏剧"？其实,宋之杂剧正是民间戏曲的一种表现形式,所以才形成"去真正戏剧尚远"的结果。王国维还说,"宋之滑稽戏,虽托故事以讽时事,然不以演事实为主,而以所含之意义为主",他把"演事实之戏剧"归为宋代傀儡戏、影戏等民间艺术,并以"宋代之滑稽戏及小说杂戏"作为"后世戏剧之渊源"。在"宋之乐曲"中,他考察了词大曲、歌舞与故事之间的联系,指出"盖南北曲之形式及材料,在南宋已全具矣"。对于《武林旧事》卷十所载官本杂剧,王国维考察了《梦粱录》所载"向者汴京教坊大使孟角球曾做杂剧本子,葛守诚撰四十大曲"等史迹,将"大曲一百有三本"等与《宋史·乐志》和《文献通考·教坊部》中的史料相对比,指出"此二百八十本(杂剧),不皆纯正之戏剧","可知宋代戏剧,实综合种种之杂戏;而其戏曲,亦综合种种之乐曲","此二百八十本(杂剧),与其视为南宋之作,不若视为两宋之作妥也"。他还考察了"金院本名目",指出其"为金人所作,殆无可疑者也",其中的《金明池》等"上皇院本"为"皆明示宋徽宗时事",这些认识都有见地。王国维的《宋元戏曲史》是我们研究宋代民间戏曲的明鉴。

联结北宋与南宋民间戏曲的纽带,是民间文艺自身。以往,我们常把南北两宋人为地割裂成两个阶段,而事实上,这是很不确切的。南渡之前,宋代已有杂剧,如《东京梦华录》中所记《目连救母》；那些傀儡戏其实也应看作民间杂剧,文献中已提到它具有与杂剧相同的内容。宋杂剧的特点,在《梦粱录》中被总结为"大抵全以故事,务在滑稽,唱念应付通遍","凡有谏诤,或谏官陈事,上不从,则此辈妆做故事,隐其情而谏之";其实,这里所说的是"官本杂剧",而杂剧更多的是民间杂剧,其意义就在于"滑稽"。杂剧的称呼在宋代和元代是不同的,如明代何元朗《四友斋丛说》中就提到"金元人呼北戏为杂剧,南戏为戏文"。明代徐渭《南词叙录》中说:"南戏始于宋光宗朝,永嘉人所作《赵贞女》《王魁》二种实首之。故刘后村有'死后是非谁管得,满村听说蔡中郎'之句。或云宣和间已滥觞,其盛行则自南渡,号曰永嘉杂剧,又曰鹘伶声嗽。其曲,则宋人词而益以里巷歌谣,不叶宫调,故士大夫罕有留意者。"

王国维对一些问题的论述常常成为戏曲史定论,或曰,应该尊重历史事实,不应该从概念出发。其对于南戏与杂剧的关系并没有考察清楚,如他在《宋元戏曲史》中说"南戏当出于南宋之戏文,与宋杂剧无涉"。现在我们没能见到宋代原始刊刻的杂剧文本,只有金代董解元的《西厢记》与之相近。徐渭在《南词叙录》中还提到"南曲固无宫调,然曲之次第,须用声相邻以为一套。其间亦自有类辈,不可乱也",他举到《黄莺儿》相邻《簇御林》,《画眉序》相邻《滴溜子》。应该说,南宋杂剧作为民间戏曲,以温州杂剧为代表,与北宋杂剧有了一些差别,但这种差别并不是根本性的。明代祝允明《猥谈》中说,"南戏出于宣和之后、南渡之际,谓之温州杂剧。予见旧牒,其时有赵闳夫榜禁,颇述名目,如《赵贞女》《蔡二郎》等,亦不甚多",与此是一样的道理。南宋杂剧的变化,更多地表现在内容方面,如周密《齐东野语》中所记"宣和中。童贯用兵燕蓟,败而窜",民间艺人以"蔡太师家人""郑太宰家人"和"童大王家人"扮演故事,讽刺"大王方用兵,此三十六髻(计)也"。岳珂《桯史》中记述了高宗时,民间艺人先是"有参军者前褒桧功德,一伶以荷叶交倚从之,诙语杂至,宾欢既洽",后以"二胜环"讽刺其"但坐太师交椅","此环掉脑后","桧怒,明日下伶于狱,有死者"。这是时代性内容的体现。当然,没有变化,作为民间戏曲的杂剧就不会发展进步;但艺术的创新,从来都是以继承为基础的。

宋代民间戏曲中的杂剧是综合性的艺术,需要多方面的文化作为其生长发育的基础,步入元代之后,它成为另一种意义上的杂剧。这是时代的发展在戏剧艺术中的体现。同时我们也可以看到,宋代民间戏曲至今还保存在我们的民俗文化生活中,既有神庙、露台、庙碑、壁画等实物的具体保存,又有丰富的传说故事和民间曲艺等活在人们的口头语言即"口碑"中作为记述的证据。前者在廖奔的《宋元戏曲文物与民俗》、康保成的《傩戏艺术源流》、王仲奋的《中国名寺志典》以及拙作《中国庙会文化》等处已有较详细的记述,后者以中原地区所流行的木偶戏和民间曲艺"摩合罗"为典型,可见一斑。在中原地区民间木偶戏的演出中,宋代文献《东京梦华录》等典籍中所载木偶形式、木偶剧名,至今基本上都有保存,其中以土、木、布、皮和纸偶即傀儡戏为主要类型,在乡村庙会不断演出,有时成为民间百姓自演自乐的文娱节目。"摩合罗"又名"魔猴罗",《东京梦华录》卷八"七夕"中载"潘楼街东宋门外瓦子、州西梁门外瓦子、北门外、南朱雀门外街及马行街内,皆卖磨喝乐(摩合罗),乃小塑土偶耳",其唱段因卖者走村穿巷而形成固定格式,在宋代已经有磨喝乐唱曲,至元代则融入杂剧,演变成"耍孩儿",至今演变为豫西南一带流行的"罗戏"中的主要唱腔,豫剧演唱中也有此类唱腔,其韵、句段和字数都形成固定格式。此种格式,至今仍称为"耍孩儿"。

其他还有以宋代民间传说为题材的民间戏曲,诸如杨家将、岳家将、狄青将军、包公等各种曲艺唱段,在中原地区民间文艺中琳琅满目。这种现象的存在不是偶然的,其中一个重要原因在于北宋的都城东京就是今天的古城开封。传说学上常以某种历史遗迹作为一定的民间传说产生的依据物,并作为文化辐射的中心;因此,中原地区的开封和洛阳、商丘这些古代都城,分别以宋代东京、西京、南京作为文化中心,就自然成为民间传说传播中心区域的亮点。尤其是宋代文物对人们生活的影响,宋代历史传说也就很容易为中原人民所接受和传承。

第六章
《路史》的民间文艺价值

宋代学者罗泌、罗苹所著《路史》保存了对中国古代神话传说的大量记述与论述,堪称《山海经》《论衡》之后,中国民间文艺史上又一部具有划时代意义的民间文艺经典著作。其既不同于《山海经》非常丰富的神话传说记述,也不同于《论衡》中对于大量民间文艺现象的历史文化研究,而是兼而容之,既保存了十分丰富的神话传说故事内容,显现出中国古代神话传说故事的系统性特征,又体现出其具有思想文化特色的民间文艺思想理论。

《路史》的价值不仅仅在于集中保存了极其丰富的民间文艺内容,而且在于它以对许多传说中的重大事件作"纪"与注释的形式,汇聚了宋代社会风俗生活内容。而对于中国民间文艺历史发展,其价值主要表现在中国神话谱系的又一次整理、显示,包括其中所表达的民间文艺思想。这是宋代社会风俗生活记述的又一重要形式。

《路史》的作者是南宋孝宗时期的罗泌、罗苹父子;也有人考证,说罗泌是唯一的作者,其有意把罗苹的名字列入,是徇私情。

《路史》之名,如人所言,其应该取自《尔雅》的"训路为大",即所谓路史为"大史",神圣历史。其实应该是"道听途说"之"道"与"途",即道路途中所取得的对去往历史的记述。此书主要记述了有关上古时期的历史、地理、风俗、氏族之类内容中的历史文化发展情况,因为其取材偏重于大量的纬书和道藏,采用许多民间传说故事,在强调以历史文献为证据的传统历史学家看来,具有许多不确定性,所以常常被视为与《山海经》一样的"不经"。正由于此"不经",构成其保存丰富民间文艺内容的特色。

或曰,这是南宋孝宗时期社会文化诉求的应答。南宋之南,在于偏安一隅,中原文化成为许多人这时魂牵梦绕的情结;恢复中原,收复中原,曾经的金戈铁马,都成为一个时代明知不可为却强为之的文化梦想;或曰,一切述说都有一种情怀寄托其中,更不用说作者不无忧愤深广于三皇五帝的修复性表述,绝不是无缘无故,用最简单的道理讲,是述往事而知来者!

《路史》全书共有《前纪》《后纪》《国名纪》《发挥》以及《余论》五个部分。其中《前纪》九卷,述"初三皇至阴康、无怀之事";《后纪》十四卷,述"太昊至夏履癸之事";《国名纪》八卷,述"上古至三代诸国姓氏地理,下逮两汉之末";《发挥》六卷、《余论》十卷,皆"辨难考证"的著述。这是全书的基本框架,其民间文艺内容及其思想理论,集中在前后"纪"中;特别是《后纪》,成为其民间文艺价值,包括其民间文艺思想理论的核心。其余部分,零散论及不同历史时期的民俗与民间文艺,保存了传统文化中的姓氏、传说等社会风俗生活内容。当然,诸如《发挥》诸篇中对于"女娲补天说"的讨论,对"共工氏无霸名"的讨论,对"黄帝乘龙上升"说,对"盘瓠之妄"的讨论,等等,都是深入研究中国古代神话的专论,是中国古代神话学思想理论的重要内容。直到今天,我们还没有完全真正理解罗泌神话学思想理论的深刻内涵。

《四库全书提要》"史部"(四)中所述:"皇古之事,本为茫昧。泌多采纬书,已不足据。至於《太平经》《洞神经》《丹壶记》之类,皆道家依托之言,乃一一据为典要,殊不免庞杂之讥。《发挥》《余论》皆深斥佛教。而说《易》数篇,乃义取道家。其'青阳遗珠'一条,论大惑有九,以贪仙为材者之惑,诿物为不材之惑,尤为偏驳。然引据浩博,文采瑰丽。刘勰《文心雕龙·正纬篇》曰:'羲、农、轩、皞之源,山、渎、钟律之要,白鱼、赤乌之符,黄金、紫玉之瑞,事丰奇伟,词富膏腴。无益经典,而有助文章。是以后来词人,采摭英华.'泌之是书,殆于此类。至其《国名纪》《发挥》《余论》,考证辨难,语多精核,亦颇有祛惑持正之论,固未可尽以好异斥矣。"可见《路史》因多引述"道家依托之言""义取道家",与"深斥佛教",被这些御用文人指责为"尤为偏驳"与"无益经典,而有助文章"云云,这正体现出罗泌的民间文艺思想理论特色,及其对保存民间文艺这些历史文化内容的贡献。

一、《前纪》的思想特征

《路史》的民间文艺史意义不在于其如何表现历史文化真伪,而在于其述说以神话传说为主要内容的历史文化进程,以历史文献与当世传说为基本依据,重新划分中国历史文化发展阶段。或曰,《路史》以三皇为背景展示出中国神话传说时代的轮廓与内容。

《路史》"前纪"之一包括"初三皇纪",即初天皇、初地皇、初人皇;前纪之二包括"中三皇纪"与"天皇氏",等等。前纪各篇相当于《路史》整个思想文化体系的总领,有其文化哲学或神话哲学的意义,体现出作者独具匠心的价值论与方法论。

三皇的文化概念在中国神话学的思想理论构建中具有十分突出的意义,以天地人的时空结构描画出历史文化的发生背景。这是中国神话传说明显不同于西方神话的重要内容与特点。

其论及神话传说中的"三皇",首先做出具有正本清源意义上的学术梳理与辨析,在甄别中形成比较,称"诸书说三皇不同",其曰:"《洞神》既有初三皇君、中三皇君,而以伏羲、女娲、神农为后三皇;《周官》《大戴礼》《六韬》《三略》,文列《庄子》,不韦《春秋》有三皇之说,而刘恕以为孔门未有明文。孔安国曰:伏羲、神农、黄帝之书,谓之《三坟》,世遂以伏羲、神农、黄帝为之三皇,斯得正矣。至郑康成注《尚书中候敕省图》,乃依《春秋运斗枢》,绌黄帝而益以女娲,与《洞神》之说合。然《白虎通义》乃无女娲而有祝融,《甄曜度》与《梁武帝祠象碑》则又易以遂人,盖出宗均《援神契注》与谯周之《史考》。纷纭不一,故王符云:闻古有天皇、地皇、人皇,以或及此,亦不敢明。至唐天宝七载始诏,以时致祭天皇氏、地皇氏、人皇氏于京城内。而王璵建言,唐家仙系所宜崇表福区,请度昭福,作天华上宫及灵台大地娑父祠。于是立三皇道君、太古天皇、中古伏羲女娲等堂皇,则太古天皇外复别立三皇矣。"显然,他所说三皇未必就是完全意义上的文化概念,而应该是一种社会历史的概念,他直接把三皇认定为一个确实存在的社会历史起源的重要阶段。以此体现出他具有宗教文化色彩的神话理论,或作为其民间文艺思想理论的一部分。

罗泌博学,其论述各种神话传说故事,并不是仅仅作为一种讲述或表白,而是在努力建构自己的文化思想理论体系。如其所称:"项峻《始学篇》(曰):天皇十三头,皇氏《洞纪》云一姓十三人也,他书皆然,独《春秋纬》言天皇、地皇、人皇皆九人,分为九州长天下。故《河图括地象》云天皇九翼,提名旋复,盖辅翼者九人。尔《易通卦验》云:天皇氏之先,与乾曜合元。君有五期,辅有三名,注云君之用事五行,更王者亦有五期,三辅公卿大夫也。故《礼记正义》谓三才既判,尊卑自然,而有天地初分,即应有君臣治国第,年代绵远而无文,尔三辅九翼并皇是十三人。"其"尔三辅九翼并皇是十三人",毫不怀疑"一姓十三人"作为部落存在的真实性,便是其见解,是其判断。

其论述三皇为代表的神话传说谱系,自觉将其置于广大的文化发展背景中,如其论述三皇世代更替的历史发展时所说:"天皇氏逸,地皇氏作,出于雄耳、龙门之岳,铿名岳姓,马蹄妆首。十一龙君,迭辟继道。主治荒极,云章载持。逮天协德,与地俾资。太始之元,上成正一。不生不化,覆却万物。得道之秉,立乎中央。神与化游,唯庸有光。鬼出电入,龙兴鸾集。钧旋毂转,周而复匝。爰定三辰,是分宵昼。魄死魂生,式殷月候。诸治径易,火纪周正。草荣木替,亦号万龄"。对于《三皇经》中的"天皇、地皇、人皇,开治各二万八千岁"说,包括《河图》《帝系谱》中"天地二皇俱万八千岁",

《始学篇》中"八千岁"等传说,他引经据典,以《真源》所说"盘古氏后有天皇君一十三人,时遭劫火。乃有地皇君一十一人,各万八千余年。乃有人皇君兄弟九人,结绳刻木四万五千六百年"为疑问,指出其"皆难取信"。他说:"夫太素蕴莖固有定数,然方此时岁历未著,乌从而纪之哉!《三坟书》以一岁为一易草木,盖以草木周禅为之纪辨尔。今都波之人莫知四时之候;女贞之俗不知正朔纪年,但云已见草青几度;流求之国以月生死辨时,以草木荣枯为岁;儋崖观禽兽产乳识时,占(薩)芋成熟纪岁;土番以麦熟为岁首;宕昌、党项皆候草木以记时序。太古之世中国之俗,有以与蛮夷同斯不疑者。曰万龄者,亦号数之万尔。"他进而指出:"地皇氏逸,于有人皇。九男相像,其身九章。胡洸龙躯,骧首达腋。出刑马山,提地之国。相厥山川,形成势集。才为九州,谓之九圃。别居一方,因是区理。是以后世,谓居方氏。太平元正,肇出中区。驾六提羽,乘云祇车。制其八土,为人立命。守一得妙,人气自正。爰役风雨,以御六气。昭明神灵,光际无臬。挺挏万物,无门无毒。以叶言教,为天下谷。迪出谷口,还乘青冥。覆露六幕,罔不承命。道怀高厚,何德之僭。其所付界,与人天参。离艮是仇,有佐无位。主不虚王,臣不虚贵。政教君臣,所自起也。饮食男女,所自始也。当是之时,天下思服。日出而作,日内而息。无所用已,颓然汜终。为世之日,两皇并隆。"其中,他对"盘古氏后有天皇君一十三人""地皇君一十一人""各万八千余年",以及"人皇君兄弟九人""结绳刻木四万五千六百年"之类关于神话内容的怀疑,与王充无异,都体现出历史文化观中具有唯理意蕴的民间文艺思想。这是中国民间文艺史上具有特殊意义的一页。

罗泌的神话传说研究以考据见长。如有人论及"古有天皇,有地皇,有泰皇,泰皇最贵",他对此议论说,所谓"贵者",其实"非贵于二皇也。以其阜民物备、君臣政治之足贵也"。其引述道:"按孔衍《春秋后语》泰皇乃人皇,张晏云人皇九首,韩敕《孔庙碑》云前开九头,以叶言教,是也。泰皇,即九头纪。旧记不之知尔,《真源赋》云:人皇厌倦尘事,乃授箓于五姓,知为九头纪也。韦昭亦云人皇九人,所谓九皇。然《鹖冠子》所称九皇,则又非此。至董仲舒《繁露》乃推神农为九皇,异矣。"

同时,罗泌并不仅仅相信历史文献,他也并不是一个完全以虚妄建构自己思想文化体系的道教徒,而是保持严肃、严谨的学术态度与立场的学者。在其论述中,常常选取宋代社会流行的口头传说作为自己的证据,或以历史文献材料对这些口头流传的神话传说做出自己的合理解释。这是民间文艺史上非常有价值的内容,体现出宋代社会风俗生活中民间信仰的异化,即神话传说与风物文化结合所形成的神话化。

如其所记"肤施县有五龙山"与"黄帝五龙祠"的联系,"天裂"与"于幻然乱应可知"的联系,都是对神话传说故事异化的文化义理的追溯。其所论《春秋命历序》中"皇伯、皇仲、皇叔、皇季、皇少,五姓同期,俱驾龙,号曰五龙"与《遁甲开山图》中"五龙见教天皇",以及他人所述"五龙,爰皇后君也。昆弟五人,人面而龙身"等文献中关于五龙的传说,说:"然以五音五行,分配为五龙之名,如角龙木仙之类,而以宫龙土仙为父。又言五龙以降,天皇兄弟十二人分五方为十二部,法五龙之迹,行无为之化,为十二时神。是天皇在五龙之后,妄矣。"他结合郦道元《水经》中"父与诸子俱仙,治在五方"与李善《游仙诗注》等材料,指出:"今上郡奢延肤施县有五龙山,盖其出治之所也。故汉宣帝立五龙仙人祠于肤施,亦著《地理志》。按肤施今隶延安五龙山在焉。有帝原水黄帝祠。《九域志》:'云五龙池,有黄帝五龙祠,四在山上,亦曰仙泉祠。'《(太平)寰宇记》:五龙泉,出山东一里平石缝,雄吼甘美,上有五龙堂。而五龙谷水乃在耀之云阳县云阳宫之西南,又非上党之五龙山也。"又如其解释"雨土霣石星霣夜明"等自然变化引起神话化之类现象,其指出:"并详《发挥》《雨粟说》,天崩裂事,后世尤不胜多,汉惠二年天东北开,晋太康二年西北裂,太安二年天中裂,咸和四年西北又裂,升平五年天中裂,哀帝即位又裂,梁太清二年西北裂,陈至德元年十二月从西北开至东南或百丈或数十丈,有声如雷山,雉皆叫,或见宫室之类。按《内》

记云:天坠,将相死。若见名字,妄言语为凶殃,十二年易主。萧子显《齐书》:永元中夜天开,而《时赵录》:建元初天大裂,麟嘉二年天崩,五年又崩,唐乾元四年正月十八天中半裂,是均于幻然乱应可知。"这种解释有其逻辑上的合理性,又保存了当时所发生的一系列社会风俗生活中的神话化现象。

正如罗泌自己所说,他著述次数的目的并不是"好为异",他说:"于予之《路史》,亦异矣。凡孔圣之未尝言者,予皆极言之矣。予非好为异也,非过于圣人也。夫以周秦而下迄于今,耳之所纳,目之所接,其骇于听荧者伙矣。况神圣之事,凡之莫既者邪?是尧舜崇仁义,六经、《论语》其理备矣。顾且言之,吾见焦唇干呃,而听之者愈悠悠也。是故庄周之徒,骂以作之,意以起之,而后先王之道以益严。然则予之所摭正,亦不得而不异尔。予悲夫习常玩正,与夫氛氲日趋于奇者之不可以虚言格也。于是引其昵而景者著之,此亦韩将军学兵法之义,而萧相国作未央宫之意也。虽然讦诡乱惑犹弗荐焉,览者知夫《让王》《胠箧》《渔父》《说剑》之惜,则吾知免矣。"他论述这些现象不仅仅是在自圆其说,而是自觉承担了许多文化责任。如其言:"予所叙古之帝王,其世治寿考无以稽矣。计其年,皆不乏三数百岁。黄帝曰:上古之真人,寿蔽天地。盖天真全而天一定,不滑其元者也。又曰:中古之时,有至人者,益其寿命而强者也。亦归于真人而已。盖乘间维而基七衡,陵罔阆而隘八落者也。又曰:后世有圣人者,形体不蔽,精神不越,亦可以龄逾数百,虽有修缩之不齐,亦时与数当,然尔未有不死者。释氏有所谓《无常经》云:天地及日月时至皆归尽。此言虽陋,以台观之物,莫不有数,故虽天地莫能逃,山亡,川邕,郡陷,谷迁,沙漠遗旧海之踪,崖险著蜯赢之甲,晋殿破榼昆明劫灰,则所谓地屡败矣。土石自天,星陨如雨,或夜明逾昼,或越裂崩陀,则天有时而毁矣。"

他特别强调指出"《丹壶》之书其不缪",即其具有文化义理的合理性,对种种所谓虚妄之说做出学理上的拨乱反正。其曰:

《丹壶》之书,其不缪欤!今既阙著,而或者有不恨《命历》之叙,其亦有所来乎!胡为而多盍也,贵人云何子之好言,古曰有是哉,今古一也。若以古为见邪,荀况有言,诈人者谓古今异情,是以治乱异道,而众人惑焉。彼众云者,愚而无知、陋而无度者也。于其所见,犹可欺也,况千世之传乎!彼诈人者,门庭之间,犹挟欺也,况千世之上乎!以心度心,以类度类,以说度功,以道观尽,今古一也,类不孛虽久同理,故往缘曲而不迷也。五帝之时无传人,非无贤人,久故也。五帝之中无传政,非无善政,久故也。虞夏有传政,不如商周之察也,而况次民倚帝之时乎。以今观今,则谓之今也;以后而观,则今亦古矣。以今观古,则谓之古;以古自观,固亦谓之今也。古岂必古,今岂必今,特自我而观之。千世之前,万世之后,亦不过自我而观尔。传近则详,传久则略,略则举大,详则举细。愚者闻其大,不知其细;闻其细,不知其大。是以文久而惑,灭节族久而绝,曷古今之异哉。

其述说"以今观古,则谓之古;以古自观,固亦谓之今也"而论"传近则详,传久则略",正是他对民间文艺变异律的合理解释与概括总结;以此与中国现代学术体系中的"古史辩"学派的"层累构成的理论"做对比,或可以将其称为王充之后疑古思想理论的又一重要源头。

罗泌的思想文化基础主要在于道家文化,因为中国古代神话与中国道家文化和道教文化有着天然的联系,或曰,中国古代神话的流传,主要依赖于道教文化。如其《前纪》中所说:"事有不可尽究,物有不可臆言,众人疑之,圣人之所稽也。易有太极,是生两仪。老氏谓有物混成,先天地生而荡者,遂有天地、权舆之说。"诚然,道家"有物混成"的文化思想也并不完全等同于道教中的神仙文化,更不像道教文化那样在宗教生活中极力渲染那些鬼神精怪观念。而且,道家文化与道教思想在社会发展中都不断吸收各种有益于其丰富完善的文化思想,表现出丰富性与复杂性。罗泌非常重视对这些思想文化的合理吸收,使其更宜于观察和理解社会风俗生活中神话传说故事各种形态的变化。

他指出,自己论述所谓三皇的必要性在于"虽然治故荒忽,井鱼听近,非所详言。而往昔载谍又类不融正闻、五德终始之传,乃谓天地之初,有浑敦氏者出为之治,继之以天皇氏、地皇氏、人皇氏。在《洞神部》又有所谓初三皇君,而以此为中三皇,盖难得而稽据,然既揄之矣。此予之所以旁搜旅搋,纪三灵而复著夫三皇也",其引述王充《论衡》所议论"古之水火,今之水火也;今之声色,后之声色也。鸟兽、草木、人民、好恶,以今而见古,由此而知来。千世之前、万岁之后,无以异也。事可知者,圣贤所共知也;不可知者,虽圣人不能知也,非学者之急",强调"浑敦氏之世,但闻罕漫而不昭晰,有不得而云矣",而"今一切隔之"。说白了,其实就是要修复历史文化传承与传播意义上的诸多断裂,做历史文化的补缺、完善,使得他人或后人对历史文化本源有一个清晰而真实的理解。

在民间文艺史上,神话传说故事应该视作民族最为古老的家谱;以此构成关于民族起源、发展历程,及其影响民族命运变化的诸多重大事件。当然,家谱的历史价值并不一定就是客观如实地再现社会历史发展的真实面目,其最重要的应该在于为"家"设立"谱系"。此应于我们常讲的两种文化发展规律,一是《左传》"成公十三年"中所说"国之大事在祀与戎",一是清代龚自珍所说"欲知大道,必先为史,欲灭其国,先毁其史";罗泌之感于"今一切隔之",呕心沥血,旁征博引,论述三皇五帝事业,"纪三灵而复著夫三皇",就是在为社会和民族修复此家谱,修补正史所缺少的大道。或曰,感时伤事,罗泌之举在于为世人建造出来源于三皇五帝文化传统的精神家园;其真正的历史文化价值只有随着社会发展进步,才能够为人所理解。

二、《后纪》与中国神话传说的文化谱系

《后纪》十四卷,其所述"太昊至夏履癸之事",显然以"太昊"为起始,

与《前纪》中"混沌时代"等神话传说内容相对应。

其修复远古历史谱系的主要用意在于文化伦理的建构,其实就是其风俗文化建设的表达。如其在《后纪》卷二中所述:

> 纪皇王,所以尊天子也;传僭伪,所以惩霸据也。尊天子,所以一天下之统;惩霸据,所以著叛窃之罪。统既一,罪既著,则乱常犯上、盗国贼民者,不能一日遁形欲地上矣。齐桓、晋文,众所共德也,孔子作春秋,盖甚贬之勤王而请隧,则并没其功,争入而无亲;书齐小白,曾何问于州吁与无知乎?狄泉盟王人、河阳朝、襄王会宰、周公王世子,岂徒载之空言哉?亦窃取其义,以为人道之大经而已矣。百岁之后,有孟轲氏者,盖知其统矣。故孔子作春秋,而乱臣贼子惧。又曰:仲尼之徒无道。桓、文之事,予之路史宜有合于此者,不可以弗察也。

对于神话传说的保存与述说,《路史》各卷有别。如卷一,主要论及"太昊伏羲氏";卷二,主要论及"女皇",即"女娲氏";卷三,主要论及"炎帝神农氏";卷四,主要论及炎帝各派系与"蚩尤"神话;卷五,主要论及"黄帝"神话及其神话集团的历史文化内容;卷六,主要论及"帝鸿氏"等黄帝后裔;卷七,主要论及"小昊"即"青阳氏"(其实当为少昊云云);卷八,主要论及"颛顼帝高阳氏";卷九,主要论及"帝喾高辛氏";卷十,主要论及"帝尧陶唐氏";卷十一,主要论及"帝舜有虞氏";卷十二,主要论及"帝禹夏后氏";卷十三、卷十四主要论及夏禹之后"夏启"以及"夷羿""寒浞"等神话传说。《后纪》各卷前后呼应,各自独立,在事实上共同构成一幅波澜壮阔的中国古代神话传说历史画卷。

罗泌论述中国神话传说谱系,总结不同时期神话化民族祖先大神的"事迹",总是有特别意义的"赞",形成对这些神话传说内容的概括。这种形式可能与宋代社会风俗生活中流行的讲史艺术风尚有关。这是中国民间文艺史上又一种景观。如其每卷所列：

赞颂太昊伏羲曰：

泰始云远，圣人成能。出包应世，书契代绳。肇修文教，以立治纪。经域奠部，畋渔棘币。原始反终，分躔画卦。消息甲乙，以成变化。升降礼乐，教而不殊。道凝体寂，云自苍梧。负方抱员，明一坐策。不虑不图，鬼神受职。爰兴神鼎，封岱禅云。万世允赖，若稽三坟。

赞颂女娲曰：

制度承庖，倔彼女希。迪主东方。前蚍后螭，宓穆灵门。爰瑞席图，上际九天，下契黄垆。川岳效奇，馨烈宏集。道标万物，神化七十。断鳌立极，地平天成。笙簧迄今，载祀风陵。

赞颂炎帝曰：

火德开统，连山感神。谨修地利，粒我烝民。鞭茇尝草，形神尽悴。避隰调元，以逃人害。列廛聚货，吉蠲粢盛。夷疏损谷，礼义以兴。善俗化下，均封便势。虚素以公，威厉不试。弗伤弗害，受福耕桑。日省月考，献功明堂。天不爱道，其鬼不神。盛德不孤，万世同仁。

赞颂黄帝曰：

稽古齐睿，崇黄纪云。秉策□尤，得一奉宸。并谋兼智，稽功务德。立监兴贤，命中建极。推策设部，体统阴阳。访咨岐雷，爰叙五常。史垂世绩，车陈大路。鼎乐云门，克谐调露。衮衣棺衾，凶恶不起。井设什一城间,士去杀胜残。九瀛仰化,泽被生民,祚衍天下。

赞颂小昊(少昊)曰:

　　邈矣西皇,小昊青阳。秀外龙庭,抱雌守常。五凤既至,乃法度量。通穷拒瘝,孤独得养。惟能任道,人亡疵厉。德广乐时,远亡不至。降彼长流,是司反景。李赵隆兴,于斯为盛。

赞颂颛顼曰:

　　玉子高阳,精契摇光。通眉戴干,是济穷桑。履时象天,疏以知远。上缘黄帝,通变不倦。集威成纪,悽怂自持。内戒器室,外亲客师。惠寝萌生,信沾翔泳。乘彼结元,范林何堋。

赞颂帝喾高辛氏曰:

　　帝逡高辛,厥德神灵。生而有异,自言其名。其色郁郁,倪衣藋屋。次序三辰,六畜遮育。工贾以通,拜师牧德。乐作五鼙,凤皇天翟。法尚乎一,政贵乎信。霜雹所沾,孰不尊亲。

赞颂唐尧曰:

　　聪明文思,荡荡巍巍。惟天为大,惟帝则之。不激不委,因事立法。昭义崇仁,内穆外协。询政行人,问老衢室。茅茨土阶,允恭勿失。万物备我,生化咸宜。诵言行道,比隆伏羲。

081

赞颂舜曰：

若昔善化，臧用于民，民由不知，孰识其仁？其仁北面，朝尧君臣，道盛斋栗。见瞽父子，以定二女。嫔降夫妇，以贞庳贡。源源兄弟，以成形端。表正万邦，作乎能事。毕矣夫何为乎。

赞颂大禹曰：

相彼夏后，天地功深。纂修前绪，载惜分阴。斩高乔下，缅风沐雨。身解扬□，为百神主。克勤克俭，菲食恶衣。奏斸艰鲜，手足胼胝。握发投馈，为纲为纪。河洛兴思，明德远矣。

这些赞辞既是罗泌对神话传说内容的概括总结，也是他对神话传说中大神们敬仰之情的表达，从另一个方面显示出其民间文艺思想理论内容。或曰，这是中国古代神话诗学的重要体现形式。中国神话诗学起源于《山海经》的时代，在不同历史时期表现出不同的文化特征，在宋代以此面目表现，具有非同寻常的意义。

罗泌在《路史》中对中国神话传说文献的钩沉、整理和发微，筚路蓝缕，为后人在事实上提供了一个路标。最重要的是他所做的中国神话传说故事的家底盘算，勾画出中国神话传说的历史地理意义上的文化版图。而且，它与后世的《三教搜神源流》与《神异典》等典籍有很大不同，不仅仅展示了民间文艺的内容，而且表达了自己独立成为体系的民间文艺思想理论。

《后纪》所述神话传说内容甚多，此选取一部分以管窥之。

1. 太昊伏羲神话

《后纪》题为罗氏父子合著，罗泌有编撰，罗苹有注疏，共同构成对太昊神话内容的钩沉与甄别。

第六章 《路史》的民间文艺价值

罗泌把太昊伏羲作为三皇之首,有他自己的考虑。我们可以看到,他在《前纪》中也曾经引述盘古氏神话传说,对于这样一个开天辟地的民族创世大神,他没有选择作为历史的开端,应该是他把三皇五帝视作历史真实的观念的具体表现。同时,太昊与伏羲本来是两个并不完全等同的大神,而其作为一个神话整体,这同样是他神话思想的体现。

其所论,在于勾勒,有论有注(括号内为注释),如其言:

> 太昊伏羲氏(昊本作昦,按,太昊币文作昊,又作爽,爽并太昊字),方牙(易通卦验云:伏羲方牙,精作易,无书以画事,谓以画卦,事为治也。故《论衡》云:伏羲以卦治天下,郑氏《六艺论》云:易者,阴阳之象,天地之所变化,政教之所生,人皇初起,郑康成注以为伏羲世质作易,以为政令而不书,止画其事之形象,非也),一曰苍牙(通卦验云:遂皇出握机矩表计置而其刻曰:苍牙通灵,昌之成谓伏羲也。说者以为文王,非。按雷吏有苍牙,所谓苍牙利锋者),风姓(孔演明道经云:燧皇在伏羲前,风姓始王天下,是伏羲因燧皇之姓矣。三坟书言,因风而生,为风姓。邓氏姓书云:东方之帝,木能生风,故为姓。岂其然哉?予固谓上世尝有风国,因为姓尔。故帝后有风后,风国之后,盖久而后得之。《玄女经》云:禹问风后知其后云,详国名记),是为春皇(《宝椟记》王子年云:以木德王,故曰春皇,太昊氏居东方,叶于木德,故曰木皇),包羲(世多作庖犠,转矣),亦号天皇(帝王世纪)、人帝、皇雄氏(一作熊,并音弘。世纪云:一作雄皇),苍精之君也(见郑礼记注梁武祠像碑云:伏羲苍精始造工业,画卦结绳以理)。

如此有论有注,相互补充,这种以神话传说为主要内容的历史文化道理讲述神话传说的互证方式,是罗氏的重要创造。其有效避免了像王充那样的唯理论缺陷,即用现实世界客观理性的态度对待本来就属于想象的民间传说故事，避免其简单化所形成的以实证虚的尴尬。

罗泌论太昊伏羲，述及伏羲出身，或曰，此为伏羲氏与华胥氏部落历史被神话化之后发展变化的梳理；其中的"长头修目，龟齿龙唇，白髯委地"与"龙身牛首"，应该是图腾意义上的历史文化变异表现。这些内容的价值意义或许直到今天仍然没有受到应有的重视。

其论述曰：

母华胥，居于华胥之渚（记云所都国有华胥之渊，盖因华胥居之而名，乃阆中俞水之地，子年以华胥为九江神女，诬），尝暨叔嬉，翔于渚之汾，巨迹出焉（《诗含神雾》云：巨迹出雷泽，华胥履之。《河图》亦云：孝经钩命决云，华胥履迹怪生皇羲，注云灵威仰之迹。《世纪》谓迹出于遂人之诗，又云遂人没，伏羲代之，妄也，迹事详高辛纪稷）华胥决履以跨之。意有所动，虹且绕之，因孕。十有二岁，以十月四日降神（《帝系谱》云：人定时生。《孝经河图》云：伏羲在亥得，人定之，应张说《大衍文符历序》云：谨以十六年八月端五赤光照室之夜，皇雄成纪之辰是以为八月五日矣，非也），得亥之应，故谓曰岁（或曰伏羲即木帝，故曰岁十有二年而生也。木生于亥十月在亥复得亥时其符皆至。《宝椟记》云：帝女游于华胥之渊，感地而孕，十二年生庖羲，长头修目，龟齿龙唇，白髯委地。或曰：岁岁星十二年一周也。《说文》云：古之神圣人母必感天而生子，故曰天子）。生于仇夷（《遁甲开山图》云：仇夷山四面绝立，太昊之治也，即今仇池，伏羲之生处，地与彭池成纪皆西土知雷泽之说，妄也），长于起城（今秦治，成纪县本，秦之小山谷名。《开山图》云：伏羲生成起徙治陈仓，故《舆地广记》以成纪为伏羲生处，起、纪本通用，诗有纪有堂作有起），龙身牛首（《玄中记》云：伏羲龙身，《灵光赋》乃云麟身，文子云蛇身麟首，有圣德，故周燮传注云：麟身牛首，非也。《补史记世纪》帝系皆云：蛇身牛首，详女娲记），渠肩达掖（亦同臂也，今作腋），山准日角，奫目珠衡，骏毫翁鬛，龙唇龟齿（《孝经》援神契云：伏羲大目山准日角而连珠卫，宋均注云：木精之人日角额有骨表，取象日所出，房所立，有星也，珠卫衡中，有骨表如连珠，象玉衡星）。长九尺有一寸，望之广，视之专（《春秋合诚图》）。

伏羲氏神话传说中"河图洛书"与"画制八卦"等故事的记述，应该视作我们的远古祖先在漫长的岁月中不断摸索所做出的伟大的文化创造，是对整个人类文明做出的巨大贡献。作为一种文化事实，即其被讲述与认同于后世，其实就是关于远古神话所表现的原始社会生活形态。其活动行为与活动空间同样被神话化，诸如时代的荒芜、人民的蒙昧，"方是时也，天下多兽，教人以猎"都具体构成一种述说背景的同时，也成为一种历史文化记忆与想象的"事实"，在这里表现为一种历史文化进程作为社会发展阶段的描述。因此，"天出文章，河出马图，于是观象于天，效法于地，近参乎身，远取诸物。兆三画、着八卦，以逆阴阳之征，以顺性命之理，成神明之德，类万物之情，而君民事，则阴、阳、家、国之事始明焉"等传说作为文化事实成为被歌唱的内容。如其所论：

> 方是时也，天下多兽，教人以猎（《尸子》），蓁育牺牲，服牛乘马，草鞬皮蒙，引重致远，以利天下，而下服度（世所有窨因存之）。天出文章，河出马图，于是观象于天，效法于地，近参乎身，远取诸物。兆三画、着八卦，以逆阴阳之征，以顺性命之理，成神明之德，类万物之情，而君民事，则阴、阳、家、国之事始明焉（《礼含文嘉》云：伏羲德洽上下，天应以鸟兽文章，地应以河图洛书，乃则象而作易。故《大传》云：伏羲氏作八卦，此即文王之所用者。《壶子》云：伏羲法八极作八卦，黄帝体九窍以定九官，皆近取诸身，远取诸物，作枝干衍为甲子，而魏博士淳于后，乃以为伏羲因燧皇之图以制卦，故高贵卿公以孔子不言燧人氏没伏羲氏作难之也。《三坟书》云：伏羲三十二易草木，草生月，雨降日，河泛时。龙马负图，始画卦

也,盖以草木纪岁也,雨降或以雨水言,然河泛时非所纪伏羲文成万代贵八卦作,而历数兴疑未然也)。征显阐幽、章往察来,于是申六画,作十言,以明阴阳之中,以厚君民之德,于以洗心,退藏于密(《管子轻重》云:伏羲造六画以迎阴阳,作九九之数而天下化之。《六艺论》云:伏羲作十窖之教以厚君民之别十言。乾、坤、艮、巽、坎、离、震、兑。消息也,消退而息进,谓天地万物之间无非易,非可以文字见直在消息中尔,或作不言之教,窘不立文字或作十二言,皆非。《画旧》云:古画字盖法字尔,古之为画亦为法,法至是而乏,故有用九用六或作画,非)。观象之变、爻之动,于是穷天地之用,极数之原,参天两地,而倚数以成变化,而行鬼神八卦,而小成因,而重之以尽生生之理,而天地之蕴尽矣。

在神话传说故事的流传中,我们应该看到一种事实存在,就是与生活故事一样,在神圣性描述的过程中,每一次讲述祖先神的神圣事迹,总是不断融入讲述者自己的社会生活经验与情感。这种现象在今天同样广泛存在。或者说,不仅仅是神话传说需要被不断解释其存在的价值与意义,整个民间文艺都需要被不断完善。

而且,罗泌在作各种讲说时,表现出两个明显特点,一是用历史文化讲说这些神话传说的同时,总是从社会现实生活的另一面作说明,阐释其合理性意义,再者就是特别注意与黄帝神话传说故事相结合,在文化比较与联系中述说伏羲氏及其神话传说的价值意义。这是中国民间文艺史上一个值得重视的一个现象。

诸如《路史》此后纪所述,"所谓先天易也","原始反终,神明幽赞,于是神蓍着地,灵龟出洛,乃穷天地之迹,极天下之动。以龟为策,以蓍为筮,献南占之一十八变而成卦,以断天下之吉凶",其注释为"说卦言昔者圣人作易,幽赞于神明而生蓍,故《郑鲂记》云:黄帝受河图而定玉策,伏羲得神蓍而乘皇策,《易乾凿度》所谓乘皇策者羲也。《古史考》云:伏羲作卦,始有筮,其后殷巫咸善占筮,则筮自伏羲始矣。圣人之智,非不足以立事也,而人之于事不容无心,以故是非吉凶有时而谬,爰取信于无心之物尔,夫卦不六十四不可以筮,今先天图始乾而终夬,岂止小成而已矣"云云。其解释曰"出言惟辞,制器惟象,动作惟变,卜筮惟占(《三坟书》四事皆云伏羲),政治小大,无非取于易者"为"如网罟取离,离有丽之象。又离中虚,网亦中虚,然结绳以为网罟,以畋以渔,所取乃重离也。离为目,巽为绳,以巽变离,结绳而为网罟之象,罟罔目也,重目为罔罟,离为雉,巽为鱼,自二至四有巽体,自三至五有兑体,巽为风,兑为泽,以畋以渔之象也。是六爻果自伏羲,重又可见矣。一十三卦皆取两象,学者宜即此思之尔"云云。其论说"畛离象法,蚉狐作,为网罟以畋以渔,化蚕桑为穗帛,因网罟以制都布",引述《黄帝内传》中"黄帝斩蚩尤,蚕神献丝,乃称织维之功,因之广织广之尔",称"《淮南子》乃有黄帝指经缕挂之说,妄也",并以王逸《机赋》中有"机织功用大矣,上自太始,下迄羲皇,帝轩龙跃庚业是创,语彼织女始制布帛,盖始机织尔"为证。其论"给其衣服"为"古者衣被,即服制也,特衣裳未辨,羲炎以来裳衣已分,至黄帝而衮章等衰大立非谓始衣服也";其论"鼋龙时瑞,因以龙纪官,百师服,皆以龙名",引"伏羲作易,名官命历叙云:九头纪时有臣无官,但立尊卑之别,故周礼疏序谓政教君臣起自人皇之世,伏羲因之"为据;其论"稽夬象,肇书契,以代结绳之政,百官以治,万民以察,而文籍由是兴矣",以"书契代绳取之夬,百官以治,岂自后世神农之法,一君二臣三佐四使,言有虞氏官五十者孤矣,或谓太昊结绳而治,黄帝始有书契,尤非也"为证。或曰黄帝中心论,黄帝神话作为罗泌心目中的远古时代真实的历史,是他研究历史文化的重要起点;这种现象与司马迁《史记》中强调"百家言黄帝"以黄帝时代为文明社会开始的理念有密切联系。

伏羲神话的历史谱系中,伏羲与女娲在这里被描述为:"(伏羲)落,而女弟炮娲立。字与包同。年百九十有四,葬山阳,都于宛丘,故陈为太昊之虚。始其父没,华胥死之,葬覆车之原。厥妃殒洛,是为洛神,代所谓伏妃者。即宓妃,汉书音义如淳,以为伏羲之女,溺洛而死,为落水之神。非也,明曰宓妃,岂女哉?"显然,这里"女弟炮娲立"应该与唐代诗人卢仝"女娲本是伏羲妇"诗句有联系;罗泌强调"伏羲之女,溺洛而死,为落水之神。非也",其依据当在此。再如其所论"伏羲生咸鸟。咸鸟生乘釐,是司水土,生后照。后照生顾相,夆处于巴,是生巴人。巴灭,巴子五季流于黔而君之,生黑穴四姓。赤狄巴氏服四姓,为廪君。有巴氏、务相氏",其应之与"黄帝应代有风后为之相,因八卦设九宫,以安营垒,次定万民之竁。黄帝灭蚩尤,徽兽多本于后尤,北复以其轻劓,其余于辋谷。人赖其利,遂世祀之,是为金山之神。谡封其后于任,锡之巳姓,黄帝之孙任巳,实归(是生帝魁)。其在唐虞,俱有封土,书缺不见。夏后氏之初,封之庖,为姒姓。逮周之兴,武王复其后于宿,后有密宿、须句、颛臾,邑于沸上,实典太昊之祀,以为东蒙主。是以季氏将伐颛臾,而孔子伤之。须句后为侏所并,鲁复取之。而宿之后则兴于宋,俱不复见";这同样是他黄帝中心论的表现。此又有"后有风氏""帝之弟郝骨氏为帝,立制,其裔孙子期,帝乙封之太原之郝。后有郝氏、郝骨氏"云云,组成一个替代次序非常清晰的历史谱系。也正是神话传说的内容,使得这种讲述在被认同能力上不断增强。

2. 女娲神话

女娲神话在宋代社会风俗生活中的形象,是另外一番景象。不但与最初《山海经》中"女娲之肠,横道而处"与《天问》中"女娲有体,孰制匠之"不同,与明确讲述其抟土造人的《风俗通义》,与明确讲述其炼五色石以补苍天的《淮南子》,都有很大不同。特别是经过唐代"女娲本是伏羲妇"的歌唱,其社会生活世俗性特征越来越明显。罗泌在《后纪》中的讲述,明显出现地方化内容。

与其论述太昊伏羲神话一样,罗泌首先要做的是正本清源,进行文化义理意义上的梳理与阐释。

如其所记述"女皇氏炮娲,云姓",以及"伏羲姓风,女娲姓云,号女皇名娲",称这种原因为"盖古圣人有不相袭以知书传所言,女娲风姓止本,伏羲言之不知其尝更也",其名"女希",是出于"世纪云蛇身人首,一曰女希,是为女皇而姓书希氏,出于伏羲,《风俗通》亦云女娲伏希之妹,知羲希古通用"。其"蛇身牛首,宣发",其借《玄中记》云"伏羲龙身,女娲蛇躯",《列子》以为"皆蛇身牛首虎鼻","曹植赞女娲"所云"二皇牛首蛇形,盖人之形自有同乎物者,今相家者流取象禽兽之形体者是矣"之类内容,"非真首牛而身蛇也"。他又举"韩愈、柳宗元且不之达,至今绘画羲炎者,犹真为太牢委蛇之状。夫宛然戩然,作于堂上,而何以君人哉。王充云世图女娲为妇人形,斯得之矣。至陶弘景遂疑佛氏地狱中有所谓牛头阿旁者为是三皇五帝",称他们"尤可怪笑"。其称"太昊氏之女弟"的解释中,认为卢仝云"女娲本是伏羲妇"的诗句"非也","盖以女娲一曰女妇,妄之"。其解释女娲"出于承匡"时,称"山名在任城县东南七十里。《寰宇记》云,女娲生处今山下有女娲庙"云云。其讲述曰:"(女娲氏)生而神灵,亡景亡,少佐太昊,祷于神祇,而为女妇,正姓氏、职昏因、通行媒,以重万民之判,是曰神媒。"其举例《风俗通》云"女娲祷祠神祇而为女媒,因置昏姻行媒始",称"此明矣,夫昏以昏时而昏,由此因以因娅而因乎,人姻者姻之始,媒者姻之聚,所谓昏因姻媒如此"云云。尽述己意。接着,其述说女娲氏世系更替曰:"太昊氏衰,共工惟始作乱,振滔洪水,以祸天下:隳天纲、绝地纪、覆中冀。人不堪命,于是女皇氏役其神力,以与共工氏较。灭共工氏,而迁之。然后四极正,冀州宁,地平天成,万民复生。炮娲氏乃立,号曰女皇氏。"其举例说"冀州即中冀,如蚩尤亦灭于此,盖屡乱矣,或曰中国总谓之冀州"云云,都是在论述女娲氏神话形态流变。

进而,其记述女娲神话事迹,解释"女娲山"等传说现象,同样采用义理述说与地方化内容相结合的论说方式,曰:"治于中皇山之原,所谓女娲山也。(山在金之平利,上有女娲庙与伏羲山,接庙起。伏羲山在西城,女娲山在平利。《寰宇》引《十道要录》云:抛钱二山,焚香合于此。山亦见《九城志守令图》。)继兴于丽(《长安志》云'骊山有女娲治处',又云'蓝田谷次北有女娲氏谷,三皇旧居之所,即骊山也'),爰绝瑞席萝图(许氏云殊绝之瑞),承庖制,度袭水胜,主于东方。(乔潭《女娲陵记》云:予谓娲皇受命在火,火以示水,谷不为陵,盖谓太昊以木生火尔,非也。《年代历》云:女娲共工大庭皆不承五运理或可信,而古史考以为女娲水德、神农木德,妄矣。《论语疏》云:女娲尚白,神农赤,黄帝黑,少昊白,高阳赤,高辛黑,唐白虞赤,此以三正言之也。)造天立极,惟虚亡醇一,而不喋喋于苛事。许云喋喋,犹深算也。上际九天,下契黄垆,合元履中,开阴布网,而天下服度。(《春秋运斗枢》云:伏羲女娲神农为三皇,皇者中也。合元履中,开阴布纲,上合皇极,其施光明,指天画地,神化潜通者也。)乃命臣随作制笙簧,以通殊风,以才民用。(《礼记·明堂位》云'女娲之笙簧',《世本》以为随作,衷注以为女娲氏之臣笙簧二器。诗云'吹笙鼓簧',吹笙并鼓簧,鼓而不吹则非笙也。许《说文》云:'随作笙,女娲作簧,明为二物。仙传王遥有五舌竹簧,汉武内传鼓振灵之簧,说者皆以为笙中之簧,非也,盖筝筑之类'。)命娥陵氏制都良之管,以一天下之音。命圣氏制颁筦,以合日月星辰,以易兆之晨作充乐。(《帝系谱》以都良管班管,名曰充乐,乐成,天下幽微,无不得其理也。)用五弦之瑟于泽丘,动阴声,极其数,而为五十弦以交天。侑神听之悲,不能克,乃破为二十五弦,以抑其情。具二均声,乐成,而天下幽微,亡不得其理。(传言帝女鼓瑟而云,泰帝谓伏羲女娲也,故何妥谓伏羲灭瑟而补。《史记》言伏羲之瑟二十五弦也。五弦乃朱襄氏之瑟,女娲用之,非伏羲也。《世本》云'庖羲五十弦,黄帝使素女鼓之,哀不自胜,乃破为二十五弦也。五弦具两均声'。而《拾遗记》亦谓'黄帝使素女鼓疱羲之瑟,满席悲不已,后破为二十五弦,长七尺二寸',则以为黄帝灭之,故宋《世本》注女娲笙簧为黄帝臣,谬矣。)"

对于"女娲之肠""女娲墓"等女娲神话化生的内容,罗泌在《后纪》中给出合理化解释的同时,还论及了"申祠祝而枚占之曰吉"的话题,阐释"乃设云幄而致神明,道标万物,神化七十"的故事,即《淮南子》中"以抟土为人之类,为七十化,且有炼五石以补苍天,断鳌足以立四极,积芦灰以止淫水"等事。其论述道:"世遂有炼五石成霞,地势北高南下之说。按《易内篇》云:福万民,寿九州,莫大乎真气;炼五石,立四极,莫大乎神用。而麻姑仙人紫坛歌云:女娲炼得五方气,变化成形补天地。三十六变世应知,七十二化处其位。王逸《楚辞注》亦谓:一日七十化其体,则特躯中之事尔,故安期生尚炼五石,践修者宜知之有补天。"对于《山海经》中提到的"其肠爰化而神居于栗广之野,横道而处",他阐释道:"㚔王裕于堇龙古塞、洪河之流,是为风陵堆也。墓今在潼关口河潭上,屹然分河有木数株,虽瀑涨不漂没,今属陕之阌乡县。按《元和郡县志》,风陵堆在河东县南五十,与潼关对。《寰宇记》:风陵城在其下阌乡津,去县三里即风陵故关也。女娲之墓,秦汉以来俱系祀典,然九域寰宇济之,任城东南三十九里又有女娲陵。《成冢记》云:女娲墓有五,其一在赵简子城东,今在晋之赵城东南五里,高三丈。《九域志》云:晋州有帝女娲庙。《寰宇记》又云:在赵城故,皇朝列祀亦在赵城。"之后又论述:"唐文武皇帝江都之役,夜径,其处风雨中,有女人鳞身,骈倡而前,饣专生鱼一匦。帝后果靖中华。后乾元中,失之刺史,奏阌乡坟。天宝十三载,天雨,晦冥,俄失所在。至是河房,风雷夜声。黎明视之,其坟涌复,夹之两柳,肃宗命祝史祠焉。以其载媒,是以后世有国,是以祀为皋禖之神。因典祠焉,又曰皇母。乾德四年,诏置守陵五户,春礿少牢。或云三皇之一也。"其中"黎明视之,其坟涌,复夹之两柳""肃宗命祝史祠焉"展现了神话传说不断形成再述说的现实背景。诸如"祀为皋禖之神"的现象表明,现实社会生活不断产生的文化诉求催生出了众多的民间信仰形式,因此我们才会有许多不同版本的民间神话流传于世。

3. 炎帝与黄帝神话

炎黄并称,是中国神话传说流传中形成的重要文化现象。黄帝与炎帝联合战胜蚩尤,是华夏统一的标志。在述及炎帝与黄帝时,罗泌提到"炎帝神农氏,姓伊耆,名轨,一曰石年,是为后帝皇君,炎精之君也。母安登感神于常羊,生神农于列山之石室,生而九井出焉。初少典氏取于有侨氏,是曰安登。生子二人,一为黄帝之先,袭少典氏;一为神农,是为炎帝"的内容。其称"炎帝长于姜水,成为姜姓。其初,国伊继国耆,故氏伊耆。长八尺有七寸,弘身而牛愿,龙颜而大唇,怀成钤、戴玉理。生三辰而能言,五日而能行,七朝而齿具。三岁而知稼穑、般戏之事,必于秬稷,日于淇山之阳,求其利民宜久食之谷、而蓻之。天感,嘉生菽、粟、诞荅,爰勤收拾,刚壤地而时焉已,则厘牟五子偕至,神农灼其可以养民也",是复述历史传说。其称"官长师事悉以火纪,故称炎焉",述说"岁守十三,三年与少半成;岁三十一,而国有十一岁之储,有以利下而不足以伤民。乃制为之数:一谷不登,损一谷,谷之法十倍;二谷不登,损二谷,谷之法倍数十蓰。夷疏满之,亡食者与之,尘;陈亡种者,贷之新。农夫敬事力作,故天毁、地凶、旱洪并作,而亡有入于沟壑乞请者,时其时以待天权也。是以年谷顺成,衣食而礼义兴,奸邪不作,制令而人从。众金货通有亡,列廛于国,日中为市,致天下之民,聚天下之货,交易而退,各得其所而有亡,于是俱兴",称"神而化之,使民宜之,故天下号曰皇神农",特别是其所述"劖剟民食,形尽悴而不顾。每岁阳月,盍百种、率万民,蜡戏于国中,以报其岁之成。(建亥之月,火伏而蛰,毕农事终而始蜡祭也。或云后世之文,考之郊特牲,乃以周正,非也。周蜡以十二月,盖夏十月、商之十一月,晋以周十二月袭虞。故宫之奇曰:'虞不腊矣'。月令以孟冬祈来年,祠公社门闾,腊先祖、五祀,蜡腊共月,三代同之。皇氏以为三代皆以十二月,亦非也。)故祭司啬山林、川泽,神示在位,而主先啬,享农及邮。表畷禽兽、猫虎,水防昆虫,而祝之曰:'土反其宅,水归其壑,昆虫亡作,草木归其泽,苇签土鼓,榛杖丧杀。'既蜡而收,民息已,年不顺成之方,其蜡不通,以谨民财也。惟不顺成,则厌礼而婚,条风至则合。其亡夫家者,以蕃其民。是故淳卤作而人民毓,教化兴行应如挬鼓,耕得利而究年受福",与"命刑天作扶犁之乐,制丰年之咏,以荐厘来,是曰下谋。制雅琴、度瑶瑟,以保合太和,而闲民欲通其德于神明,同其和于上下,于是神洋溢、嘉谷茁。乃命屏封作穗书,以同文敉令。命白阜度地,纪脉水道,崙木方竹,杭潢洋而有亡达。遂甄四海、纪地形、远山川林薮,所至而正其制。于是辨方正位,经土分域,处贤以便势,于以相用,而寄其戚。近国地广,而远弥小,负海之邦,率三在地。国土相望,魔狗之声相闻。以大用小,由中下外,犹运指建瓴,而王者以家焉"之类论述,以及其所述"盖宇于沙,是为长沙,崩,葬长沙,茶乡之尾,是曰茶陵,所谓天子墓者,有唐尝奉祠焉。太祖抚运梦感见帝,于是驰节负求,得诸南方,爰即貌祀。时序隆三献,恶戏盛德百世祀,至神农亡以尚矣。我宋火纪,上协神农,岂其苗裔邪?何谁昔之夜,神交万载,而乃丕扬于今日欤?""在治百四十有五祀,年百六十有八,亦谓赤帝。其崩也,天下之人为之不将者七日,纳承桑氏之子,子十有三人"从总体上概括了炎帝神话独立于炎黄传说之外的存在景象。

黄帝神话则是另一种景象。

有人认为黄帝是一个部落酋长、领袖,也有人认为他其实是一群人,是一个部族权力传承的文化符号。他与蚩尤的争斗,在罗泌的著述中被淡化,而他作为神明的形象则被强调了。如《后纪》记曰:"黄帝,有熊氏,姓公孙,名荼,一曰轩,轩之字曰玄律。小典氏之子,黄精之君也。母吴枢,曰符葆。秘电绕斗轩而震,二十有四月而生帝于寿丘,故名曰轩。生而紫炁充房,身逾九尺,附函挺朵,修髯花瘤,河目隆颡,日角龙颜。生而神灵,弱而能言,幼慧、齐长、敦敏,知幽明、死生之故。小典氏没后,轩嗣立成,为姬姓。并谋兼智明,法天明,以使民心一,四国顺之,于是开国于熊。炎帝氏衰,蚩尤惟始作乱,赫其火烊,以逐帝,帝弗能征。乃帅诸侯责于后,爰暨风后、刀牧神皇之徒,较其徒旅以曷小颛,而弭火灾,得一奉宸。乃临盛水,录龟符,纳三宫、五意之机,受八门、九江之要,衍握奇以为式,故五旗、五麾、六毒、而制其阵。年三十七戮蚩尤于中冀,于是炎帝诸侯咸进委命,乃即帝位,都彭城",此同样是重复历史传说,而其称"王承填而土行,故色尚黄,而天下号之黄帝。自有熊启胙,故又曰有熊氏。其即位也,适有云瑞,因以云纪,百官师长俱以云名。乃立四辅、三公、六卿、三少、二十有四官,凡百二十官有秩,以之共理。而视四民,命知命、纠俗、天老录教。刀牧准斥,鵊冶决法,五圣道级,阙纪补阙,地典州络,七辅得而天地治,神明至"等,则应当是黄帝传说神话化、宗教化、学术化之后的结果。

　　罗泌述说的黄帝神话,主要围绕其在天下安定的背景下造福人民的"神圣功绩"。如其所述:"十有五年,帝喜天下之戴己,乃养正命,娱耳目,昏然五情爽惑,于是放万机、舍宫寝,而肆志于昆台。方明执舆,昌寓参乘,张若諨朋,前马昆阍,滑稽后车。风后柏常从,负书剑,发轫紫宫之中,涉洹沙而届阴浦,陟王屋而受丹经,登空同而问广成,封东山而奉中华君,策大面而礼甯生,入金谷而咨涓子心,访大隗于具茨。即神牧于相成,升鸿隄,受神芝于黄盖,遂盍群神大明之虚,而投玉策于钟阴,自是爱民而不战。四帝共起而谋之,边城日警,介胄不释,帝乃焦然叹曰:'朕之过淫矣。君危于上者,民不安于下;主失其国者,其臣再嫁。厥病之由,非养冠耶。今处民萌之上,而四盗起,迭震于师,何以哉?'乃正四军,即垄垒灭四帝,而有天下。谓'国虽大,好战必亡;天下虽平,忘战必危。'矢以仁义,扰以信礼,故投之死地而后生。知彼知己,故亡敌于天下。于是以兵为卫,内行刀镰,外用水火,天目临四维而巡行,句阵并气而决战。傍行天下,未尝宁居,先之德正,而后之以威刑,必不谌者。从而征之,是以麾之所拟,而敌开户身,五十二战而天下大服焉。乃达四面广能贤,稽功务法,秉数乘刚,而都于陈。师于大填,学于封钜、赤诵,复岐下见岐伯,引载而归,访于治道。于是申命封胡以为丞,鬼容蒀为相,刀牧为将,而周昌辅之,大山稽为司徒,庸光为司马,恒先为司空。建九法、七相,翌而下服度,犹且蛮蛮,常若备盗,豫若天令,令人知禁。风后善乎,伏戏之道,以为当天而配上台。""帝处中央,而政四国、分八节以纪农功。命天中建皇极,乃下教曰:'声,禁重;色,禁重;香味,禁重;室,禁重;国亡邪教,市亡淫货,地亡圹土,官亡滥士,邑亡游民,山不童,泽不涸,是致正道。'是则官有常职,民有常业,父子不背恩,兄弟不去义,夫妇不废情,鸟兽

第六章 《路史》的民间文艺价值

草木不失其长,而鳏寡孤独各有养也。于是立货币,以制国用",描绘的都是黄帝的政治功绩,而非与蚩尤的部落战争。

在《后纪》中,与其说黄帝是华夏族的明君,倒不如说他其实就是一个文化大神。如罗泌所述:"河龙图发,洛龟书威,于是正乾坤、分离坎、倚象衍、数以成一,代之宜。谓土为祥,乃重坤以为首,所谓归藏易也,故又曰归藏氏。既受河图,得其五要,乃设灵台,立五官,以叙五事。命臾蒕占星、斗苞、授规正,日月星辰之象,分星次象应着名,始终相验,于是乎有星官之书。浮箭为泉,孔壶为漏,以考中星。命羲和占日、琼珥,旺适缨纽,苞负关启亡浮;尚仪占月,绳九道之侧匿,斜五精之留疾;车区占风道,八风以通乎二十四隶,首定数,以率其羡、要其会,而律度量衡由是成焉。伶伦造律,采解溪之篁,断篁间三寸九分,为黄钟之宫,曰'含少',制十有二筒;以之阮隃之下,听凤之鸣以定其雌;乃作玉律,以应候气;荐之宗庙,废治忽;以知三军之消息;以正名百物;明民共财,而定氏族。氏定而系之姓。庶姓别于上,而戚殚于下,婚姻不可以通,所以崇伦类、远禽兽也。大桡正甲子、探五行之情,而定之纳音;风后释之,以致其用,而三命行矣。察三辰于上,迹祸福于下,经纬历数,然后天步有常,而不倍命。容成作盖天,综六术以定气象。""命荣猨铸十二钟,以协月筒以诏英韶,调政之缓急。分五声以正五钟,令其五钟以定五音。伶伦造声以谐八音,五音调以立天时,八音交以正人位,人天调而天地之美生矣。命大容作承云之乐,是为云门。大卷着之桱梲,以道其和。中阳之月、乙卯之辰,日在奎而奏之,弛张合施,动静丽节。是故禽纯皦绎声而听严,五降之后而不弹矣。今曰咸池。乃广宫室、壮堂庑,高栋深宇以避风雨。作合宫、建銮殿,以祀上帝。接万灵以采民言,四阿反坫,褈亢褈即,库台设,移,旋楹复格,内阶幽陛,提唐山廥楠干,惟工斫其材而奢之。乃命宁封为陶正,赤将为木正,以利器用。命挥作盖弓,夷牟造矢,以备四方。岐伯作鼓吹、铙角、灵鞞、神钲,以扬德建武,厉士风敌而威天下,重门击柝,备不速客。命邑夷法斗之周旋魁,方标直以携龙角,为帝车大辂,故曲其辀绍大帝之卫。于是崇牙交旂羽,挡扑稍櫑剑华盖,属车副乘记里司马,以备道哄。命马师皇为牧正。""乃命沮诵作云书,孔甲为史,执青纂记言,动惟实。天下已治,百令具举,犹且恤然。神花蕊形,茹用作戒,于丹书曰:'施舍在心,平不幸,乃弗闻过'。祸福在所密,存亡在所用,下匿其私用试其上,上操度量以割其下。上下一日百战,故作巾几之铭曰:'毋夺弱,毋俾德,毋违同,毋敖礼,毋谋非德,毋犯非义'。又着瑞书曰:'敬胜怠者吉,怠胜敬者灭,义胜欲者从,欲胜义者凶。凡事不彊则枉,不敬则不正,枉者灭废敬者万世'。乃命史甲作戒盘盂、笾豆、衾镜、剑履、舆席、巾杖、户牖、弓矛,一着铭诗以弥缝其阙,惟口起兵,惟动得咎。乃为金人,三缄其口,而铭其背,曰:'古之慎言人也,夙夕念治,瞿然自克,是以功高业广,而亡逋事'。于是亲事法宫,观八极,而建五常。谓人之生也,负阴而抱阳,食味而被色,寒暑荡之外,喜怒攻之内,夭昏凶札,君民代有。乃上穷下际,察五气、立五运、洞性命、纪阴阳,极咨于歧、雷,而内经作。谨候其时,着之玉版,以藏灵兰之室,演仓谷、推贼曹。命俞跗、岐伯、雷公察明堂,究息脉,谨候其时,则可万全。命巫彭、桐君处方、盅饵、湔澣、刺治,而人得以尽年。命西陵氏劝蚕稼月,大火而浴种,夫人副袆而躬桑。乃献茧丝,遂称织维之功。因之广织,以给郊庙之服。祀天圆丘,牲玉取苍;祀地于方泽,牲玉取黄。筑坛除墠,设醴醴,制兰蒲,列圭玉而荐之。七登之床,十绝之帐,奏函夹之宫以致之,而祊褿乎寿宫。立五祀,作其祝嘏,咸以数荐,而山川之典礼为多。命共鼓化狐作舟车,以济不通。命竖亥通道路、正里候。命风后方割万里,画埜分疆,得小大之国万区,而神灵之封隐焉。命匠营国,国中九经九纬,五置而有市。市有馆,以俟朝聘之需。置左右大监,监于万国,侯牧交献,而朝聘之事备。茹丰违命,于是刑而放之,而万国服。"其"经土设井以塞争端,立步制亩以防不足。八家以为井,井设其中,而收之于邑,故十利得。辨九地,立什一,存亡相守,有无相权,是以情性可得而亲,生产可得而均,分之于井,计之于州,因所利而劝之。是以地着而数详,置法而不变,俾民得以安其法,是以不使而成,不扈而止,策天命而治天下,故天报眉寿,德泽深后世。故子孙皆以有土,黄祚衍于天下,于今未忘也。"黄帝"自即位百年,履地戴天,循机提象,不就物、不违害、不善求、不缘道法,中宿而要缪乎。太祖之下,职道义、经天地、别雌雄、等贵贱,不使不仁者加乎天下,故用武胜残,而百姓以济。纪人伦、叙万物,以信与仁为天下先,是故法令明,而上下无尤。不章功、不扬名、隐真人之道,以从天地之固然,故物无忿敛之心,而仁亡争倾之患。耕父推畔,道不拾遗,狗彘吐菽粟,而城郭不闭,人保命而不夭,岁时熟而亡凶,天地休通,五行期化,故风雨时节,而日月精明,星辰不失其行,蓂荚屈轶,紫房赪茎,史不废书,海不扬波,山不爱宝,翠黄伏榴,兹白恋皂,焦明曤阿,而龙麟扰于阶除,日蟹虹蜻,禹蛄牛蚁,黄神黄爵,白泽解廌,府亡虚日。是以九瀛仰化,诸北贡职,杨裳、柜鬯、贯胸、长股,莫不来庭而依朔。乃抚万灵,度四方,乘龙而四巡,东薄海,禅凡山,西逾陇,款笄屯,南入江内涉熊湘,北屈渤碣,南临玄扈。乃开东苑,被中宫,诏群神,授见者齐心服形,以先焉。作清角乐,大合而乐之,鸣鹤翱翔,凤凰蔽日,于是合符于釜山,以观其会。采首山之铜,铸三鼎于荆山之阳,以象泰乙,能轻能重,能淡能行,存亡是谶,吉凶可知,武豹百物为之视火参垆。"黄帝的时代以文化大业而兴盛,而黄帝的逝世也同样承载了文化的创造。如其称:"八月既望,鼎成,死焉,葬上郡阳周之桥山。其臣左彻感思,取衣冠、几杖而庙像之,率诸侯而朝焉,七年,而立子。年百十有七,或云三百。宰予以问于孔子,子曰:'人赖其利百年,用其教百年,威其神百年,曰三百年也。'"在黄帝时代,一切重要的社会政治制度与社会生活形制都被安排为"命",体现出了华夏文明早期独特的思想文化倾向性。

黄帝是华夏民族安定的象征,也是人类文明发展的重要符号。作为当时的宗教文化领袖,其子孙后代,从"绝地天通"的颛顼等人,到治水的大禹,他们既是社会的管理者,也充当着神明与世俗之间的使者。

如其述说"帝颛顼",称"高阳氏,姬姓,名曰颛顼,黄帝氏之曾孙,祖曰昌意,黄帝之震适也。"论述其"神迹"为"行劣不似,逊于若水。取蜀山氏,曰景僕。生帝乾荒,擢首而谨耳,猴喙而渠股。是袭若水,取蜀山氏曰枢,是为河女,所谓淖子也。淖子感瑶光于幽防,而生颛顼,渠头併干、通眉、带午,渊而有谋,疏以知远,年十五而佐小昊。封于高阳。都始孤棘,二十爱立,乃徙商丘,以故柳城卫仆,俱为颛顼之虚。兆迹高阳,故遂以高阳氏。黑精之君也,以名为号,故后世或姓焉。绍小昊金天之政,乘辰而王,以水穷历,故外书皆称玄帝。"称其"祭鲵牲用骍,荐玉以赤缯,载时以象,天养材以任,地依神而制义,治气性以立教,自是不克。远纪始为民师,而命以民事,厘改服度,符采尚赤,乃立九寺九卿。重、该、修、熙,少昊氏之四叔也,实能金木及水,乃俾重为句芒,该为蓐收,修及熙为玄冥。孙犁显曜,乃命祝融,而炎帝氏有子句龙,俾为后土,是为五官。(春秋传云:句芒,春官,为木正;蓐收,秋官,为金正;祝融,夏官,为火正;玄冥,冬官,为水正;句龙,后土,中央,为土正。)恪共厥业,遂济穷桑"。因为"上世人神异业,是以祸灾不至,而求用不匮。小昊氏衰,玄都氏黎实乱天德,贤鬼而废人,惟龟策之从,谋臣不用,喆士在外,家为巫史,亡有要质。方不类聚,物不群分,民匮于祀,神渎民狎,嘉生不降。龟策、鬼神不足以举胜,左右背乡不足以专战",所以颛顼"命重犁、典司祝融,重献上天以属神,犁抑下地以属民,以绝上下之通,以规三辰之行,使复旧物,毋相浸渎,民用安生。于是穷四履,称险易,申画郊畿以殿任,赋立勤人以职孤。为正长以惠穷,置宰丧以恤亡。设射志以习雅,守猎、耘耔以习移。""乃毁名冈,俅大泽,制十等之币,以通有亡,曰权衡。宿畴以成,泉币亡滞,工贾时市,臣僕州里,俾毋交为。是以主虞而安,民璞而亲,官亡邪?吏市亡型,民事分职正,而人反其故。然犹悛怂自持,焦心蛾伏,以从事于贤谓功,莫美于去恶而之善,罪莫大于沓恶而不变。非惟善善,善因善也;非惟恶恶,恶缘恶也",从而形成"上缘黄帝之道而行之,修黄帝之道而赏之。弗或损益而致治平"的现象。之后,又"取邹屠氏、胜濆氏。初帝僇蚩尤,迁其民,善者于邹屠,恶者于有北。邹屠氏有女,履龟不践,帝内之,是生禹祖及梦八人,苍叔、伯益、梼演、大临、庞江、霆坚、中容、叔达,是为八凯。帝崩,而元子立,袭高阳氏,是为孺帝,寻崩,而帝喾立。"

其述说"帝喾",称"帝喾,高辛氏,姬姓,曰夋。夋之字曰亡斤,黄帝氏之子曰玄枵之后也。父侨极,取阵丰氏曰衷,履大迹而偒生夋。方夋之生,握衷莫觉,生而神异,自言其名,遂以名。方颐庞觊,珠庭比齿,戴干。厥德神灵,厥行祇肃,年十有五而佐高阳氏,受封于辛,为侯国。高阳崩,而喾是立,以木纪德,色尚黑,正朔服,度惟时之宜。仁而威,惠而信。其色郁郁,其德嶷嶷,其动也时,其服也士。聪明浚武,嶷嶷浃浃,儿衣服而不驵,冬轻以腰,夏轻而清,窭蘸其屋室,土事不文,木事不饰,以示民之节。谓德莫高于博爱人,政莫高于博利人,故政莫大于信,治莫大于仁,吾慎此而已。约身博施,惟爱人利物是图。谓黄帝之言曰道,若川水其出亡已,其流亡止,是以服人而不为仇,分人而不为噂。顺天之义,知民之急,修身而天下服。故达于天下而不忘缘巧者之事,行仁者之操,上由黄帝之道而明之,守高阳之庸而正之,节仁之器以修其财,而身专其美矣。于是叙三辰以著众,历日月而送迎之,以顺天之则。谓寅宾出日,寅饯纳日,鲁语云:佶能次序三辰,以治历、明时,教民稼穑,以因民也。命重为木正,犁为火正,该为金正,修及熙为水正,句龙为土正,是为五职,诸国封为上公,社稷五祀,是尊是奉。黎氏克官,说天文卯下地,火纪昭融,而世赖之。逮其继世,失遗其业守,乃命弟回嗣绥厥职,昭显天地之光,以生柔嘉材,爰封之吴,谨农祥、乩歆祭,故六气正而天道平,五正建而人事理",称"羿以善射服事先王,乃命司衡,赐以累鄫、彤弓、蒿矢,羿是以去,下地之白难,而民得以佚。以故羿死,讬於宗布。于是尽地之制,受少昊、高阳之经理,辛创九州以统理下国,正圳均赋以调民人,和以仁义,持以信礼,为亡为事,混美于下。故卿而不理,动而民罔不钦,言而民罔不劝。男有分,女有归,壮有用,老有终。"

其论"尧",称"帝尧,陶唐氏,姬姓,高辛氏之第二子也。母陈丰氏,曰庆都。尝观三河之首,赤帝显图,奄然风雨。庆都遇而萌之,黄云覆之,震,十有四月而生于丹陵,曰尧,是曰放勋。身俾十尺,丰下兑上,龙颜日角,八彩三眸,鸟庭荷胜,琦表射出。握嘉履翌,穷息洞通。聪明密微,其言不式,其德不回。仁如天,智如神,明如日,而晦如阴。好谋能深,和而不怒,忧而畏祸,快而愉。年有十三,佐垫封植,受封于陶。明人察物,昭义崇仁,禁诈伪,正法度,不废穷民,不敖亡告,苦死者而哀,妇人厎德靡解,百姓和欣。于是改国于唐。""重先务急,亲贤明骏德,以亲九族。九族既穆,乃辨章于百姓。贤不昭明,而协和于万邦,黎民于变时雍。丐施政制,因事立法,不激不溇,取人以状明,非见有于人。翘翘惟以天下为忧,务求贤圣,爰得稷、契、夷、皋、朱、斨、伯誉,群龙辅德。是以教化大行,天下洽和,民安仁而乐义。"以及"更制五服,均五等,五国相维。设四岳、八伯,以典诸侯;均井,邑都,制鄙;而临民以十二。春省耕,秋省敛,宣声教,以同俗。振凋瘵、听民声,观四履之所以化其上。入其疆土,地辟岐旁。趋养老尊贤、骏杰在位,则有庆;反是,则绌。三载小考正职,九载大考有功,五载而一述职其所典职,以备则赏,不备则罚。因地之生美为贡赋,故民出而不憾;因人之好恶为政教,故令不犯。""命偰司徒,和合五教,以保于百姓;弃为大田,职司马,播嘉谷,辨五土之宜,教民稼穑。伯夷宗秩,降典邦礼,以治人神、和上下。皋繇为士庶,折繁狱政,教平奸宄息,尊忠正之位,表勤孝之间,厚廉洁爱民之禄、民之敬,长怜孤取舍。克让而举事功者则命于上,然后得饰车骈马,而被文锦;未命而乘衣之则罚。故虽有余财侈物,亡礼义功德,谡亡用。以贤制爵,以庸制禄,故人慎德兴功、轻利而兴义。"其"在位七年,民不作忒鸥久逃于绝域麒麟游于薮泽,则能信于人也。嘉言罔伏,贤亡野遗,犹绌聪明、开肺意,舍己稽众,师于善绻、许由、尹中,而学于务成、子附。询政行人,问老衢室,务急说言,以为教先。达立建善之旌,廷置敢谏之鼓,博咨刍荛,以成盛勋。涂说巷议,咸所不废","命羲和,绝地天通,羲载上天,黎献下地,俾主阴阳,羲和居卿而致日。立浑仪,钦若昊天,历象日月星辰,敬授人时。命羲仲宅嵎夷,敬宾出日,平秩东作。张昏中而播谷。命羲叔宅南交,平秩南化敬致。火昏中种黍菽。命和仲宅西,寅饯纳日,平秩西成。宵、昏虚中而传麦","命倕为

第六章 《路史》的民间文艺价值

工,作和钟利器用。命母句氏作离声,制七弦,徽大唐之歌,而民事得。命质放山川溪谷之音,以歌八风,作大章之乐。击石拊石,上当玉磬,乃麋鞈置缶而鼓之,立瞽叟拌五弦之瑟,为十五弦。命延拌瞽叟之所为瑟,益之八弦,以为二十三弦,制咸池之舞,而为经首之诗,以享上帝,命之曰大咸。作七庙、立五府,以享先祖而祀五帝。祭以其气,迎牲杀于廷,毛血诏于室,以降土神,然后乐作,所以交神明也。""始舜之摄,俾益掌火,禹平水土。禹疏九河、沦济漯、决江汉、排淮泗,而注之海。益审封植,烈山泽,禽兽逃匿,然后人得平土而居;而食未足,礼莫起,于是富而教之。俾弃为田,教之稼穑,五谷熟而人民育。然后拼偰司徒,教以人伦,于日招之,徠之,匡直之,辅翼之,又从而振德之。疆于行,薔于志,以养天下之形,是以庶政惟和,万国咸宁,民皆迪吉,莫不振动服化,比屋可封,而陟仁寿。"

其论"舜",曰"帝舜,有虞氏,姚姓,瞽子,五帝之中独不出于黄帝。自敬康而下,其祖也。敬康生于穷系,系出虞幕,后之幕姓宗焉。是生乔牛,乔牛生瞽叟,瞽叟天嚳。幕能平听,协风以成,乐而生物,有虞氏报焉。舜长九尺,太上员首,龙颜日衡,方庭甚口,面颔亡髦,怀珠握褒。形卷娄,色黳露,瞳重曜,故曰舜,而原曰重华。浚哲文明,温恭通智,敏敦好学,而止至善。寅畏天命,而尤长于天文。初家于冀,凤丧其母,蒙茨缊棘,哀绵五至,犹未歝者,丧期之有数,盖有是显。瞽叟御而生象,象得亲,乃咸恶舜,御以不道。舜于是往于田,泣旻天、号父母、负罪隐匿,大杖避,小杖受,事亲怤弟,日以笃。象忧亦忧,象喜亦喜,惟恐不获于象,以贻父母戚。道而不径,舟而不游,凡所以动心忍性,皆以增其所不能。夫然,故死生不入于心,而能动人。与木石俱,而光曜显都,丽然汗著。年二十而以孝友闻四海,故天下大说而将归焉。方是时,口不设言,手不指麾,执玄德而化驰若神。历阳之耕侵畔,乃往耕焉,田父推畔,争以督亢授。濩泽之渔争坻,乃往渔焉,鲛人巽长,争以深潭与。东夷之陶若窳,陶于河滨,期年,而器以利。牧羊潢阳,而获玉;历于河岩,所至向合。当其田也,旱则为耕者凿鑽,俭则为畋者表虎,与四海

101

俱利。是故光如日月，而天下归之。""命太师陈诗，以观民风。命市纳贾，以稽民之好恶。命典礼协时月、正日，同律、度、量、衡，礼乐、制度、衣服正之。修五礼、五玉、三帛、二生、一死。质之器，卒则复。山川神祇，有不举者为不敬，不敬者，君削以地；宗庙，有不顺者为不孝，不孝者，君绌以爵；变礼、易乐者为不从，不从者，君流；革制度、衣服者为叛，叛者，君讨。归，次外三日，遂假于祢祖，用特。卒敛币玉，藏诸两阶之间，然后命遍告入听朝。五载一巡守，群后四朝。赋奏以言，明试以功。言奏功试，则舆服以庸之。设三公、四辅、师、保、疑、丞，官不必备，惟人也。肇十有二州，封十有二山。谋牧立岳，以广聪而烛隐。于是沉菑未复，民亡安止，爰命伯禹，继平水土，主名山川，俾益掌火，烈山泽而焚之，禽兽逃匿，然后人得平土而居。乃商九州，以正五服，以定任赋。表提类考，疆域作，十有三载而后同。既厘下土，方别居，方别生，分类锡土姓，而下亡违者。坛四奥、沉四海，而函夏正，""命偰司徒，别三族，亲百姓，敬政率，经毋亟，五作十道孝。力为右万民以成。皋陶为士，以五服、三次、五宅、三居之法政五刑，以消寇贼、奸宄，密勿淑问，制百姓于刑之中，以教祇德，惟明克允。帝曰皋陶，惟兹臣庶，罔或干予，正汝明。五刑以辅五教，刑期于亡刑，民协于中，是乃功以刑教中。陶乃祇陈九德之序，以刑俌僇。是故画衣异服，而奸不犯其醇。垂为宗工，辨材楛，利器用。于是百用作，削镰修之迹，流髹其上，输之宫寝，而当时之谏进者，十有三。乃崇纳谏之官，益为公虞，若于上下，草木鸟兽佑之，朱虎熊罴而物蕃衍。夷作秩宗，降典三礼，惟寅惟清，以接幽玄，以节天下，哲民惟刑，而上下让。后夔典乐，以乐德教，胄子乐语兴，道其风颂，语言直宽刚简，惟克有济，以六律、五声、八音、七始在治忽，以出纳五言，而赏诸侯。乐歌钥舞，以和钟鼓。诗言志，歌永言，声依咏律，和声八音，克谐神人，以和晏龙。纳言主宾客，夙夜出纳。射侯书据，以待庶顽。逸说殄行格，则承之、庸之，不者威之，而远人至"云云。

其论"大禹"，曰"帝禹，夏后氏。姒姓，名禹，一曰伯禹，是为文命。其先出于高阳，高阳生骆明，骆明生白马生，是为伯鲧。字熙，汶山广桑人也。

姱直败数,帝使治水,称遂共工之过,废帝之庸,九载亡功。逮帝禅舜,熙怒于帝,曰:得天之道者,帝;得地之道者,王。""始禹之治水七年矣,伤功未就,愁然沉思,于是上观于河,河精授图。乃北见六子,获玉匮之书,以从事。受黑书于临洮,得绿字于浊水。乃驻江山、栖桐柏,受策鬼神之书,乃得童律狂章鸿蒙之徒,制其水怪。乘龙降之,乃命范成光郭哀御以通原。""勤求贤士以及方外,见耕者五偶而式之,所过之邑,必下。见山仰之,见谷俯之,以苟道秉德之士存焉。适于郊芴焉,遇其缚于路,谡降拊而泣之,左右曰:彼则不刑,于王何痛焉? 曰:天下有道,民不离幸;天下亡道,罪及善人。尧舜之民,以尧舜为心;朕为民辟,百姓各以其心,是用矜之。立谏幡障建鼓,不矜不伐,不自满,假投一馈,而七起一沐,而三捉发曰:予惟四海之士须于门,而四方之民弗至也;诸侯朝觐而亲报之,士月见而躬接之。曰:诸侯能亡以予为骄乎? 诸大夫能亡以予为汰乎? 且昏其骄若汰而不予縠,是逢君之恶而教寡人之残也。是以天下大治,诸侯万人而一知其体,则能以愿为之也。故未施于民而民敬之。""命伯封叔及昭明做衍历,岁纪甲寅,铃天行施,敬授人时,人事是重,故建首寅而后冬夏正春。斤不升山,夏罟不趣渊,以宛生长而专民力。乃布令曰:九月除道,十月成梁。故其时儆曰:收而场功待。乃畚桐营室之中,上工其始,火之初见,其于司里速畦塍之就,而执成男女之功。故生不失宜,而物不失性,人不失事,天得时而万财成焉。昔孔子观夏道,得其四时之书者是矣,谓:土少则民失业,土多则内亡守,于是有不称之灾。故其箴曰:中不容利,民乃外次。又曰:小人亡兼年之食,遇天饥,妻子非其有也;大夫亡兼年之食,遇天饥,臣妾舆马非其有也;国亡兼年之食,遇天饥,百姓非其有也。故诸横生尽以养,从生尽以养。一人不煞胎、不夭奥、不瘗时,十年而王道固。""命任奚为车正,子吉光暨相土,佐之升物以时,五财皆良,乃剡钩车、建绥斾。相土始乘,肇用六马,于是登降有数,乃封奚仲于薛,谓政衰于唐虞,而民翻于昔始政肉刑、谋面用丕训德,则乃宅人。乃三宅亡义之民,罪疑从轻,死者千鍰,中罪五百下鍰,二百罚有罪,而民不轻罚;轻罚而贫者,不致于散。故不杀、不刑,罚弗及彊而天下治。""命扶登氏为承夏之乐,歌九叙以乐其成,是谓九夏。设五器于庭,而诏于虞曰:有以道宪我者,声鼓;以义告我者,鸣钟;以事诏者,振铎;以忧闻者,发声;以狱复者,挥鞀。政天下于五声,后世宝用至于追蠡。作栈钟于会稽以定奏。远方图物贡金,九牧铸九鼎于紫金条荆之山。鼎之为物,左氏尝言之,人得藉口,使人知神、奸,入川泽而不逢不若,螭魅魍魉莫能逢之。鼎成而太白见者九日",以及"伯禹之治水也,娶于涂山,生启于行荒。度土功,三过门而弗入。涂山氏能明训教,而致其化,以故启知王事、达君臣义,持禹之功。禹崩,启继世有天下。户氏不恭,信相失度,威侮五行,怠弃三正,帝乃迁庙。与有户大战甘泽,乃召六卿而誓。整军实以伐之,不胜,六卿请攻之,帝曰:不可,吾地非浅,民非寡也。兵刃接焉而不胜,是吾德薄而教不善也。何以伐为? 于是般师。琴瑟不张,钟弗撞,鼓弗考,不因席、不仍味,亲亲长长、尊贤委能,隐神期月。而户来享,遂灭之,复昭夏功。既征西河,能拘是达,敬承继禹之道"等等。此"普天之下莫非禹功",才有"微禹,人民或为鱼鳖"之感慨。此神话生活世界神奇而浩渺,集显波澜壮阔之势,除了罗泌从纬书、道书中采来的醴露琼浆,其传说叙述中也不乏诸多质朴的表达。或曰如此风格,其实正是宋代文风极盛时,社会风俗生活中这些神话传说以不同形式受到传播讲述的真实表现,也是中国神话传说体系形成与发展变化的具体表现。或曰,正因为这些祖先都无一例外是宗教文化中的大神与人间社会的监督、主导与守护者,才形成了如此风貌的社会,而这当然是民众的选择与时代的认同。

《路史》的民间文艺思想理论是非常复杂的,其民间文艺的记录、记述所体现的价值也是极其丰富的,但因为种种原因,许多人没能真正认识和理解其价值。后人论及此著曰:"神话(Mythology)者,未有文学以前之历史,各国皆有之,我国一部《路史》,大足为此类之代表。后人觉其荒唐斥为不典,当时视之,则固金匮石室之秘史,即今日粤若稽古,亦不能尽废其书。神怪小说起于晚近,尽知其寓言八九而已。神话史谓之有小说滋味则可,竟隶之于小说则不可也。"[1] 许多历史文化巨著的熔铸者孜孜以求、殚精竭虑,甚至为此花费其一生的心血,这是中国文化的福音,可遇而不可求。罗泌父子生于忧患,身处大宋王朝风雨交加的转折时期,一方面受到北宋以来文化风浪的鼓舞,在得天独厚的江南一隅沉思着中国历史文化的前前后后、是是非非;一方面,社会现实生活中无数的惆怅和无奈与文化在世俗生活中表现出的奢靡之风产生了鲜明的割裂。这一切,都化作罗泌父子对时代考问的应答,又或化作窃窃私语,聊以慰藉自己困顿的心灵。其未必是有意为后世的民间文艺提供又一个具有路标般意义的神话宝典,但确实以自己独特的表达方式,不断启发着后人。

---

[1] 孙毓修:《欧美小说丛谈》,商务印书馆 1916 年 12 月版,第 37 页。

第七章
宋代故事传说与社会风俗生活

一切都来源于时代,即民间文艺从来应运而生。

宋代社会扬文抑武,强干弱枝,在政治经济文化发展战略的选择上,明显不同于唐代社会。尤其是市场开放与市民阶层的日益壮大,其社会风尚与风俗生活在民间文艺发展中呈现出文雅与风流的一面,也呈现出富足与荒淫的一面。社会财富的不断增加,并不一定就代表着时代的稳定与物质基础的繁荣,而思想文化的兼收并蓄与市民阶层日益强烈的文化诉求,确实积极促进了全社会文化艺术事业的发展。当鳞次栉比的瓦子在东京等大都市出现时,表明民间文艺与民间艺术在城市里有了自己的家。从当年的乡村田头地边、村野集市、乡间庙会的风风雨雨中走进大都市,市民阶层中出现一群群饱食终日的艺术享受者,他们无拘无束地享受着说唱等民间艺术生活,听"说三分""说春秋"与各种俗说、俗讲、俗唱,民间文艺艺术形成自己的广泛的专业群体的同时,也显示出时代的文化风采。

从内容上看,宋代民间故事可以分为俗说、述古、仙话、精怪故事、风物传说五大类。这是宋代民间故事以民间文化生活形式在文献中的被记述。其中,述说内容最丰富。

一、俗　说

俗说,就是以俗语述说当下社会世俗生活,包括民间文艺中的传说故事以口头叙事形式表现社会现实。当下是一种语境,也是一种文化存在方式,是一种复杂的社会现象,是一种体现社会事实的社会生活现象,更是一种体现社会与民众精神和情感的文化现象。其被述说内容多种多样,都作为现世即现在进行时的社会风俗生活状态的具体存在。

民间文艺的述说与表演,从来都与时代风尚息息相关。

宋代文风很盛,文化生活丰富多彩,一些文人传说故事、文字语言生发的笑话讽刺嘲笑类故事等,在俗说中有许多表现。如王羲之传说故事,前代《晋书》已经有记述,此《图书会粹》记述曰:羲之罢会稽,住蕺山下。旦见一老姥,把十许六角竹扇出市。王聊问:"此欲货耶,一枚几钱?"答云:"二十许。"右军取笔书扇,扇五字。姥大怅惋云:"老妇举家朝飧,俱仰于此,云何书坏?"王答曰:"无所损,但道是王右军书字,请一百。"既入市,人竞市之。后数日,复以数扇来诣,请更书,王笑而不答。《邵氏闻见后录》卷十七"写经换鹅"记述:"山阴道士好养鹅,羲之往观,意甚悦,欲得之。道士云:为写《道德经》,当举群相赠。羲之欣然写毕,笼鹅以去。李太白《送贺监》诗乃云:鉴湖流水春始波,狂子归舟逸兴多。山阴道士如相见,应写《黄庭》换白鹅。世人有以右军写《黄庭经》换鹅者,又承太白之误耳。"此其意在于附庸风雅吗?如祝穆《方舆胜览》"铁杆磨针"保存了李白儿时受人启发而勤奋学习的传说,记述道:"磨针溪在眉州象耳山下。世传李太白读书山中,未成弃去。过小溪,逢老媪方磨铁杆,问之,曰:欲作针。太白感其意,还卒业。媪自言姓武,今溪旁有武氏岩。"李白传说的时代意义在于这个故事被认同。

最典型的是当代文人传说,如苏轼,他是北宋时期著名文学家,其博学多闻,且正直、善良、机智,在当世留下许多传说故事,为世人所传颂。如陈宾《桃园手听》"东坡书扇"篇,记述苏东坡画扇子故事,说其为钱塘守时,用判笔在欠债人绢扇上书画,世人争相购买,帮助欠债人得以还清债务。故事讲道:"东坡为钱塘守时,民有诉扇肆负债二万者,逮至则曰:天久雨且寒,有扇莫售,非不肯偿也。公令以扇二十来,就判事笔随意作行、草及枯木、竹石以付之。才出门,人竞以千钱取一扇,所持立尽。遂悉偿所负。"何薳《春渚纪闻》卷六《写画白团扇》记述为:"(苏东坡)先生临钱塘日,有陈诉负绫绢钱二万不偿者。公呼至,询之。云:'某家以制扇为业,适父死,而又自今春以来连雨天寒,所制不售,非故负之也。'公熟视久之,曰:'姑取汝所制扇来,吾当为汝发市也。'须臾,扇至。公取白团夹绢二十扇,就判笔作行书、草圣及枯木竹石。顷刻而尽。即以付之,曰:'出外速偿所负也。'其人抱扇、泣谢而出。始逾府门,而好事者争以千钱取一扇,所持立尽。后至而不得者至懊恨不胜而去。遂尽偿所逋。一郡称嗟,至有泣下者。"曾慥《高斋漫录》"晶饭与毳饭"记述苏轼与钱勰的故事:"东坡尝谓钱穆父曰:寻常往来,须称家有无;草草相聚,不必过为具。一日,穆父折简召坡食晶饭。及至,乃设饭一盂、萝卜一碟、白汤一盏而已,盖以三白为晶也。后数日,坡复召穆父食毳饭,穆父意坡必有毛物相报。比至日晏,并不设食。穆父馁甚。坡曰:萝卜汤饭俱毛也。穆父叹曰:子瞻可谓善戏谑者也。"同一题材的故事,在《宋朝事实类苑》所引《魏王语录》"三白与三毛"中被记述为:"文潞公说顷年进士郭震、任介皆西蜀豪逸之士。一日,郭致简于任曰:来日请食晶饭。任不晓厥旨,但如约以往。具饭一盂,萝菔、盐各一盘,余更无别物。任曰:何者为晶饭? 郭曰:饭白,萝菔白,盐白,岂不是晶饭? 任更不复校,食之而退。任一日致简于郭曰:来日请食毳饭。"郭亦不晓,如约以往。迨过日午,迄无一物。郭问之,任答曰:昨日已上闻,饭也毛,萝菔也毛,盐也毛,只此便是毳饭。郭大噱。蜀人至今为口谈。"《曲洧旧闻》卷六中,也有"三白饭与三毛饭"故事,其记述为:"东坡尝与刘贡父言:'轼与舍弟习制科时,日享三白,食之甚美,不复信世间有八珍也。'贡父问三白,答曰:'一撮盐,一碟生萝卜,一碗饭,乃三白也。'贡父大笑。久之,以简招坡过其家吃晶饭,坡不省忆尝对贡父三白之说也,谓人云:'贡父读书多,必有出处。'比至赴食,见案上所设,唯盐、萝卜、饭而已,乃始悟贡父以三白相戏笑,投匕箸食之几尽。将上马,云:'明日可见过,当具毳饭奉待。'贡父虽恐其为戏,但不知毳饭所设何物。如期而往,谈论过食时,贡父饥甚索食,东坡云:'少待。'如此者再三,东坡答如初。贡父曰:'饥不可忍矣!'东坡徐曰:'盐也毛,萝卜也毛,饭也毛,非毳而何?'贡父捧腹曰:'固知君必报东门之役,然虑不及此也!'东坡乃命进食,抵暮而去。世俗呼无为模,又语讹模为毛,尝同音,故东坡以此报之。宜乎,贡父思虑不到也。"

不唯如此,苏轼故事不断衍生新的故事,如施元之《东坡诗注》"瓮算"篇,为苏轼的《过于海舶,得迈寄书酒。作诗,远和之,皆粲然可观。子由有书相庆也,因用其韵赋一篇,并寄诸子侄》诗"中夜起舞踏破瓮"句作注云:"世传小话,有瓮算之事,故今俗间指妄想狂计者谓之瓮算。"其讲述道:"有一贫士,家唯一瓮,夜则守之以寝。一夕,心自惟念:苟得富贵,当以钱若干,营田宅,蓄声妓,而高车大盖,无不备置。往来于怀,不觉欢适起舞,遂踏破瓮。"所谓"俗间指妄想狂计者"故事类型,意在讽刺人异想天开、好逸恶劳等不良品行,与黄粱一梦颇为相似。

程颢是著名的理学家,其传说见于《折狱龟鉴》,此书卷六《程颢》中记述程颢判案故事,这是一篇公案传说,也是表现其聪明智慧的人物传说。一为"初为京兆府鄠县主簿"故事,《折狱龟鉴》中记述道:"程颢察院初为京兆府鄠县主簿,民有借其兄宅以居者,发地中藏钱,兄之子诉曰:'父所藏也。'令言:'无证佐,何以决之?'颢曰:'此易辨耳。'问兄之子曰:'尔父藏钱几年矣?'曰:'四十年矣。''彼借宅居几何时矣?'曰:'二十年矣。'即遣吏取千钱视之,谓曰:'今所铸官钱不五六年,则遍天下,此钱皆尔父未居前数十年所铸,何也?'其人遂服。令大奇之。"一为"知金华县"故事,《北窗炙輠录》卷下"明道判钱"与之相似,其中细节有不同,其记述道:"明道知金华县,有人借宅居者,偶发地得钱窖千馀缗,其主人至曰:'吾所藏也。'客曰:'吾所藏也。'遂致讼,二人争不已。明道问主人曰:'汝藏此钱几何时?'曰:'久矣。自建宅时即藏此钱在地矣。''汝借宅几何时?'曰:'三年。'

明道乃取其钱,尽以钱文类之。明道既视其钱文,乃谓客曰:'此主人钱也。'客争之曰:'某之钱。'明道曰:'汝尚敢言。汝借宅才三年,吾遍阅钱文皆久远年号,无近岁一钱,何谓汝所藏也!'其人遂服。"

与程颢传说类似的还有向敏中故事。向敏中是文人出身宰相,其故事显示聪明智慧,是文人判案的又一个典型。如《涑水纪闻》卷七"枯井尸案"记述道:"向敏中丞相西京。有僧暮过村舍求宿,主人不许,求宿于门外车箱中,许之。是夜有盗入其家,携一妇人并囊衣逾墙出。僧不寐,适见之。自念不为主人所纳,而强求宿,明日必以此事疑我而执诣县矣,因亡去。夜走荒草中,忽坠眢井。而逾墙妇人已为人所杀,尸在井中,血污僧衣。主人踪迹捕获送官,不堪掠治,遂自诬云:与妇人奸,诱以俱亡,恐败露,因杀之。投尸井中,不觉失脚,亦坠于井。赃与刀在井旁,不知何人持去。狱成,皆以为然。敏中独以赃杖不获,疑之。诘问数四,僧但云:前生负此人命,不可言者。固问之,乃以实对。于是密遣吏访其贼,食于村店。有妪闻其自府中来,不知其吏也。问曰:僧某狱如何?吏绐之曰:昨日已笞死于市矣!妪叹息曰:今若获贼如何?吏曰:府已误决此狱,虽获贼,亦不敢问也。妪曰:然则言之无害。彼妇人乃此村少年某甲所杀也。吏问其人安在,妪指示其舍,吏往捕并获其赃。僧始得释。一府咸以为神。"

宋代文化生活中,充满戏谑,与其他时代迥然不同。如陈正敏《遁斋闲览》"谐噱"篇"但图对属亲切"故事载:"有李廷彦献百韵诗于达官,有句云:'舍弟江南没,家兄塞北亡。'达官恻然曰:'君家祸如此。'廷彦遽曰:'实无此事,但图对属亲切耳。'"彭乘撰《续墨客挥犀》"但图对属亲切"篇所述内容相同。邢居实撰《拊掌录》也有"但图对属亲切"记述,曰:"李廷彦曾献百韵诗于一上官,其间有句云:'舍弟江南殁,家兄塞北亡。'上官恻然悯之,曰:'不意君家凶祸,重并如此!'廷彦遽起自解曰:'实无此事,但图对属亲切耳。'上官笑而纳之。"陈正敏《遁斋闲览·谐噱》"应举忌落字"记述秀才应举多忌讳,常语"安乐"为"安康",以忌落籍。榜出后其仆来报:"秀才康了",其讲道:"柳冕秀才性多忌讳,应举时同辈与之语,有犯落字者,则忿然见于词色。仆夫误犯,辄加杖楚。常语安乐为安康。忽闻榜出,亟遣仆视之。须臾,仆还,冕即迎问曰:'我得否乎?'仆应曰:'秀才康了也。'"《春渚纪闻》卷四《谑鱼》记述了一个白字先生认字"苏"(繁体字"蘇")的故事:"姑苏李章敏于调戏,偶赴邻人小集。主人者,虽富而素鄙。会次,章适坐其旁。既进馔,章视主人之前一煎鲑特大于众客者,章即请于主人,曰:'章与主人俱苏人也,每见人书'苏'字不同,其鱼不知合在左边者是,在右边者是也?'主人曰:'古人作字不拘一体,移易从便也。'章即引手取主人之鱼示众客曰:'领主人指挥,今日左边之鱼亦合从便移过右边如何?'一座辍饭而笑,终席乃已。"

宋代俗说中有许多生活故事,充满文雅调笑,是当世文风兴盛的表现。如《遁斋闲览·谐噱》记述故事道,有一郎官,其年老,"置婢妾数人,鬓白,令妻妾镊之。妻忌其少,为群婢所悦,乃去其黑者;妾欲其少,乃去白者。未几,颐颔遂空。又进士李居仁尽摘白发,其友惊曰:昔日皤然一翁,今则公然一婆矣"。

又如王谠《唐语林》卷六所记"口鼻眉眼争高下"故事,曰:"顾况从辟,与府公相失,挥出幕,况曰:某梦口与鼻争高下,口曰:'我谈今古是非,尔何能居我上?'鼻曰:'饮食非我不能辨。'眼谓鼻曰:'我近鉴豪端,远察天际,惟我当先。'又谓眉曰:'尔有何功,居我上?'眉曰:'我虽无用,亦如世有宾客,何益主人?无即不成礼仪;若无眉,成何面目?'府公悟其讥,待之如初。"同样故事,罗烨《醉翁谈录》卷二《面皮安放》记述道:"眉、眼、口、鼻四者,皆有神也。一日,口为鼻曰:'尔有何能,而位居吾上?'鼻曰:'吾能别香臭,然后子方可食,故吾位居汝上。'鼻为眼曰:'子有何能,而位在我上也?'眼曰:'吾能观美恶,望东西,其功不小,宜居汝上也。'鼻又曰:'若然,则眉有何能?亦居我上?'眉曰:'我也不解与诸君厮争得,我若居眼鼻之下,不知你一个面皮,安放那里?'"

宋代社会风俗生活被述说于民间故事,如其对社会现实中各种社会现象的记述,世态万象,纷繁万千,从不同方面显示出民风民情。

诸如宋代妇女社会问题,其屡屡出现于民间文艺中,在事实上表现出这个时代妇女群体被关注与妇女群体在社会生活中不平凡的担当与表现;其聪明智慧如何,其孝与不孝,其善良与否,作为恶妇与孝贤两种社会形象,都是宋代社会社会风俗生活的重要内容。

洪迈《夷坚丙志》卷十三《蓝姐》中记述,有故事发生在南宋初年,即故事中的"绍兴十二年"。这个故事的情节与班固《汉书》卷七十六《张敞传》中内容有相似之处,即某人故意在贼寇身上留下印痕作为来日证据。其记述道:

绍兴十二年,京东人王知军者,寓居临江新淦之青泥寺。

寺去城邑远,地迥多盗,而王以多赀闻。尝与客饮,中夕乃散,夫妇皆醉眠。

俄有盗入,几三十辈,悉取诸子及群婢缚之。

婢呼曰:"主张家事独蓝姐一人,我辈何预也!"

蓝盖王所嬖,即从众中出应曰:"主家凡物皆在我手,诸君欲之非敢惜。但主公主母方熟睡,愿勿相惊恐。"

秉席间大烛,引盗入西偏一室,指床上箧笥曰:"此为酒器,此为彩帛,此为衣衾。"

付以钥,使称意自取。盗拆被为大袱,取器皿蹴踏置于中。烛尽,又继之,大喜过望,凡留十刻许乃去。

去良久,王老亦醒,蓝始告其故,且悉解众缚。

明旦诉于县,县达于郡。王老戚戚成疾,蓝姐密白曰:"官人何用忧?盗不难捕也。"

王怒骂曰:"汝妇人何知!既尽以家赀与贼,乃言易捕,何邪?"

对曰:"三十盗皆著白布袍,妾秉烛时,尽以烛泪污其背,但以是验之,其必败。"

王用其言以告逐捕者,不两日,得七人于牛肆中。展转求迹,不逸一人,所劫物皆在,初无所失。

这里所显示的是妇女的勇敢和智慧,在遭遇"俄有盗入,几三十辈,悉取诸子及群婢缚之"的时候,奴婢出身的"蓝姐"从容不迫,智勇双全,是历史上巧女故事的又一个典型。

我国妇女文化有自己的风度与传统,被人总结为妇容、妇德,以德为报,好心好报。如郭彖《睽车志》卷三"常州孝媳"讲:"常州一村媪,老而盲,家惟一子一妇。妇一日方炊未熟,而其子呼之田所,妇嘱姑为毕其炊。媪盲无所睹,饭成,扪器贮之,误得溺器。妇归不敢言,先取其当中洁者食姑,次以馈夫,其亲器臭恶者,乃以自食。良久,天忽昼暝,觌面不相睹,其妇暗中若为人摄去。俄顷开明,身乃在近舍林中,怀袂间得小布囊,贮米三四升,适足给朝晡。明旦视囊,米复如故,宝之至今。"其"亲器臭恶者,乃以自食",便是铺陈或假设,述说妇德高尚与好报。

谯郡公《宣政杂录·孝女》与历史上《孝女传》《列女传》中那些女性典型相似,歌颂贤良美德,把孝的品格作为妇德标志,其记述了"政和中"一位当代孝女不寻常的举动,即"济南府禹城县孝义村崔志,有女甚孝"卧冰求鱼的故事:

政和中,济南府禹城县孝义村崔志,有女甚孝。

母卧病久,冬忽思鱼食而不可得。其女曰:"闻古者王祥卧冰得鱼,想不难也。"

兄弟皆曰:"尽信书则不如无书。汝女子,何妄论古今。"

女曰:"不然。父母有儿女者本欲养生送死,兄谓女不能邪!"

乃同乳媪焚香誓天,即往河中卧冰。凡十日,果得鱼三尾,鳞鬣稍异,归以馈母食之,所病顿愈。

人或问方卧冰时,曰:"以身试冰,殊不觉寒也。"

如洪迈撰《夷坚丙志》卷八《谢七嫂》带有反面解说《孝女传》的色彩,却选择"绍兴三十年七月七日"时间,"信州玉山县塘南七里店"地点,所发生"民谢七妻,不孝于姑,每饭以麦,又不得饱,而自食白粳饭"引发报应事件,讲述了一个逆妇如何变为牲口的故事:

信州玉山县塘南七里店民谢七妻,不孝于姑,每饭以麦,又不得饱,而自食白粳饭。

绍兴三十年七月七日,妇与夫皆出,独留姑守舍。

游僧过门,从姑乞食,笑曰:"我自不曾饱,安得有余?"

僧指盆中粳饭曰:"以此施我。"

姑摇手曰:"白饭是七嫂者,我不敢动,归来必遭骂辱。"

僧坚求不已,终不敢与,俄而妇来,僧径就求饭,妇大怒,且毁叱之。

僧哀求愈切,妇咄曰:"脱尔身上袈裟来,乃可换。"

僧即脱衣授之,妇反复细视,戏披于身,僧忽不见,袈裟变为牛皮,牢不可脱。胸间先生毛一片,渐遍四体,头面□成牛。其夫走报妇家,父母遽至,则俨然全牛矣。今不知存亡。

报应总有缘由,在民间故事中,此形成一个模式,日常生活中,一方无辜,一方恶毒,无辜者遭受痛苦或委屈,在某种偶然情况下,或为神仙,或为政府官员出现,主持正义,种种恶的行为最后都得到应有的惩罚。

与唐代社会风俗不同者,宋代通奸传说故事甚多。如佚名《绿窗新话》卷上《王尹判道士犯奸》,讲述的是某寡妇与道士通奸,而且以不孝罪名陷

第七章 宋代故事传说与社会风俗生活

害其儿子的故事:

> 开封吴氏,早年丧夫,其子尚幼。因命西山观道士黄妙修设黄箓,投度亡夫。百日之内,妙修常在孝堂行持。
>
> 吴氏妙年新寡,其春心难守。妙修揣其意,每于声音间,寓词挑之。令吴氏择吉日,以白绢为桥,当空召请,能置亡魂。
>
> 吴氏感此言,时与妙修议论此事,情意狎昵,遂谐缱绻。妙修往来无间。
>
> 其子刘达生,得知其用意,设计杜绝。
>
> 吴氏忿怒诉府,论子不孝。
>
> 王府尹曰:"据汝所陈,一子当置重罪,能无悔乎?若果不悔,可买一棺来请尸。"
>
> 吴氏欣然而出。府尹密使人觇之,随所见闻报覆。须臾,回报,言:"吴氏笑谓道士曰:'事了矣,为我买棺入府,取儿尸。'道士欣然自得。"
>
> 少顷,棺舁至府庭。府尹差人捉道士,送狱鞫勘。供招:"只因达生拒奸之事,故妄诉不孝以除之。"
>
> 吴氏所供亦同。
>
> 府尹释达生,重治道士于法。

通奸故事在宋代社会的流行,体现在民间传说故事中,表明宋代社会风俗生活的颓废风尚;或曰饱暖思淫欲,当社会安定、物质财富充裕时,人的情欲以及物欲也被不断刺激,形成极致的同时,事实上形成一系列情感的冲突与灾难。或者说,通奸表明淫欲膨胀,是对婚姻的背叛,更是对道德与情谊的严重践踏,诸如《折狱龟鉴》中"私谋诬其子"行为,只能说是物欲横流的泛滥,这从来是社会风俗生活中的丑恶,绝不是什么美丽的爱情。

如郑克《折狱龟鉴》卷五《李杰》附"葛源"等篇,记述道:

曾孝序资政知秀州,有妇人讼子,指邻人为证。

孝序视其子颇柔懦,而邻人举止不律,问其母又非亲,乃责邻人曰:"母讼子,安用尔为?事非涉己。"

因并与其子杖之,闻者称快。

葛源郎中为吉水令时,有毛氏寡妇告其子不孝,源以恩义喻之,不听。

使人微捕,得与间语者,验其对,乃出寡妇告状者也。

鞫之,具服为私谋诬其子。

此类故事如《梦溪笔谈》卷十二《张杲卿判案》中记述:

张杲卿丞相知润州日,有妇人夫出外,数日不归。

忽有人报菜园井中有死人,妇人惊往视之,号哭曰:"吾夫也!"遂以闻官。

公令属官集邻里,就井验是其夫与非。众皆以井深不可辨。请出尸验之。

公曰:"众皆不能辨,妇人独何以知其为夫?"

收付所司鞫问,果奸人杀其夫,妇人与同其谋。

同类通奸风俗事件还被记述于郑克《折狱龟鉴》等文献,如其卷五《张弄》故事,以及后来明代孙能传编《益智编》中"杀夫哭夫"故事,冯梦龙编纂《智囊补》卷九《得情张升》故事,皆与此有联系。

《癸辛杂识》后集《过癞》,讲述的是另一种通奸故事:

闽中有所谓过癞者,盖女子多有此疾。凡觉面色如桃花,即此证之发见也,或男子不知而误与合,即男染其疾而女瘥。土人既皆知其说,则多方诡作以误往来之客。

杭人有嵇供申者,因往莆田,道中遇女子独行,颇有姿色,问所自来,乃言为父母所逐,无所归。

因同至邸中,至夜,甫与交际而其家声言捕奸,遂急窜而免。及归,遂苦此疾,至于坠耳、塔鼻、断手足而殂。癞即大风疾也

通奸是一种社会问题,社会问题背后是感情和道德。与之并行的是强奸、抢婚、逃婚,包括纳妾、嫖娼卖淫等,这些社会问题被民间故事讲述的同时,即俗说成俗,在整体上表现为宋代社会风俗生活的倾向性内容;法制与道德对伦理的约束,及其化生为风俗中的一系列社会生活行为,其意义就更加复杂了。

物欲横流,在民间传说故事讲述中,是生发诸端罪恶的重要源头。因此,社会风俗生活中各种平静的文化秩序与文化模式被打破,诸如各种亲情、友情出现破裂,民间传说故事表现出形态各异的矛盾冲突。后人总说,人为财死鸟为食亡,这种情结其实也体现出一个时代社会风俗生活过于形而下的品位。

民间传说故事述说社会风俗中的道德风尚,具体体现为社会风尚的财富观念与物权观念,争夺或盗窃财产特别是家产的社会现象就成为这一问题的焦点。

诸如家产分割故事,在宋代文献中尤为平常。分家是私有制社会宗族之内实行财产分配、建立新的家庭的一种基本社会行为。兄弟分家,财产平均,有利于家庭生活的有效运行,也是化解多种社会矛盾的有效途径。但是,家产分割,被兄弟之外的势力所具有,这种财产分配形式就有了非常不寻常的社会意义。

如《国老谈苑》(王君玉撰,旧本题夷门隐叟王君玉撰。所纪乃宋太祖、太宗、真宗三朝民间传说)卷二记述"张咏镇杭州",被其他文献所引述。其

讲述道：

> 张咏镇杭州,有诉者曰:"某家素多藏,某二岁而父母死。有甲氏赘于某家,父将死,手券以与之曰:'吾家之财,七分当主于甲,三分吾子得之。'某既成立,甲氏执遗券以析之。数理于官,咸是其遗言而见抑。"
>
> 咏嗟赏之,谓曰:"尔父大能。微彼券,则为尔患在乳臭中矣。"
>
> 遽命反其券而归其赀。

田况《儒林公议》主要记述宋太祖和宋仁宗时期社会风俗生活,《儒林公议》卷上"子七婿三"中记述这则故事道:

> 张咏守余杭,有民家子与姊之赘婿争家财者,婿诉曰:"妻父遗命,十之七归婿,三与子,手泽甚明耳。"
>
> 咏竦然,命酒酹之,谓其子曰:"尔父可谓有智者矣。死之日,尔甫三岁,故托育于婿也。若尔有七分之约,则尔死于婿之手矣。今当七分归尔,三分归婿也。"
>
> 其子与婿皆号泣再拜而去。
>
> 人称神明焉。

《自警编》记述宋代靖康之前故事,作者赵善璙,太宗七世孙。人称其家于南海,端平中尝知江州。其书乃编次宋代名臣大儒嘉言懿行之可为法则者。《自警编·狱讼》记述了同样故事:

> 张忠定公在杭,有富民病将死,子方三岁,乃命其婿主其赀,而与婿遗书曰:"他日欲分财,即以十之三与子,七与婿。"
>
> 子时长立,果以财为讼。婿持其遗书诣府,请如原约。

公阅之,以酒酹地,曰:"汝之妇翁,智人也。时以子幼,故以此属汝。不然,子死汝手矣。"

乃命以其财三与婿,而子与其七。

皆泣谢而去,服公明断。

《折狱龟鉴》卷五《子产》附录《张咏》篇故事,记述道:

近时小说亦载一事:

张咏尚书镇蜀日,因出过委巷,闻人哭,惧而不哀,亟使讯之,云:"夫暴卒。"

乃付吏穷治。吏往熟视,略不见其要害,而妻教吏:"搜顶髻,当有验。"

及往视之,果有大钉陷其脑中。

吏喜,辄矜妻能,悉以告咏。

咏使呼出,厚加赏劳。问所知之由,令并鞫其事。盖尝害夫,亦用此谋。发棺视尸,其钉尚在。遂与哭妇俱刑于市。

宋代文献记述民间传说故事,出现诸多断案题材,形形色色,既不同于前代历史时期财产争夺与情感纠纷,也不同于后世同类现象,其集中体现了宋代社会风俗生活中法与财富的观念和信仰。断案题材传说故事的突出特点在于显示非凡的智慧使案情水落石出,而在智慧的背后,都是物欲横流与正义的较量。当然,其中也不乏冤屈。总之,都是钱财与情感惹的祸,一切都化作传说,为人所戒。

财富传说中,还有一类故事表现出关于财富归属的思索,即俗语中所说的财去人安乐。故事从另外一个方面讲述了不义之财不可取的朴素道理,是对唯利是图观念与行为的嘲讽。

如《睽车志》卷六"河朔刘先生"所记述:

刘先生者,河朔人。年六十余,居衡岳紫盖峰下。间出衡山县市,从人丐得钱,则市盐酪径归,尽则更出。日携一竹篮,中贮大小笔棕帚麻拂数事,遍游诸寺庙。拂拭神佛塑像,鼻耳窍有尘土,即以笔抍出之,率以为常。环百里人皆熟识之。

县市一富人,尝赠一衲袍,刘欣谢而去。

越数日见之,则故褐如初。问之,云:"吾几为子所累。吾常日出庵,有门不掩;既归就寝,门亦不扃。自得袍之后,不衣而出,则心系念。因市一锁,出则锁之。或衣以出,夜归则牢关以备盗。数日营营,不能自决。今日偶衣至市,忽自悟以一袍故,使方寸如此,是大可笑。适遇一人过前,即脱袍与之,吾心方坦然,无复系念。嘻,吾几为子所累矣!"

尝至上封,归路遇雨。视道边一冢有穴,遂入以避。会昏暮,因就寝。

夜将半,睡觉,雨止,月明透穴,照圹中历历可见,甓甃甚光洁。北壁惟白骨一具,自顶至足俱全,余无一物。

刘方起坐,少近视之。白骨倏然而起,急前抱刘。

刘极力奋击,乃零落坠地,不复动矣。

刘出,每与人谈此异。

或曰:"此非怪也,刘真气壮盛,足以禽附枯骨耳。今儿意拔鸡羽置之怀,以手指上下引之,随应,羽稍折断,即不应,亦此类也。"

民间传说故事中更多的是直接述说不义之财同于罪恶的道理。如《夷坚志补》卷四《李大夫庵犬》记述:

无锡李大夫家坟庵,名曰华丽,邀惠山僧法暠主之。

暠为人柔和,好接纳,凡布衣缁黄至,必待以粥饭,其与同堂,虽或过时,亦特为具馔,了不悭啬,如是三十年,往来称诵。

已尝盛冬苦寒,而一客游谒,嵒延之入坐,日已下,是客指腹告馁,云:"自旦到今未得食。"

嵒怜之。适庖人及仆使数辈俱不在,乃自取米淘泽,作糜满器。

客食毕,雪忽作,嵒语之曰:"天色甚恶,秀才宜少驻。"

即启西房,使宿一榻上,并授以布衾。

迫昏暮,嵒闭门,入东室拥炉,视客冷卧,唤之附火。

逾时客起,取衾烘炙,将就寝,忽萌恶念,谓此僧住庵,必当富有衣钵,今旁无一人,若乘势戕杀,席卷其囊以行,谁能御我。

是时嵒方暖,因遂举衾蒙其头,拆炉侧大砖,打数十下,仆地未绝,继倾瓶内沸汤沃注,嵒叫呼之久之乃死。

于是执灯发箧,皆敝衣败絮,仅得一银香炉,重二两许,客悔恨欲去,而雪深夜永,道黑不可行,复返宿舍,坐而须明,从后墙越遁。

庵中一犬,随而悲吠,至三四里,过山岭,犹狺怒弗舍。

遇两村民从山北来,犬鸣声益悲,伸前足伏地,如控诉状。

民疑焉,谓客曰:"此李大夫庵犬也,凌晨雪逐汝而来,兼山间窄径,非通行大路,寻常不曾有人及早经过者。观犬声殊哀愤,吾曹当相与诣彼察其故,幸而无他,则奉送出山,无伤也。"

客强为辩说,不欲还,而度不可免,遂偕返。

及庵外,门尚扃,民亟集近居者入验,僧尸正在地炉边,流血凝注。

客无可辩,自吐实本末,受执诣县,竟服大刑。是日非义犬报恩复仇,必里保僮奴之累矣!

施德操《北窗炙輠录》卷下"魏公应"讲述:

魏公应为徽州司理。

有二人约以五更乙会甲家,如期往。

甲至鸡鸣,往乙家,呼乙妻曰:"既相期五更,今鸡鸣尚未至,何也?"

其妻惊曰:"去已久矣!"

复回甲家,乙不至。至晓,遍寻踪迹,于一竹丛中获一尸,乃乙也。随身有轻赍物,皆不见。

妻号恸,谓甲曰:"汝杀吾夫也!"

遂以甲诉于官,狱久不成。

有一吏问曰:"乙与汝期,乙不至,汝过乙家,只合呼乙,汝舍乙不呼,乃呼其妻,是汝杀其夫也!"

其人遂无语。一言之间,狱遂成。

又如《梦溪笔谈》卷十三《权智·摸钟辨贼》讲述道:

陈述古密直知建州浦城县日,有人失物,捕得莫知的为盗者。述古乃绐之曰:"某庙有一钟,能辨盗,至灵。"

使人迎置后阁祠之,引群囚立钟前,自陈不为盗者,摸之则无声;为盗者,摸之则有声。

述古自率同职,祷钟甚肃。祭讫,以帷围之,乃阴使人以墨涂钟。

良久,引囚逐一令引手入帷摸之。出乃验其手,皆有墨,唯有一囚无墨。讯之,遂承为盗。盖恐钟有声,不敢摸也。

《夷坚支志·庚卷》卷一《鄂州南市女》表面讲述的是"鄂州南草市茶店仆彭先"与"对门富人吴氏女"的情感故事,其特别提到《清尊录》所书大桶张家女,微相类云"。其记述道:

鄂州南草市茶店仆彭先者,虽廛肆细民,而姿相白皙,若美男子。

对门富人吴氏女,每于帘内窥觇而慕之,无由可通缱绻,积思成瘵疾。

母怜而私扣之曰："儿得非心中有所不惬乎？试言之。"

对曰："实然，怕为爷娘羞，不敢说。"

强之再三，乃以情告。母语其父。以门第太不等，将诒笑乡曲，不肯听。至于病笃，所亲或如其事，劝吴翁使勉从之。

吴呼彭仆谕意，谓必欢喜过望。

彭时已议婚，鄙其女所为，出辞峻却，女遂死。即葬于百里外本家，丧中凶仪华盛，观者叹诧。

山下樵夫少年，料其圹柩瘗藏之物丰备，遂谋发冢。

既启棺，扶女尸坐起剥衣。女忽开目相视，肌体温软，谓曰："我赖尔力，幸得活，切勿害我。候黄昏抱归尔家将息，若幸安好，便做你妻。"

樵如其言，仍为补治圹穴而去。及病愈，据以为妻。布裳草履，无复昔日容态，然思彭生之念不暂忘。

乾道五年春，绐樵云："我去南市久，汝办船载我一游。假使我家见时，喜我死而复生，必不究问。"

樵与俱行。才入市，径访茶肆，登楼，适彭携瓶上。

女使樵下买酒，亟邀彭并膝，道再生缘由，欲与之合。

彭既素鄙之，仍知其已死，批其颊曰："死鬼争敢白昼现行。"

女泣而走。

逐之，坠于楼下。视之，死矣。

樵以酒至，执彭赴里保。

吴氏闻而悉来，守尸悲哭。殊不晓所以生之故，并捕樵送府。遣县尉诣墓审验，空无一物。

狱成，樵坐破棺见尸论死，彭得轻比。

云居寺僧了清，是时抄化到鄂，正睹其异。

《清尊录》所书大桶张家女，微相类云。

宋代诉讼故事中,谋财害命题材者不乏其见。如张知甫《可书》"三道人"讲述道:"天宝山有三道人,采药忽得瘗钱,而日已晚,三人者议:先取一二千,沽酒市脯,待旦而发。遂令一道人往。二人潜谋:俟沽酒归,杀之,庶只作两分。沽酒者又有心,置毒酒食中,诛二道人而独取之。既携酒食示二人次,二人者忽举斧杀之,投于绝涧。二人喜而酌酒以食,遂中毒药而俱死。此事得之于张道人。"财富争端,直接体现为社会道德的扭曲与堕落。此类民间故事,如此记述,便是对社会道德与良知的呼唤。

社会道德体系的崩塌,主要表现为人性良知的失落。这种现象体现在社会生活的各个方面。

廉布《清尊录》记述"大桶张氏者,以财雄长京师"故事,讲述人鬼之间的纠葛其实是一个冤案,其特意记述"时吴栻顾道尹京有其事云"曰:

大桶张氏者,以财雄长京师。凡富人以钱委人,权其子而取其半,谓之"行钱"。富人视行钱如部曲也。或过行钱之家,设特位置酒,妇女出劝,主人皆立侍,富人逊谢,强令坐,再三,乃敢就位。

张氏子年少,父母死,主家事,未娶。因祠州西灌口神归,过其行钱孙助教家。孙置酒数行,其未嫁女出劝,容色绝世。

张目之曰:"我欲娶为妇。"

孙惶恐不可,且曰:"我公家奴也,奴为郎主丈人,邻里笑怪。"

张曰:"不然,烦主少钱物耳,岂敢相仆隶也。"

张固豪侈,奇衣饰,即取臂上古玉条脱与女,且曰:"择日纳币也。"饮罢去。

孙邻里交来贺曰:"有女为百万主母也。"

其后张别议婚,孙念势不敌,不敢往问期,而张亦恃醉戏言耳,非实有意也。

逾年,张婚他族,而孙女不肯嫁。其母曰:"张已娶矣。"

女不对,而私曰:"岂有信约如此,而别娶乎?"

其父乃复因张与妻祝神回,并邀饮其家,而使女窥之。既去,曰:"汝见其有妻,可嫁矣!"

女语塞,去房内,蒙被卧,俄顷即死。

父母哀恸,呼其邻郑三者告之,使治丧具。

郑以送丧为业,世所谓"忤作行"者也。且曰:"小口死,勿停丧。即日穴壁出瘞之。"告以致死之由。郑办丧具,见其臂有玉条脱,心利之,乃曰:"某一园在州西。"

孙谢曰:"良便。"且厚相酬,号泣不忍视,急挥去,即与亲族往送其殡而归。

夜半月明,郑发棺欲取条脱,女蹶然起,顾见郑曰:"我何故在此?"

亦幼识郑,郑以言恐曰:"汝之父母,怒汝不肯嫁而念张氏,辱其门户,使我生埋汝于此。我实不忍,乃私发棺,而汝果生。"

女曰:"第送我还家。"

郑曰:"若归必死,我亦得罪矣。"

女不得已,郑匿他处以为妻,完其殡而徙居州东。

郑有母,亦喜其子之有妇,彼小人不暇究所从来也。积数年,每语及张氏,犹忿恚,欲往质问前约,郑母劝阻防闲之。

崇宁元年,圣端太妃上仙,郑当从御輦至永安。将行,嘱其母勿令妇出游。

居一日,郑母昼睡,孙出傲马,直诣张氏门,语其仆曰:"孙氏第九女欲见某人。"

其仆往通,张惊且怒,谓仆戏已,骂曰:"贱奴,谁教奴如此?"

对曰:"实有之。"

乃与其仆俱往视焉。

孙氏望见张,跳踉而前,曳其衣,且哭且骂。

其仆以妇女不敢往解,张以为鬼也,惊走。

女持之益急,乃掔其手,手破流血,推仆地立死。僦马者恐累也,往报郑母。母许之有司,因追郑对狱具状,已而园陵复土,郑发冢罪该流,会赦得原。而张实推女而杀之,该死罪也,虽奏获贷,犹杖脊,竟忧畏死狱中。

时吴栻顾道尹京有其事云。

沈俶《谐史》"我来也",也是一个冤案故事,其记述道:

京师阛阓之区,窃盗极多,踪迹诡秘,未易跟缉。赵师尚书尹临安日,有贼每于人家作窃,必以粉书"我来也"三字于门壁,虽缉捕甚严,久而不获。"我来也"之名,哄传京邑,不曰"捉贼",但云"捉我来也"。

一日,所属解一贼至,谓此即"我来也",亟送狱鞫勘。乃略不承服,且无赃物可证,未能竟此狱。其人在京禁,忽密谓守卒曰:"我固尝为贼,却不是'我来也',今亦自知无脱理,但乞好好相看。我有白金若干,藏于宝叔塔上某层某处,可往取之。"

卒思塔上乃人迹往来之冲,意其相侮。贼曰:"毋疑,但往此寺,作少缘事,点塔灯一夕,盘旋终夜,便可得矣。"

卒从其计,得金,大喜。次早入狱,密以酒肉与贼。

越数日,又谓卒曰:"我有器物一瓮,置侍郎桥某处水内,可复取之。"

卒曰:"彼处人闹,何以取?"

贼曰:"令汝家人以箩贮衣裳,桥下洗濯,潜掇瓮入箩,覆以衣,舁归可也。"

卒从其言,所得愈丰。次日,复劳以酒食。卒虽甚喜,而莫知贼意。

一夜,至二更,贼低语谓卒曰:"我欲略出,四更尽即来,决不累汝。"

卒曰:"不可。"

贼曰:"我固不至累汝,设使我不复来,汝失囚,不过配罪,而我所遗尽可为生。苟不见从,却恐悔吝有甚于此。"

卒无奈,遂纵之去。卒坐以伺,正忧恼间,闻檐瓦声,已跃而下。卒喜,复桎梏之。

甫旦,启狱户,闻某门张府有词云:"昨夜三更被盗失物,其贼于府门上写'我来也'三字。"

师择抚按曰:"几误断此狱,宜乎其不承认也。"止以"不合夜行",杖而出诸境。

狱卒回,妻曰:"半夜后闻扣门,恐是汝归,亟起开门,但见一人以二布囊掷户内而去,遂藏之。"

卒取视,则皆黄白器也。乃悟张府所盗之物,又以赂卒。

贼竟逃命,虽以赵尹之严,而莫测其奸,可谓黠矣,卒乃以疾辞役,享从容之乐终身。没后,子不能守,悉荡焉,始与人言。

冤案丛生,是社会风俗生活极度败坏的重要表现。如《夷坚支志·丁卷》卷一《营道孝妇》记述道:

道州营道县村妇,养姑孝谨。姑寡居二十年,因食妇所进肉而死。邻人有小憾,诉其腊毒。县牒尉薛大圭往验,妇不能措词,情志悲痛,愿即死。

薛疑其非是,反覆扣质。

妇曰:"寻常得鱼肉,必置厨内柱穴间,贵其高燥且近。如此历年岁已多,今不测何以致斯变?"

薛趋诣其所,见柱有蠹朽处,命劈取而视,乃蜈蚣无数,结育于中。

愀然曰:"害人者此也。"

以实告县,妇得释。

予记小说中似亦有一事相类者。薛字禹圭,河中人,予尝志其墓。

宋慈《洗冤录》(又称《洗冤集录》)"荆花毒案",从另一个方面记述道:

单县农人某,力作田间,其妇馌之,食毕乃死。翁姑悼子之死,乃以谋杀控诸官。妇备尝三木,不胜痛楚,遂诬服。

案甫定,邑令迁调去。

后令至,察阅是案,反复审度,曰:"此妇冤也。夫谋杀其夫者,必惑于奸夫,此妇无之,一可疑也。凡谋毙人者,必于密室,乌有鸩之于田间,以自彰其迹者哉,二可疑也。妇必冤矣。"

提讯之,再三研究,妇但哭诉冤苦,亦不自知致死之由。

令乃详叩其居室耕地,亲至其处详察之。

复诘妇当日馈食何品?曰:"鱼羹、米饭耳。"

曰:"馌出,曾他往耶?"

曰:"无也。惟行至某地,觉乏,少息于荆林下耳。"

令乃呼鱼及炊具至,命妇当堂作鱼羹,投荆花其中,杂以饭,投诸犬彘,无不立毙者。

妇之冤乃白。

邪恶横行,如佛教圣地庙院,本是传播佛教文化的庄严之地,却成为不法僧人行淫秽之处。杨和甫《行都纪事》有"嘉兴精严寺"故事记述道:

嘉兴精严寺大刹也。僧造一殿,中塑大佛,诡言妇人无子者,惟祈祷于此,独寝一宵即有子。

殿门令其家人自封锁。盖僧于房中穴地道,直透佛腹,穿顶而出,夜与妇人合。

妇人惊问,则云:"我是佛。"

州民无不堕其计,次日往往不敢言。

有仕族之妻亦往求嗣,中夜僧忽造前,既不能免,则啮其鼻,僧去。

翌日其家遣人遍于寺中物色,见一僧卧病,以被韬面,揭而视之,鼻果有伤,掩捕闻官。

时韩彦古子师为郡将,流其僧而废其寺。

《行营杂录》记述"行都崇新门外鹿苑寺"故事,材料源自《苇航纪谈》,与《行都纪事》"嘉兴精严寺"故事属于同类,都是世风败坏的表现:

行都崇新门外鹿苑寺,乃殿帅杨存中郡王持建以处北地流寓僧。

一岁元宵,侧近营妇连夜入寺观灯。

有殿司将官妻同一女往观,乃为数僧引入房中,置酒盛馔,逼令其醉。遂留夜于幽室,遽杀母而留女,女不敢哀。

及半年,三僧尽出其房。

窗外乃是野地,女因窥窗,见一卒在地打草,呼近窗下,备语前事,可急往某寨某将家报知,速来取我。

卒如言往报,将官即告杨帅。

帅令人告报本寺云:来日郡王自斋,合寺僧行人力,本府自遣厨子排斋,至是坐定,每二卒擒下一僧。

合寺僧行人力尽缚之。

又令百余卒破其寺,果得此女,见父号恸。

遂绑三人主首送所属,依法施行而毁其寺,逐去诸髡。

世风混浊,无存礼义廉耻。再如《夷坚支志·乙卷》卷三《妙净道姑》故事讲述道:

余仲庸初病目,招临川医郑宗说刮障翳,出次于舍傍徐氏庵庐,盖法当避嚣尘以护损处。

时十一月中,憩泊甫定,立于门,遇一道姑,负月琴,贸贸然来,仅能辨衢路,向前揖不去,问为何人,何自而至,对曰:"妙净,只是余干人,寻常多往大家求化,不幸有眼疾,见乡里传说官人迎良医到此,是以愿见之。但妙净行丐苟活,囊无一钱,乞为结一段因缘,使得再见天日。"

余恻然,命僧童引入灶下,留之宿。

时已昏暮,将俟旦拯视。童见之甚喜,烧汤与濯足,时时以微言挑谑。迫夜,置榻偕宿。

明日,呼之出,郑曰:"此名倒睫,睫毛入眶,所以不能觑物,治之绝易,然亦须数日乃可了。"

余语之曰:"汝是女子,住此有嫌。汝不过有服食之虑,吾令汝往田仆家暂歇,以饭饲汝。"

其人笑曰:"妙净乃男人,非女也。"

余察行步容止语言气味,为男子无疑,不欲逆诈,竟唤仆导至彼舍。

徐徐访之,果一男子耳。平日自称道姑,遍诣富室,或留连十余夕,其为奸妄,不一而足。至是方有知之者。

此故事表现的是宋代人妖,述说其"平日自称道姑,遍诣富室,或留连十余夕"故事,意在揭露不端与罪恶。又如周密撰《癸辛杂识》前集《人妖》记述:"赵忠惠帅维扬日,幕僚赵参议有婢慧黠,尽得同辈之欢。赵昵之,坚拒不从。疑有异,强即之,则男子也。闻于有司,盖身具二形,前后奸状不一,遂置之极刑。"

海洋故事是宋代民间传说故事的又一特色,这应该与南宋社会在地理上移居东南沿海有关。当年中原腹地汴梁,得天下供给,无忧无虑,海洋引发了中原文化的无限想象。靖康之后,大宋王朝偏安一隅,苟延残喘,宋人浪迹在海边思索天地之间的循环往复,心中又有多少无奈、苦闷与耻辱。与此同时,我们也可以看到,诸如妈祖这样影响了东南乃至东南亚广大地区的神灵,也正是在这一时期出现的。如果说宋真宗泰山封禅之后形成的碧霞元君崇拜以及在中原地区的大量泰山奶奶信仰,是用以抵消澶渊之盟的文化失败的,那么妈祖信仰的形成是否与靖康之耻有关呢?

总之,海洋传说故事从想象变成了现实,但只是言及海洋并非就意味着宋人开阔了胸襟,开拓了实业。这也是宋代民间文艺的一个重要特点。

如郭彖《睽车志》卷四"海岛长人"所述:

> 建炎间,泉州有人泛海,值恶风,漂至一岛。其徒数人登岸,但见花草甚芳美。初无路径,行入一大林,有溪限其前,水石清浅。众皆揭涉,得一径。入大山谷间。俄见长人数十,身皆丈余,耳垂至腹,即前擒数人者,每两手各挈一人,提携而去。至山谷深处,举大铁笼罩之。长人常一人看守,倦即卧石上,卷其耳为枕焉。时揭罩取一人,褫去其衣,众共裂食之。内一人窃于罩下,抔土为窟,每守者睡熟,即极力掘之。穴透得逸,走至海边,值番舶,得还。言其事,莫知其何所也。

《夷坚甲志》卷十"昌国商人"记述道:

> 宣和间,明州昌国人有为海商,至巨岛泊舟,数人登岸伐薪,为岛人所觉,遽归。一人方溷不及下,遭执以往,缚以铁缏,令耕田。后一二年,稍熟,乃不复絷。始至时,岛人具酒会其邻里,呼此人当筵,烧铁箸灼其股,每顿足号呼,则哄堂大笑。亲戚间闻之,才有宴集,必假此人往,用以为戏。后方悟其意,遭灼时,忍痛啮齿不作声,坐上皆不乐,自是始免其苦。凡留三年,得便舟脱归,两股皆如龟卜。

《夷坚乙志》卷八"长人国"记述道：

明州人泛海，值昏雾四塞，风大起，不知舟所向。天稍开，乃在一岛下。两人持刀登岸，欲伐薪，望百步处有筱篱，入其中，见蔬茹成畦，意人居不远。方蹲踞摘菜，忽闻拊掌声，视之，乃一长人，高出三四丈，其行如飞。两人急走归，其一差缓，为所执，引指穴其肩成窍，穿以巨藤，缚诸高树而去。俄顷间，首戴一镬复来。此人从树杪望见之，知其且烹己，大恐，始忆腰间有刀，取以斫藤，忍痛极力，仅得断，遽登舟斫缆，离岸已远。长人入海追之，如履平地，水财及腹，遂至前执船。发劲弩射之，不退。或持斧斫其手，断三指，落船中，乃舍去。指粗如椽，徐兢明叔云尝见之。

《夷坚丙志》卷六"长人岛"记述道：

密州板桥镇人航海往广州，遭大风雾，迷不知东西，任帆所向。历十许日，所赍水告竭，人畏渴死，望一岛屿渐近，急奔赴之。登其上，汲泉甘甚，乃悉萃瓶罂之属，运水入舟。弥望皆枣林，朱实下垂，又以竿扑取，得数斛，欲储以为粮。大喜过望，眷眷未忍还，共入一石岩中憩息。俄有巨人四辈至，身皆长二丈余，被发裸体，唯以木叶蔽形。见人亦惊顾，相与耳语，三人径去，行如奔马。岩下大石，度非百人不可举，其留者独挈之以塞窦口，亦去。然两旁小窍，尚可容出入，诸人相续奔入船，趣解维。一人来追，跳入水，以手捉船。船上人尽力撑篙，不能去。急取搭钩钩止之，奋利斧断其一臂，始得脱。臂长过五尺，舟中人渑之以盐，携归示人。高思道时居板桥，曾见之。沈公雅为予说。予《甲志》书昌国人及岛上妇人，《乙志》书长人国，皆此类也。海于天地间为物最钜，无所不有，可畏哉。

《夷坚甲志》卷七"岛上妇人"记述道:

> 泉州僧本偶说,其表兄为海贾,欲往三佛齐。法当南行三日而东,否则值焦上,船必糜碎。此人行时,偶风迅,船驶既二日半,意其当转而东,即回柂,然已无及,遂落焦上,一舟尽溺。此人独得一木,浮水三日,漂至一岛畔。度其必死,舍木登岸。行数十步,得小迳,路甚光洁,若常有人行者。久之,有妇人至,举体无片缕,言语啁哳不可晓。见外人甚喜,携手归石室中,至夜与共寝。天明,举大石室其外,妇人独出。至日晡时归,必赍异果至,其味珍甚,皆世所无者。留稍久,始听自便。如是七八年,生三子。一日,纵步至海际,适有舟抵岸,亦泉人,以风误至者,及旧相识,急登之。妇人继来,度不可及,呼其人骂之。极口悲啼,扑地,气几绝。其人从蓬底举手谢之,亦为掩涕。此舟已张帆,乃得归。

《夷坚支志·甲卷》卷十"海王三"接着记江苏淮安商贾遭遇与"泉州海客遇岛上妇人事"相似的"今山阳海王三者"之事。其记述道:

> 甲志载泉州海客遇岛上妇人事,今山阳海王三者亦似之。王之父贾泉南,航巨浸,为风涛败舟,同载数十人俱溺。王得一板自托,任其簸荡,到一岛屿傍,遂陟岸行山间,幽花异木,珍禽怪兽,多中土所未识,而风气和柔,不类蛮峤,所至空旷,更无居人。王憩于大木下,莫知所届。忽见一女子至,问曰:"汝是甚处人?如何到此?"王以舟行遭溺告,女曰:"然则随我去。"女容状颇秀美,发长委地,不梳掠,语言可通晓,举体无丝缕朴樕蔽形。王不能测其为人耶,为异物耶,默念业已堕他境,一身无归,亦将毕命豺虎,死可立待,不若姑听之,乃从而下山。抵一洞,深杳洁邃,晃耀常如正昼,盖其所处,但不设庖爨。女留与同居,朝暮饲以果实,戒使勿妄出。王虽无衣衾可换易,幸其地不甚觉寒暑,故可度。岁余,生一子。迨

及周晬,女采果未还,王信步往水涯,适有客舟避风于岸隩,认其人,皆旧识也,急入洞抱儿至,径登之。女继来,度不可及,呼王姓名而骂之,极口悲啼,扑地几绝。王从蓬底举手谢之,亦为掩涕。此舟已张帆,乃得归楚。儿既长,楚人目为海王三,绍兴间犹存。

此类海洋故事多注明故事发生时间,如"建炎间,泉州有人泛海,值恶风,漂至一岛""宣和间,明州昌国人有为海商,至巨岛泊舟,数人登岸"等,或有"遗迹"作证,如"徐兢明叔云尝见之""泉州僧本偶说""绍兴间犹存"等,皆意在述说其真实性。

俗说中,也有许多生活琐事,以奇异成为人们谈笑的内容。

俗说中的故事有谈笑间成嬉笑怒骂者,如郑文宝《南唐近事》《江南余载》中都记述了"宣州"土地神的故事,意在讽刺贪官。《南唐近事》记述:"魏王知训为宣州帅,苛政敛下,百姓苦之。因入觐侍宴,伶人戏作绿衣大面胡人,若鬼状,傍一人问曰:'何为者?'绿衣人对曰:'吾宣州土地神,王入觐,和地皮掠来,因至于此。'"《江南余载》记述:"徐知训在宣州,聚敛苛桑,百姓苦之。入觐侍宴,伶人戏作绿衣大面,若鬼神者。傍一人问:'谁何?'对曰:'我宣州土地神也,吾主入觐,和地皮掘来,故得至此。'"

其更多是一笑了之。如《夷坚支志·丁卷》卷八"王甑工虱异"记述:"处州松阳民王六八,及箍缚盘甑为业。因至缙云,为周氏葺甑。方施工,而腰间甚痒,扪得一虱。戏钻甑成窍,纳虱于中,剡木塞之而去。经一岁,又如缙云,周氏复使理故甑。忽忆前所戏,开窍视之,虱不死,蠕蠕而动。王匠怪之,拈置掌内,祝之曰:'尔忍饿多时,如今与尔一饱。'虱遽啮掌心,血微出,痒不可奈,抓之成痏。久而攻透手背,无药能疗,遂至于死。"《贵耳集》"邻僧积饭"记述:"王黼宅与一寺为邻。有一僧,每日在黼宅沟中流出雪色饭颗,漉出洗净晒干,不知几年,积成一囤。靖康城破,黼宅骨肉绝粮。此僧即用所收之饭,复用水淘蒸熟,送入黼宅,老幼赖之无饥。"《事林广记》辛集卷下《兄弟相拗》记述："昔有人家兄弟三人,不相和顺,动辄有言,即便相拗。一日,兄弟相聚云:'我兄弟只有三人,自今后,要相和顺,不得相拗:如有拗者,罚钞三贯文作和顺会,以今日为始。'须臾,大哥云:'昨夜街头井被街尾人偷取去。'二哥云:'怪得半夜后街上水漕漕,人哄哄。'三哥云:'你是乱道,井如何可偷?'大哥云:'你又拗了,罚钱三贯。'三哥归去取钱,其妻问取钱作何使,三哥以实告,其妻云:'你去床上卧,我为你将钱去还大哥。'其妻将钱去与大哥:'伯伯,云你小弟夜来归腹痛,五更头生下一男子,在月中,不敢来,教媳妇把钱还伯伯作和顺会。'大哥云:'你也是乱道,丈夫如何会生子?'其妻云:'大伯,你也拗,此钞我且将归去。'"《续博物志》卷九"狠子葬父"记述:"有一狠子,生平多逆父旨。父临死,嘱曰:必葬我水中。意其逆命得葬土中。至是,狠子曰:生平逆父命,死不敢违旨也。破家筑沙潭水心以葬。"苏轼《东坡志林》卷二"三老语"记述道:"尝有三老人相遇,或问之年。一人曰:'吾年不可记,但忆少年时与盘古有旧。'一人曰:'海水变桑田时,吾辄下一筹;尔来吾筹已满十间屋。'一人曰:'吾所食蟠桃,弃其核于昆仑山下,今已与昆仑山齐矣。'以余观之,三子者,与蜉蝣朝菌何以异哉?"这些故事未必都有多么深刻的寓意,更多是增加生活情趣,在传播过程中形成新的社会生活风俗。

如《夷坚丁志》卷二"宣城死妇"记述:

宣城经戚方之乱,郡守刘龙图被害,郡人为立祠。

城中蹀血之余,往往多丘墟。民家妇妊娠未产而死,瘗庙后,庙旁人家或夜见草间灯火及闻儿啼,久之,近街饼店常有妇人抱婴儿来买饼,无日不然,不知何人也。

颇疑焉。尝伺其去,蹑以行,至庙左而没。他日再至,留与语,密施红线缀其裾,复随而往。

妇觉有追者,遗其子而隐,独红线在草间冢上。因收此儿归。

访得其夫家,告之故,共发冢验视,妇人容体如生,孕已空矣,举而火化之。自育其子,闻至今犹存。

《荆山编》亦有一事,小异。

《夷坚志补》卷二十一"鬼太保"记述:

京师省吏侯都事一妾怀妊,未及产而死,葬于城外二年。旁近居人,数见一妇人往来,每归必携一饼,久而共疑其事,踪迹所由,知为侯氏妾,往告侯生。侯从省中归,适与相遇,妾阔步而走,侯逐之,相去十余步,不能及。出城访瘗所,略无隙罅,惘惘然,因为守冢僧言之。僧曰:"此为业翳牵缠,未能解脱,当举焚其骨,使得受生。"会寒食拜扫,遂启其藏,见白骨已朽,一婴儿坐于足上食饼。众大骇,视此儿盖真生人,眉目可爱,姨媪辈抱出抚玩,便能呼父母为爹爹妈妈。侯无子,以为神贶,鞠养之甚至。年二十时,遭建炎乱离,随驾南渡,与亲故相失,不复可归。入省隶兵籍,于御厨为庖者,后以随龙恩,得祗事德寿宫。识之者目为鬼太保。淳熙五年方卒。

如《醉翁谈录》丙集卷一"因兄姊得成夫妇":

广州姚三郎家,以机杼为业。其妻双生一男一女,女居长,状貌无别。其男名宜孙。女名养姑,少时为高客子高太议亲。

过聘后,女因春游,大适见之,乃起慕妻之心。

时太年已十七矣,欲取其妻,以女年纪未及为辞。太因成病。高使媒者来曰:"高郎甚危,恐因思成病,权欲取妇归,以满其意,冀得病愈。"

姚与约曰:"彼既有疾而欲取妻,是速其死。如欲毕亲,此断不可。但欲取归见面而慰安之,此亦从便。"

议既定,密与其妻谋曰:"不若权以养姑服饰,装束宜孙而归之,少慰其家。但丁宁勿与归房。"

及行时,宜孙年方十五,宛然与女子无异。及到其家,入见高郎于其父母之房。

时高郎羸甚,其家乃置养姑于他房,以其室女伴之。

经月余,高太病愈,夫岂知养姑之来,乃宜孙假为之也,与其伴宿之女,所为不善久矣。

姚恐事觉,乃促其归。其子依依不忍离矣。

及败露,高欲兴讼。

众谓曰:"若到官,彼此有罪,则不若用交亲之说为上。"

高思之,不欲坏其女,于是从之。

时人为之语曰:"弟以姊而得妇,妹以兄而获夫。打合就鸳鸯一对,分明归男女两途。好个风流伴侣,还它终久欢娱。"

后遂成亲,二家修好,释然如初矣。

生活故事的基本用意就在于通过生活琐事表现生活情趣,而情趣的实质正在于宣泄,形成语言的狂欢。可以说,其开导了后世戏剧文学中嬉笑怒骂皆成文章的叙事模式,诸如唐寅、徐文长之流处处大兴风流,装疯卖傻,真真假假,制造许多笑料,只为乐得他人高兴而已。

二、述 古

所谓述古,其实就是旧话重提,旧事新说。其述说对象选取历史文化题材,立意深远,既是在事实上进行着文艺传统的自觉传承,也是营造和培育时代的文化。当然,并不是所有故事都有意述说世态炎凉,或是是非非,或嬉笑怒骂,而完全没有一点用意。如"翰林棋者王积薪"故事见之于唐代《集异记》。曾慥《类说》卷八"王积薪闻妇姑围棋"记述曰:"翰林棋者王积薪,从明皇西幸,寓宿深溪之家。但有妇姑止给水火。才暝,阖户,积薪闻姑谓妇曰:'良宵无以为适,与汝同围棋可乎?'堂内无烛,妇姑各在东西室,妇曰:'起东五南九置子矣。'姑曰:'东五南十二置子矣。'妇曰:'起西八南九置子矣。'姑曰:'西九南十置子矣。'夜及四更,其下止三十六。姑曰:'子已北矣,吾止胜九枰耳。'迟明,请问于姥,姥顾妇曰:'是子可教以常势耳。'妇乃指示攻守杀夺应拒防救之法,甚略。姥曰:'止此已无敌于人间矣。'积薪行至数步,回顾已失向之室庐。自是其伎绝伦。竭心较九枰之势,终不能得。因名邓艾开蜀势。"又如范致明撰《岳阳风土记》引庚穆之撰《湘州记》"不死酒"传说:"庚穆之《湘州记》云:君山上有美酒数斗,得饮之即不死为神仙。汉武帝闻之,斋居七日,遣栾巴将童男女数十人来求之,果得酒。进御未饮,东方朔在旁窃饮之。帝大怒,将杀之。朔曰:'使酒有验,杀臣亦不死;无验,安用酒为?'帝笑而释之。寺僧云:'春时往往闻酒香,寻之莫知其处。'"周文玘《开颜录》中"有献不死之药于荆王"故事,早见于《韩非子》,也曾见之于东方朔故事,其做记述:"有献不死之药于荆王,射士取而食之,王欲杀射士,曰:'臣谓不死药而食之,今杀臣,是杀人药。'王乃笑而赦之矣。"其用意何在？这些传说故事与李白、王羲之他们的传说故事在时代意义上的表达又有什么联系呢？

再如许多旧故事中的鬼怪故事,比如欧阳云《睽车志·卖鬼》,显然依据《搜神记》内容讲述:"南阳宗定伯年少时,夜行逢鬼,问鬼所忌。答云:'惟不喜人唾。'定伯便担鬼著头上,急持行,径至市中。下著地化为一羊,唾之,恐其变化。卖之,得钱千五百。"其《睽车志·黎丘鬼》讲的也是旧时的鬼故事:"梁北丈人有之市而醉归者。黎丘鬼喜效人子侄之状,扶而迫苦之。归而诮其子,始知奇鬼也。明旦复往,其真子往迎之。丈人望其真子拔剑而刺之。"其用意又何在？《辨惑论·巫觋》"河伯娶妇"则取材于《史记》所记述,其讲:"西门豹为邺令问民所疾苦,长老曰:'苦为河伯娶妇。'豹曰:'至时幸来告吾。'及告,豹往会河上,见巫女数十人立大巫后,豹呼河伯妇视之,曰:'是女不好,烦大巫为妪投之河中。'有顷曰:'何久也?'弟子趣水投三弟子。豹曰:'巫妪女子不能白事,烦三君为人白之。'复投三老河中。久,欲使廷掾等人趣之。皆扣头流血,乃免。自是不复言伯娶妇。"曾慥《类说》卷十一"幽怪录·黄石化金",称故事出自《幽怪录》,其讲述道:"侯适剑门外见四黄石大如斗,收之皆化为金,适货钱百万,市美妾十余人,大第良田甚多。忽一老翁负笈曰:'吾来求君偿债,将我金去,不记忆乎?'尽收拾妓妾投于笈,亦不觉窄。须臾已失所在。后数年见老翁携妓游行,问之皆笑不言。逼之,遂失所在。"《太平广记》卷四百五十六"太元士人"的故事出自《续搜神记》,其讲述道:"晋太元中,士人有嫁女于近村者。至时,夫家遣人来迎,女家好发遣,又令女弟送之。既至,重门累阁,拟于王侯,廊柱下有灯火,一婢子严妆直守,后房帷帐甚美。至夜,女抱乳母涕泣,而口不得言。乳母密于帐中,以手潜摸之,得一蛇,如数围柱,缠其女,从足至头。乳母惊走出,柱下守灯婢子,悉是小蛇,灯火是蛇眼。"前前后后,所讲故事内容相同,只是叙述语言更简约,其意当在于述说精怪之情古今皆同。

在述古一类中,确实有许多具有斗智色彩的故事一再被述说,如五代《疑狱集》卷一"张举辨烧猪"记述"张举杀猪破案"故事曰:"张举,吴人也,为句章令。有妻杀夫,因放火烧舍,乃诈称火烧夫死。夫家疑之,诣官诉妻,妻拒而不承。举乃取猪二口,一杀之,一活之,乃积薪烧之,察杀者口中无灰,活者口中有灰。因验夫口中,果无灰,以此鞫之,妻乃伏罪。"宋代王钦若、杨亿等辑《册府元龟》记述为:"吴张举,字子清,为句章令。有妇杀夫者,因焚屋言烧死。其弟疑而讼之。举案尸开口视无灰。令人取猪二头,杀一生一,而俱焚之。开视其口,所杀者无灰,生者有灰。乃明夫死。妇遂首服焉。"宋郑克《折狱龟鉴》卷六"张举",明谢肇淛《麈余》"烧猪断案",明郑瑄《昨非庵日纂》卷十五"张举判案",明冯梦龙编纂《智囊补》察智部卷九"得情张举",明张岱撰《夜航船》卷七政事部"烛奸·验火烧尸"等,均与《疑狱集》卷上"张举烧猪"相同。或曰,烧猪断案引起不同时期人共同的兴趣?

众多文献中,宋代郑克编著的《折狱龟鉴》,又名《决狱龟鉴》,其民间文艺史价值尤其值得重视。这是我国古代一部著名的案例汇编,也是我国民间文艺史上一部重要的传说故事文献。《折狱龟鉴》中的许多案例以民间传说故事为基础,有学者进行统计,有三百多则与诉讼、断案有关传说故事。其详细分为释冤、辨诬、鞫情、议罪、宥过、惩恶、察奸、核奸、摘奸、察慝、证慝、钩慝、察盗、迹盗、谲盗、察贼、迹贼、谲贼、严明、矜谨二十类。有全书的正篇,诸如奸、慝、盗、贼的副篇,又有分论和结论。编者搜集整理到许多历史文献中的法制传说故事,有一些来自于墓志、小说等野史,是更典型的传说故事。如《朝野佥载》卷五"裴子云"故事,在郑克《折狱龟鉴》卷七"张允济",得到相似讲述,只不过其被告双方不是甥舅,而是翁婿。其讲述道:"唐张允济隋大业中为武阳令,务以德教训下,百姓怀之。元武县与其邻接,有人以牸牛依其妻家者八九年,牛孳生至十余头,及将异居,妻家不与,县司累政不能决。其人诣武阳质于允济,允济曰:'尔自有令,何至此也?'其人垂泣不止,且言所以。允济遂令左右缚牛主,以衫蒙其头,将诣妻家村中,云捕盗牛贼,召村中牛悉集,各问所从来处。妻家不知其故,恐被连及,指所诉牛曰:'此是女婿家牛也,非我所知。'允济遂发蒙谓妻家人曰:此即女婿,可以归之。妻家叩头服罪。"《折狱龟鉴》卷七"赵和"侯临附与"裴子云"传说故事内容也有相似处。其记述道:"近时小说载侯临侍郎一事云:临为东阳令时,他邑有民,因分财产,寄物姻家,遂被讳匿,屡诉弗直。闻临治声,来求伸理,临曰:'吾与汝异封,法难以治。'止令具物之名件而去。后半年,县获强盗,因纵令妄通有赃物寄某家,乃捕至下狱引问,泣诉盗所通金帛,皆亲党所寄。临即遣人追民识认,尽以还之。"另如唐代《朝野佥载》卷五"李杰察奸"曾经记述过"寡妇有告其子不孝者"故事,欧阳修、宋祁等撰《新唐书》卷一百二十八《李杰传》做此记述道:"寡妇有告其子不孝者,杰物色非是,谓妇曰:'子法当死,无悔乎?'答曰:'子无状,宁其悔。'乃命市棺还敛之。使人迹妇出,与一道士语,顷持棺至。杰命捕道士按问。乃与妇私不得逞。杰杀道士内于棺。"《疑狱集》卷一"薛宣追听缣"记述"前汉时有一人持一缣入市"故事,与《风俗通义》中争子故事属于同类型,其称:"遇雨以缣自覆,后一人至求庇荫,因授与缣一头。雨霁当别,因争云:是我缣。太守薛宣,命吏各断一半,使人追听之,一曰君之恩,缣主乃称冤不已。宣知其状,拷问乃伏。"宋人桂万荣《棠阴比事》中也有记述。《折狱龟鉴》卷六"薛宣"记述道:"前汉时,临淮有一人持匹缣到市卖之,道遇雨披覆。后一人至,求共庇荫。雨霁当别,因相争斗,各云我缣,诣府自言。太守薛宣核实良久,莫肯首服。宣曰:"缣直数百钱,何足纷纭,自致县官!"呼骑吏中断缣,人各与半。使追听之。后人曰太守之恩,缣主乃称冤不已。宣知其状,诘之服罪。"《疑狱集》卷一《惠仕拷羊皮》故事在《北史》卷八十《外戚传》保存为"二人争羊皮"故事,其记述道:"人有负盐负薪者,同释重担息树阴,二人将行,争一羊皮,各言其藉背之物。(李)惠仕遣争者出,顾州纲纪曰:'此羊皮可拷知主乎?'群下咸无答者,惠令人置羊皮席上,以杖击之,见少盐屑,曰:得其实矣。使争者视之,负薪者乃伏而就罪。"《折狱龟鉴》卷六"李惠"记述为:"李惠为雍州刺史,人有负盐负薪者,同释重担息于树阴。二人将行,争一羊皮,各言藉背之物。惠遣争者出,顾州纲纪曰:'以此羊皮拷知主乎?'郡下以为戏言,咸无应者。惠令人置羊皮席上,以杖击之,见少盐屑,曰:'得其实矣。'使争者视之,负薪者乃伏而就罪。"这些传说故事的内容其实在于其当世价值,是法制故事启迪意义的时代体现。

三、仙 话

仙话的实质是幻想,是对现实生活和自然世界的超越,体现着人们在具体时空条件下对自由、幸福、快乐生活的向往。

宋代仙话是宋代社会风俗的重要组成部分,体现出宋代社会的精神面貌。其不同于魏晋和唐代那样的"仙味十足",而是多了一些日常生活的朴实,而且,有许多仙话就是来自其他文献,或采自现实。总有一个模式,即一人误入一处,见人对弈,对弈者即神仙,其不觉给予某物,人出,物皆变异。曾慥编《类说》卷十二"洞中道士对棋",即取材于五代时期徐铉《稽神录》,记述曰:"婺源公山二洞有穴如井,咸通末有郑道士以绳缒下百余丈,旁有光,往视之,路穷阻水,隔岸有光,岸有花木,二道士对棋,使一童子刺船而至,问:'欲渡否?'答曰:'当还。'童子回舟而去。郑复缒而出。明日,井中有石笋塞其口,自是无入者。"《游宦纪闻》卷四"永福下乡有农家子张锄柄"故事记述道:"永福下乡有农家子,姓张,以采薪鬻锄柄为业,乡人目为张锄柄。状貌丑怪,口能容拳。一日入山,遇仙人对弈。投之以桃,苦不可食。张心知为仙,冀有所遇,忍苦哜咽。且及半,若将螫舌,遂弃其馀而归。因忽忽若狂,绝粒,食草木实。时言人隐恶,能道未来祸福。素不谙书,忽奋笔作字,得羲、献体。口占颂偈,立成如宿构。传闻四散,士夫多往赴之。因度为僧人,号为张圣者。"《释常谈·手谈》记述:"昔有樵人入终南采薪,忽见一石室中有二老人棋,樵人迷路,问棋者:'此是何处?'棋者不应。樵者拱立多时候毕局,又问之。老人曰:'向来我方手谈,不暇对汝。'乃指樵人出路。樵人出告居人,居人惊异,乃领樵人入山寻访,攀萝引蔓,无处不到,已失其所。"此"樵人入终南采薪,忽见一石室中有二老人棋,樵人迷路""洞中道士对棋",成为故事基本场景,其中或为道士,或为仙人,指示"樵于山者"成仙、升仙之路,或与之神奇食品而使人不老,待人再回凡间,一切都变换,这是民间文艺史上极其流行的仙话模式。

仙话之仙,在于扑朔迷离,升仙为其主要内容;仙话之话,就是一系列超凡脱俗的传说故事。八仙过海各显神通故事源自唐代社会,于宋代形成固定的传说故事文本,这种现象并不是偶然的,而是与宋代仙话的内容特点密切相关。

洪迈《夷坚志》中,仙话保存尤其多,诸如"蟒精""道士""仙童"等角色非常有特色。

如前所述,《夷坚志》书名出自《列子·汤问》所记《山海经》乃"大禹行而见之,伯益知而名之,夷坚闻而志之",其"夷坚"即为神仙,故《夷坚志》为神仙之书。《夷坚志》四百卷之多,此堪称宋代民间传说故事大全,亦如作者于《夷坚支志丁集序》说:"《夷坚》诸志,皆得之传闻,苟以其说至,斯受之而已矣",《夷坚支志庚集序》称其"乡士吴潦伯秦出其迺公时轩居士昔年所著笔记,剽取三之一为三卷,以足此篇。"其"皆得之传闻",便是民间传说故事作为其重要来源的证明。这部托名夷坚的传说故事书流传甚广,如洪迈《乙志序》中说:"《夷坚》初志成,士大夫或传之,今镂板于闽、于蜀、于婺、于临安,盖家有其书。"其取材于民间,又深刻影响到民间,是中国民间文艺史上十分重要的文献。

特别值得注意的是,《夷坚支志·丁卷》卷十"张圣者"记述"盖钟离子云",表明八仙故事已经在这里具体出现:

福州张圣者,本水西双峰下居民。入山采薪,逢两人对弈于磐石上。与之生笋使食,张不能尽,遂谢去。

即日弃家买卜,未尝呵钱布卦,而人祸福死生,随口辄应,自称曰张锄柄。

绍兴中,张魏公镇闽,母莫夫人多以度牒付东禅寺,使择其徒披剃。

长老梦黑龙蟠踞寺外,旦而视之,张也。

问之曰:"欲为僧乎?"

曰:"固所愿。"

于是落发而立名圆觉。尝以双拳纳口中,每笑时,几至于耳。素不识字,而时时赋诗。见交游间过举,必尽言讽劝。

郡士林东,有才无行,尝批张头曰:"圆觉头生角。"

张应声曰:"林东不过冬。"

及期,东以罪编隶。后行游建安,放达忤转运副使马子约纯,马擒赴狱。桎梏棰掠,而肌肤无所伤。竟用造妖惑众,劾于朝,流梅州。

久之,复归乡。

己卯之冬,或问:"新岁状元为谁?"

曰:"在梁十兄家。"

皆莫能晓。既乃温陵梁丞相魁天下,十兄者,克字也。

张所遇弈者,一巾一鬌,鬌者与之笋,盖钟离子云。

宋代升仙故事对道士给予许多渲染,在神仙、精怪、道士、凡人之间,道士充当了使者,将仙话故事的矛盾冲突等内容不断激活。

如洪迈《夷坚志再补》"道人符诛蟒精"所记述:

南中有选仙道场,在一峭崖石壁之下,其绝顶石洞穴,相传以为神仙之窟宅,时有云气蒙霭。常有学道之人,筑室于下,见一神人现前曰:"每年中元日,宜推选有德行之人祭坛,当得上升为仙。"于是学道慕仙之人咸萃于彼。

至期,远近之人,赍香赴坛下,遥望洞门祝祷,而后众推道德高者一人,严洁衣冠,伫立坛上,以候上升,余皆惨然诀别而退。于时有五色祥云,油然自洞门而至坛场,其道高者,衣冠不动,蹑云而升。时至洞门,则有大红纱灯笼引导,观者靡不涕泗健羡,遥望作礼。

如是者数年,人皆以道缘德薄,未得应选为恨。至次年,众又推举一道高者,方上升间,忽一道人,云自武当山来挂搭,问所以。具以实对。

道人亦嗟羡之曰:"上升为仙,岂容易得?但虚空之人,有罡风浩气,必能遏截。吾有一符能御之,请置于怀,慎勿遗失。"

道高者怀之,喜甚。至时果有五色祥云捧足,冉冉而升。

逾日,道人遣众登视洞穴,见飞升之人,形容枯槁,横挂于上,若重病者,奄奄气息,久方能言。问之,则曰:"初至洞门,见一巨蟒,吐气成云,两眼如火,方开口欲吞啖间,忽风雷大震,霹死于洞畔。视之,蟒大数围,长数十丈,又有骸骨积于岩穴之间,乃前后上升者骨也。"

盖五色云者,乃蟒之毒气,红纱灯笼者,蟒之眼光也。

《夷坚志补》卷二十二《武当刘先生》记述道:

均州武当山王道士,行五雷法,效验彰著。

其师刘先生,道业颇高。一日昏暮间,云雾拥门,幢幡旌节,相望踵至,一仙童持上天诏,召刘上升。

刘大喜,王道士白言:"常闻升天者多在白昼,今已曛黑,正恐阴魔作奇祟,切宜审谛。"

刘不听,叱之使去,曰:"吾平生积功累行,时节因缘至此而集,无多言!"

乃沐浴更衣,趺坐磻石上,与众诀别,将即腾太空,王密反室,敕呼雷部神将。

忽霹雳一声震起,仙童与幡幢俱不见。

俄顷再震,有黑气一道,长数十百丈,直下岩谷中,道众遂散。明旦出视,一路血迹斑斑,穷其所之,有巨蟒死于岩下。

再者是对弈故事,常常形成一个固定模式。《夷坚乙志》卷一"仙奕"讲述"南剑尤溪县浮流村民林五十六"故事,是这种模式的典型,其记述道:"南剑尤溪县浮流村民林五十六樵于山,见二人对弈,倚担观之。旁有两鹤啄杨梅,堕一颗于地,弈者目林使拾之。俯取以食,遽失二人所在。林归,即辟谷不食,不知其所终。"其"不知其所终"是民间传说故事的常见结局。

又如《夷坚支志・戊卷》卷一《石溪李仙》所记"南剑州顺昌县石溪村民李甲"故事,"常伐木烧炭"与"望其中有两士对弈"经历,与其他观弈过程类同:

南剑州顺昌县石溪村民李甲,年四十不娶,但食宿于弟妇家。常伐木烧炭,鬻于市。得钱,则日籴二升米以自给,有余,则贮留以为雨雪不可出之用,此外未尝妄费。

绍兴二年九月,入山稍深,倦憩一空屋外。闻下棋声,知是人居。望其中有两士对弈。

李趋进揖之,呼为"先生"。

弈者笑而问曰:"汝以何为业?"

对曰:"卖炭尔。"

又曰:"能服药乎?"

应曰:"诺。"

即顾侍童,取瓢中者与之。

童颇有吝色,曰:"此何为者?而轻付之。"

咄曰:"非汝所知。"

药正红而味微酸。服竟,亟遣出,约曰:"三十年后,复会此山中。"

出门反顾,茫无所睹。嗅腰间所赍饭,臭不容口,倾之于水而行。

迨还家,既历三日矣,遂连夕大泻。自是不复饮食,惟啖山果,乡人称之曰李仙。

四、精怪故事

精怪故事的精,其实是人精,其中的怪,包括鬼怪,其实是人怪。精怪背后都是人,是人的想象和情感,以人为故事中心,通过述说各种怪异,展现世间的风俗生活,或借以述说人世间的社会生活道理,并给人以更深刻的印象。

精怪故事中,鬼成为精怪的特殊形式,或曰鬼怪。如苏轼《渔樵闲话》讲述"伥鬼"故事,其讲述故事的基本目的在于其所感叹"悲哉,人之愚惑已至于此乎!近死而心不知其非,宜乎沉没于下鬼也":

长庆中有处士马拯,与山人马绍相会于衡山祝融峰之精舍。见一老僧,古貌庞眉,体甚魁梧,举止言语殊亦朴野。得拯来,甚喜。及倩拯之仆持钱往山下市少盐酪。俄亦不知老僧之所向。

　　因马绍继至,乃云在路逢见一虎食一仆,食讫,即脱斑衣而衣禅衲,熟视乃一老僧也。拯诘其服色,乃知己之仆也。拯大惧。及老僧归,绍谓拯曰:"食仆之虎,乃此僧也。"拯视僧之口吻,尚有余血殷然。

　　二人相顾而骇惧,乃默为之计。因绐其僧云:"寺井有怪物,可同往观之。"僧方窥井,二人并力推入井中。僧遂乃变虎形也。于是压之以巨石而虎毙于井。

　　二人者急趋以图归计。值日已薄暮,遇一猎者张机道旁而居棚之上,谓二人曰:"山下尚远,群虎方暴,何不且止于棚上?"二人悸慄,相与攀援而上,寄宿于棚。及昏暝,忽见数十人过,或僧或道,或丈夫或妇女,有歌吟者,有戏舞者。俄至张机所,众皆大怒曰:"早来已被二贼杀我禅师,今方追捕,次又敢有人杀我将军?"遂发机而去。二人闻其语,遂诘猎者:"彼众何人也?"猎者曰:"此伥鬼也,乃畴昔尝为虎食之人。既已鬼矣,遂为虎之役使,以属前道。"

　　二人遽请猎者再张机。方毕,有一虎哮吼而至。足方触机,箭发贯心而踣。逡巡,向之诸伥鬼奔走却回,俯伏虎之前,号哭甚哀,曰:"谁人又杀我将军也!"二人者乃厉声叱之曰:"汝辈真所谓无知下鬼也。生既为虎之食,死又为虎之役使。今幸而虎已毙,又从而哀号之,何其不自疚之如此耶!"忽有一鬼答之曰:"某等性命既为虎之所食啖,固当拊心刻志以报冤。今又左右前后以助其残暴,诚可愧耻,而甘受责矣。然终不知所谓禅师、将军者乃虎也。"

　　悲哉,人之愚惑已至如此乎!近死而心不知其非,宜乎沉没于下鬼也。

蔡绦撰《铁围山丛谈》卷四"河中有姚氏十三世不拆居矣,遭逢累代旌

表"讲述的是"义门姚家"故事,有鬼母在世间得到食物,喂养其生养的孩子。同类故事甚多,如郭彖撰《睽车志·鬼太保》曾记述"侯都事妾怀未及产而死,后改葬,见白骨已朽,一婴儿坐于足上食饼。侯众大骇,抱出鞠养之。及长,祗事宫禁,识者目为鬼太保"故事。郭彖《睽车志》卷三"李大夫妾",讲的也是此类故事。

《铁围山丛谈》中讲述道:

> 河中有姚氏十三世不拆居矣,遭逢累代旌表,号义门姚家也。一旦大小死欲尽,独兄弟在。方居忧,而弟妇又卒。弟且独与小儿者同室处焉。度百许日,其家人忽闻弟室中夜若与妇人语笑者,兄知是,弗信也。因自往听之,审。一日励其弟曰:"吾家虽骤衰,且世号义门,吾弟纵丧偶,宁不少待,方衰绖未除而召外妇人入舍中耶!惧辱吾门将奈何?"弟因泣涕而言:"不然也。夜所与言者乃亡妇尔。"兄瞠谔,询其故,则曰:"妇丧期月,即夜叩门曰:'我念吾儿之无乳而复至此。'因开门纳之,果亡妇,遂径登榻接取儿乳之。弟甚惧,自是数来,相与语言,大抵不异平时人,且惧且怪而不敢以骇兄也。"
>
> 兄念家道死丧殆尽,今手足独有二人,此是又欲亡吾弟尔,且弟既不忍绝,然吾必杀之。因夜持大刀,伏于门左,其弟弗知也。果有排门而入者,兄尽力以刀刺之,其人大呼而去。拂旦视之则流血涂地,兄弟因共寻血污踪,迄至于墓所,则弟妇之尸横墓外,伤而死矣。
>
> 会其妇家适至,睹此而讼于官,开墓则启空棺而已。官莫能治。俄兄弟咸死狱中,姚氏遂绝。

郭彖《睽车志》卷三"李大夫妾"讲述"汴河岸有卖粥妪,日以所得钱置甀筒中,暮则数而缗之,间得楮镪二,惊疑其鬼也",其声明此故事"李知县明仲说",是宋代精怪故事中鬼怪故事的又一个典型:

汴河岸有卖粥妪,日以所得钱置缶筒中,暮则数而缗之,间得楮镪二,惊疑其鬼也。自是每日如之,乃密自物色买粥者。

有一妇人青衫素裲裆,日以二钱市粥,风雨不渝。乃别贮其钱,及暮视之,宛然楮镪也。

密随所往,则北去一里所。阒无人境,妇人辄四顾入丛薄间而灭,如是者一年。

忽妇人来谓妪曰:"吾久寄寓比邻,今良人见迎,将别妪去矣。"

妪问其故,曰:"吾固欲言,有以属妪。我李大夫妾也,舟行赴官至此,死于蓐间,藁葬而去。我既掩圹,而子随生,我死无乳,故日市粥以活之,今已期岁。李今来发丛,若闻儿啼必惊怪,恐遂不举此子,乞妪为道其故,俾取儿善视之。"

以金钗为赠而别。

俄有大舟抵岸,问之则李大夫也。径往发丛,妪因随之。举柩而儿果啼,李大夫骇惧,因为言,且取钗示之。

李谛视,信亡妾之物,乃发棺取儿养之。

李知县明仲说。

人间鬼怪如此,狐狸精怪亦如此,如《夷坚支志·庚卷》卷六"海口谭法师",讲述的是"予记唐小说所书黎丘人张简等事"之"德兴海口迫市处居民黄翁",为"狐狸作怪,化形为人",其记述道:

德兴海口近市处居民黄翁有二子,服田力穑以养其亲,在村农中差为赡给。又于三里外买一原,其地肥饶。二子种艺麻粟,朝往暮归。久而以为不便,乃创筑茅舍,宿食于彼。

翁念其勤苦,时时携酒或烹茶往劳之。

路隔高岭,极险峻。子劝止勿来,翁曰:"汝竭力耕田,专为我故,我那得漠然不顾哉!"

自后其来愈密。

正当天寒,二子共议:使老人跋陟如此,于心终不安。舍之而归。

翁问何以去彼,具以诚告。

翁曰:"后生作农业是本分事,我元不曾到汝边,常以念念,可惜有头无尾。"

二子疑惊,询其妻,皆云:"□翁不曾出。"

始大骇,复为翁述所见。

翁曰:"闻人说此地亦有狐狸作怪,化形为人。汝如今再往原上,若再敢弄汝,但打杀了不妨。"

子复去。迨晚翁至,持斧迎击于路。即死,埋诸山麓。

明日归,翁曰:"夜来有所见乎!"

曰:"杀之矣。"

翁大喜,二子亦喜。遂益治原隰,为卒岁计。然翁所为浸浸改常。

家有两犬,俊警雄猛,为外人所畏,翁恶之,犬亦常怀搏噬之意。

其一乘其迎吠,翁使妇饵以糟藏,运椎击其脑。既又曰:"吠我者乃见存之犬,不可恕。"

妇引留之,不听,皆死焉。

固已窃讶。且频与妇媟谑,将呼使侍寝。

里中谭法师者,俗人也,能行茅山法,虽非道士,而得此称。董翁待之厚,来必留饮。

是时访翁,辞以疾作不出,凡三至皆然。

已而又过门,径登床引被自覆。

谭曰:"此定有异。"

就房外持咒捧杯水而入,觉被内战灼,形躯渐低,噀水揭视,拳然一老狐也,执而鞭杀之。

而寻父所在弗得。试发葬处,则父尸存焉,已败矣。

盖二子再入原时,真父往视,既戕之,狐遂据其室。

予记唐小说所书黎丘人张简等事,皆此类云。

洪迈《夷坚志补》卷二十一"猩猩八郎",讲述的是"猩猩国"故事,述说"建炎中,李捧太尉获一牝,自海岛携归为妾,生子",并以"小二至庆元时尚存,安国长老了祥识之"为证。其记述道:

猩猩之名见于《尔雅》《礼记》《荀子》《吕氏春秋》《淮南子》,又唐小说载焦封孙夫人事。

建炎中,李捧太尉获一牝,自海岛携归为妾,生子,不复有遇之者。

金陵商客富小二,以绍兴间泛海,至大洋,觉暴风且起,唤舟人下碇石整帆樯以为备,未讫而舟溺。富生方立篷顶,与之俱坠,急持之。

漂荡抵绝岸。行数十步,满目皆山峦,全无居室,饥困之甚,值一林,桃李累累垂实,亟采食之。

俄有披发而人形者,接踵而至,遍身生毛,略以木叶自蔽。逢人皆喜,挟以归,言语极啁啾,亦可晓解。

每日不火食,唯啖生果。环岛百千穴,悉一种类,虽在岩谷,亦秩秩有伦,各为匹偶,不相糅杂。

众共择一少艾女子以配富,旋诞一男。

富夙闻诸舶上老人,知为猩猩国,生儿全肖父,但微有长毫如毛。时虑富窜伏,才出辄运巨石窒其窦,或倩它人守视。

既诞此男,乃听其自如。时时偕往深山,摘采果实。自料此生无由返故乡,而妻以韶秀,颇安之,凡三岁。因携男独纵步,望林杪高桅,趋而下,为主人道其故,请得附行,许之,即抱男以登。

无来追者,遂得归。

男既长大,父启茶肆于市,使之主持,赋性极驯,傍人目之为猩猩八郎,至今经纪称遂。

小二至庆元时尚存,安国长老了祥识之。

《太平广记》卷四百三十一"李大可"讲述的是"虎"精怪故事:

宗正卿李大可尝至沧州。

州之饶安县有人野行,为虎所逐。既及,伸其左足示之,有大竹刺,贯其臂,虎俯伏贴耳,若请去之者。其人为拔之,虎甚悦,宛转摇尾,随其人至家乃去。

是夜,投一鹿于庭。如此岁余,投野豕獐鹿,月月不绝。或野外逢之,则随行。

其人家渐丰,因洁其衣服。虎后见改服,不识,遂啮杀之。

家人收葬讫,虎复来其家。母骂之曰:"吾子为汝去刺,不知报德,反见杀伤。今更来吾舍,岂不愧乎?"

虎羞惭而出。

然数日常旁其家,既不见其人,知其误杀,乃号呼甚悲。因入至庭前,奋跃拆脊而死。

见者咸异之。

《夷坚支志·庚卷》卷四"海门虎",也是讲述"虎"精怪故事:

淳熙二年八月,通州海门县下沙忽有虎暴,民家牛羊猪狗,遭食者多。居人畏其来,至暮辄出避。陈老翁村舍窗户篱壁,皆为触倒。

陈语妻子曰:"虎吃人自系定数。我一家人八口,恐须有合受祸者,我今出外自当之。"

妻子挽劝不听。

即开门,见虎肋间带一箭,手为之拔取。

虎腾身哮吼,为感悦之状而去。

次夜,掷一野麂以报,自此绝迹。

精怪形式多种多样,有狐精、虎精、猩猩,也有鸟精,甚至银钱也会成精。这反映出宋代社会风俗中的信仰观念。

如《夷坚支志·甲卷》卷三"包氏仆"记述"鄱阳包氏"与"白颈鸦登背抛粪"故事,其中"白颈鸦"为精怪。其讲述道:

鄱阳包氏,居玭洲门内,买一马,付其仆程三养视,日浴之于放马渚。常为白颈鸦登背抛粪,深患之,逐去复来。于是敲针作小钩,贯以长缕,从马腹旋绕致背,挂饵于表。

鸦啄饵,吞钩不可脱。程剔其双目睛,怀归舍,求酒于主家而吞之。自此眼力日盛,能历览鬼物于虚空间。

尝与包婢在厨,见一鬼瞋目拖舌,项下缠索,履门阈窥瞰。程持杖击之,呻吟窘怖,冉冉入地而灭。盖向时有缢死于彼处者。后每出野外,必有所睹,虽似人形,而支体多不具足。

厉怪望之,往往奔窜。

或人谓千岁鸦目能洞视,程所吞者其是欤?

鸟精的传说故事在文献中出现并不多,却非常别致。如郭彖《睽车志》卷三"玉真娘子"记述燕子故事:

程迥者,伊川之后。绍兴八年,来居临安之后洋街,门临通衢,垂帘为蔽。

一日,有物如燕,謷然自外飞入,径著于堂壁。

家人就视,乃一美妇,仅长五六寸,而形体皆具,容服甚丽,见人殊不惊,小声历历可辨,自言:"我玉真娘子也,偶至此,非为祸祟,苟能事我,亦甚善。"

其家乃就壁为小龛,香火奉之。

颇能预言,休咎皆验。好事争往求观,人输百钱,乃为启龛。至者络绎,小阜程氏矣。

如是期年,忽复飞去,不知所在。

《夷坚支志·甲卷》卷三"姜彦荣"记述"淳熙十二年"所发生故事,其中"庞眉白首,髭髯如雪,著皂绿素袍"讲述银钱精怪。其讲述道:

鄱阳医者姜彦荣,淳熙十二年,迁居丰泰门内。因夜归,停烛独坐,寻绎方书,见老人拊户而立,注目视之,已不见,知其为怪,而未暇穷其迹。

他夕,赴市民饮席醉归,复遇之,灼然可识,庞眉白首,髭髯如雪,著皂绿素袍。

姜大呼叱之,没于地。

姜曰:"是必窖藏物欲出耳。"

迟明,发土二尺许,获银小锭,重十有二两。

复劚之,铿铿然闻金革之声,坚不可入。

姜虑无望之福或反致祸,乃止。

与以往时期精怪故事一样,蛇常常是典型的妖孽。应该说,这是宋代社会风俗中蛇信仰的重要表现。著名的民间传说故事《白蛇传》也正是在这一时期出现了完整的故事文本。

《太平广记》卷四百五十七"薛重"记述"会稽郡吏郧县薛重得假还家"故事,引出蛇精"淫妄之罪"内容。其讲述道:

会稽郡吏郧县薛重得假还家,夜至家,户闭,闻妇床上有丈夫眠声。

唤妇,久从床上出来开户。

持刀便逆问妇曰:"床上醉人是谁?"

妇大惊愕,因且苦自申明:"实无人。"

重家唯有一户,既入,便闭妇索。了无所见,见一蛇隐在床脚,酒醉臭。重斫蛇寸断,掷于后沟。

经日而妇死。

数日,重又死,后忽然而生,说:"始死,有人桎梏之,将到一处,有官寮问曰:'何以杀人?'"

重曰:"实不行凶。"

曰:"尔云不杀者,近寸断掷着后沟,此是何物?"

重曰:"正杀蛇耳。"

府君愕然有悟曰:"我当用为神,而敢淫人妇,又讼人。"

敕左右持来。吏将一人,着平巾帻,具诘其淫妄之罪,命付狱。

重为官司使遗将出。重倏忽而还。

宋代文献中,蛇之为妖孽传说故事,多出自南方,这或许与宋代社会政治中心向南转移有关。《夷坚丁志》卷二十"蛇妖",故事环环相扣,讲述了"蛇最能为妖,化形魅人,传记多载,亦有真形亲与妇女交会者",引出"南城县东五十里大竹村"妇女、"壕口宝慈观侧田家胡氏妇"、"宜黄富家"女、"叶落坑"董氏等与蛇精相关的精怪故事,其时间在"建炎"至"绍兴丁丑"间,并特别强调"此四女妇皆存"。其讲述道:

蛇最能为妖,化形魅人,传记多载,亦有真形亲与妇女交会者。
南城县东五十里大竹村,建炎间,民家少妇因归宁行两山间,闻林中有声,回顾,见大蛇在后,妇惊走。蛇昂首张口,疾追及,绕而淫之。妇宛转不得脱,叫呼求救。见者奔告其家,邻里皆来赴,莫能措手。尽夜至旦乃去。

又壕口宝慈观侧田家胡氏妇,年少白皙,春月饷田,去家数里,负担行山麓,过丛薄中。蛇追之,妇弃担走,未百步惊颠而仆,为所及。以身匝绕,举尾褰裳,其捷如手。裳皆破裂,淫接甚久。其夫讶饷不至,归就食,至则见之,愤恚不知所出,呼数十人持杖来救。蛇对众举首怒目,呀口吐气,蓬勃如烟。众股栗,莫敢前,但熟视远伺而已。数日乃去,妇困卧不能起,形肿腹胀,津沫狼藉。异归,下五色汁斗余,病逾年,色如蜡。

宜黄县富家居近山,女刺绣开窗,每见一蛇相顾,咽间有声鸣其傍。伺左右无人,疾走入室,径就女为淫,时时以吻接女口,又引首搭肩上,如并头状。女啼呼宛转不忍闻。家人环视,欲杀蛇,恐并及女。交讫乃去。遂妊娠,十月,产蜿蜒数十。

南丰县叶落坑,绍兴丁丑岁,董氏妇夏日浴溪中,遇黑衣男子与野合。又同归舍,坐卧房内。家人但见长黑蛇,亦不敢杀,七日而后去。妇盖不知为异物也。

此四女妇皆存。

《夷坚丁志》卷二十"巴山蛇"记述"崇仁县农家子妇""穴深且暗,非人能处,殆妖魅所为,宣委诸巫觋"故事,其讲述道:

崇仁县农家子妇,颇少艾,因往屋后暴衣不还,求之邻里及其父母家,皆不见,遂诣县告,县为下里正,揭赏搜捕,阅半月弗得。

其家在巴山下十里,山绝高峻。

樵者负薪归,至半岭,望绝壁岩崖间若皂衣人拥抱妇人坐者,疑此是也,置薪于地,寻磴道攀援而上。

稍近,两人俱入穴中。穴深不可测。樵归报厥夫,意为恶子窃负而逃者,时日已夕,不克往。

至明,家人率樵至其处侦视,莫敢入。

或云:"穴深且暗,非人能处,殆妖魅所为,宣委诸巫觋。"

闻乐安詹生素善术,亟招致之。詹被发衔刀,禹步作法,先掷布巾入。

须臾,青气一道如烟,吹巾出。又脱冠服掷下,亦为气所却,詹不得已,裸身持刀,跃而下。

穴广袤如数间屋,盘石如床,妇人仰卧,大蛇缠其身,奋起欲斗。

詹挥刀排堕床下,挟妇人相继跃出。

妇色黄如栀,瞑目垂死。

詹为毒氛熏触,困卧久乃苏,含水噀妇,妇即活。

归之,明日始能言。云:"初暴衣时,为皂袍人隔篱相诱,不觉与俱行,亦不知登山履危,但在高堂华屋内与共寝处,饥则以物如饧与我食,食已即饱,心常迷蒙,殊不悟其为异类也。"

乡人共请詹尽蛇命,詹曰:"吾只能禁使勿出,不能杀也。"

乃施符穴口镇之,自是亦绝。

《夷坚支志·戊卷》卷三"池州白衣男子"记述蛇精变为白衣男子嫖妓故事,现有"淳熙六年,有白衣男子诣其家,饮酒托宿,相得甚欢",因为索要嫖资,发现白蛇真相,其"妙颜色萎悴""后鬻于染肆为妾",应该是宋代社会中娼妓状况的变相体现。其讲述道:

李妙者,池州娼女也。

淳熙六年,有白衣男子诣其家,饮酒托宿,相得甚欢。

逾三月久,妙以母之旨,从之求物。男子曰:"诺,我今还家取之,明日持与汝。"

妙使其仆雍吉随以往,男子拒之,曰:"吾来此多日,家间弗知,弗欲道所向。若雍吉偕行,恐事泄,于我不便。"

妙母子意其设辞,竟令尾其后。

迤逦出郭西门,至木下三廊庙前,谓雍曰:"可回头,有亲家叫汝。"

雍反顾,则无人焉。复前视之,但见大白蛇,望茅冈疾趋。骇颤欲仆,归以告妙。

妙与雍皆大病,期年乃愈。

而妙颜色萎悴,不复类曩时。郡为落籍,许自便。后鬻于染肆为妾。

《夷坚志补》卷四《赵乳医》讲述"乳医赵十五嫂"故事,有虎精邀请其接生的内容——此虎精不但不害人,还报恩。其讲述道:

资州去城五十里曰三山村,地产茅香绝佳,草木参天,豺虎纵横,人莫敢近。

乳医赵十五嫂者,所居相距三十里。

一夕黄昏后,闻人扣门请收生,遽从以行。赵步稍迟,其人负之而去,语曰:"只闭眼,听我所之,切勿问。"

登高涉险,奔驰如风,赵不胜惊颤。

至石崖下,谓赵曰:"吾乃虎也,汝不须怖。吾平生不伤人,遇神仙,授以至法,在山修持,已三百年,今能变化不测。缘吾妻临蓐危困,叫号累日,知媪善此伎,所以相邀。傥能保全母子,当以黄金五两谢。"

便引入洞中,具酒食,见牝虎委顿,且跪,赵慰勉之。于洞外摘嫩药数叶,揉碎窒其鼻,牝喷嚏数声,旋产三子。

其夫即负赵归。

明夜,户外有人云:"谢你救我妻,出此一里,他虎伤一僧,便袋内有金五两,可往取之。"

黎明而往,如言得金。

《夷坚志三补》有"猿请医生"故事,与《夷坚志补》卷四《赵乳医》讲述"乳医赵十五嫂"故事为同题材,都在述说人为精怪医疗,显示出人兽相通的信仰观念:

商州医者负箧行医,一日昏黑,为数人擒去如飞。

医者大呼求援,乡人群聚而不可夺所擒之人。悬崖绝险,医者扪其身皆毛。

行数里,到石室中,见一老猿卧于石榻之上,侍立数妇人,皆有姿色。

一妇谓医曰:"将军腹痛。"

医者觉其伤食,遂以消食药一服与之以服。

老猿即能起坐,且嘱妇人以一帕与之,令数人送其回归。

抵家视之,尽黄白也。

次日持卖,有人认为其家之物,欲置之官。医官直述其由,尽以其物还之,其事方释。

忽一夕,数人又来请其去,见猿有愧色。其妇人又与一帕,且谓:"得之颇远,卖之无妨。"

医者持归,遂至大富。

马纯《陶朱新录》讲的是人为猴精医疗的传说故事,其记述"政和中监中山府甲仗库目击一医者为市人执以为盗,不承,忿争至府",并注明故事出处为"仆妻姑之夫郑参秉言"。这与前面所述虎精故事意义大致相同,都在述说人与动物的联系在精怪文化中的具体表现。其讲述道:

仆妻姑之夫郑参义言:

政和中监中山府甲仗库目击一医者为市人执以为盗,不承,忿争至府。

医者云:

去年以医入山中,行一十里,越一岭,岭下山川奇秀,忽一猴挽驴不可却,竟与之入道左山溪中,无复径路。行二十许里,见泉石清丽,复有猴千百为群,跳掷岩谷间。

至一石室,有巨猴卧其中,如人长,察其有疾且异其事,乃为视脉。又内自谋曰:"不过伤果实耳。"

既示之,猴首肯,似晓人事,遂以常所用消化药饵四五粒,辄利者与之盈掬,饮以涧水。恐猴久必为患,故多与药因欲杀之也。复令一猴送出。

既归,不敢再经其地,意猴必死,恐为群狙所仇。

年余偶至山中,果一猴复来引驴,察无他意,遂与俱行。至前石室,病猴引其类自山而下见之,大喜跳跃于前。众猴争索药,所携悉分与之,至空箧。病猴乃以白金数十匦、衣两袱赠之,令向猴导以归。

其鬻衣于市,遂与市人见执,实非盗也。愿从公皂行验之。帅异而许之,至挽驴山间,大呼曰:"猴我愈尔疾,而反祸我,度尔必有灵,岂不能雪我耶!"

俄一猴出,初不畏人,从吏与俱入府中,猴喟喈厅下,指画若辩理者。

帅大奇之,即以衣银还医者,猴亦奔而去。

猴也好,虎也罢,它们作为精怪,此求医于人间,形成救助者与报答者之间的友好往来。这些传说故事与前面蛇精、虎精、狐狸与鬼怪精等精怪为患人间的故事形成对比,是宋代社会风俗中精怪观念的又一种体现。

五、风物传说

风物传说的流传记述,在宋代社会风俗中具有独特的价值,其主要体现为风物观念中的民间信仰在民间传说故事中的具体表达。风物是社会风俗生活的重要概括,民间信仰是其作为文化形态的灵魂。其中,风物故事被传说的过程,也正是民间信仰影响民间文艺发展的过程。

宋代风物传说以历史地理文献《元丰九域志》《太平寰宇记》《舆地广记》等典籍为代表,体现出宋代以风物传说为主要内容的民间信仰时态。

《元丰九域志》所附《新定九域志》的民间文艺史价值很高,如人所记,其"上据历代诸史地志,旁及《左传》、《水经》注释并通典言郡国事,采异闻小说,由此成书"[1],其"异闻小说"即民间传说故事。其《新定九域志》中有"古迹"部分,梳理其各州所载,几乎各卷各州都有民间传说故事的记述,可以称之为以宋代神话传说中历史文化人物的"庙"或"墓"为亮点的民间文艺地理总汇。

如其卷一中,兖州有黄帝封泰山之"亭亭山",有社首山、天贶殿、灵应亭,以及孔子故里阙里及其父亲所葬处防山,还有羊续墓、黄巢墓等;徐州有曹操所筑"曹公城"和汉高祖乡社"枌榆社";曹州有传说中的"龙池""汉祖坛"等;郓州有孔子讲学的"讲堂",以及蚩尤冢、鲁襄公墓、鲁昭公墓、项囊墓、左丘明坟、陶朱公坟、郭巨坟;济州有《左传》中记述"西狩获麟之地"的"获麟堆",有"女娲冢",以及单父城、子贡墓、王粲墓等;单州有"伏羲冢"、汉高祖隐居地芒砀山、梁孝王建筑百灵山,有汉井、琴台;濮州有"尧母庆都庙""舜耕之地历山"、雷泽、陶丘,其记述"鸶鹭岛,古老相传,尝有鸶鹭翔其上"云云;襄州有"卞和庙""丁兰庙";邓州有"光武台,即光武帝旧宅也""汉武帝封霍去病为冠军侯"的"冠军城""邓禹庙""邓禹宅",其记述"岐棘山,上有三湫池,其下池,岁旱,民多祷""丹朱冢,荆州记云,丹川,尧子之所封"云云;随州有"神农庙,在厉乡村,郡国志云,厉山,神农所出""厉山庙、炎帝所起也""断蛇丘,随侯见蛇伤,以药傅之,蛇后衔珠以报,即此地"

---

[1] 《玉海》卷一五熙宁都水名山记(下)载。其可见四库全书总目提要卷七二地理类,存目所称为南宋人增,属于误称。

云云;金州有"伏羲山""药父山""药妇山",其记述"女娲山,上有女娲庙"云云;房州有"竹山""鬼田""黄香冢",其记述"鬼田,《图经》云:此田每岁清明日,祭而燎之,以卜丰俭,草至尽,即是丰年"云云;均州有"武当山,一名仙室山"以及"上有石坛,世传列仙所居"的"锡义山";郢州有"三闾大夫庙""文武庙"与"龟鹤池"等传说记述;唐州有"盘古庙""淮渎庙";许州有"夏启有钧台之亭"的"钧台"、"魏文帝受禅之地"的"繁昌城",以及"豢龙城""射犬城""颍城""许由台""巢父台"和"钟繇冢""樊哙庙""郭巨冢"等,其记述"具茨山,《舆地志》云:黄帝往具茨,见大隗君,授以神芝图"云云;郑州有"祝融冢""杞梁墓"和"溱水""洧水""子产墓""纪信庙""鹿台"等;滑州有"比干墓""葛伯丘"和"星丘,秦始皇时星坠于此";孟州有"三皇山""女娲庙""商汤庙""济渎庙""玉女祠""管叔墓",其记述"皇母山,又名女娲山,其上有祠,民旱水祷之"云云;蔡州有"董永墓""李斯井""费长房墓",以及"悬壶观,即费长房旧宅,犹有悬壶树存焉""冶炉城,韩国铸剑之地""蔡顺母墓,顺至孝,母生时畏雷,每有雷,顺即绕冢行,云顺在此。太守闻之,每雷即给顺车而往"等记述;陈州有"伏羲庙""商高宗陵""光武庙""贾逵庙",以及"陈胡公所筑"苑城、"丁兰刻木为母像处"木母台、"应瑒兄弟"自比于高阳才子"高阳丘、"柏冢,应奉墓也"等记述;颍州有颍河、汝水、溵水,以及宋襄公"为鹿上之盟"的"原鹿城"、孙叔敖儿子封地"寝丘";汝州有"尧山""尧祠""巢父井""颍考叔墓""叶公庙""卫灵公庙""汉光武庙"等,其记述许多传说,如"鲁山,即御龙氏所迁居""崆峒山,黄帝问道于广成子之地;上有广成子旧庙基""欧冶子铸剑之所"云云;信阳军记述有"桐柏山""鸡头山"(今鸡公山)、"董奉山,奉尝学道于此"等等。其他如卷二澶州中有关于"帝丘,本颛顼之墟"的记述,卷三陕州有"女娲陵"和"鼎湖,昔黄帝采首山之铜,铸鼎于荆山下,帝升天时,因名其地"记述,每一卷都有此类内容。这些传说故事以不同形式记述其当世存在状态与口头流传的具体内容,是神话传说故事在历史地理分布上的重要表现。

《太平寰宇记》记述最详细,述及各地,具体描述"四至八道"及其"风俗",总是用古代典籍与民间传说故事来作说明,记述某地自然特征、文化个性等内容。如其卷八"河南道"之"汝州",记述"梁县"境内"崆峒山",曰"崆峒山,在县西南四十里。有广成子庙,即黄帝问道于广成子之所也",又述"禹迹之内山名崆峒者有三焉",其中"广成子庙"为"黄帝问道崆峒,遂言游襄城,登具茨,访大隗,皆与此山接壤""此山之下有洞焉,其户上出,耆旧相传云,洞中白犬往往外游,故号山冢为狗玉峰"云云。又如《太平寰宇记》卷二十二"海州朐山县",其记述"秦始皇立石海上,以为秦东门阙"云云,并引述《神异传》中的传说故事,记述"西南隅今仍有石屋""狗迹犹存":

硕濩湖在县(南)一百四十二里。

《神异传》曰:"秦始皇时童谣云:'城门有血,城将陷没。'有一老母闻之忧惧,每旦往窥城门。门传兵缚之。母言其故。门传兵乃杀犬,以血涂门上。母往,见血便走。须臾大水至,郡县陷。老母牵狗北走六十里,至伊莱山得免。"

西南隅今仍有石屋,名为神母庙,庙前石上,狗迹犹存。

这种记述地方风物传说故事的方式,成为一种影响深远的文化传统,直到今天。此类风物传说,如刘斧《青琐高议》后集卷一《大姆记》所记"究地理,今巢湖,古巢州也""城沟有巨鱼,长数十丈,血鬣金鳞,电目赭尾,困卧浅水,倾郡人观焉。后三日,鱼乃死。郡人脔其肉以归,货于市,人皆食之"故事:

究地理,今巢湖,古巢州也。或改为巢邑。一日江水暴泛,城几没。水复故道,城沟有巨鱼,长数十丈,血鬣金鳞,电目赭尾,困卧浅水,倾郡人观焉。后三日,鱼乃死。郡人脔其肉以归,货于市,人皆食之。

有渔者与姆同里巷,以肉数斤遗姆,姆不食,悬之于门。

一日,有老叟霜鬓雪须,行步语言甚异,询姆曰:"人皆食鱼之肉,尔独不食悬之,何也?"

姆曰:"我闻鱼之数百斤者,皆异物也。今此鱼万斤,我恐是龙焉,固不可食。"

叟曰:"此乃吾子之肉也,不幸罹此大祸,反膏人口腹,痛沦骨髓,吾誓不舍食吾子之肉者也。尔独不食,吾将厚报尔。吾又知尔善能拯救贫苦,若东寺门石龟目赤,此城当陷。尔时候之,若然,尔当急去无留也。"

叟乃去。

姆日日往视,有稚子讶母,问之,姆以实告。

稚子欺人,乃以朱傅龟目,姆见,急去出城。

俄有小青衣童子曰:"吾龙之幼子。"引姆升山,回视全城陷于惊波巨浪,鱼龙交现。

大姆庙今存于湖边,迄今渔者不敢钓于湖,箫鼓不敢作于船,天气晴明,尚闻水下歌呼人物之声。秋高水落,潦静湖清,则屋宇阶砌,尚隐见焉。居人则皆龙氏之族,他不可居,一何异哉!

此类传说显示,神州大地到处都有美丽的传说。如《太平寰宇记》卷一百五十七"五羊城"所记述"(广州南海县)五羊城。按《续南越志》云:旧说有五仙人,乘五色羊,执六穗秬而至,至今呼五羊城是也。"《太平御览》卷四六引《宣城图经》"望夫山"所记述"望夫山。昔人往楚,累岁不还。其妻登此山望夫,乃化为石。其山临江,周回五十里,高一百丈"故事。王象之撰《舆地纪胜》卷三十"望夫山",记述"望夫山,在德安县西北一十五里,高一百丈。按《方舆记》云,夫行役未回,其妻登山而望,每登山辄以藤箱盛土,积日累功,渐益高峻,故以名焉"故事。《舆地纪胜》卷一百八十七"石盂"记:"广福寺在曾口县南六十里,故属归仁县,悬崖临江创寺屋。故老相传云:开山寺僧始得一石盂于渔人之缯,以归储残食。翌日食满,怪之。复以钱置其中,亦然。遂试以金,又如之。僧日以富,遂大兴堂殿。及将死,乃举手临江掷之。其徒骇怪,百计俾渔人求之,不获。"《太平广记》卷二三二"陴湖渔者"记:"徐宿之界有陴湖,周数百里,两州之茭蓟、萑苇、迨芰荷之类,赖以资之。唐天祐中,有渔者于网中获铁镜,亦不甚涩,光犹可鉴面,阔六五寸。携以归家。忽有一僧及门,谓渔者曰:'君有异物,可相示乎?'答曰:'无之。'僧曰:'闻君获铁镜,即其物也。'遂出之。僧曰:'君但却将往所得之处照之,看有何睹。'如其言而往照,见湖中无数甲兵。渔人大骇,复沉于水。僧亦失之。耆老相传:湖本陴州沦陷所致,图籍亦无载焉。"无名氏辑《锦绣万花谷》前集卷五引《坡诗注》"螺女庙",记述:"谢端钓于江上,获巨螺,置之于家,每归则饮食盈案。潜伺之,有女子具馔于室,执而问焉。女曰:我乃螺女,水神,天帝悯君之孤,遣为具食,我亦当去。乃留空螺,曰:君有所求,取之于螺。出门不见。后端食乏,探螺皆如意。传数世犹在。故有螺女洲、螺女庙,在虔州东南。"曾慥编《类说》卷三"掘枸杞"记述"朱孺子幼事道士王元正,居大若岩。一日汲于溪上,见二花犬相趁,因逐之,入于枸杞丛下。掘之根形如二犬。烹而食之,忽觉身轻,飞于峰上,云气拥之而去。元正食其余,亦得不死。因号童子峰"故事等等。风物影响传说,传说记述风物,述说世间风物百般气象。

再者是七夕牛郎织女相会故事,民间传说故事与《东京梦华录》中"摩合罗土偶、彩棚"等风俗生活相映,说明了节日风俗与民间传说的交融,这是中国民间文艺史上一个重要的现象。

如罗愿《尔雅翼》卷十三"乌鹊渡牵牛"记述道:"涉秋七日,鹊首无故皆髡。相传以为是日河鼓(即牵牛)与织女会于汉东,役乌鹊为梁以渡,故毛皆脱。"陈元靓撰《岁时广记》卷二六引《荆楚岁时记》记述道:"尝见道书云,牵牛娶织女,取天帝二万钱下礼,久而不还,被驱在营室。言虽不经,有足为怪。"龚明之撰《中吴纪闻》卷四"黄姑织女"记述为:"昆山县东三十六里,地名黄姑。古老相传云:尝有织女牵牛星降于此地。织女以金篦划河,河水涌溢,牵牛因不得渡。今庙之西,有水名百沸河。乡人异之,为之立祠""建炎兵火时,士大夫多避地东冈。有范姓者经从祠下,题于壁间云:'商飚初至月埋轮,乌鹊桥边绰约身。闻道佳期唯一夕,因何朝暮对斯人!'乡人遂去牵牛像,今独织女存焉。"

此外是《荆楚岁时记》《齐谐记》等文献中所记述的五月五日端午风俗生活与传说故事,与此时文献相比,可以看到端午的风俗发生了许多变化。如《太平寰宇记》卷一百四十五引《襄阳风俗记》"竞渡之戏"记述"(屈)原五日先沈,十日而出,楚人于水次迅楫争驰,棹歌乱响,有悽断之声,意存拯溺,喧震川陆,风俗迁流,遂有竞渡之戏。"《太平寰宇记》卷一百四十五引《襄阳风俗记》"食粽",记述"屈原五月五日投汨罗江,其妻每投食于水以祭之。原通梦告妻,所祭皆为蛟龙所夺。龙畏五色丝及竹,故妻以竹为粽,以五色丝缠之。今俗,其日皆带五色丝,食粽,言免蛟龙之患"故事,表明宋代社会风俗生活中的端午祭祀屈原,从仪式到传说,都有了明显不同。

又如梁山伯与祝英台故事,讲述祝英台男装外出求学,与梁山伯同窗三载,后相亲相爱成相思,从文献中"晋丞相谢安奏表其墓曰义妇冢"内容看,其故事应该发生在东晋时期,梁载言撰《十道四蕃志》、张读撰《宣室志》有记述。清翟颢撰《通俗编》卷三十七"梁山伯访友"引《宣室志》记述:"英台,上虞祝氏女。伪为男装游学,与会稽梁山伯者同肄业。山伯,字处仁。祝先归。二年,山伯访之,方知其为女子,怅然如有所失。告其父母求聘,而祝已字马氏子矣。山伯后为鄞令,病死。葬鄮城西。祝适马氏,舟过墓所,风涛不能进。问知有山伯墓,祝登号恸,地忽自裂,陷祝氏遂并埋焉。晋丞相谢安奏表其墓曰义妇冢。"宋人李茂诚撰《义忠王庙记》记述有梁山伯死后显灵,阴助朝廷平寇,皇封"义忠神圣王"云云。南宋张津撰《乾道四明图经》记述为:"义妇冢即梁山伯、祝英台同葬之地也,在县西十里接待院之后,有庙存焉。旧记谓二人少尝同学,比及三年,而山伯初不知英台之为女也,其朴质如此。按《十道四蕃志》云：义妇祝英台与梁山伯同冢，即其事也。"

再者如白蛇与许仙故事，即家喻户晓的白蛇传故事，宋代有洪迈撰《夷坚支志·戊卷》卷二《孙知县妻》保存其雏形，记述"丹阳县外十里间，土人孙知县，娶同邑某氏女"，故事中有"正见大白蛇堆盘于盆内，转盼可怖"情节，并标明故事来源为"张思顺监镇江江口，府命摄邑事，实闻之"，发生时间为"时淳熙丁未岁"，其故事中没有法海出现，而是以"此妇庆元三年，年恰四十，犹存"作为故事具有真实性的依据。其讲述曰：

丹阳县外十里间，土人孙知县，娶同邑某氏女。

女兄弟三人，孙妻居少。其颜色绝艳，性好梅妆，不以寒暑著素衣衫，红直系，容仪意态，全如图画中人。但每澡浴时，必施重帏蔽障，不许婢妾辄至，虽揩背亦不假手。

孙数扣其故，笑而不答。

历十年，年且三十矣，孙一日因微醉，伺其入浴，戏钻隙窥之。正见大白蛇堆盘于盆内，转盼可怖，急奔诣书室中，别设床睡。自是与之异处。

妻盖已知觉，才出浴，即往就之，谓曰："我固不是，汝亦错了，切勿生他疑。今夜归房共寝，无伤也。"

孙虽甚惧，而无词可却，竟复与同衾，绸缪燕昵如初。然中心疑惮，若负芒刺，展转不能安席。

怏怏成疾，未逾岁而亡，时淳熙丁未岁也。

张思顺监镇江江口镇，府命摄邑事，实闻之。

此妇至庆元三年，年恰四十，犹存。

宋代龙的传说与民间信仰，形成"龙化生""龙摇尾""龙子祭母"等传说故事。

龙为神使，替天行道，监督人间的善恶，传达上天的旨意，是历史文化发展中逐渐形成的理念。民间以龙为贵,总是把一些地方的名称与龙相联系,如俗语说,"水不在深,有龙则灵",灵气成为风物中神圣的象征。

龙传说即龙信仰,本来与宗教文化联系非常密切,如《太平广记》卷四百十八《张鲁女》故事出《道家杂记》,其记:"张鲁之女,曾浣衣于山下,有白雾蒙身,因而孕焉。耻之自裁。将死,谓其婢曰:'我死后,可破腹视之。'婢如其言,得龙子一双,遂送于汉水。既而女殡于山。后数有龙至,其墓前成蹊。"同时代,祝穆《方舆胜览》等文献都保留了当世关于龙的传说。(《测幽记》"龙母墓"记述"熙宁中"与龙信仰有关的传说故事,曰:"农夫游践妻刘氏,浴于溪,遇黄犬迫之有孕。期年产两鲇鱼,惊异,以大缸贮之。须臾雷电晦暝,鱼失其所,甫三日,刘亦死,葬于溪东。连日溪雨涨,两鱼游绕墓,所行处地辄陷,里人呼为龙母墓"。)从龙到"鲇鱼",故事主体发生重要变化,但是,仍然有"里人呼为龙母墓",正是龙信仰的深远影响。

在民间信仰中,龙蛇一体是尤其古老的观念,那么,这种现象是否在宋代社会风俗中就已经出现了呢?《测幽记》"龙母墓"故事中,鱼龙相混,是否就属于这种现象的端倪呢?

如蛇精传说主要分布在南方一样,龙传说故事也多出现在南方。《太平寰宇记》卷一百五十七"龙母"记:"程浦溪,顾微《广州记》云:浦溪口有龙母,养龙,裂断其尾,因呼其溪为龙窟,人时见之,则土境大丰而川利涉。"如孟琯《岭南异物志》"苏闻"记:"俗传有媪姐者,嬴秦时,尝得异鱼,放于康州悦城江中。后稍大如龙。姐汲浣于江,龙辄来姐边,率为常。他日,龙又来。以刀戏之,误断其尾。姐死,龙拥沙石,坟其墓上,人呼为掘尾,为立祠宇千余年。"王象之《舆地纪胜》卷一百零一有"掘尾龙",传说材料出自《南越志》,曰:"昔有温氏媪者,端溪人,常捕鱼。忽于水侧遇一卵,大如斗,乃将归置器中。经十余日,有一物如守宫,长尺余,穿卵而出,能入水捕鱼,常游波中。媪后治鱼,误断其尾,遂去,数年乃还。媪谓曰:龙子今复来也。秦始皇闻之曰:此龙子也。诏使者聘媪。媪恋土,至始安江,龙辄引船还,如此数四,卒不能召媪。媪殒,瘗于江阴。龙子常为大波,至墓侧,萦浪转沙以成坟,土人谓之掘尾龙。"此影响甚广,如《续夷坚志》卷一"产龙"记述道:"平定苇泊村,乙巳夏,一妇名马师婆,年五十许,怀孕六年有余,今年方产一龙。官司问所由,此妇说,怀孕至三四年不产,其夫曹主簿惧为变怪,即遣逐之。及临产,恍忽中见人从罗列其前,如在官府中,一人前自陈云:'寄托数年,今当舍去,明年阿母快活矣。'言讫,一白衣掖之而去,至门,昏不知人,久之乃苏。旁人为说晦冥中雷震者三,龙从妇身飞去,遂失身孕所在。"或曰,龙孕说较早出现在汉代,如司马迁《史记》中记述刘邦母亲感孕故事,其地点在江淮一带,同样属于南方地理范围。

《太平寰宇记》卷一百六十四"岭南道"地理记述"康州"之"杂俗"风俗,有"掘尾龙"故事,其引述南朝宋沈怀远之《南越志》,记述"南人为船为龙摇尾"故事更为详细,曰:

程溪水在都城县东百步,亦名零溪水。

《南越志》云:昔有温氏媪者,端溪人也,尝居涧中捕鱼,以资日给。忽于水侧遇一卵,其大如斗,乃将归,置器中。经十许日,有一物如守宫,长尺余,穿卵而出,媪因任其去留。稍长五尺,便能入水捕鱼,日得十余头。稍长二尺许,得鱼渐多,常游波中,萦回媪侧。后媪治鱼,误断其尾,遂逡巡而去。数年乃还,媪见其辉光炳燿。谓曰:"龙子,今复来也。"因蟠旋游戏,亲驯如初。秦始皇闻之,曰:"此龙子也,朕德之所致。"诏使者,以赤珪之礼聘媪。媪恋土,不以为乐,至始安江,去端溪千余里,龙辄引船还,不逾夕至本所。如此数四,使者惧而止,卒不能召媪。

媪殒,葬于江阴。龙子常为大波,至墓侧,萦浪转沙以成坟。土人谓之掘尾龙。今南人为船为龙摇尾,即此也。

龙母媪墓,在悦城乡东。

宋代风物传说故事中,财富传说也表现出自己的特色。在财富背后,传说故事显现出各色人物之间的复杂联系。

如《北窗炙輠录》卷下"姜八郎"所记述:

平江有富人谓之姜八郎。后家事大落,索逋者雁行立门外,势大窘,谓其妻曰:"无他策,惟有逃耳。"

顾难相挈以行,乃伪作一休书遣之,曰:"吾今往投故人某于信州,汝无戚心,事幸谐即返尔。"

将逃,乃心念曰:"委债而逃,吾负人多矣。使吾事倘谐,他日还乡,即负钱千缗,当偿二千缗,多寡倍受。"遂行。

信州道中有逆旅妪,夜梦有群羊甚富,有人欲驱之。有一人呵之曰:"此姜八郎羊也,毋得驱逐。"恍然而觉。

明日,姜适至其所问津,妪问其姓,曰:"姜。"

问其第几,曰:"八。"

妪大惊,延入其家,所以馆遇之甚厚。久之,乃谓姜曰:"妪有儿,不幸早死。有妇怜妪老,义不嫁,留以侍妪。妪甚怜之,欲择一赘婿,久之,未获。观子状貌,非终寒薄者,顾欲以妇奉箕帚,可乎?"

姜辞以自有妻,不可。

妪请之坚,姜亦以道途大困,不得已从之。

其妻一日出撷茱,顾有白兔,逐不可得,欲返,兔即止。又逐之,又不可得。欲返,兔又止。如是者屡,遂追之一山上。兔乃入一石穴中,妻探其穴,失兔所在,乃得一石,烂然照人,持归以语夫。

姜视之,曰:"此殆银矿也。"

冶之,果得银。

姜遂携其银往寻其故人,竟无得而归。因思曰:"吾闻信州多银坑,向之穴非银坑乎?"

遂与妻往攻之,果银坑也。其后竟以坑冶致大富。

姜于是携其妻与姬复归平江,迎其故妻以归。召昔所负钱者,皆倍利偿之。

又如《夷坚支志·戊卷》卷九《嘉州江中镜》记述"嘉州渔人王甲者,世世以捕鱼为业,家于江上",最后为宝物带来财富过多而烦恼,出现"携诣峨眉山白水禅寺,献于圣前,永为佛供"故事,最后导致各种风风雨雨、是是非非,皆显示出人心人情之善恶真伪。其特意记录故事来源为"隆兴元年,祝东老泛舟嘉陵,逢王生自说其事,时年六十余"云云。这是宋代社会风俗生活的又一种典型。其讲述曰:

嘉州渔人王甲者,世世以捕鱼为业,家于江上。每日与其妻子棹小舟,往来数里间,网罟所得,仅足以给食。

它日,见一物荡漾水底,其形如日,光采赫然射人。漫布网下取,即得之,乃古铜镜一枚,径圆八寸许,亦有雕镂琢克,故不能识也。

持归家,因此生计浸丰,不假经营,而钱自至。越两岁,如天雨鬼输,盈塞败屋,几满十万缗。王无所用之,翻以多为患,与妻谋曰:"我家从父祖以来,渔钓为活,极不过日得百钱。自获宝镜以来,何啻千倍?念本何人,而暴富乃尔!无劳受福,天必殃之。我恶衣恶食,钱多何用?惧此镜不应久留,不如携诣峨眉山白水禅寺,献于圣前,永为佛供。"

妻以为然,于是沐浴斋戒,卜日入寺,为长老说因依,盛具美馔,延堂僧,皆有衬施,而出镜授之。

长老言:"此天下之至宝也,神明靳之,吾何敢辄预!檀越谨置诸三宝前,作礼而去可也。"

王既下山,长老密唤巧匠,写仿形模,别铸其一。迨成,与真者无小异,乘夜易取而藏之。

王之赀货日削,初无横费,若遭巨盗辈窃而去者。

又两岁,贫困如初。夫妇归弃镜,复往白水,拜主僧,输以故情,冀返元物。

僧曰:"君知吾向时吾不辄预之意乎?今日之来,理之必然。吾为出家子,视色身非己有,况于外物耶?常忧落奸偷手中,无以藉口,兹得全而归,吾又何惜!"

王遂以镜还,不觉其赝也。镜虽存而贫自若。

僧之衣钵充牣,买祠部牒度童奴,数溢三百。闻者尽证原镜在僧所。

提点刑狱使者建基于汉嘉,贪人也,认为奇货,命健吏从僧逼索。不肯付。罗致之狱,用楚掠就死。使者籍其赀,空无储。盖入狱之初,为亲信行者席卷而隐。知僧已死,穿山谷径路,拟向黎州。

到溪头,值神人,金甲持戟,长身甚武,叱曰:"还我宝镜。"

行者不顾,疾走投林。未百步,一猛虎张口奋迅来,若将搏噬。始颤惧,探怀掷镜而窜。

久乃还寺,为其俦侣言之。后不知所在。意所隐没,亦足为富矣。

隆兴元年,祝东老泛舟嘉陵,逢王生自说其事,时年六十余。

曾慥《类说》卷五十二引《秘阁闲谈·青磁碗》讲述"巴东下岩院主僧水际得一青磁碗"之聚宝盆故事曰:

巴东下岩院主僧水际得一青磁碗,携归,折花置佛像前,明日花满其中。更置少米,经宿米亦满碗,以钱及金银置之皆然。自是院中富贵。

院主年老,一日过江检田,怀中取碗,掷于中流。

从弟惊愕,师曰:"吾死,尔等宁能谨饬自守。弃之,不欲使尔增罪累也。"

院主寻卒。

第七章 宋代故事传说与社会风俗生活

中国传统文化崇尚"君子于钱取之有道",而世间常常不乏弄虚作假、招摇撞骗之恶行。《渑水燕谈录》卷九"假罗汉欺人"就讲述了一个与欺骗有关的财富故事:

> 江南一县郊外古寺,地僻山险,邑人罕至。僧徒久苦不足。一日,有游僧方至其寺,告于主僧,且将与之谋所以惊人耳目者。寺有五百罗汉,择一貌类己,衣其衣,顶其笠,策其杖,入县削发,误为刀伤其顶,解衣带取药傅之,留杖为质,约至寺将遗千钱。削者如期而往,方入寺,阇者殴之曰:"罗汉亡杖已半年,乃尔盗耶!"削者述所以得杖貌,相与见主僧,更异之。共开罗汉堂,门锁生涩,尘凝坐榻,如久不开者。视无杖罗汉,衣笠皆所见者,顶有伤处,血渍药傅如昔。前有一千皆古钱,贯且朽,因共叹异之。传闻远近,施者日至,寺因大盛。数年,其徒有争财者,其谋稍泄,得之外氏。

《癸辛杂识》续集卷上"海井"讲述的"华亭县市中有小市卖铺,适有一物如小桶而无底,非竹非木非金非石",是又一种财富传说故事,给人许多人生道理的启发:

> 华亭县市中有小市卖铺,适有一物如小桶而无底,非竹非木非金非石,既不知其名,亦不知何用。
> 如此者凡数年,未有过而眤之者。
> 一日,有海舶老商见之,骇愕且有喜色,抚弄不已。叩其所直,其人亦驵黠,意必有所用,漫索五百缗。
> 商嘻笑偿以三百,即取钱付,驵因叩曰:"此物我实不识,今已成交得钱,决无悔理,幸以告我。"
> 商曰:"此至宝也。其名曰'海井',寻常航海必须载淡水自随。今但

以大器满贮海水,置此井于水中,汲之皆甘泉也。平生闻其名于番贾,而未尝遇。今幸得之,吾事济矣。"

宋代社会文献极其丰富,风俗生活中的传说故事数不胜数。从这些传说故事中,我们可以管窥宋代社会风俗生活之一斑。其中所蕴含的民众情感与信仰,对宋代民间文艺的类型与内容产生重要影响,表现出浓郁的时代特色,这是中国民间文艺史上宝贵的一页。

第八章
传说地图:《太平寰宇记》的民间文艺史价值

乐史的《太平寰宇记》是一部成熟而富有民间文艺内容特色的历史文化地理著作,其中不乏《山海经》《水经注》的影子。唐代社会已经出现《海内华夷图》《古今郡国四夷述》《贞元十道录》等地理学著作,特别是《元和郡县图志》,为《太平寰宇记》的写作奠定了重要基础。《太平寰宇记》完整记述了宋代社会风俗生活与民间文艺的地理分布,在中国民间文艺史上具有非常重要的价值。

其价值首先在于它对风俗地理的记述。其依据典籍文献,进行地方风俗变化的古今对比,并在述说方式上流露出作者的情感,表达其价值立场。

一、《太平寰宇记》的风俗地理勾画

风俗是民间文艺的温床,是民间文艺存在和发展的土壤,风俗地理则是民间文艺传承与传播的重要形式。《太平寰宇记》按照不同地域的风俗分布,作出具体叙说和评价。其叙说方式形成自己的模式,即以文献的记述为主要依据,以"州""府""军"等县以上地域为评说对象,先叙述一个地方的历史沿革,包括历史上的人物、特产、"四至八到"的地理位置等,具有总揽的意味。

宋朝沿袭唐朝以山河地形为基础的旧制,实行"道""路"并存的行政区划制,初分全国为十三道:河南道、关西道、河北道、河东道、淮南道、江南东道、江南西道、陇右道、山南东道、山南西道、剑南东道、剑南西道、岭南道,后来又有所变动。《太平寰宇记》记述各地风俗,便依照各个"道"分别叙说各府州县的历史文化沿革与社会风俗,其中不乏相关历史传说故事的记述。

《太平寰宇记》述说风俗的地理分布有一个重要特点,即通过历史认定现实。在叙说每一个地区的历史文化状况时,总有对其历史文化起源与发展变化脉络的描述。

在各个府州军监的历史文化概括总结中,包含一定历史文献的真实记述与部分的口述。

如卷一中"河南道"之"开封府":

今理开封、浚仪二县。《禹贡》为兖、豫二州之域,星分房宿。在春秋时为郑地,战国时为魏都。《史记》云:"魏惠王自安邑徙都大梁",即今西面浚仪县故城是也。后秦始皇二十二年攻魏,因引河水灌城而拔之,即以为三川郡地。汉祖起沛,郦生说曰:"陈留为天下冲,四通五达之郊,无名山大川之阻。"即此谓也。后定天下,为陈留郡之浚仪县。至文帝,封皇子武为梁王,都大梁。后以其地卑湿,东徙睢阳,即今宋州也。晋武改为陈留国。东魏,孝静帝废国为梁州,分为陈留、开封二郡。北齐,废开封,并入陈留郡。至后周,改梁州为汴州。以城临汴水,因以为名。隋初,州如故。大业初,州废,又为郡。二年,废郡,以其地并入荥阳、颍川、济阴、东莱等四郡。有通济渠,即炀帝所开,以通江淮漕运,经中而过。唐武德四年,平王世充,置汴州总管府,管汴、洧、杞、陈四州。汴州领浚仪、新里、小黄、开封、封丘等五县。七年,改为都督府。废开封、小黄、新里三县,入浚仪县。复废杞州之雍丘、陈留、管州之中牟、洧州之尉氏来属。龙朔二年,以中牟隶郑州。延和元年,复置开封县。天宝元年,改汴州为陈留郡。乾元元年,复为汴州,建中筑罗城。梁开平元年,升为东京,置开封府。后唐同光元年,复为汴州,以宣武军为额。晋天福三年,又升为东京,置开封府。汉、周至皇朝并因之。

又如卷十"河南道"之"陈州府"的概述：

淮阳郡，今理宛丘县。昔庖牺氏所都，曰太昊之墟。《禹贡》为豫州之域，星分心宿二度。周初为陈国，武王封舜后胡公妫满于此，以奉舜祀，以备三恪。至春秋时，为楚灵王所灭，乃县之。后五年，复立陈惠公。后五十六年，楚惠王复灭陈，而其地尽为楚所有。又楚襄王自郢徙于此，谓西楚是也。战国时，为楚、魏二国之境。秦灭楚，改为颍川郡。汉为淮阳国之地。后汉如之。晋为汝南郡、梁国二境，兼置豫州，领郡国十，理于此。后魏得之，又立为陈郡。至天平二年，以淮南内附，于此置北扬州，理项城，以居新附之户。高齐天保二年，以百姓守信，不附侯景，改北扬州为信州。隋开皇十六年，于宛丘县更立陈州。炀帝初州废，又为淮阳郡。唐武德元年，平房宪伯，改为陈州，领宛邱、箕城、扶乐、太康、新平五县。贞观元年，废扶乐、箕城、新平三县，三年，复以沈州之项城、㵲水二县来属。沈州即今颍州沈丘县。长寿元年，置武城县。证圣元年，置光武县。天宝元年改为淮阳郡。乾元元年复为陈州。晋天福六年升为防御州。开运二年升为镇安军。汉天福十二年降为刺史州。周广顺元年又升为防御州，二年复为镇安军节度。皇朝因之。

显然，开封府的记述重于实，重在表现历史的变迁，而陈州府的记述就有了神话传说的成分。

对于地方风俗的记述，《太平寰宇记》常常以府州为单位，概括总结具体的文化性格，然后再具体叙说各个县的山川河流与众多的名胜古迹。风俗的记述犹如纲绳，贯穿各个章节。风俗的主题内容，一般分为历史典籍的证明与社会现实的映照，作者有意将二者联系起来，说明风俗的起源与当下的存在。如卷一"河南道"之"开封府""风俗"的记述:"《汉书》:'河南之气,厥性安舒。'今汴地,涉郑、卫之境,梁、魏之墟,人多髦俊,好儒术,杂以游豫。有魏公子之遗风,难动以非,易感以义。"卷三"河南道"之"河南府""风俗"记述:"《周礼职方氏》:'河南曰豫州,豫者逸也,言常安逸也。'李巡曰:'豫者,舒也,言禀中和之气,性理安舒。'又《汉书·地理志》:'周人巧伪趋利,贵财贱气,高富下贫,喜为商贾。'《九州记》云:'洛阳转毂百数。'贾耽《郡国志》云:'无所不至。'"卷六"河南道"之"陕州""风俗"记述:"《汉书地理志》:'韩地也,子男之国。虢会为大,恃势与险,崇侈贪冒。'"卷六"河南道"之"虢州""风俗"记述"与陕州同"。卷七"河南道"之"许州""风俗"记述:"颍川本有夏之国,夏人尚忠,其弊鄙朴,有申、韩之余烈,高仕宦,好文法,人以贪吝争讼为俗。然汉韩延寿、黄霸继为郡守,先之以敬让,化之以笃厚,风教大行。"卷八"河南道"之"汝州""风俗"记述:"《汉书·地理志》云:'古韩地也,土狭而险,其俗崇侈。'"卷九"河南道"之"滑州""风俗"记述:"《汉书》:'卫地有桑间濮上之阻,男女亦亟聚会,声色生焉。周末有子路夏育,民人慕之。故其俗刚武,尚气力。'"卷九"河南道"之"郑州""风俗"记述:"与滑州同。"卷十"河南道"之"陈州""风俗"记述:"《书序》曰:'古者伏羲氏之王天下也,始画八卦,造书契,由是文籍生焉。'故文字之兴,起于陈州也。于是风俗旧多儒学。周武王克商,封舜后于陈,是为胡公配以长女。妇人尊贵,好祭祀,其俗事巫。故《诗》曰:'坎其击鼓,宛丘之下。'"卷十一"河南道"之"蔡州""风俗"记述:"《汉书》:'角、亢、氐之分,东接汝南,皆韩地。其俗夸奢,尚气力,好商贾渔猎,难制御。'今其俗人性清和,乡间孝友,男务垦辟,女修织纴。"卷十二"河南道"之"宋州亳州""风俗"记述:"《汉书》云:'犹有先王遗风,重厚多君子,好稼穑,恶衣食,以致蓄藏。'《太康地记》云:'豫州之分,其人得中和之气,性安舒,其俗阜,其人和。'今俗多宽慢。"卷十三"河南道"之"郓州""风俗"记述:"地连邹、鲁,境分青、齐,硕学通儒,无绝今古,家尚质直,人多魁岸,不规商贾,肆力农桑,

第八章 传说地图:《太平寰宇记》的民间文艺史价值

亦风土之使然也。"卷十五"河南道"之"徐州""风俗"记述:"风俗好尚与邹鲁同,无林泽之饶,俗广义爱亲,趋礼乐,好敦行。《地理志》谓:'沛楚之言多楚音。'又云:'沛楚之朴直舒徐。'"卷十六"河南道"之"泗州""风俗"记述:"《汉书》:'鲁分野,其人好学、尚礼义、重廉耻。其俗俭啬爱财、趋商贾、好訾毁、多巧伪,然好学愈于他俗。'"卷十八"河南道"之"青州""风俗"记述:"《舆地志》云:'夫齐东有即墨之饶,南有太山之固,悬隔千里,齐得十二焉。此得东秦之地。'《汉书》云:'太公以齐地负海舄卤,少五谷而人民寡,乃劝以女工之业,通鱼盐之利,而人物辐辏。'故其俗弥侈,织作冰纨、绮绣纯丽之物。太公治齐,修道术,尊贤智,赏有功,故至今其士多好经术,矜功名,舒缓阔达而足智;其失则奢夸,朋党,言与行谬,虚诈不情,言不可得其情也,急之则离散,缓之则放纵。南燕尚书潘聪曰:'青齐沃壤,号曰东秦。土方二千,户余十万,四塞之固,负海之饶,所谓用武之国也。'《货殖传》云:'齐俗贱奴虏。'"卷十九"河南道"之"齐州""风俗"记述:"同青州。按《十三州记》云:'济南教子倡优歌舞,后女死,骨腾肉飞,倾绝人目。'俗言'齐倡',盖由此也。"卷二十"河南道"之"莱州""风俗"记述:"土疏水阔,山高海深,人性刚强、志气缓慢,语声上,形容大,此水土之风也。"卷二十一"河南道"之"兖州""风俗"记述:"《汉书》云:'周封周公子伯禽为鲁侯,有圣人之教化。'故孔子曰:'齐一变,至于鲁;鲁一变,至于道。'言近正也,俗既益薄。孔子悯王道将废,乃修六经以述唐虞三代之道,是以其人好学、尚礼义、重廉耻。周公遗化,销微孔氏,庠序衰坏。地狭人众,颇有桑麻之业,无林泽之饶。其俗俭啬爱财,趋商贾,好訾毁,多巧伪,其丧葬之礼,文备实寡,然而好学,犹愈于他俗。《货殖传》云:'鲁人俗俭啬,而曹邴氏尤甚,富至巨万,邹鲁以其故,多去文学而趋利。'"

《太平寰宇记》的风俗地理记述以历史文化的传承为主线,体现出典型的历史决定论观念。概括起来讲,即历史就是文化,就是地域文化性格。如卷二十五"关西道"之"雍州""风俗"的记述:"秦有四塞之固,汉高纳刘敬之言都之,因徙齐诸田,楚昭、屈、景、燕、赵、韩、魏之后豪族、名家于关中,强本弱末,以制天下,自是每因诸帝山陵则迁户立县,率以为常,故五方错杂,风俗不一。汉朝京辅称为难理。"如卷五十二"河北道"之"孟州""风俗"的记述:"河南覃怀之地,于周为畿内,今所管县本属河内,故风俗与周地略同。《汉书》云:'子男之国,虢为大。'虢国即今汜水县也。恃势与险,崇侈贪冒。"卷五十四"河北道"之"魏州""风俗"记述:"《毛诗》云:'魏地狭隘,其人机巧。'《史记》云:'邯郸亦漳、河之间一都会也,北通燕、涿,南有郑、卫,郑、卫俗与赵相类。然近梁、鲁,微重而矜节。'《汉书》云:'邯郸土广俗杂,大率精急,高气势。'"卷五十五"河北道"之"相州""风俗"记述:"自北齐之灭,衣冠士人多迁关内,惟伎巧商贩及乐户以实郡郭。由是人情险诐,至今好为诉讼。"卷五十六"河北道"之"卫州""风俗"记述:"《十三州志》云:'朝歌,纣都,其俗歌谣,男女淫纵,犹有纣之余风存焉。'"卷五十八"河北道"之"洺州""风俗"记述:"燕、赵、邯郸风俗,丈夫悲歌慷慨,多弄物,为倡优,女子多弹弦跕躧。隋《图经》云:'今赵氏数百家,每有祭祀,别设位以祀。公孙杵臼及程婴二氏,历代相传,号曰祀客。'"卷六十一"河北道"之"镇州""风俗"记述:"《通典》云:'山东之人,性缓尚儒,仗气任侠。'《汉书》曰:'燕、赵之人,敢于急难是也。冀部天下上国,圣贤之薮泽。其人刚狠,无宾序之礼,丈夫相聚游戏,悲歌慷慨,起则椎剽掘冢,作奸巧,多弄物,为倡优,女子弹弦跕躧,游媚富贵。'又云:'邯郸北通燕、涿,土广俗杂,大率精急,高气势,轻为奸。嫁、娶、送、死奢靡,不事农、商。患其剽悍,故冀州之部盗贼,常为他郡剧。'又语云:'仕宦不偶值冀部,言人剽悍。'"卷六十三"河北道"之"冀州""风俗"记述:"虞植《冀州风土记》云:'黄帝以前未可备闻。唐虞以来,冀州乃圣贤之泉薮,帝王之旧地。'又张彦贞《记》云:'前有唐虞之化,后有孔圣之风。'又《十三州志》:'冀州之地盖古京也,人患剽悍,故语曰,仕宦不偶值冀部,其人刚狠,浅于恩义,无宾序之礼,怀居悭啬。古语云,幽冀之人钝如椎,亦履山之险,为逋逃之薮。'又许慎《说文》云:'冀州北部以月朝作饮食为腏,腊祭也。'又山东之人性缓尚儒,仗气任侠是也。"卷六十五"河北道"之"沧州""风俗"记述:"沧州,古渤海之地,属赵分居多。《汉书》云:'渤海,赵之分野,赵地薄人众,丈夫相聚游戏,悲歌慷慨,起则椎剽掘冢,作奸巧,多弄物,为倡优。'《十三州志》云:'渤海风俗骜戾,高尚气力,轻为奸凶。'"卷六十九"河北道"之"幽州""风俗"记述:"《郡国志》云:'箕星散为幽州,分为燕国。其气躁急。南通齐、赵,渤、碣之间一都会也。'又《汉书》云:'愚悍少虑,轻薄无威仪,亦有所长,敢于赴人之急难,此燕丹之遗风。''燕之为言燕也,其气内盛。燕俗贪,得阴性也。'又曰:'幽州在北,幽昧之地,故曰幽也。''燕太子丹爱宾客、养勇士,不爱后宫美人,化为风俗,宾客相遇,以妇人侍宿。'又曰:'幽、冀之人钝如锥。'"

《太平寰宇记》的风俗地理记述特别重视历史文化对社会现实的影响,认为历史胜迹能够作为风俗教化的重要资源。如卷四十"河东道"之"并州""风俗"记述:"其人有尧之遗教,君子深思,小人俭陋,又多晋公族子孙,以诈力相倾,矜夸功名。嫁娶、送死,皆侈靡于他国。隋《图经》云:'并州,其气勇抗诚信,韩、赵、魏谓之三晋,剽悍,盗贼常为他郡剧。'《汉书》:'韩信谓陈豨曰:代为天下精兵处。'后汉末,天下扰乱,高干为并州刺史,牵招说干曰:'并州左有恒山之险,右有大河之固,北有强胡之援,可以守焉。'又风俗以介之推焚身,民咸言神灵,忌烧火,由是土人至冬中,辄一月寒食,不复烟爨,老少不堪,多因而死。周举为并州刺史,乃作书置子推庙言:'盛寒去火,残损人民,非贤者之意。'使温食,众惑少解,风俗颇革。今有祠存。"卷四十三"河东道"之"晋州""风俗"记述:"诗《含神雾》云:'唐地磽确。其人俭而蓄积,外急而内仁。'《地理志》云:'晋之人,君子深思,小人俭陋。'《别传》云:'刚强,多豪杰,矜功名,薄恩少礼,与河中太原同。'"

《太平寰宇记》具有明显的地理决定论思想。如其卷四十五"河东道"之"潞州""风俗"记述:"《汉书·地理志》云:'上党,本韩之别郡,去韩远,去赵近,后乃降赵,土广俗杂,其人大率精急,高气势,轻为奸。丈夫相聚游戏,悲歌慷慨,女子弹弦跕躧,游媚富贵。'"卷四十六"河东道"之"蒲州""风俗"记述:"《汉书·地理志》云:'其俗刚强,多豪杰,尚侵夺,薄恩礼,好生分。'《博物志》云:'有山泽,近盐,沃土之人不才。汉兴少有名人,衣冠大族三代皆衰绝。'《通典》云:'山西土瘠,其人勤俭。而河东魏、晋已降,文学盛兴,始自魏丰乐侯杜畿为河东守,开置学宫,亲执经教授,郡中化之。自后,河东特多儒者,间市之间,习于程法。'"卷四十六"河东道"之"解州""风俗"记述:"按《左传》曰:'吴公子札观乐,为之歌《唐》,曰思深哉。其有陶唐氏之遗民乎!不然,何忧之远也,非令德之后。谁能若是?'今民有上古之风,则唐尧之风俗也。"

当然,不同地区,历史文化发展背景不同,《太平寰宇记》的记述方式也不尽相同。如其记述关西道,则多了一些关注社会现实风俗的内容。特别是西北地区少数民族与汉民族杂居的情况,在风俗记述中有所表现。如卷四十九"河东道"之"代州""风俗"记述:"雁门,并州属郡也,其风俗与太原略同。然自代北至云、朔等州,北临绝塞之地,封略之内,杂虏所居,戎狄之心,鸟兽不若,歉馑则剽劫,丰饱则柔从,芽报冤仇,号为难制,不惮攻杀,所谓衽金革死而不厌者是也。纵有编户,亦染戎风,比于他邦,实为难理。"如卷三十"关西道"之"凤翔府""风俗"记述:"天水陇西,迫近戎狄,修习战备,高尚气力,以射猎为先。六郡良家子,选给羽林、期门,以才力为官名,将多出焉!故曰:'山西出将。'秦诗谓:'王于兴师,修我甲兵,与子偕行。'此实遗风。又曰:'在其板屋。'乃山多林木,人获居之。"卷三十二"关西道"之"陇州""风俗"记述:"与凤翔小异,尤类秦州。"卷三十二"关西道"之"泾州""风俗"记述:"水土杂于河西,人烟接于北地,故安定处于山谷之间,其实昆戎旧壤。迫近夷狄,修习武备。士则高尚气略。人以骑射为先,盖与邠陇之俗同尔。"卷三十三"关西道"之"原州""风俗"记述:"地广人稀,质木不寇盗。"卷三十四"关西道"之"邠州""风俗"记述:"《汉书》云:

'公刘处豳,其人有先王遗风,好稼穑,务本业。'故《豳诗》言:'农桑衣食之本甚备焉。'其俗尚勇,力习战备,居戎狄处,势使之然。天水、陇西、安定颇同也。"卷三十五"关西道"之"鄜州""风俗"记述:"秦塞要险,地连京师。汉时匈奴频入朔方,故塞外烽火照甘泉,即今渭北九嵕山是也。白翟故地,俗与羌浑杂居,抚之则怀安,扰之则易动,自古然也。"卷三十六"关西道"之"灵州""风俗"记述:"本杂羌戎之俗。后周宣政二年,破陈将吴明彻,迁其人于灵州,其江左之人崇礼好学,习俗相化,因谓之塞北江南。"卷三十七"关西道"之"夏州""风俗"记述:"汉武攘却戎狄,开边置郡,多徙关中贫民或报怨犯法者,以充牣其中,故习俗颇殊。地广人稀,逐水草蓄牧,以兵马为务,酒醴之会,上下通焉。"卷三十七"关西道"之"通远军""保安军"等地风俗记述,皆为"蕃汉相杂"。卷三十八"关西道"之"振武军""风俗"记述:"尚气强悍。《汉书》曰:'定襄、云中,本戎狄之地。'其人鄙朴,少礼文,好射猎。"卷三十九"关西道"之"丰州""风俗"记述:"地居碛卤,田畴每岁三易。自汉、魏以后,多为羌胡所侵。人俗随水草以畜牧,迫近戎狄,唯以鞍马骑射为事,风声气习自古而然。"

值得注意的是,《太平寰宇记》具体记述了西南地区少数民族的风俗文化,这是宋代民间文艺的重要内容。如卷七十九"剑南西道"之"戎州""风俗"记述:"其土有四族:黎、䍃、虞、牟。夷夏杂居,风俗各异。其蛮獠之类,不识文字,不知礼教,言语不通,嗜欲不同。椎髻跣足,凿齿穿耳,衣绯布、羊皮、莎草。以神鬼为征验,以杀伤为戏笑。少壮为上,衰老为下。男女无别,山冈是居。"其记述地方传说,是我国民间文艺史上异常珍贵的内容。如其卷七十九记述僰道县"贞妇石"故事:"在县七里旧州岸。古老旧传:昔有贞妇,夫没无子,事姑甚孝。姑抑而嫁,竟不从之,终姑之世。后身没,其居之室有一大石涌出。后人爱其贞操,号其石为'贞妇石'。"其记述南溪县"鸳鸯圻":"《益部耆旧传》曰:'僰道有张真者,娶黄氏女名帛真,因乘船过江,船覆,没。帛求夫尸不得,于溺所仰天而叹,遂自沈焉。积十四日,帛乃扶夫尸出于滩下,因名鸳鸯圻。'"其记述"孝子石":"蜀中古老云:隗叔通,僰人,性至孝。母食必须江水,通每汲江中,石为之出。今江口有石号孝子石。"其记述"乞子石"传说:"在州南五里。两石夹青衣江树,对立如夫妇之相向。古老相传:'东石从西乞子将归。'故《风俗》云:'人无子祈祷有应。'"

二、《太平寰宇记》对风物传说的记述

《太平寰宇记》中风物传说故事的记述有两种重要方式,一是典籍的再叙述,二是现实的叙说。作者在叙说时,常常文献典籍与世俗传说混用,殊途同归,都在叙述一定的传说故事在某一地区的流传状况,在事实上形成对风物的解释和说明。诸如一些节日与民间传说,在其中的记述既有文献的记录,又有故事的具体描述,这成为《太平寰宇记》记录风物传说故事的模式。如卷十一"河南道"之"新蔡县"记述:"新蔡县,东南一百八十里,六乡。古吕国也。《国语》:'当成周之时,南有荆蛮、申、吕。'周穆王时,有吕侯训夏赎刑。《史记》:'蔡叔二子,迁于新蔡。'《舆地志》:"蔡平侯,自上蔡徙都于此。故曰新蔡。汉为县,属汝南郡。晋属汝阴郡。宋属新蔡郡。东魏孝静帝于此置蔡州。隋开皇十六年,于此置舒州,领广宁、舒县。仁寿二年,改县为汝北。大业二年,改为新蔡县,属蔡州。汉鮦阳故城,汉为县,属汝南郡。应劭曰:'城在鮦水之阳。'葛陂,周围三十里。后汉,费长房,汝南人,为市掾,从壶公学道不成,思家辞归。壶公与一竹杖,曰:'骑此,任所之,则自至矣。既至,可以杖投葛陂中。'长房乘杖,须臾归。自谓适经旬日,而已十余年矣。即以杖投陂中,顾乃成龙矣。后汉曾于此立葛陂县。琥珀丘,在县南三十里。汝水,经县南,去县二里。"

其中,历史文献与具体的神庙、大山与名川混合构成的传说成为风物传说的主体内容。山川遗迹被赋予传说故事,这是风物传说的普遍现象。如《太平寰宇记》卷四十九"河东道"之"代州""五台县"记述:"五台县,东南一百二十里,五乡。本汉虑虒县,属太原郡,因虑虒水为名。晋省,后魏孝文

帝复置,即今理是也,属新兴郡。高齐改属雁门郡。隋大业二年改为五台县,因县东五台山为名。五台山,在县东北一百四十里。《水经注》云:'五台山,五峦巍然,故谓之五台。晋永嘉三年,雁门郡葰人县百余家避乱入此山,见山人为之先驱,因而不返,遂宁岩野。往还之士,稀有望见其村居者,至诣访,莫知所在,故俗人以此山为仙者之都矣。'中台山,山顶方三里,近西北陬有一泉,水不流,谓之太华泉,盖五台之层秀。《仙经》云:'此山名紫府,常有紫气,仙人居之。'《内经》以为清凉山。圣人阜,《水经注》云:'滹沱水东流经圣人阜,阜下有泉,泉侧石有十二手迹,其西覆有二脚迹,甚大,莫穷所自,在县西南四十八里。仙人山,在县东南五十里。石岩上有人坐迹,山腹石上有手迹,山下石上有双脚迹,皆西向立。'浑河,出枝回山。虑虒水,在县北十五里,源出县界,汉因此水以立县。张公城。十六国时,石勒将张平筑城,东有平碑。"

一山一水,一草一木,都有动人的传说故事,这表达了我国人民热爱家乡、热爱生活的朴素情感,是中国文化的重要传统。在《太平寰宇记》中,几乎每一个地方都有这类风物传说故事的记叙,如卷五"河南道"的"西京"所记述:

伊阳县。

南二百六十里,旧三乡,今四乡。本陆浑地,唐先天元年十二月,割陆浑县置伊阳县,在伊水之阳,去伊水一里。女几庙:在县西三十里。鸣皋山:在县东三十里。鸣皋庙,则天立。石扇山:在县西三百里,有石如扇。龙驹涧:在县北一十二里。王母涧:在县南六里。蛮王城:在县南五十里。新罗王子陵:在县东北七十里,高二百尺。元鲁山墓:有碑见存,在县北二十五里,李华文、李阳冰篆额,颜真卿书,鲁山有德行,呼为四绝碑。汤泉:在县南一百三十里,即四眼汤。

巩县。

东一百三十里,旧四乡今三乡。郭缘生《述征记》云:"巩县,周之巩伯邑。"《春秋左氏传》："晋师克巩,逐王子朝。"杜预注云："周地,河南巩县也。"《史记》："周显王二年,西周惠公封少子班于巩,以奉王,号东周。"皇甫谧曰："以王城为东周,以巩为西周。"其子武公为秦所灭,秦庄襄王元年,韩献成皋、巩,秦界至大梁;汉以为县,属河南郡;晋、宋不改;李密自颍川率群盗十余万袭破洛口仓,因据巩县,仍筑城,断洛川,包南北山,周回三十里,屯营其中,后为王世充所破;县本与成皋中分洛水,西则巩,东则成皋,后魏始并焉。黄河西自偃师县界流入,河于此有五社渡,又为五社津,后汉朱鲔遣贾强从五社津渡是也。天陵山:在县南六十里。潘岳《家风诗》所云天陵岩,谓此也。侯山:在县南二十五里,卢元明《嵩山记》云:"汉有王彦者隐于此山,景帝累征不出,遂就而封侯,山因为名。"后学道得成,至今指所住为王彦崖。九山:在县西南五十五里,《水经注》:"白桐涧水流经九山东。"仲长统云:"昔密有卜成者,身游九山之上,放心不拘之乡。"谓此山也,山际有九山庙碑,晋永康二年立,文曰:九山府君太华元子之称也。岑原丘:在县西北三十五里,《水经注》云:"巩县北有山临河,谓之岑原丘,下有穴,谓之巩穴,言山潜通淮济,北达于河。直穴有渚,谓之鲔渚,成公子安《大河赋》云:"鳣鲔王鲔暮春来游。"即此也。洛汭:洛水入河之处,《水经注》云:"洛水东流经洛汭,北对琅邪渚,入于河,谓之洛口,清浊异流,瞰焉殊别,亦名什谷。"《史记》:"张仪说秦王下兵三川,塞什谷之口。"是此也。一云巩县鄩谷,皆是也。京相璠曰:"今巩洛渡北有鄩谷水,东入洛,谓之下鄩,故有上鄩、下鄩之名,亦谓之北鄩,于是有南鄩、北鄩之称也。明溪水:《左传·昭公二十二年》:"晋军于溪泉。"杜预注云:"巩县有明溪泉。"又《水经注》云:"明乐泉,今俗谓之五道泉。"小平县城:汉县,废城在今县西北,有河津曰小平津,即城之隅也。周王庙:在县界。巩王庙:在县西二十里孝义镇西山立。大刀山神庙:在县北八里。青龙山:在县西南十里。安陵与永昌陵:并在县西南四十里。岐王坟:在县西南四十里。嵩山:在县西南六十里。

第八章 传说地图:《太平寰宇记》的民间文艺史价值

密县。

东南一百里,元四乡。古密国也,亦邻国之地,《左传·僖公六年》:"诸侯伐郑,围新密。"汉为县,属河南郡;后汉卓茂理此,今县东南三十里有古密城,即汉理所,兼有卓茂祠尚存;晋太和二年,分河南置阳翟郡,以密县属焉;高齐文宣移理于今县东四十里故密县城为理;后周属荥州;隋属郑州,大业十二年,又移于今理,即古法桥堡城;唐武德三年于此置密州,四年州废以县属郑州,却隶河南府。《尔雅》曰:"山如堂者密,因以为名。"方山:《山海经》云:"浮戏之山,汜水出焉。"《水经注》云:"汜水出浮戏山,世谓之方山也。"大騩山:在县东南五十里,《水经注》云:"大騩山即具茨山也,黄帝登具茨之山升于洪堤之上,受《神芝图》于黄盖童子,即是山也。"庄子谓之具茨之山,溱水源出于此。马岭山:在县南十五里,洧水源出于此山,有洧水在县西南流,合汜水入河。郐水:《水经注》云:"潧水出郐城西北鸡络坞下,东南流,世亦谓之郐水。"沥滴泉:《水经注》云:"沥滴泉出密县深溪之侧,悬水散注,故世以沥滴称。"承云水:《水经注》云:"出承云山,二源双导,世谓之东、西承云。"

渑池县。

西一百五十里,旧三乡,今四乡。即古池名,秦、赵所会之地;汉为县,属弘农郡,今县西十三里即秦赵所会,城犹存,汉为县,理于此城西三里,今无基迹。高帝八年,复渑池中乡民,景帝中二年初城,徙万家为县;莽曰陕亭,《周地图记》云:"魏贾逵为令时县理蠡城。"按《四夷郡国县道记》云:"汉渑池城当与渑池水源南北相对。"曹魏移于福昌县西六十五里蠡城;后魏初犹属弘农郡,大统十一年,又移于今县西十三里故渑池县为理,改属河南郡;周改属同轨郡;隋大业元年,又移于今县东二十五里新安驿置,属熊州,十二年,复移理大坞城;唐贞观三年,自大坞城移于今理,兼立谷州;后周废为县,今属洛渑池。《史记》:"张仪说赵王曰:'莫如与秦王遇于渑池,面相见,请按兵无攻。'于是赵惠文王、秦昭王相会渑池。秦王饮酒酣曰:

'寡人窃闻赵王好音,请奏瑟。'赵王鼓瑟,秦御史书:'某年月日,秦王与赵王会饮,令赵王鼓瑟。'蔺相如前曰:'赵王窃闻秦王善为秦声,请奏盆缻。'秦王怒,不许,相如前进缻,因跪请秦王,秦王不肯击,相如曰:'五步之内,相如请得以颈血溅大王。'左右欲刃相如,相如张目叱之,秦王不怿,为一击缻,相如顾赵御史书曰:'某年月日,秦王为赵王击缻。'秦群臣请以赵十五城为秦王寿,相如亦请以秦咸阳为赵王寿。秦王竟酒,终不能加胜于赵,赵亦设兵以待秦,秦不敢动。谷水:在县南二百步。俱利城:秦、赵二君会处,今县西有俱利城,一名秦赵城,东城在县西十三里,西城在县西十四里。《水经注》:"谷水东经秦、赵二城南。"《续汉书》云:"赤眉从渑池自利阳南欲赴宜阳。"是此地,今俗谓之俱利城,以秦、赵各据一城,秦王击缻、赵王鼓瑟,俱称有利,名之。千秋亭:在县东二十里,潘岳丧子之处。《西征赋》云:"夭赤子于新安,坎路侧而瘗之。亭有千秋之号,子无七旬之期。"又有水曰千秋涧。天坛山:在县东北十八里,高五百丈,四绝如坛,后魏孝文帝西巡至此,有天坛神。广阳山:在县东北二十里,亦名渑池山。桓王山:在县东北一百二十里。大媚山:在县东一百三十里,有大媚洞。谷山:在县南八十步。马蹄泉:在县界。伍户神:在县北一百二十里。禹庙:在县西二十里。周桓王陵:在县东北一百二十里。

缑氏县。

东南六十里,旧三乡,今一乡。古滑国也,《春秋》云"滑伯同盟于幽""郑人入滑"皆此也,秦灭之,后属晋,汉以为县。《舆地志》云:"因山以名县。"汉属河南;莽曰中亭,至宋犹属河南。按此前缑氏县在今县东二十五里缑氏故城,后魏太和十七年省并入洛阳;东魏天平元年复以洛阳城中置缑氏县;后周建德六年又自洛阳城移于今县北七里钩锁故垒置;隋开皇四年又移于今县北十里洛阳故郡城;大业元年复移于今县东南十里置,十年又移县据公路涧西凭岸为城;唐贞观十八年省。上元二年又置,今回向南近孝敬陵西置,属洛阳不改。洛水:西自洛阳县界流入。缑氏山:

第八章 传说地图:《太平寰宇记》的民间文艺史价值

在县东南二十里。《列仙传》:"王子晋见桓良曰:'告我家七月七日待我于缑氏山头。'果乘白鹤驻山巅望之,不得到,拱手谢时人而去。"山上有石室、饮鹤池。按卢氏《嵩山记》云:"覆釜堆,亦名赴父堆,即缑岭也。"玉女山:在县东北三十五里。轘辕山:在县东南四十六里,《左传》谓:"栾盈过周,王使候出诸轘辕。"杜注:关名。按轘辕道十二曲,今置关焉。又按薛综《注东京赋》云:"轘辕坂十二曲,道将去复还,故曰轘辕,汉河南尹何进所置八关,此其一也。"半石山:在县南十五里。按《山海经》云:"半石之山,其上有草焉,生而秀,其高丈余,赤茎赤华,华而不实,其名曰嘉荣,服之不畏雷霆。"景山:在县东北八里,曹子建《洛神赋》云"经通谷陵景山"即此也。鄂岭坂:在县东南三十七里,《晋八王故事》云"范阳王保于鄂坂,后于其上置关"即此地也。黄马坂:在县西北十里,戴氏《西征记》云:"次前至黄马坂,去计索渚十里。"即此地也。半马涧:按卢元明《嵩山记》云:"半马涧,人或云百马涧,亦曰拜马涧。"《古老传》:"王子晋得仙而马还,国人思之不见,乃拜其马于此也。"上接佛光谷,下彻公路涧。灵星坞:一名延寿城,卢氏《嵩山记》云:"此坞有道士浮丘公接太子晋登仙之所也。"袁术固:一名袁术坞,在县西南十五里,四周绝涧,甚险。《宋武北征记》云:"少室山西有袁术固,可容十万人,一夫守险,千人莫当。"柏谷坞:戴延之《西征记》云:"坞在川南,因原为坞,高数丈,在县东北,姚泓部将赵玄所守,为檀王所破。"坞西有二寺,亦在原上。入谷数百步又有二佛,精巧美貌,有牛春、马籭、水碓之利。古缑氏县城:在县西北六里。钩锁垒:在今县北七里,按《宋书》:"武帝西征,营军于柏谷坞西。"即此垒也,有三垒相连如锁,因以为名。公路垒、公路涧:在县西南三里,有垒,以袁术字公路而称。少林寺:后魏孝文太和十九年立,西域沙门号跋陀,有道业,深为高祖所敬信,故制于少室山阴,立少林寺以居之,公给衣供食。曹城:在县东十里,曹操与袁术相拒,筑城于此。古滑城:在县东一十八里,城东南角有招提寺。唐昭宗陵:在县东北五里。百生墓:在县东十里,《后汉书·独

189

行传》云:"周畅字伯持,性仁慈,为河南尹。永初二年夏旱,久祷无应,畅因收葬洛城傍客死骸骨万余人于洛水北,应时澍雨,岁乃登今墓,有千数皆相类,对列成行,在洛城之东,而北近洛水,即周畅之遗址也,今号百生墓。芝田乡:在县北。启母少姨庙:在县东门外。王仙君庙:在县东八十里。百工神庙:在县南八里冈上。九江娘子庙:在县南八十里。王子乔坛:在县东南五里。则天行宫:在县北十里。仙鹤观:在县东三里。贺兰溪:在县南八里。双泉:在县南十里。恭陵、唐孝敬陵:在县东北五里。古灰城:在县西北八里。凤凰台:在县南三十里佛光谷内。武三思冢:在县西南十五里。

颖阳县。

东南九十里,元一乡。本夏之纶国,《竹书纪年》云"楚及秦伐郑,围纶氏"是也。汉置县,属颖川;后魏太和十三年,于纶氏城置颖阳县,属河南郡;后周省入堙阳县;隋开皇六年改为武林县,十八年改为纶氏,大业元年改为嵩阳。唐贞观十七年废,咸亨四年入河南、洛阳、伊阙、嵩阳等县,又置武林县;开元十五年九月改为颖阳县。大苦山:《山海经》云:"其阳狂水出焉,水多三足龟,食之无大疾,可以已肿。"箕山:连亘郡界。阳乾山:在县东二十五里,按《说文》云:"颖水出阳乾山。"八风溪:溪水南流合三交水,北岸有沙细润可以澡濯,隋代常进后宫,杂以香药,以当豆屑,号曰玉女沙。"三交水:按《水经注》云:"三交水石上菖蒲一寸九节为药最妙,服久化仙。"古武林亭:按《水经注》云:"湮水西南流经武林亭。"倚箔山:在县北十五里,望之如立箔。山西北崖下有钟乳,隋时充贡。太谷口:在县西北三十五里,孙坚停兵太谷,距洛阳九十里,即此谷。太谷故关:在县西北四十五里,何进八关,此其一也。一斗泉:在县西南十五里,汲与不汲,长有一斗。勾龙本庙:在县北十三里。醴泉:在县西十步,源出岳庙下。七姑冢:在县西三十里。蛮王冢:在县南二十里。

王屋县。

西北一百里,旧二乡,今三乡。本周畿内地,召公之邑,平王东迁亦为采地,今县西有康公祠。六国属魏;汉为河东郡垣县地;后魏皇兴四年于此分置长平县,属邵州;北齐置怀州;后周武成元年州废,改为王屋县,因县北十里山为名,仍于县理置王屋郡,天和六年又于郡理立西怀州,建德六年州省,又为王屋郡;隋开皇三年罢郡,以县属邵州,大业三年省州,以县入河内郡;唐武德元年改为邵伯县,后建都河洛,显庆二年复为王屋,隶河南。王屋山:在县北十五里,《尚书》:"底柱析城,至于王屋山。"在河东垣县之北,《古今地名》云:"王屋山,状如垣形,故以名县。"《列子》:"太行、王屋二山,方七百里,高万仞,本在冀州之南,河阳之北。北山愚公者,年且九十,面山而居,惩山北之塞,叩石垦壤,箕畚运于渤海之尾,操蛇之神闻其不已也,告之于帝,帝感其诚,命夸娥氏负二山,一措朔东,一措雍南。"《神仙传》:"甘始,太原人,善行气,不食,服天门冬,疗病不用针灸,在人间三百岁,乃入王屋山。"《茅君内传》云:"王屋山之洞,周围万里,名曰小有清灵之天。"清灵洞:有垂簪峰。天坛山:此山高,登之可以望海。阳台观:在县西北八十里。灵都观:在县东三十里。齐子岭:在县东十二里,即宇文周与齐分境之所也。黄河:在县南五十里。野王城:光武时寇恂所筑。石室:在县西南七十里,有石室,即夫子昔与门徒讲论之所,临大河,水势湍急,至此室五里之间,寂无水声,如似听义之处。邵原:在县西四十里,即康公之采地也。析城山:在县西北六十里,峰四面其形如城,有南门焉,故曰析城。中条山:魏王泰《地志》云:"在县西北九十里,东接王屋山,西入绛州垣县界。"邵康公庙:在县西十五里,《舆地志》云:"垣县邵康公之邑。"《春秋注》云:"邵康公周太保邵公奭也。"

河清县。

北六十里,元三乡。本《左氏》所谓晋阴地。汉为平阴县,属河南郡;按《郡国县道记》云:"唐武德二年,黄君汉镇柏崖,遂于柏崖东置大基县,八年省,先天元年,以讳改名河清县,贞观中县界黄河清,因以为名,后废,至咸通中,考功郎中王本立奏再置,复隶河南府,大顺元年,因干戈毁坏,移在柏崖隙地权置。"皇朝开宝元年,移在白波。河阴故城:在县东南三十五里,《地理志》云:"即汉平阴县。"《左传》云:"晋师在平阴。"杜预注云:"今河阴县是也。"宋东垣县:在县西南二十五里,《地理志》云:"东垣县宋属河南郡。"柏崖城:在县西三里,临黄河,侯景所筑,唐高祖武德二年,滑州人黄君汉以城归,乃属怀州,四年,移怀州于河内县,乾元中,太尉李光弼重修,以拒史思明。冉耕墓:在县东南十七里,孔子弟子也。后汉灵帝陵:在县东南三十里,高十二丈。晋景帝陵:在县南三十里,高六丈四尺。汤王庙:在县南三十里。柏崖庙:在县西北三十二里。尧庙:在县西南八十五里。后汉光武庙:在县东南七里。猫儿山:在县西十里。吉水:在县西南六十里。潆水在县西南六十里。金谷水:在县西南六十里。迷仙崖:在县五十里。歇鹤台:在县西北三十里,王子乔、浮丘公游王屋,歇鹤于此。小郎水:在县西四里。

偃师县。

东北七十里,元三乡。本汉旧县,帝喾及汤、盘庚并都之,商有三亳,成汤居南亳,即此也。至盘庚,又自河北移理于亳,殷商从此改号曰殷,故殷有天下,此为新都。故城在今县西十里,周武王伐纣回,息偃戎师,遂名偃师。周为畿内之邑,秦属三川,汉属河南,即今县理是也,晋并入洛阳,隋开皇十六年复置。北邙山:在县北二里。首阳山:在县西北三十五里,阮籍诗云:"步出上东门,北望首阳岑,下有采薇士,上有嘉树林。"山上今有夷齐祠。按后魏正光元年夏,首阳山晚有虹饮于溪,樵人杨万见之,良久化为一美女,乃窃告蒲津戍将宇文显,显取之进明帝,帝见容貌姝美,掩于六宫。或问之,曰:"我天女也,暂降人间。"帝欲逼幸,其色甚难,乃令左右拥抱,作异声如钟,复化为虹,经天而去,后帝寻崩。魏文帝庙:在县西北十八里。魏文帝陵:在首阳山南。杜预墓:在首阳山南。干脯山:《九州要记》云:"周敬王于此曝干脯,因以为名。"覆舟山:《九州要记》云:"昔,卢世明登嵩岳,望覆舟如蚁垤,黄河如带。"又陶季述《京邦记》云:

第八章 传说地图:《太平寰宇记》的民间文艺史价值

"周回二十里,下有林,号白水苑是也。"尸乡:刘澄之《永初山川记》云:"尸乡有石室,有仇生者居焉。"又云:"祝鸡翁者,洛阳人,居尸乡山下,养鸡百余年。"盟津:在县西北三十一里,河东经小平县,俗谓之小平津,河南岸有钩陈垒,河于斯有盟津之目,昔武王伐纣,诸侯不期而会者八百,故曰盟津,亦曰富平津。废北陂义堂路:此古大驿路,唐天宝七年四月,河南尹韦济奏于偃师县东山下开驿路通孝义桥,故此路废矣。曲洛:《穆天子传》云:"天子东游于黄泽,宿于曲洛,今县东洛北有曲河驿,以洛水之曲为名,洛经其南。"《续齐谐记》云:"晋武帝问尚书郎挚虞曰:'三日曲水,其义何指'?答曰:'汉章帝时,平原徐肇以三月初生三女,至三日俱亡,一村以为怪,乃携之水滨盥洗,遂因水以流觞,曲水之义起于此',帝曰:'若如所谈,便非好事。'尚书郎束皙曰:'挚虞小生,不足以知此。昔周公成洛邑,因流水以泛酒,故逸《诗》云:羽觞随波。又秦昭王三日置酒河曲,见有金人出,奉水心剑曰:令君制有西夏。及秦霸诸侯,乃因此处立为曲水祠,二汉相缘,皆为盛集。'帝曰:'善。'赐金五十斤,左迁虞为阳城令。洛洞:刘义庆《幽明录》曰:"洛下有洞。昔有妇人推其夫下崖,乃得一穴,行百余里,觉所践如尘,啖之,裹以为粮。行至交州,以问张华,华曰:'洛洞,仙人所处,在县东南。'"故平县城:汉平县故城也,在今县西北二十五里。汤王庙:在县东三百四十八步。汤王陵坑:在县东北山上八里。汤王圣母庙:在县西三里。舜王庙:在县西北二十里。周王庙:在县西二十五里。薄妃庙:在县西十五里。伊尹墓:在县西北五里。比干墓:在县西北一十五里。田横墓:在县西十里。王弼墓:在县南三里。钟繇墓:在县东八里。启母少姨行庙:在县西南二十五里。杜预墓:在县西北山上二十里。割乳冢:在县西二十五里。

具体的名胜与一定的传说故事相联系,在被描述时,表面上看起来互不相连,其实环环相扣,独立成篇。如卷一"河南道"的"开封县",有一处关于

"逢泽"水引发的记述:

逢泽,在县东北十四里,今名蓬池。《史记》:"秦孝公二十年,使公子少官率师会诸侯逢泽。"又为卫国之匡地。唐天宝六年,改为福源池。夷门,《史记》:"大梁城有十二门,东曰夷门。隐士侯嬴,年七十,家贫,为夷门门吏。魏公子无忌厚遗之,不受。"吹台,在县南五里。《陈留风俗传》:"县有苍颉、师旷城,其城上有列仙吹台,梁孝王亦增筑焉。"朱梁开平二年,改繁台为讲武台,此即吹台也。其后有繁氏居其侧,里人乃以姓呼之。沙海在县西北十二里。《战国策》曰:"齐欲发卒取周九鼎,颜率说曰:'夫梁之君臣欲得九鼎,谋于沙海之上,为日久矣'"即谓此也。至隋文疏凿旧迹,引汴水注之,习舟师,以伐陈。陈平之后,立碑其侧,以纪功焉。今无水。蓼堤,在县东北六里,高六尺,广四丈。梁孝王都大梁,以其地卑湿,东徙睢阳,乃筑此堤。至宋州三百里。蔡水,在县南。梁沟,始皇二十二年,王贲引水攻大梁是此。通济渠,在县南三里。隋大业元年,以汴水迂曲,回复稍难,自大梁城西南凿渠引汴水入,号通济渠。开封故城,在县南五十里。郑庄公所筑。《陈留风俗传》曰:"阮简为开封令,有劫贼,外白甚急,简方围棋,长啸曰:'局上有劫亦甚急。'"高阳故城。甘城,即秦太师甘公所居之地。因星文说张耳,令背项羽,依高祖,即于此城。信陵亭,在城内,临河,当相国寺前,即魏公子无忌胜概之地。琵琶沟,在县南一十里,西从中牟县界流入通济渠。隋炀帝欲幸江都,自大梁城西南凿渠引汴水入,即蒗荡渠也。《旧图经》云:"形似琵琶,故名。"仓垣城,在县东北二十里。《水经注》云:"济水东经仓垣城。"《舆地志》云:"仓垣城,南临汴水,西北有苍颉坟,城有列仙台。"棘城,在县西南三十里。《左传》云:"晋荀吴涉自棘津。"新里县故城,在县东三十里。隋高祖开皇十六年,分浚仪县置,因新里为名。炀帝大业二年废。唐武德四年,复置。贞观元年,又废。苍颉墓,在县东北二十里。《舆地志》云:"苍垣城西北有苍颉冢。"

第八章 传说地图:《太平寰宇记》的民间文艺史价值

樊于期墓,在县南一十三里。《史记》云:"樊于期逃秦罪,入燕。燕荆轲谓之曰:'须君首可以谋秦王。于是自杀,函封送秦。'"魏人葬于此。张仪墓,在县东北七里。《史记》云:"仪,魏人,相秦一十年。"卒,葬于此。俗以坟形似砚,因名砚子台。与张耳墓南北相对,因谓张耳墓为南砚台,此为北砚台。张耳墓,在县东七里。《汉书》:"耳,大梁人。高祖布衣时尝从耳游,后破赵有功,受封。"卒,葬于此。蔡伯喈墓,在县东北四十五里。《后汉书》:"蔡邕,字伯喈,陈留圉人。汉灵帝时,坐收廷尉,死狱中。"葬于此。荆轲墓,在县东四十里。《史记》云:"轲,卫人也。游燕,为丹入秦刺秦王,不中而死。"《旧图经》云:"招魂葬于此。"

又如,"河南道"之"开封府"关于浚仪县"寒泉陂"的记述:

寒泉陂,在县西六十里。《诗》云:"爰有寒泉,在浚之下,其水冬夏常冷,因曰寒泉。"醹池,在县西北七里,古大梁城内。梁孝王作。博浪城,在县西北三十里。《史记》:"张良报韩雠,伏处于博浪俟秦始皇。"古浚仪城二:一在县东三十里,一在县北四里。赤城,在县西南一十五里。《水经注》云:"蒗荡渠,东南径赤城至浚仪。"信陵君墓,在县南十二里。《史记》:"魏公子无忌,昭王少子,安厘王弟,封为信陵君。"侯嬴墓,在县南十二里。《史记》:"魏公子无忌,谋救赵。询于夷门监者侯嬴,为之谋,辞老不能往。公子行,嬴向北面,自刎而死。"遂葬于此。段干木墓,在县西北二十里。《风俗传》云:"浚仪有段干木祠,能兴云致雨。"干木死西土,魏王迁都之日,子孙改葬于此。陆云祠,在县东北三里。《晋书》:"陆云尝为浚仪令,民为立祠。"青丘,亦曰玄池。女娲简狄浴于青丘之水,有玄鸟遗卵,吞之,生契。即此水也。鸿池,即卫献公射鸿于此。望京楼,城西门楼,本无名。唐文宗太和二年,节度使令狐绹重修。因登临赋诗曰:"夷门一镇五经秋,未得朝天未免愁。因上此楼望京国,便名楼作望京楼。"

再如"河南道"之"开封府"关于陈留县"阿谷水"的记述：

阿谷水，在县北五十八里。《家语》曰"孔子南游于楚，至阿谷之坠，使子贡奉觯从女子乞饮"即此也。小黄城，汉县名，属陈留，故城在今县东北三十三里，亦曰小黄园。昭灵夫人陵庙，在县北三十七里。《风俗传》云："沛公起兵，野战，丧皇妣于黄乡。天下平定，乃命使以梓宫招魂幽野。有丹蛇在水，自洒濯入梓宫。其浴处仍有遗发。今庙号昭灵焉。"睢沟，在县东南五里。《舆地志》云："汴水自荥阳受睢水，东至陈留、彭城，南入泗水，经县界入雍丘界。自后开通济渠，此渠废。今无水。"汉武帝宫，在县罗城内。《风俗传》："孝武帝元狩元年，置行宫，今废为仓。"逍遥宫，在县南六里余。隋大业六年置，今废。陈陵，在县北二十里。按《城冢记》云："大梁城东三十里，汴水北五里有黄柏山，陈元方祖父墓二十区，有碑存。"故莘城，在县东北三十五里，古莘国。《国语》："汤伐桀，桀与韦顾之君等拒汤于莘之墟，遂战于鸣条之野。"老丘城，在县北四十五里。按《春秋传》云："定公十五年，郑罕达败宋师于老丘。"杜预注云："老丘，宋地。"平丘城，在县北九十里。《陈留风俗传》云："平丘城，卫灵公邑。"《春秋·昭公十三年》："公会刘子、晋侯等诸侯于平丘。"杜预注云："平丘，在陈留长垣县西南。"斗城，在县南三十五里。按《左传·襄公三十年》："子产葬伯有于斗城。"杜预注云："斗城，郑地名。"裘氏城，在县南六十里。《风俗传》云："陈留有裘氏乡。"《城冢记》云："秦时故县也。"小陈留城，在县南三里。晋太康《地道记》云："陈留，先有陈留县，以北有大城，故此号小陈留，县城今无城壁。"牛首城，在县西南十一里。《左传》："桓公十四年冬，宋人伐郑东郊，取牛首。"杜预注云："东郊，郑郊。牛首，郑邑。"小黄县，在县西南四十里。唐武德四年，大使任环于此置县，以小黄为名。贞观中，省入陈留、浚仪二县。石仓城，在县西南七十里。按郦善长注《水经》云："八里沟，南经石仓城西。"《城冢记》："郑庄公理开封，东南筑此城,积仓粟,因名盛仓城。盛与石音相似,故号石仓城。"李寿九子墓,在县西南三里。《风俗传》云:"李寿,字长孟,为太守。九子并葬于此。"陈司农墓,在县北二十八里。有碑篆文:"大司农陈群墓也。"澹台子羽墓,在县南六十里。《风俗传》:"子羽冢,在陈留县裘氏乡。"张良城,在县东六十里。按《城冢记》云:"张城,汉高祖为张良筑,亦名张良城。"良十三世孙名德,为兖州刺史,袭封陈留侯,食小黄万户。至殇帝时,葬张城西南三百步。今呼为张光墓者是也。

海洋文化体现出我国人民对远方的憧憬与想象,常常被赋予神奇的意义,所以,在中国古代神话传说中海洋总是与求仙故事联系在一起。《太平寰宇记》卷六十五"河北道"之"沧州""无棣县"记述了秦始皇时期徐福的故事:

无棣县,东南一百二十里,旧二十三乡,今五乡。古齐之北境汉阳信县地,今县东南三十里阳信故城存,高齐天保七年,自此城移于今阳信县东马岭城置,隋开皇六年,于今所置无棣县,取县南无棣沟为名。唐贞观元年,并入阳信,八年,复置。马谷山与老乌山,皆邑之名山。月明沽,在县东界,西接马谷山,东滨海,煮盐之所。无棣沟,《周礼》:"川曰河、沸。"河在今无棣县,按其沟东流经县理南,又东流,与鬲津枯沟合而入海,隋末,其沟废,唐永徽元年,薛大鼎为刺史,奏开之,引鱼盐之利于海,百姓歌曰:"新河得通舟楫利,直达沧海鱼盐至。昔日徒行今跨驷,美哉薛公德滂被。"黄河,在县东南一百六十里,东北流经马谷小山,东南注于海。千童城,秦始皇遣徐福将童男女千人入海,求蓬莱不死之药,置此城以居之,汉曾为县。蒲萦台,《郡国志》云:"始皇东游海上,于台萦蒲系马。"今犹有蒲,似水杨而劲,堪为箭。赤河,在县西南三百步,自饶安县来一百里入海,其水赤浑色。

从这里可以看出，与其说《太平寰宇记》是一部地理著作，不如说它是宋代社会风物传说的集大成者。神话传说故事是其中的亮点，有许多故事一直流传到今天，源远流长。

三、《太平寰宇记》勾勒的中国古典神话地图

中国古代神话传说滥觞于原始文明，经过历史的云烟，在春秋战国、汉魏两晋和唐五代等重要历史阶段，神话主题发生了许多变化。宋代社会风俗文化同样发生了巨大变化，宋初三先生孙复、胡瑗、石介所代表的思想与儒释道融汇，极大地冲击了宋代社会风俗文化的发展变化。《太平寰宇记》的历史文化地理描写，保存了当时流传的神话传说故事，为我们认识宋代神话传说形态提供了重要参考。

神话传说的流传，首先在于民族古老信仰的传承。信仰存在于具体的社会生活中，表现为具体的风俗，或作为具体的仪式，一定的符号，被这个时代所承接、叙说。总体讲，神话融入生活，是《太平寰宇记》记述中国古代神话传说的主要途径。

一定的神话传说存在于一定的"风景"之中，是风俗的一部分。这是中国古代神话传说流传的规律，也是中国古代文献记录和保存中国古代神话传说的普遍形态。

在"风景"中记述，神话传说与许多地方的名胜在整体上相互呼应，借此可以梳理出一个相对完整的中国古代神话谱系。

其谱系中心恰应合于司马迁在《史记》中所论述的"昔三代之居皆在河洛之间"，以黄河沿岸分布的名胜为参照，可以看到一个从伏羲、女娲到神农、炎帝、黄帝、颛顼、尧舜、大禹，包括夸父、王母等众多神话群的体系。应该说，这并非偶然，而是有着深厚的历史文化底蕴作为依托的。

女娲抟土造人故事、大禹治水故事家喻户晓。如卷六"河南道"之"陕州"中"阌乡县"对女娲墓和大禹治水神话传说的记述：

阌乡县,西一百七十里,旧五乡,今六乡。本汉湖县,属京兆尹,因津以名邑焉,又为戾园之地,有思子台、太子园陵存焉。周明帝二年,于湖城故地置阌乡郡。隋开皇三年废,十六年自湖城故城移于今理,仍改为阌乡县。唐贞观元年,移鼎州于此,八年,州废为县,复属虢。皇朝太平兴国二年,割阌乡、湖城二县隶陕州。秦山,一名秦岭山,在县南五十里。《山海经》云:"华山之首,有钱来之山。"又西四十五里有松果山,又西六十里有大华山,郭氏注云:"即西岳华阴山也。"又按夸父山,其北有桃林,郭注:"桃林,今弘农湖县阌乡南谷中是也。"黄河,在县北三里。阌乡津,去县三十里,即旧风陵关。蒲城,子路为孔子问津之所。黄卷坂,即潼关路,《述征记》云:"河自关东北流,水侧有长坂谓之黄卷坂是也。"按坂在县西北二十五里,潘岳《西征赋》云:"溯黄卷以济潼。"谓此古道为车辙所辗成。玉涧,《水经》云:"河水入东北,玉涧水注之。"注云:"水南出玉溪北,流经皇天原。"女娲墓,自秦汉以来皆系祀典。唐乾元二年,虢州刺史王奇光奏所部阌乡县界有女娲墓,于天宝末失其所在,今月一日夜,河上侧近忽闻风雷声,晓见墓踊出,上有双柳树,下有巨石,其柳各高丈余。戾太子陵,在县南十六里,高百五十尺。思子宫故城,在县东北二十五里,汉武思戾太子所筑。全鸠水,一名全节水,戾太子亡匿处。宋武七营,宋高祖武帝征姚泓于长安,其将檀道济、王镇恶,滨河带险,大小七营皆在县西沿河。赫连氏京观,在县西北二十三里,俗号平吴台,赫连勃勃使太原公昌引兵攻宋将朱龄石于潼关,克之,乃筑台以表武功也。

女娲墓不独在黄河岸边,卷十"河南道"之"陈州""西华县"记述道:

西华县,西八十里,旧十乡,今四乡。本汉长平县,属汝南郡。唐武德八年为基城县。贞观元年,省入宛丘县。长寿元年,又置为武城县。神龙元年,改为基城县。景云元年,改为西华县。宜阳山,在县东北五里,高五

199

丈,翟王河出焉。夏亭城,在县西南三十里。按《陈诗·株林》,刺灵公也:
"胡为乎株林,从夏南。"注云:"夏南,夏征舒也。"今城北五里,有株林,
即夏氏邑,一名华亭。柳城,在县西二十里。《古老传》云:"女娲氏之都,
本名娲城。魏邓艾营稻陂,时柳舒为陂长,后人因为柳城。"隋开皇元年,
于此置柳城县,隋末废。阎仓城,在县东北三十里。《左传》云:"宋华向之
乱,公子成、公孙忌奔郑,其徒与华氏战于鬼阎。"杜预注云:"颍川长平县
西北有阎亭。"隋《淮阳图》云:"阎仓城,在扶沟县西南五十里。"城在今故
长平县西北。凉马台,在县西三十里。相传陈灵公凉马台,东南去陈灵公
陵五百七十步。集粮城,在县西十里。魏使邓艾营田,筑之贮粮,故名。

轩辕黄帝是中华民族重要的祖先神。新郑是传说中的轩辕黄帝都城。《太平寰宇记》卷九记述道:

新郑县,西南九十里,旧二乡,今四乡。昔黄帝都于有熊,即其地。又为祝融之墟,于周为郑武公之国。按《国语》:"郑桓公问于史伯曰:'王室多故,余惧及焉,其何所可以逃死?'曰:'其济、洛、河、颍之间乎!虢郐为大,骄贪背君。君以成周之众,奉辞伐罪,无不克矣!若前莘后河,右洛左济,主芣騩而食溱洧,修典刑以守之,惟是可以少固。'又曰:'惟谢、郏之间。'言在谢之北,郏之南。谢在南阳。后为韩地。哀侯灭郑,韩自平阳又徙都之。秦并天下,其地为颍川郡。汉以为新郑县,属河南郡。晋省,宋复立,隶荥阳郡。东魏行台侯景于此县屯军。北齐省。隋文十六年,又置,迄今为新郑之理焉。

黄帝还是一位注重治理的领袖,其问道于广成子的神话传说被记述在《太平寰宇记》卷八的"河南道"之"汝州""梁县"中:

第八章 传说地图:《太平寰宇记》的民间文艺史价值

明皋山即放皋山也,一名狼皋山,在县南六十里。《水经注》云:"汝水自狼皋山东出峡,谓之汝陜。"霍阳山俗谓现山,在县西南七十里。《左传·哀公四年》谓:"楚为一昔之期,而袭梁及霍。"按杜注即此山。汉立霍阳县,因山以为名,今有故城俗谓张侯城是也。鱼齿山连接县界。《左传》谓:"楚师侵郑,涉于鱼齿之下。"即此处也。黄成山一名苦菜山,沮溺耦耕即其处也。汝水在县南三里。《水经》云:"汝水出河南梁县勉乡。"温汤在县西四十里。《水经注》云:"温水数源,扬波于川左泉上。"华宇连阴,茨甍交拒,方塘石沼,错落其间。颐道之士,多归之。其水东南流,注广城泽水。唐圣历三年正月,则天驾幸。今有碑石,断折。广城泽在县西四十里。后汉安帝永初元年,以广城游猎地假与贫人。二年,邓太后临朝,邓骘兄弟辅政,以为文德可兴,武功可废,请寝蒐狩之礼。于是马融作《广城颂》,以讽云大汉之初基也。揆厥灵囿营于南郊,右矕三涂,左枕嵩岳,面据衡阴,背箕王屋,浸以波溠,演以荥洛,金山石林殷起乎其中,神泉侧出,丹水涅池,怪石浮磬,耀焜于其陂,是此泽也。隋大业中,置马牧焉。亦名黄陂,有灌溉之利,至今百姓赖之。注城,《续汉书·郡国志》云:"河南县有注城。"即此也。广成城,《九州要记》云:"广成子为黄帝师,始居此城,后于崆峒山成道。"今此城犹有庙像存焉。崆峒山在县西南四十里,有广成子庙,即黄帝问道于广成子之所也。按唐开元二年,汝州刺史充本州防御使,卢贞立碑。其略云:"《尔雅》曰:'北戴斗极为崆峒,其地绝远,华夏之君所不至。'禹迹之内,山名崆峒者有三焉:其一在临洮,秦筑长城之所起也。其一在安定。二山高大,可取财用,彼人亦各于其处为广成子立庙。而庄生述黄帝问道崆峒,遂言游襄城,登具茨,访大隗,皆与此山接壤。则临洮、安定非问道之所明矣。"《仙经》叙三十六洞,五岳不在其列,是知灵迹所存,不系山之小大也。此山之下有洞焉,其户上出。耆旧相传云:"洞中白犬往往外游,故号山冢为玉狗峰。昔之守宰以为神居冏洁,惧樵牧者亵弄,因积土封之。今升践其顶,响连于下甚深远云耳。"汝北故城即高齐置汝北郡城。在县南,亦名王坞城,以备周寇也。承休故城,在今郡东,即后汉光武封姬常为承休公,以主周祀,即此城是也。阳人聚在州西。即秦灭东周,徙其君于此是也。亦孙坚大破董卓军于此地。蛮中聚即戎蛮子国。在今郡西南,俗谓"麻城"是也。流杯池在城南三十里。唐则天尝与侍臣姚元崇、苏颋、武三思、薛耀等游宴赋诗,李峤为序。今有碑石存焉。

尧舜的活动中心主要在黄河中下游地区,即历史上的河东。今天考古发掘发现的陶寺遗址,引发我们的诸多联想。《太平寰宇记》卷四十六"河东道"之"蒲州""河东县"记述:

河东县,旧十三乡,今五乡。即汉蒲坂县也,属河东郡。春秋,秦、晋战于河曲,即其地。后魏移郡于县理。隋开皇三年,罢郡;十六年,移蒲坂县于城东,仍于今理置河东县。大业二年,省蒲坂县入河东。三山,在县南三十里,即舜耕历山处。《禹贡》谓:"壶口、雷首至于太岳"。壶口山,在慈州。太岳,在晋州。雷首,在河东界。此山有九名,谓历山、首山、薄山、襄山、甘枣山、渠猪山、独头山、陑山等之名。又汤伐桀升自陑。(注:陑在河曲之南。)三铬山,《郡国志》:"三铬山,北曰大铬,西曰小铬,东曰荀铬。"长原,即蒲坂也,在县东二里。《汉志》:"始皇东巡见长坂。"即此也。其原出龙骨,又北五十三里有朔坂,即汉水所经,西南入河。尧山,在县南二十八里。《水经注》云:"河东有尧山,上有尧城,即尧所理处。"风陵堆山,在县南五十里,与潼关相对。有风陵城在其上。中条山,经邑界。首阳山,即在雷首山南阜也。昔夷齐守节于首阳。虞坂。一名吴坂,在虞城北十三里。蒲津关。在县西二里,亦子路问津之所。魏太祖西征,马超、韩遂夜渡蒲坂津,即此也。后魏大统四年,造舟为梁;九年,筑城,亦关河之巨防。妫汭水。源出县南三十里首山。此二泉南流者曰妫,北流者曰汭,异源同归,浑流西注而入于河。即"厘降二女"之所,今有舜祠存焉,即后周宇文护所造。涑水,《冀州图》云:"东从绛郡界入至长阳城南,为陂。"《水经》云:"涑水,出河北县雷首山。"一名雷水,经桑泉界。铁牛,开元十二年,于河东县开东、西门,各造铁牛四,铁人四。其牛下并铁柱,连腹入地丈余,并前后铁柱十六维桥跨河,至今存。故陶城,在县北三十里。《史记》谓"舜陶于河滨",即此是。皇甫谧以为在定陶,不在此。羁马故城,在县南三十六里。《郡国志》云:"今谓之涉丘";即《左传》谓"蹑我羁马"。蒲坂故城,《郡国志》云:"州南二里,有蒲坂城。"旧地理书相传曰汉蒲坂城即今郡所理大城,后人增筑。大河在其西,雷首山在其南。后魏太武帝神麚元年,自安邑移郡于此城。涑水故城,在县东北二十六里。《左传》曰:"晋侯使吕相绝秦,曰'伐我涑川'。"风陵故关,一名风陵津,在县南五十里。魏太祖西征,韩遂自潼关北渡,即此处也。舜祠,在州理城中。唐贞观十一年,诏致祭以时洒埽。伯夷、叔齐祠,在县北三十五里。二妃陵,帝舜二妃之陵,在县东一十里,俗谓娥皇、女英陵。伯夷墓,在县南三十五里,雷首山南。贞观十一年,诏禁樵苏。伯乐墓,在县南四十里,又济阴、定陶及雍州亦有伯乐冢,未详孰是。

颛顼神话、大禹治水神话与伊尹传说共处于一个语域。如卷一"河南道"之"开封府""囲城"所记述:

囲城,在县南五十里。《左传》:"昭公五年,晋韩起如楚,送女还过郑,郑伯劳诸囲。"《风俗传》云:"旧陈地。苦楚之难,修干戈于境,以虞其患,故曰囲。"《舆地志》:"汉高祖使樊哙下之,为县,属宋州。"今故城存。外黄城,《左传》谓:"惠公败宋师于黄。"杜注:"黄,宋邑,汉县,属陈留。以魏郡有内黄,此故加外焉。"今境内有山号黄柏山。故城在今县东六十里。《汉书》:"外黄县,即繁阳城。六国时为魏地。赵廉颇攻取之,即此也。"

雍丘故城,今县城是也,春秋时杞国城也。杞为宋灭,城北临汴河。晋永嘉末,镇西将军祖逖为豫州刺史,理于此。逖累破石勒军,由是黄河以南皆为晋土,人皆感悦。逖卒,百姓立祠焉。鸣雁亭,在县北四十里。《左氏传》:"卫侯伐郑至鸣雁。"杜注:"在雍丘鸣雁亭也。"夏后祠,祠中有井,能兴云雨,祈祷甚应。空桑城,在县西二十里。按《帝王世纪》云:"伊尹生于空桑。"此是伊尹生处。祺城,在县西北一十八里。按《陈思王袭封雍丘王表》云:"禹祠原在此城,汉光武迎其神,移在雍丘城内。植城于雍丘,作宫,请迁其神于旧馆。"其赞曰:"悬仰圣业,功济唐虞,微君之勤,吾其为鱼。"《尔雅》曰:"祺者,吉祥名。"妇姑城,在县东十里。按戴延之《西征记》云:"梁东百里,古有妇人寡居,养姑孝谨。乡人义之,为筑此城,故曰妇姑城。"后人音讹呼为妇固城。肥阳城,在县东北二十里。按《城冢记》云:"禹治洪水时,在肥泽之阳所筑。"高阳城,在县西二十九里。颛顼高阳氏,佐少昊有功,受封此邑。范睢墓,在县北六十八里。《史记》:"睢,先事魏中大夫须贾。后入秦为相,号曰应侯。"卒,葬于此。郦食其墓,在县西南二十八里。《汉书》:"食其,陈留高阳人。好读书。家贫,为里监门,贤豪谓之狂生。后为齐所烹,乃葬于此。"《陈思王集》云:"植猎于高阳之下,过食其墓,以斗水束藻荐于座。赞曰:'野无厄酒,惟兹行潦;食无嘉肴,宴用苹藻。'"郦商墓,在县西南二十八里。《汉书》:"商,食其之弟也。陈胜起兵,商乃聚少年,得数千人。属高祖,从征伐有功,封曲周侯。"葬于此。白虎墓。王业,字子香,雍丘人。为荆州刺史。有惠化,卒于枝江。有白虎夹柩送归,因此号之。今子孙号为白虎王氏。

尧舜禹神话群的分布在《太平寰宇记》中有完整的表现。如其卷四十六"河东道"之"解州""安邑县"记述:

安邑县,西南四十五里,元四乡。本冀州之域。《帝王世纪》:"尧以二女妻舜,为筑宫室,封之于虞。"故《尚书》云"厘降二女于妫、汭,嫔于虞"即此也。三代以降为晋之境。《汉书·地理志》云:"河东土地平衍,有盐铁之饶。"晋《太康地记》云:"舜受禅安邑。"或云蒲坂。又《帝王世纪》:"禹或营安邑,即虞、夏之两都也。"隋义宁元年,置安邑郡。唐武德元年,废,置虞州;贞观十七年,又废虞州县,隶河东郡。今虞邑县东三里即废州之地也。龙池宫,在县东南一十八里。唐开元八年置,傍有龙池水,流入盐池,因以为名。今古迹微存。盐宗庙,在县东南十里。按吕忱云:"宿沙氏煮海,谓之盐宗,尊之也。以其滋润生人,可得置祠。"分云神祠,在县西南四十里。中条之阴,特标诸峰,山顶出云,东西分散,遂号"分云"。又有风谷,每风出,吹砂飞石,树木皆摧,俗谓之"盐南风"。其祠见存。中条山,在县南二十里。其山西连华岳,东接太行。山有路,名曰"虞坂"。周武王封吴太伯之弟仲雍之后虞仲于夏墟,因虞为称,谓之"虞坂"。昔骐骥驾盐车,即此坂也。《春秋》僖公二年:"晋荀息请以屈产之乘,垂棘之璧,假道于虞以伐虢。"即此路也。稷山,在县东北六十七里。《尚书·舜典》:"帝曰弃,黎民阻饥,汝后稷播时百谷。"孔安国曰:"弃,后稷也。"按《左传》宣公十五年:"晋侯治兵于稷。"杜预注云"河东闻喜县西有稷山"是也。《山海经》云:"其山多锡,旧名玉山。后稷播时百谷于此,遂以名山。"东自陕府夏县界,经县十二里。玉钩山,在县东北二十里。其山东西十里,势如玉钩,因此为名。涑水,在县东北三十四里。《春秋》曰:"晋侯使吕相绝秦,伐我涑川。"(注:涑水,出河东闻喜县西南流至蒲坂,入黄河是也。)《水经》云:"涑水,出河东闻喜县界。"黎葭谷,谓之苇谷。其水东自陕府夏县界来,经县四十里,西入河中府界。银谷,在县西南三十五里中条山下。隋开皇十九年于此置盐冶。司盐城,在县西二十里。蚩尤城,在县南一十八里。《管子》记曰:"雍孤之山出金,蚩尤爱之以为剑戟。"《史记》曰:"黄帝与蚩尤战于涿鹿之野。"按《皇览冢墓记》云:"蚩尤冢在东平郡寿张县,坟高七丈。常十月祀之,冢上有赤气

205

如一匹红练,土人谓之蚩尤旗。其肩髀冢在山阳郡巨野县,身体异处,故别葬之。"《孔子三朝记》云:"蚩尤,庶人之贪者而有喜怒,故恶名归之。"其城今摧毁。盐池,在县南五里。其池周回一百一十四里。《山海经》云:"景山南望盐泽。"今在河东猗氏县。又按《地理志》云:"盐池在安邑县西南,许慎谓之盐池。"吕忱曰:"宿沙氏煮海谓之盐,河东盐池谓之鹺。"今池水紫色,湛然不流,造盐,贮水深三寸,经三日,则结盐。苦池,在县东北一十八里。其水咸苦,牛羊不食,因以名之,亦名红花池。卫瓘墓,在县东十七里高垆原上。按《晋阳秋》曰:"太保淄阳侯卫瓘,河东安邑人也。瓘子恒,恒子玠,旧传云卫瓘葬高樗,今墓前有高樗古道。"鸣条陌,在县东北一十五里。按《地理志》:"鸣条陌,在安邑西北。"《尚书》云:"伊尹相汤伐桀,升自陑,遂与桀战于鸣条之野。"孔安国曰:"地在安邑之西,桀逆拒汤,陑在河曲之南,其地在县北二十里是也。"昆吾亭。旧《图经》云:"在县西南一十里,为夏方伯助桀拒汤。汤师先伐昆吾,然后伐桀。"《春秋左传》注:"昆吾以乙卯日与桀同诛。"宋永初《山川记》曰:"安邑有昆吾亭,古昆吾国也。"清原,在县北五十里。《春秋》僖公三十一年,晋蒐于清原作五军,以御狄,即此也。

如大禹治水,"导河积石,疏决龙门"成为千古传唱的故事,既是我国上古人民治水经验的总结和赞颂,更是人们众志成城、克服艰险愿望的表达。《太平寰宇记》卷四十六"河东道"之"蒲州""龙门县"记述:

龙门县,北一百九十八里,旧十乡,今八乡。古耿国,殷王祖乙所都。晋献公灭之,以赐赵夙。秦置为皮氏县。汉属河东郡。(按:皮氏县,在今县西一里八十步,古皮氏城是也。)后汉属郡不改。魏属平阳。晋不改。后魏太武改皮氏为龙门,因山为名,属北乡郡。隋开皇三年,废郡以县属绛州。十六年,割属蒲州。武德三年,属泰州。贞观十七年,州废,隶绛

第八章 传说地图:《太平寰宇记》的民间文艺史价值

州。大顺二年,与万泉割属蒲州。汾水,东自稷山县界流入,北去县五里,又南入汾阴县界。汉武帝行幸河东,作《秋风辞》曰"泛楼船兮济汾河,横中流兮扬素波"即此水也。故耿城,在县南十二(一作三)里,古耿国也。伏龙原,在县西南十八里。黄河,北自慈州太宁县界流入,去县二(一作三)十五里,即龙门口也。《禹贡》曰:"浮于积石,至于龙门。"《注》曰:"龙门山,在河之西界。"《水经注》云"大禹导河积石,疏决龙门"即此处也。魏《风土记》曰:"梁山,北有龙门,大禹所凿,通其河。"广八十步,岩际镌迹,遗功尚存。《慎子》曰:"河水之下,其流驶竹箭,驷马追之不能及。"《淮南子》曰:"禹沐淫雨,栉疾风,凿龙门。"辛氏《三秦记》曰:"河津,一名龙门。水陆不通,鱼鳖之属莫能上。江海大鱼集龙门下数千,不得上。上则为龙,不得上则曝腮龙门。"《水经注》云:"《尔雅》曰:'鳣鲔也出巩穴,三月则上渡龙门,得渡为龙,否则点额而还。'"《十六国春秋》:"左贤王刘豹妻呼延氏祈子于龙门,有白鱼至于祭所,其夜梦见鱼化为人,左手把一物大如鸡子,授呼延,曰日精,服之生贵子。以是,十三月而生刘元海。"蜚廉故城,在县南七里。《史记》曰:"蜚廉生恶来,蜚廉善走,恶来多力。父子俱事纣,武王伐纣,杀之。"龙门关,在县西北二十二里。大禹祠,在县西二十五里。魏《风土记》曰:"梁山北有龙门,山上有禹庙。"隋末摧毁。唐贞观九年,奉敕更令修理。唐高祖庙,在禹庙南绝顶上,书作行幸仪卫之像,盖义宁初义旗至此处也。故万春县,唐武德五年,割龙门县置,属泰州。贞观十七年,废泰州,地入龙门县。

夸父追日神话传说是一首具有英雄主义、理想主义色彩的颂歌,其在宋代被赋予了什么新意呢?其流传情况,如卷六"河南道"之"陕州"中"灵宝县"对夸父神话桃林塞的记述:

灵宝县,西四十五里,旧八乡,今三乡,本秦桃林县。汉为弘农县地,按汉县在今县西南二十里函谷故关城是也。隋开皇十六年,于今所置桃林县,属陕州,取古桃林塞为名。唐开元末,其地得天宝灵符,因改元天宝,兼改此县为灵宝焉。门水,俗名鸿胪涧。柏谷水,亦名鏊涧,《水经》云:"河水又东,合柏谷水。"《注》云:"水出弘农县南石堤山。"桃林塞,《山海经》云:"夸父之山,其北有林,名曰桃林。广员三百里,中多马湖。水出焉,北流注于河。其中多珚玉,造父于此得骅骝、騄耳之乘献穆王。"《尚书》谓:"放牛桃林之野。"《左传》谓:"以守桃林之塞。"其地则自县以西至潼关皆是也。《三秦记》:"桃林塞在长安东四百里,若有军马经过,好行则牧华山,休息林下,恶行则决河漫延,马不得过矣。"曹阳城,在县东南十四里,陈涉使周文西入秦,秦使章邯击破之,杀文于曹阳城,即此。后曹公改为好阳。晋王斜路,即《汉书·地理志》:"函谷关路也。"西接湖城县,东至此县界六十一里,已废。开皇九年晋王自扬州回复此路,因名晋王斜路,至今不绝。黄河,在县西北五里。古函谷关,在县南十里一百六十步,秦之旧关也。孟尝君田文被逐,夜半关闭,下客为鸡鸣而得出之处也。汉高祖入武关,居灞上,闭函谷关不纳,项王亚父怒烧关门。又汉楼船将军杨仆立大功,耻为关外民,请以家僮七百人助筑关城。武帝意好广阔,遂东移于新安,以其故关为弘农县也。《地理志》云:"弘农,故秦函谷关也。"崔浩注云:"东自崤山,西至潼津,通名函谷,号曰天险,所谓秦得百二。"戴延之《西征记》云:"旧函谷关带函道。"《汉书·训纂》云:"道形如函也。"郦善长《水经注》云:"门水北经弘农县故城东。城即故函谷关校尉旧治处,终军弃繻之所。"老子西入关,尹喜望气于此也。王元说隗嚣,请以一丸泥东封函谷关,亦此处也。《三秦记》云:"函谷关去长安四百里,日入则闭,鸡鸣则开,秦法也。"又晋《地道记》云:"汉弘农本函谷关,有桃林也。"潘岳《西征赋》云:"蹑函谷之重阻。"即此关也。其城北带河、南依山,周迴五里余四十步,高二丈。唐天宝元年,于尹真人旧宅所掘得灵宝符,遂立灵宝县于此。稠桑泽,在县西十八里。按《山海经》云:"桃林,地方三百里。"此泽即古之桃林也。《春秋》云:"虢公败戎于桑田。"杜预注云:"桑田,虢地,在弘农陕县东北。"盖此也。细腰原,在州西南七十九里,东西阔三里,南北长十里,当中五十步。《俗传》云:"中心狭细,如束素之腰,故名。"尹喜台,在县南十二里。关龙逢坟,在县西南七里,《城冢记》云:"关龙逢葬在龟头原左胁,高三丈。"唐太宗东巡致祭,开元十三年立碑,舍人吴巩之词。杨骏五公墓,在县东南十里,《晋阳秋》云:"惠帝永平元年杀太傅杨骏并父及子孙九人,故吏潘岳等收葬之。"

老子,李耳,是著名的哲学家、思想家,也是一位在宗教文化中被神圣化的历史人物。在神坛上,他是太上老君,是连接天界与人间的文化使者、文化领袖。在宋代,他已成为被高度神仙化的人物。如其在《太平寰宇记》卷十二"河南道"之"亳州""真源县"中被记述:

真源县,西南五十九里,旧十八乡,今八乡。即楚之苦县地。《史记》谓:"老子,苦县人也。"汉为县,属淮阳国。晋咸康三年,更名谷阳,盖谷水之阳,因以为名。隋初改为仙源,以老子所生之地为名。唐麟德三年,高宗幸濑乡,改谷阳为真源县,以隶亳焉。老子祠,崔元山《濑乡记》:"老子祠,平时教化学堂故基也。"汉桓帝命边韶为文,云:"老子伏羲时为郁华子,祝融时为广成子,黄帝时为大成子,颛顼时为赤精子,帝喾时为录回子,尧时为务成子,皆有像。"李母祠,《濑乡记》:"李母祠在老子祠北三里,祠门内右有圣母碑,东院内有九井。"《述征记》:"庙内九井,或云汲一井而八井动。"《舆地志》:"老子祠即老子所生旧宅。"老子者,道君也。三皇之始,乘白鹿下托于李母,练体易形,复命胞中七十二年,生于楚国。李母,星名也,在斗魁中。老子,星精也,为人黄色美目,面有寿征,黄额广耳,大目疏齿,方口厚唇,额有参子,达理日角月角,鼻有双柱,耳有三漏,足蹈二五,手把十文。十二圣师各有三法,凡三十六法。唐乾封元年册李母为先天太后,因改祠为洞霄宫。太清宫,玄元旧宅,今有桧树、鹿迹存焉,宫前有阙,各高一丈七尺,魏黄初三年文帝所立。其阙有铭,是钟繇书,皆破缺,惟四字存焉。李母坟,在县东十三里。《水经注》云:"老子宫前有李母坟,东有碑,汉桓帝永兴元年谯县令长沙王阜所建。枯柏,裴松之《述征记》云:"老子宫前有松柏双株,左阶之柏久枯。隋大业十三年,忽从根生一枝,耸干一丈三尺,枝叶青翠。唐武德二年更生一丛,直上五尺,横枝两层,枝叶相覆,异于常树。"濑水,在县东南十二里,于苦县界相县故城西南五里谷水分流,入灵溪池,东入涡水。相县,在濑水东是也。灵溪池。在玄元宫北。宁平城,在县西北五十五里。按《汉书·地理志》:"宁平县属淮阳。"晋东海王越自阳城率甲士四万东屯于项。永嘉五年薨,秘不发丧。石勒进兵追之,及宁平城,焚越尸于此。数万众敛手受害,尸积如山。王夷甫亦遇害。

宋代神话传说的流传在《太平寰宇记》中得到详细的保存,各个地区都有自己的神话传说类型。

四、民间故事的记录具有重要的社会价值

民间故事与民间传说有着非常密切的联系,所不同的在于前者以其幻想性流传,后者依附于一定的人或物。《太平寰宇记》借助民间传说的形式保存了丰富的民间故事类型。如卷三"河南道"之"河南府"中"人物"篇记述的"孝"故事:

许由,字武仲,登封人。申伯,洛阳人,《诗》"惟岳降神,生甫及申"即申伯也。仲山甫,洛阳人,《诗》:"保兹天子,生仲山甫。"又:"衮职有阙,仲山甫补之。"苏秦,洛阳人,读《阴符经》欲睡,引锥刺股,后游赵,说六国,受相印。贾谊,洛阳人,迁大中大夫,出为长沙王傅。司马迁。剧孟。

洛阳人，以侠显，文帝时，吴、楚告变，周亚夫乘传至洛，得孟，喜曰："吴楚举大事而不求剧孟，吾知其无能为已。"卜式，河南人，拜缑氏令，赐爵关内侯。郭贺，字乔卿，洛阳人。杜密，字周甫，登封人，北海相，罢归，每谒守令，多所陈托，与李膺同坐党事。吴雄，字季高，河南人，官廷尉。少贫，死，丧事促办，葬人所不封之地，不卜日，术者皆言其后必灭，而子䜣、孙恭并三世为廷尉。胡昭，居陆浑山，躬耕力学，间里严事之。时孙狼作乱，至陆浑，相戒曰："胡居士贤者，不得犯其境。"合邑赖昭以安。韩擒虎，平陈有功，进上柱国。疾笃，时有人诣其家曰："我欲见阎罗王。"虎闻之，曰："生为上柱国，死作阎罗王，足矣。"唐长孙无忌，洛阳人，佐太宗定天下，与褚遂良同受顾命。贾曾。洛阳人，为秘书郎，掌制诰。于志宁，河南人。张说，字道济，策贤良第一，封燕国公，其先范阳人，代居河东，又徙家为河南之洛阳人。贾至，曾子。玄宗传位，至撰册，帝曰："两朝盛典，出卿父子，可谓继美乎。元德秀，字紫芝，河南人，少孤，事母孝。尝隐居陆浑山中，无墙垣扃钥，岁饥或不爨，以弹琴自娱。房琯每谓："见紫芝眉宇，使人名利之心都尽。"房琯，字次律，洛阳人。长才博学，风度修整，与韦见素同平章事。武元衡，缑氏人。韦应物，河南人，性高洁，能诗，为苏州刺史，多惠政，世号韦苏州。元稹，字微之，河南人，官拜御史，长于诗，与白居易齐名，世称"元白"。毕諴，字存之，偃师人，燃薪夜读达旦，官学士，进大司马。萧昕。贾悚，河南人。裴休，济源人。曹确，河南人。

夫妇化鸟故事在卷九"河南道"之"郑州""荥阳县"中被记述为：

灵源山，按《神境记》云："荥阳县西有灵源山，其间生灵芝、石菌。其岩顶有石髓、紫菊，往往人闻有长啸之声。"兰岩山，《神境记》云："荥阳县西有兰岩山，峭拔千丈，常有双鹄不绝往来。传云：'昔有夫妇隐此山数百年，化为此鹄。忽一旦，一鹄为人所害，其一鹄岁常哀鸣，至今响动岩谷,莫知年岁。'"嵩渚山,一名小陉山,俗名周山。在县南三十五里,索水所出。《山海经》所谓:"小陉之山,器难之水出焉。"旧传:"器难之水,即索水也。"鸿沟,在县西,即楚汉分界之所。殷渠,晋殷褒,字元祚。为荥阳令,时多雨。褒乃课穿渠入河,疏导原隰,因致丰年。时人号为殷渠。今尚存。京水,在县东二十二里。《水经注》云:"黄水发源京县黄堆山,东南流,亦名祝龙泉。泉势沸涌,状似鼎汤,世谓之京水也。"索水,在县南三十五里。《水经注》云:"索水出京县西南嵩渚山,与东关水同源分流,即古旃然水也。"《左传》谓:"楚伐郑,次旃然。"即此水名。《汉书》云:"京、索之间,亦楚汉战斗之所。"京城,在县东南二十里。春秋姜氏为叔段请京。又《郑诗》云:"叔出于京。"汉以为县,后魏省。

书生化鹤冲天故事在卷六十一"河北道"中"镇州""获鹿县"被记述为:

获鹿县,西南九十五里。旧七乡,本汉石邑县地,属常山郡。隋开皇十六年,置鹿泉县于此,有鹿泉水,属并州。大业二年省,义宁初重置,还属并州。至德元年,改名获鹿。飞龙山,在县西南四十五里,一名封龙山。《十六国春秋·前赵录》云:"王浚遣祁宏率鲜卑讨石勒,战于飞龙山下,勒师大败。"郦道元注《水经》云:"㴲水,东经飞龙山,北是井陉口。今又名土门。"《赵记》云:"每岁疾风霓雨东南而行,俗传此山神女为东海神儿妻,故岁一往来。"今祠林尽坏,而三石人犹存,衣冠具全。其北即张耳故墟。耳山,上有水,周回四十步,俗呼为龙泉。大翮山,隋《图经》云:"鹿泉县有大翮山,昔有二书生得道,化为二鹤冲天,堕二翮于此山,故得名。"草山,今名抱犊山。韩信伐赵,使轻骑二千人持赤帜,从间道草山而望,后遂呼为草山。后魏葛荣之乱,百姓抱犊而上,故以为名。井陉口,今名土门口,在县西南十里,即太行八陉之第五陉也。四面高,中央下,似井,故名之。韩信击赵,欲下井陉。成安君陈余聚兵井陉口,号二十万,李左车说余曰:"臣闻千里馈粮,士有饥色。今井陉之道,车不得方轨,骑不得成列,师行数百里,其势粮食必在后。愿足下假臣奇兵三万人,从间道绝其辎重,足下深沟高垒,勿与战。彼前不得还,吾奇兵绝其后,使野无可掠,不至十日,两将之头可致麾下。"成安君儒者,不从,故败。鹿泉,出井陉口南山下。

仙人岩故事在许多地方都有流传。《太平寰宇记》卷六十一"河北道"之"镇州""行唐县"记述道:

> 行唐县,北七十里。旧八乡。本赵南行唐邑。《史记》云:"赵惠文王八年,城南行唐。"秦为真定地。汉初割真定地置为县,因旧名,后汉因之,属常山郡。后魏去"南"字,为行唐县。太和初,移置夫人城。孝昌四年,复行唐县于旧城,即今理是也。唐长寿二年,改为章武县。神龙初,仍旧为行唐县。至大历三年,于此置泒州,以界内泒水为名。割恒州灵寿、定州恒阳二县以隶焉。至九年,废泒州,县复还旧。梁开平二年,改为彰武县。后唐同光初,复旧。晋改为永昌县。汉复旧名。滋水,在县北三十六里,隋《图经》云:"行唐县,滋水经其境。"鹿水,隋《图经》云:"行唐县,鹿水东入博陵,谓之木刀沟,经石幢山。"仙人岩,晋《太康地记》云:"故行唐县西北,有仙人岩。"滹沱水,出州西,流至忻口而东出房山县界,其源自瓠山下理所滀潆两渠,至下博,非方舟不济矣。轮井,《水经注》云:"行唐城上西南隅,有大井若轮,水深不测。"王山祠,《水经注》云:"行唐城内北门东侧祠后有神女庙,前有碑。其文曰:'王山将军,故燕、蓟之神童,后为城神。'圣女者,此土华族石神夫人之元女。赵武灵王初营斯邑,城弥载不立。圣女发叹,应与人俱遂。妃、神童潜刊真石,百堵皆兴,不日而就,故此神,后之灵应不泯焉。"夫人城,《晋太康记》曰:"行唐县北二十里有夫人城,即王神女所筑。"

水仙圣姑故事在宋代民间广泛流传,《太平寰宇记》卷六十六"河北道"之"瀛洲""高阳县"中记述道:

> 高阳县,西北七十里,旧二十一乡,今三乡。本汉旧县,属涿郡。应劭《注》云:"在高河之阳。"后魏高阳郡领高阳县。隋开皇三年,罢郡。十六年,又于县理置蒲州。大业中,废州。唐武德四年,又置蒲州。贞观初,州废,以县隶瀛州。滹沱河,在今县东北十四里。易水,今名南易水,又名雹水,西自易州遂城县界流入。王尊冢,隋《图经》云:"冢原在武垣城东北隅,为东郡太守而卒,其枢一夜自归。"今犹祀之,呼为东郡河翁神。蔡仲冢,《九州要记》云:"汉南阳太守高阳侯蔡仲冢在城北,仲晓厌胜之术。"其冢至今无狐狸之穴。圣姑祠,邢子颙《记》云:"圣姑姓郝,字女君。魏青龙二年四月下旬,与邻女采樵于滱、徐二水合流之处,忽有数妇人从水出,皆着连腰裙,若今之青衣,至女君前曰:'东海公聘女君为妇,故遣相迎。'因敷连茵褥于水中,置女君于茵上,青衣者侍侧,顺流而下,其家大小皆走往看,惟得涕泣,遥望莫能就,女君怡然,曰:'今幸得为水仙,愿勿忧忆。'语讫,风起,遂遥,因为立祠。"桓翊以大臣子为尚书郎,试高阳长,主簿丁馥白县有圣姑祠,前后守令皆谒而后入,翊曰:"何浮言之甚?"遂立杖而教,曰:"若祀者有罪。"未经月余,在厅视事忽见十余妇人各持扇从门入,谓翊曰:"今古既殊,何相妨害,而断吾路。"翊性方直,教断更甚。未经旬,无病暴卒。今水岸上有郝女君招魂葬处,时人呼为元姬冢,亦名圣母陵。

《太平寰宇记》卷六十六"河北道"中"莫州""任丘县"记述了宋代流传的狐狸故事:

> 任丘县,南四十三里,旧十九乡,今四乡。本汉鄚县地,属涿郡。隋初,

废。至开皇十六年,又置。大业末,又废。唐武德五年,置复旧名,属瀛州。景云中,自瀛州隶莫州。狐狸淀,在县西北二十里。《水经注》云:"鄚县东南隅,水有狐狸淀,俗亦谓之掘鲤淀。非也,按淀中有蒲柳,多葭苇。"滱水枯渎,在县西一里。故阿陵城,在县东北二十里阿陵故城是。后汉省,后魏曾徙鄚县理此。周武帝宣政元年,废。神臼,邢子颙《三郡记》云:"县南三十里有一石臼,受物一石二斗,昔有沙门移之至寺,经宿血满其中,乃移旧处,复净如人扫。"今见存。任丘古城,在县南二十六里。《三郡记》云:"汉元始二年,巡检海使中郎将任丘筑此城以防海寇,即以为名。至后汉桓帝崩,无子,太后使校尉窦武诣河间迎灵帝,乃居此城,群臣至此朝谒,又谓之谒城。"

其卷六十七"河北道"之"易州""易县"也记述了一则狐狸故事:

易县,旧十九乡,今十三乡。本汉故安县也。《汉书》:"文帝封申屠嘉为故安侯。"《地理志》:"故安县属涿郡。"晋《地道记》:"属范阳国"。按故城在今县东南七百步,武阳故城东南隅,故安故城是也。高齐天保七年省,其武阳故城,即是燕之南鄙。隋开皇十六年,于故安故城西北隅置易县,即今理。龙山,隋《图经》云:"易县西南三十里,龙山石上往往有仙人及龙迹,四麓各有一洞,大如车轮,春则风出东,夏出南,秋出西,冬出北。有沙门法猛,以夏日入其东穴,见石堂石人,欲穷诸穴,有一人厉声曰:'法师,其余三穴皆如东者,不宜更入。'猛仍意不息,不觉身在外穴也。"盖神异难测。孔山,在州西南四十五里。《水经注》云:"易水又东,经孔山北,其山有孔,表里通澈,故名。山下有穴,出钟乳,尤佳。"白马山,在县北一十八里。《郡国志》云:"周时人多学道于白马山。"天宝六年,敕改为燕丹山。送荆陉,《九州记》云:"易县西南三十里,即荆轲入秦之路也。"驳牛山,《郡国志》云:"山色黑白斑驳,形如牛,故以为名,易水出其东。"北易水,一名安国河,亦名北易水,源出县西北穷独山中,东南流经武阳故城南,又东入涞水县界。中易水,《水经注》云:"出固安阎乡城谷中,东迳五大夫城,又东迳易京城,与北易水合流入巨马河。"《史记》云:"燕太子丹遣荆轲刺秦王,祖送易水之上。"即此处也。鱼丘水,《竹书纪年》云:"晋荀瑶伐中山,取穷鱼之丘。"《水经注》云:"鱼水出鱼山,山有石如巨鱼,水发其下。"濡水,源出县西穷独山南谷。雹水,一名南易水,源出县西南石兽冈。涞水河,一名巨马河,西自蔚州飞狐县界入。《水经注》云:"巨马河即涞水也。东北经郎山西望,众崖竞举,若鸟翼立石,崭岩似剑戟之秒,又南迳藏刀山下,层岩壁立,直上干霄,远望崖侧,若积刀环。"紫石水,《水经注》曰:"在易县南。"大黉岭,霍原隐此教授之所,在州北一百九十里。荆卿城,在县西九里,周回二里。《九州要记》云:"荆轲城北临濡水,即轲以金圆投龟处。轲入秦,樊于期刎头付轲于此城。"高渐离城,在县南十六里。《史记》云:"荆轲死,秦始皇得高渐离,惜其善击筑,重赦之,渐离复进得近,乃以铅置筑中,举筑扑秦皇,不中。"此即渐离所居。长安城,在县东南二十七里。《汉书》云:"宣帝时,幽州刺史李宣尚范阳公主,主忆长安,乃筑此城像长安,故以为名。"城中有枣树,花而不结,皆向西南而引,俗谓之思乡枣。斜安城,《郡国志》云:"易县有斜安城,传冈不正,因以名之,东隅上有班姬祠是也。"范阳故城,汉范阳县理于此,故城在今县东南六十里,古城即秦置,一名故城。后魏明帝孝昌二年,为杜洛周攻破。高齐后主武平七年,又移范阳于东故城北十七里。伏图城,一名小范阳是也,西北去州四十五里。隋初,自伏图城移范阳名于今涞水县,又于伏图城别置遒县,以属昌黎郡。大业十年,又移遒县于伏图城西南,即今州东南三十四里故遒城是。十三年,陷于寇,二城俱废。五公城,在废县东三十里,去州西三十里,《河北记》云:"易县有五公城,王谭不从。王莽谭子舆生五子避隐于此。世祖并封为侯。元才,北平侯;显才,蒲阴侯;益才,安熹侯;仲才,新市侯;季才,唐侯,所谓中山五王。"其西三十里有五大夫城,说与此同。加夷城,在废城西北四十里,去州六十里。《水经注》云:"巨马水东流经加夷山,即睒子于山中养无目父母之所也。"《舆地志》云:"易县加夷城有坑,阔三丈,深五尺,俗呼睒子窟。"金台,在县东南三十里,燕昭王所造,置金于上,以招贤士。又有西金台,俗呼此为东金台。古野狐城,在县东三十里,《耆老》云:"昔有狐于九荆岭,食五粒松子后得仙,谓之飞狐,其狐常来至此城,时人呼为野狐城。"西金台,在县东南六十里,即燕王以金招贤士之所。小金台,在县东南十五里,燕昭王所造,即郭隗台也。按《春秋后语》云:"郭隗谓燕王礼贤先从隗始,乃为碣石馆于台前。"兰马台,在县东南十五里,《水经注》云:"小金台北有兰马台。"候台,在州子城西南隅,高三层,燕昭王所筑,以候云物。三公台,在县东南十八里,其台相去三十六步,并高大,燕昭王所立,乐毅、邹衍、剧辛所游之处,故曰三公台。石柱,在县东南三十里,临易水,《州郡志》云:"易州义石柱,后魏末,杜、葛乱杀人,骸骨狼藉如乱麻,至齐神武,起兵扫除凶丑,拾遗骸骨葬于此,立石柱以志之。"废涞水县,在州北四十二里,十四乡。本汉遒县,属涿郡。《汉书·年表》:"景帝封匈奴降王陆疆为遒侯。"今县北一里故遒城是也。后汉,移于故城南,即今涞水县所理。后周大象二年,省入涿县。隋初,自伏图城移范阳,名于此。六年,又改为故安县。九年,又移故安于涿县东界,今涿州故安也。十年,又于此置永阳县。十八年,改为涞水县,以近涞水为名,按县地即周封召公于此也。皇朝太平兴国六年,并入易县。巨马河,在县东北二里。郎山,在易县西南四十里。

这些风俗思想与神话传说故事内容的保存与表达,构成《太平寰宇记》的记述特色,深刻影响到后世民间文艺的发展。

第九章
历史记忆:《宋史》中的宋代传说故事

宋代是中国历史上文化发展的鼎盛时期,各种文化形式与社会风俗生活都出现高度的模式化,表现出成熟的品质。宋代的传说故事及其中的人和事,因为文化发展而对后世社会风俗产生了尤为深刻的影响。元代脱脱主修的《宋史》,典型地表现出这些内容。

宋代历史文献非常丰富,而脱脱所修《宋史》以另一种方式叙说宋代社会风俗与传说故事,与其它历史文献共同构成宋代社会风俗生活的历史画面,相得益彰。

脱脱,一名托克托、脱脱帖木儿,蔑里乞氏,字大用,蒙古族蔑儿乞人。至正三年,元顺帝诏修辽、金、宋三史,脱脱担任总裁官。《元史》称其:"功施社稷而不伐,位极人臣而不骄,轻货财,远声色,好贤礼士,皆出于天性。至于事君之际,始终不失臣节,虽古之有道之臣,何以过之。"他召集众人修撰宋代社会历史,为那些传说中的人物立传,保存了丰富的宋代人物传说故事,形成取材民间传说入史的叙说方式。

《宋史》保存宋代民间传说,主要体现在《文苑传》《列女传》《孝义传》《隐逸传》《方技传》《忠义传》等列传,分别记述不同身份社会人物的性情、德行及其传说故事。

其记述文人传说故事,表现出宋代文人的个性。

如《文苑一》所记"宋白",曰:"宋白,字太素,大名人。年十三,善属文。

多游鄂、杜间,尝馆于张琼家,琼武人,赏白有才,遇之甚厚。白豪俊,尚气节,重交友,在词场名称甚著。"其举例"白尝过何承矩家,方陈倡优饮宴。有进士赵庆者,素无行检,游承矩之门,因潜出拜白,求为荐名,及掌贡部,庆遂获荐,人多指以为辞。又女弟适王沔,淳化二年,沔罢参知政事。时寇准方诋訾求进,故沔被出,复言白家用黄金器盖举人所赂,其实白尝奉诏撰钱惟濬碑,得涂金器尔。""张去华者,白同年生也,坐尼道安事贬。白素与去华厚善,遂出为保大军节度行军司马。逾年,抗疏自陈,有'来日苦少,去日苦多'之语,太宗览而悯之,召还,为卫尉卿,俄复拜为礼部侍郎,修国史。至道初,为翰林学士承旨。二年,迁户部侍郎,俄兼秘书监。真宗即位,改吏部侍郎、判昭文馆","白学问宏博,属文敏赡,然辞意放荡,少法度。在内署久,颇厌番直,草辞疏略,多不惬旨。景德二年,与梁周翰俱罢,拜刑部尚书、集贤院学士、判院事。旧三馆学士止五日内殿起居,会钱易上言,悉令赴外朝。白羸老步梗,就班足跌。未几,抗表引年。上以旧臣,眷顾未允。再上表辞,乃以兵部尚书致仕,因就宰臣访问其资产,虞其匮乏,时白继母尚无恙,上东封,白肩舆辞于北苑,召对久之,进吏部尚书,赐帛五十匹","白善谈谑,不拘小节,赡济亲族,抚恤孤嫠,世称其雍睦。聚书数万卷,图画亦多奇古者。尝类故事千余门,号《建章集》。唐贤编集遗落者,白多缵缀之。后进之有文艺者,必极意称奖,时彦多宗之,如胡旦、田锡,皆出其门下。陈彭年举进士,轻俊喜嘲谤,白恶其为人,黜落之,彭年憾焉,后居近侍,为贡举条制,多所关防,盖为白设也。会有司谥白为文宪,内出密奏言白素无检操,遂改文安。有集百卷。"记述其传说故事。其记述"朱昂"故事曰:"朱昂,字举之,其先京兆人,世家溇陂。唐天复末,徙家南阳。梁祖篡唐,父葆光与唐旧臣颜荛、李涛数辈挈家南渡,寓潭州。每正旦夕至,必序立南岳祠前,北望号恸,殆二十年。后涛北归,葆光乐衡山之胜,遂往家焉。昂少与熊若谷、邓洵美同学。朱遵度好读书,人号之为朱万卷,目昂为小万卷。昂尝间行经庐陵,道遇异人,谓之曰:中原不久当有真主平一天下,子仕至四品,安用南为?遂北游江、淮。

时周世宗南征,韩令坤统兵至扬州,昂谒见,陈治乱方略,令坤奇之,署权知扬州扬子县。适兵革之际,逃亡过半,昂便宜绥辑,复逋亡者七千余家,令坤即表授本县令。"其记述"何承裕"故事曰:"时又有何承裕者,晋天福末擢进士第,有清才,好为歌诗,而嗜酒狂逸。初为中都主簿,桑维翰镇兖州,知其真率,不责以吏事。累官至著作佐郎、直史馆,出为鳌屋、咸阳二县令,醉则露首跨牛趋府,府尹王彦超以其名士而容之,然为治清而不烦,民颇安焉。每览牒诉,必戏判以喻曲直,诉者多心伏引去。往往召豪吏接坐,引满,吏因醉挟私白事,承裕悟之,笑曰:'此见罔也,当受杖'。杖讫,复召与饮。其无检多类此。"其又记:"时有郭昱者,好为古文,狭中诡僻。周显德中登进士第,耻赴常选,献书于宰相赵普,自比巢、由,朝议恶其矫激,故久不调。后复伺普,望尘自陈,普笑谓人曰:'今日甚荣,得巢、由拜于马首。'开宝末,普出镇河阳,昱诣薛居正上书,极言谤普,居正奏之,诏署襄州观察推官。潘美镇襄阳,讨金陵,以昱随军。昱中夜被酒号叫,军中皆惊,翌日,美遣还。岁余,坐盗用官钱,除名,因居襄阳,游索樊、邓间。雍熙中,卒。又有马应者,薄有文艺,多服道士衣,自称先生。开宝初,效元结《中兴颂》作《勃兴颂》,以述太祖下荆、湖之功,欲刊石于永州结《颂》之侧,县令恶其夸诞,不以闻。太平兴国初,登第,授大理评事,坐事除名,羁旅积年。淳化中,以诗乾同年殿中丞牛景,景因奏上,太宗览而嘉之,复授大理评事,未几卒。又有颖贽、董淳、刘从义善为文章,张翼、谭用之善为诗,张之翰善笺启。贽拔萃登科,至太子中允。淳为工部员外郎、直史馆,奉诏撰《孟昶纪事》。从义多藏书,尝缵长安碑文为《遗风集》二十卷。余皆官不达。"其记"冯吉,字惟一,河南洛阳人。父道,周太师、中书令,追封瀛王。吉,晋天福初以父任秘书省校书郎,迁膳部、金部、职方员外郎,屯田、户部、司勋郎中,累阶金紫。周显德中,迁太常少卿",称其"嗜学,善属文,工草隶,议者以掌诰许之。然性滑稽无操行,每中书舍人缺,宰相即欲用吉,终以佻薄而止","雅好琵琶,尤臻其妙,教坊供奉号名手者亦莫能及。父常戒令勿习,吉性所好,亦不能改。道欲辱之,因家宴,令吉奏琵琶为寿,赐以束帛,吉置于肩,左抱琵琶,按膝再拜如伶官状,了无怍色,家人皆大笑","及为少卿,颇不得意,以杯酒自娱。每朝士宴集,虽不召,亦常自至,酒酣即弹琵琶,弹罢赋诗,诗成起舞。时人爱其俊逸,谓之三绝"。

如《文苑二》记述:"柳开,字仲涂,大名人。父承翰,乾德初监察御史。开幼颖异,有胆勇。周显德末,侍父任南乐,夜与家人立庭中,有盗入室,众恐不敢动,开裁十三,亟取剑逐之,盗逾垣出,开挥刃断二足指。"其又记:"安德裕,字益之,一字师皋,河南人。父重荣,晋成德军节度,《五代史》有传。德裕生于真定,未期,重荣举兵败,乳母抱逃水窦中。将出,为守兵所得,执以见军校秦习,习与重荣有旧,因匿之。习先养石守琼为子,及年壮无嗣,以德裕付琼养之,因姓秦氏。习世兵家,以弓矢、狗马为事。德裕孩提即喜笔砚,遇文字辄为诵读声,诸子不之齿,习独异之。既成童,俾就学,遂博贯文史,精于《礼》《传》,嗜《西汉书》。习卒,德裕行三年服,然后还本姓。习家尽以橐装与之,凡白金万余两。德裕却之,曰:斯秦氏之蓄,于我何有?丈夫当自树功名,以取富贵,岂屑于他人所有耶!闻者高之。"

如《文苑三》记述"徐铉,字鼎臣,扬州广陵人。十岁能属文,不妄游处,与韩熙载齐名,江东谓之韩、徐","太平兴国初,李昉独直翰林,铉直学士院。从征太原,军中书诏填委,铉援笔无滞,辞理精当,时论能之。师还,加给事中。八年,出为右散骑常侍,迁左常侍。淳化二年,庐州女僧道安诬铉奸私事,道安坐不实抵罪,铉亦贬静难行军司马","铉性简淡寡欲,质直无矫饰,不喜释氏而好神怪,有以此献者,所求必如其请。"

如《文苑四》所记"穆修,字伯长,郓州人。幼嗜学,不事章句。真宗东封,诏举齐、鲁经行之士,修预选,赐进士出身,调泰州司理参军。负才,与众龃龉,通判忌之,使人诬告其罪,贬池州。中道亡至京师,叩登闻鼓诉冤,不报。居贬所岁余,遇赦得释,迎母居京师,间出游句以给养。久之,补颍州文学参军,徙蔡州。明道中,卒。修性刚介,好论斥时病,诋诮权贵,人欲与交结,往往拒之。张知白守亳,亳有豪士作佛庙成,知白使人召修作记,记成,不书士名。士以白金五百遗修为寿,且求载名于记,修投金庭下,俶装去郡。士谢之,终不受,且曰:'吾宁糊口为旅人,终不以匪人污吾文也。'宰相欲识修,且将用为学官,修终不往见。母死,自负榇以葬,日诵《孝经》《丧记》,不饭浮屠为佛事。自五代文敝,国初,柳开始为古文。其后,杨亿、刘筠尚声偶之辞,天下学者靡然从之。修于是时独以古文称,苏舜钦兄弟多从之游。修虽穷死,然一时士大夫称能文者必曰穆参军。"其记石延年曰:"石延年,字曼卿,先世幽州人。晋以幽州遗契丹,其祖举族南走,家于宋城。延年为人跌宕任气节,读书通大略,为文劲健,于诗最工而善书。累举进士,不中,真宗录三举进士,以为三班奉职,延年耻不就。张知白素奇之,谓曰:'母老乃择禄耶?'延年不得已就命。后以右班殿直改太常寺太祝,知金乡县,有治名。用荐者通判乾宁军,徙永静军,为大理评事、馆阁校勘,历光禄、大理寺丞,上书章献太后,请还政天子。太后崩,范讽欲引延年,延年力止之。后讽败,延年坐与讽善,落职通判海州。久之,为秘阁校理,迁太子中允,同判登闻鼓院。尝上言天下不识战三十余年,请为二边之备。不报。及元昊反,始思其言,召见,稍用其说。命往河东籍乡兵,凡得十数万,时边将遂欲以捍贼,延年笑曰:'此得吾粗也。夫不教之兵勇怯相杂,若怯者见敌而动,则勇者亦牵而溃矣。今既不暇教,宜募其敢行者,则人人皆胜兵也。'又尝请募人使唃厮啰及回鹘举兵攻元昊,帝嘉纳之。延年喜剧饮,尝与刘潜造王氏酒楼对饮,终日不交一言。王氏怪其饮多,以为非常人,益奉美酒肴果,二人饮啖自若,至夕无酒色,相揖而去。明日,都下传王氏酒楼有二仙来饮,已乃知刘、石也。延年虽酣放,若不可撄以世务,然与人论天下事,是非无不当。"其记萧贯,称:"萧贯,字贯之,临江军新喻人。俊迈能文,尚气概。举进士甲科,为大理评事,通判安、宿二州,迁太子中允、直史馆。仁宗即位,进太常丞、同判礼院。历吏部南曹、开封府推官、三司盐铁判官,为京东转运使。时提举捉贼刘舜卿善捕盗,号'刘铁弹',恃功为不法,前后畏其凶悍,莫敢治。贯

第九章 历史记忆:《宋史》中的宋代传说故事

至,发之,废为民。徙江东,改知洪州,累迁尚书刑部员外郎。坐前使江东不察所部吏受赇,降知饶州。有抚州司法参军孙齐者,初以明法得官,以其妻杜氏留里中,而绐娶周氏入蜀。后周欲诉于官,齐断发誓出杜氏。久之,又纳倡陈氏,挈周所生子之抚州。未逾月,周氏至,齐摔置庑下,出伪券曰:'若慵婢也,敢尔邪!'乃杀其所生子。周诉于州及转运使,皆不受。人或告之曰:'得知饶州萧史君者诉之,事当白矣。'周氏以布衣书姓名,乞食道上,驰告贯。抚非所部,而贯特为治之。更赦,犹编管齐、濠州。迁兵部员外郎,召还,将试知制诰,会营建献、懿二皇太后陵,未及试而卒。贯临事敢为,不苟合于时。初,感疾,梦绿衣中人召至帝所,赋《禁中晓寒歌》,词语清丽,人以比唐李贺。"其记苏舜钦道:"苏舜钦,字子美,参知政事易简之孙。父耆,有才名,尝为工部郎中,直集贤院。舜钦少慷慨有大志,状貌怪伟。当天圣中,学者为文多病偶对,独舜钦与河南穆修好为古文、歌诗,一时豪俊多从之游","舜钦数上书论朝廷事,在苏州买水石作沧浪亭,益读书,时发愤懑于歌诗,其体豪放,往往惊人。善草书,每酣酒落笔,争为人所传。及谪死。世尤惜之"。其记黄亢称:"黄亢,字清臣,建州浦城人也。母梦星殒于怀,掬而吞之,遂有娠。少奇颖过人,年十五,以文谒翰林学士章得象,得象奇之。游钱塘,以诗赠处士林逋,逋尤激赏。时王随知杭州,奏禁西湖为放生池,亢作诗数百言以讽,士人争传之。亢为人侏儒,不饰小节,对人野率,如不能言。然嗜学彊记,为文词奇伟。卒,乡人类其文为十二卷,号《东溪集》。"其记颜太初云:"颜太初,字醇之,徐州彭城人,颜子四十七世孙。少博学,有隽才,慷慨好义。喜为诗,多讥切时事。天圣中,亳州卫真令黎德润为吏诬构,死狱中,太初以诗发其冤,览者壮之。文宣公孔圣祐卒,无子,除袭封且十年。是时有医许希以针愈仁宗疾,拜赐已,西向拜扁鹊曰:'不敢忘师也!'帝为封扁鹊神应侯,立祠城西。太初作《许希诗》,指圣祐事以讽在位,又致书参知政事蔡齐,齐为言于上,遂以圣祐弟袭封。山东人范讽、石延年、刘潜之徒喜豪放剧饮,不循礼法,后生多慕之,太初作《东州逸党诗》,孔道辅深器之。太初

223

中进士后,为莒县尉,因事忤转运使,投劾去。久之,补阆中主簿。时范讽以罪贬,同党皆坐斥,齐与道辅荐太初,上其尝所为诗,召试中书,言者以为此嘲讥之辞,遂报改临晋主簿。前此有太常博士宋武通判同州,与守争事,恚死,守憾之,捃构其子以罪,发狂亦死,父子寓骨僧舍。时守方贵显,无敢为直冤,太初因事至同州,葬武父子,苏舜钦表其事于墓左。后移应天府户曹参军、南京国子监说书,卒。著书号《洙南子》,所居在凫、绎两山之间,号凫绎处士。有集十卷,《淳曜联英》二十卷。"其记郭忠恕称:"郭忠恕,字恕先,河南洛阳人。七岁能诵书属文,举童子及第,尤工篆籀。弱冠,汉湘阴公召之,忠恕拂衣遽辞去。周广顺中,召为宗正丞兼国子书学博士,改《周易》博士。建隆初,被酒与监察御史符昭文竞于朝堂,御史弹奏,忠恕叱台吏夺其奏,毁之,坐贬为乾州司户参军。乘醉殴从事范涤,擅离贬所,削籍配隶灵武。其后,流落不复求仕进,多游岐、雍、京、洛间,纵酒跅弛,逢人无贵贱辄呼'苗'。有佳山水即淹留,浃旬不能去。或逾月不食。盛暑暴露日中,体不沾汗,穷冬凿河冰而浴,其傍凌澌消释,人皆异之。尤善画,所图屋室重复之状,颇极精妙。多游王侯公卿家,或待以美酝,豫张纨素倚于壁,乘兴即画之,苟意不欲而固请之,必怒而去,得者藏以为宝。太宗即位,闻其名,召赴阙,授国子监主簿,赐袭衣、银带、钱五万,馆于太学,令刊定历代字书。忠恕性无检局,放纵败度,上怜其才,每优容之。益使酒,肆言谤讟,时擅鬻官物取其直,诏减死,决杖流登州。时太平兴国二年。已行至齐州临邑,谓部送吏曰:'我今逝矣!'因掊地为穴,度可容其面,俯窥焉而卒,稿葬于道侧。后累月,故人取其尸将改葬之,其体甚轻,空空然若蝉蜕焉。所定《古今尚书》并《释文》并行于世。"

《文苑五》记述"梅尧臣,字圣俞,宣州宣城人,侍读学士询从子也。工为诗,以深远古淡为意,间出奇巧,初未为人所知。用询荫为河南主簿,钱惟演留守西京,特嗟赏之,为忘年交,引与酬倡,一府尽倾。欧阳修与为诗友,自以为不及。尧臣益刻厉,精思苦学,繇是知名于时。宋兴,以诗名家为世所传如尧臣者,盖少也。尝语人曰:'凡诗,意新语工,得前人所未道者,斯为善矣。必能状难写之景如在目前,含不尽之意见于言外,然后为至也。'世以为知言。历德兴县令,知建德、襄城县,监湖州税,签书忠武、镇安判官,监永丰仓。大臣屡荐宜在馆阁,召试,赐进士出身,为国子监直讲,累迁尚书都官员外郎。预修《唐书》,成,未奏而卒,录其子一人。"称"尧臣家贫,喜饮酒,贤士大夫多从之游,时载酒过门。善谈笑,与物无忤,诙嘲刺讥托于诗,晚益工。有人得西南夷布弓衣,其织文乃尧臣诗也,名重于时如此"。其记苏洵曰:"苏洵,字明允,眉州眉山人。年二十七始发愤为学,岁余举进士,又举茂才异等,皆不中。悉焚常所为文,闭户益读书,遂通《六经》、百家之说,下笔顷刻数千言。至和、嘉祐间,与其二子轼、辙皆至京师,翰林学士欧阳修上其所著书二十二篇,既出,士大夫争传之,一时学者竞效苏氏为文章。"其记述文同故事:"文同,字与可,梓州梓潼人,汉文翁之后,蜀人犹以石室名其家。同方口秀眉,以学名世,操韵高洁,自号笑笑先生。善诗、文、篆、隶、行、草、飞白。文彦博守成都,奇之,致书同曰:'与可襟韵洒落,如晴云秋月,尘埃不到。'司马光、苏轼尤敬重之。轼,同之从表弟也。同又善画竹,初不自贵重,四方之人持缣素请者,足相蹑于门。同厌之,投缣于地,骂曰:'吾将以为袜。'好事者传之以为口实。初举进士,稍迁太常博士、集贤校理,知陵州,又知洋州。元丰初,知湖州,明年,至陈州宛丘驿,忽留不行,沐浴衣冠,正坐而卒。""崔公度尝与同同为馆职,见同京南,殊无言,及将别,但云:'明日复来乎?与子话。'公度意以'话'为'画',明日再往,同曰:'与公话。'则左右顾,恐有听者。公度方知同将有言,非画也。同曰:'吾闻人不妄语者,舌可过鼻。'即吐其舌,三叠之如饼状,引之至眉间,公度大惊。及京中传同死,公度乃悟所见非生者。"其记"黄伯思"故事曰:"黄伯思,字长睿,其远祖自光州固始徙闽,为邵武人。祖履,资政殿大学士。父应求,饶州司录。伯思体弱,如不胜衣,风韵洒落,飘飘有凌云意。自幼警敏,不好弄,日诵书千余言。每听履讲经史,退与他儿言,无遗误者。尝梦孔雀集于庭,觉而赋之,词采甚丽。以履任为假承务郎。甫冠,入太学,校艺屡占上游。履将以恩例奏增秩,伯思固辞,履益奇之。元符三年,进士高等,调磁州司法参军,久不任,改通州司户。丁内艰,服除,除河南府户曹参军,治剧不劳而办。秩满,留守邓洵武辟知右军巡院。""伯思颇好道家,自号云林子,别字霄宾。及至京,梦人告曰:'子非久人间,上帝有命典司文翰。'觉而书之。不逾月,以政和八年卒,年四十。"

《文苑六》记述黄庭坚故事曰:"黄庭坚字鲁直,洪州分宁人。幼警悟,读书数过辄成诵。舅李常过其家,取架上书问之,无不通,常惊,以为一日千里。举进士,调叶县尉。熙宁初,举四京学官,第文为优,教授北京国子监,留守文彦博才之,留再任。苏轼尝见其诗文,以为超轶绝尘,独立万物之表,世久无此作,由是声名始震。知太和县,以平易为治。时课颁盐策,诸县争占多数,太和独否,吏不悦,而民安之。""庭坚学问文章,天成性得,陈师道谓其诗得法杜甫,学甫而不为者。善行、草书,楷法亦自成一家。与张耒、晁补之、秦观俱游苏轼门,天下称为四学士,而庭坚于文章尤长于诗,蜀、江西君子以庭坚配轼,故称苏、黄。轼为侍从时,举以自代,其词有'瑰伟之文,妙绝当世,孝友之行,追配古人'之语,其重之也如此。"其记述秦观故事,曰:"秦观,字少游,一字太虚,扬州高邮人。少豪隽,慷慨溢于文词,举进士不中。强志盛气,好大而见奇,读兵家书与己意合。见苏轼于徐,为赋黄楼,轼以为有屈、宋才。又介其诗于王安石,安石亦谓清新似鲍、谢。轼勉以应举为亲养,始登第,调定海主簿、蔡州教授。元祐初,轼以贤良方正荐于朝,除太学博士,校正秘书省书籍。迁正字,而复为兼国史院编修官,上曰有砚墨器币之赐。"秦观"绍圣初,坐党籍,出通判杭州。以御史刘拯论其增损实录,贬监处州酒税。使者承风望指,候伺过失,既而无所得,则以谒告写佛书为罪,削秩徙郴州,继编管横州,又徙雷州。徽宗立,复宣德郎,放还。至藤州,出游华光亭,为客道梦中长短句,索水欲饮,水至,笑视之而卒。先自作挽词,其语哀甚,读者悲伤之。""观长于议论,文丽而思深。及死,轼闻之叹曰：'少游不幸死道路，哀哉！世岂复有斯人乎！'"其记刘恕故事曰："刘恕，字道原，筠州人。父涣字凝之，为颍上令，以刚直不能事上官，弃去。家于庐山之阳，时年五十。欧阳修与涣，同年进士也，高其节，作《庐山高》诗以美之。涣居庐山三十余年，环堵萧然，饘粥以为食，而游心尘垢之外，超然无戚戚意，以寿终。""恕少颖悟，书过目即成诵。八岁时，坐客有言孔子无兄弟者，恕应声曰：'以其兄之子妻之。'一坐惊异。""王安石与之有旧，欲引置三司条例。恕以不习金谷为辞，因言天子方属公大政，宜恢张尧、舜之道以佐明主，不应以利为先。又条陈所更法令不合众心者，劝使复旧，至面刺其过，安石怒，变色如铁，恕不少屈。或稠人广坐，抗言其失无所避，遂与之绝。方安石用事，呼吸成祸福，高论之士，始异而终附之，面誉而背毁之，口顺而心非之者，皆是也。恕奋厉不顾，直指其事，得失无所隐。""光出知永兴军，恕亦以亲老，求监南康军酒以就养，许即官修书。光判西京御史台，恕请诣光，留数月而归。道得风挛疾，右手足废，然苦学如故，少间，辄修书，病亟乃止。官至秘书丞，卒，年四十七。"其称"恕为学，自历数、地里、官职、族姓至前代公府案牍，皆取以审证。求书不远数百里，身就之读且抄，殆忘寝食"云云。其记述米芾故事道："米芾，字元章，吴人也。以母侍宣仁后藩邸旧恩，补浛光尉。历知雍丘县、涟水军，太常博士，知无为军，召为书画学博士，赐对便殿，上其子友仁所作《楚山清晓图》，擢礼部员外郎，出知淮阳军。卒，年四十九。""芾为文奇险，不蹈袭前人轨辙。特妙于翰墨，沈著飞翥，得王献之笔意。画山水人物，自名一家，尤工临移，至乱真不可辨。精于鉴裁，遇古器物书画则极力求取，必得乃已。王安石尝摘其诗句书扇上，苏轼亦喜誉之。冠服效唐人，风神萧散，音吐清畅，所至人聚观之。而好洁成癖，至不与人同巾器。所为谲异，时有可传笑者。无为州治有巨石，状奇丑，芾见大喜曰：'此足以当吾拜！'具衣冠拜之，呼之为兄。又不能与世俯仰，故从仕数困。尝奉诏仿《黄庭》小楷作周兴嗣《千字韵语》。又入宣和殿观禁内所藏，人以为宠。"其记述周邦彦故事，曰："周邦彦，字美成，钱塘人。疏隽少检,不为州里推重,而博涉百家之书。元丰初,游京师,献《汴都赋》余万言,神宗异之,命侍臣读于迩英阁,召赴政事堂,自太学诸生一命为正,居五岁不迁,益尽力于辞章。出教授庐州,知溧水县,还为国子主簿。哲宗召对,使诵前赋,除秘书省正字。历校书郎、考功员外郎、卫尉、宗正少卿,兼议礼局检讨,以直龙图阁知河中府。徽宗欲使毕礼书,复留之。逾年,乃知隆德府,徙明州,入拜秘书监,进徽猷阁待制、提举大晟府。未几,知顺昌府,徙处州,卒,年六十六,赠宣奉大夫。邦彦好音乐,能自度曲,制乐府长短句,词韵清蔚,传于世。"

宋代人才辈出,文人得到社会重视。《文苑传》生动记述了这些人的传说故事,是中国民间文艺史上文人传说的高峰。或曰,宋代文人传说故事的历史记述,对后世文人传说的叙说方式产生了非常重要的影响。

其次是《宋史》之《列女传》记述了富有时代特色的宋代妇女传说故事,表现出宋代社会妇女阶层的时尚与传统,特别是她们的优秀品格以及她们对社会稳定和文明进步所作的贡献。

宋代社会的思想文化环境对于妇女阶层较为宽松。一般学者以为,宋代出现程朱理学,男尊女卑,妇女地位低下。其实,并非完全如此。在当时的社会生产方式与社会生活方式影响下,虽然男权居于主导地位,但妇女阶层在家庭中仍然具有相当重要的地位,这从历史文献中可以看出。如陈师道《后山谈丛》卷二记述:"文元贾公,居守北都。欧阳永叔使北还,公预戒官妓办词以劝酒,妓唯唯。复使都厅召而喻之,妓亦唯唯。公怪叹,以为山野。既燕,妓奉觞歌以为寿,永叔把盏侧听,每为引满。公复怪之,召问,所歌皆其词也。"庞元英《谈薮》记述:"曹咏侍郎妻硕人厉氏,余姚大族女,始嫁四明曹秀才,与夫不相得,仳离而归,乃适咏。"

《宋史》的《列女传》注意到妇女阶层在宋代社会风俗传统中的重要作用,声称:"古者天子亲耕,教男子力作,皇后亲蚕,教女子治生。王道之本,风俗之原,固有在矣。男有塾师,女有师氏,国有其官,家有其训,然而诗书

第九章 历史记忆:《宋史》中的宋代传说故事

所称男女之贤,尚可数也。世道既降,教典非古,男子之志四方,犹可隆师亲友以为善;女子生长环堵之中,能著美行垂于汗青,岂易得哉。故历代所传列女,何可弃也?考宋旧史得列女若干人,作《列女传》。"

《列女传》用简洁的语言叙述了一系列社会风俗生活故事,其首先记述的是一个敢于救人的女性英雄:"朱娥者,越州上虞朱回女也。母早亡,养于祖媪。娥十岁,里中朱颜与媪竞,持刀欲杀媪,一家惊溃,独娥号呼突前,拥蔽其媪,手挽颜衣,以身下坠颜刀,曰:'宁杀我,毋杀媪也。'媪以娥故得脱。娥连被数十刀,犹手挽颜衣不释,颜忿恚,断其喉以死。事闻,赐其家粟帛。其后,会稽令董皆为娥立像于曹娥庙,岁时配享焉。"其次是不怕牺牲,宁死不从的女性,其记述曰:"张氏,鄂州江夏民妇。里恶少谢师乞过其家,持刀逼欲与为乱,曰:'从我则全,不从则死。'张大骂曰:'庸奴!可死,不可它也。'至以刃断其喉,犹能走,擒师乞,以告邻人。既死,朝廷闻之,诏封旌德县君,表坟曰'列女之墓',赐酒帛,令郡县致奠。"再者是敢于虎口救父的女性:"彭列女,生洪州分宁农家。从父泰入山伐薪,父遇虎,将不脱,女拔刀斫虎,夺其父而还。事闻,诏赐粟帛,敕州县岁时存问。"与"彭列女"故事相似的,在《列女传》中记述曰:"童八娜,鄞之通远乡建奥人。虎衔其大母,女手拽虎尾,祈以身代。虎为释其大母,衔女以去。始,林栗侍亲官其地,尝目睹之。已而为守,以闻于朝,祠祀之。"这些女性都是社会道德的楷模,以大无畏的精神展现在世人面前,堪称勇敢、无邪。

宋代城市发展迅速,故事讲述中出现娼妓身份的妇女。《列女传》讲述了一个节义故事:"郝节娥,嘉州娼家女。生五岁,母娼苦贫,卖于洪雅良家为养女。始笄,母夺而归,欲令世其娼,娥不乐娼,日逼之,娥曰:'少育良家,习织作组细之事,又辄精巧,粗可以给母朝夕,欲求此身使终为良,可乎?'母益怒,且棰且骂。洪雅春时为蚕丛祠,娼与邑少年期,因蚕丛具酒邀娥。娼与娥徐往,娥见少年,仓皇惊走,母挽捽不使去。不得已留坐中,时时顾酒食辄唾,强饮之,则呕哕满地,少年卒不得侵凌。暮归,过鸡鸣渡,娥度他

229

日必不可脱,阳渴求饮,自投于江以死。乡人谓之节娥云。"其又记:"朱氏,开封民妇也。家贫,卖巾屦簪珥以给其夫。夫日与侠少饮博,不以家为事,犯法徙武昌。父母欲夺而嫁之,朱曰:'何迫我如是耶?'其夫将行,一夕自经死,且曰:'及吾夫未去,使知我不为不义屈也。'吴充时为开封府判官,作《阿朱诗》以道其事。"其"高邮妓女毛惜惜"故事记述曰:"毛惜惜者,高邮妓女也。端平二年,别将荣全率众据城以畔,制置使遣人以武翼郎招之。全伪降,欲杀使者,方与同党王安等宴饮,惜惜耻于供给,安斥责之,惜惜曰:'初谓太尉降,为太尉更生贺。今乃闭门不纳使者,纵酒不法,乃畔逆耳。妾虽贱妓,不能事畔臣。'全怒,遂杀之。越三日,李虎破关,禽全斩之,并其妻子及王安以下预畔者百有余人悉傅以法。"

《列女传》讲述民间传说,涉及到包拯和包拯家族,曰:"崔氏,合淝包繶妻。繶,枢密副使拯之子,早亡,惟一稚儿。拯夫妇意崔不能守也,使左右尝其心。崔蓬垢涕泣出堂下,见拯曰:翁,天下名公也。妇得齿贱获,执瀚涤之事幸矣,况敢污家乎!生为包妇,死为包鬼,誓无它也。其后,稚儿亦卒。母吕自荆州来,诱崔欲嫁其族人,因谓曰:'丧夫守子,子死孰守?'崔曰:'昔之留也,非以子也,舅姑故也。今舅殁,姑老矣,将舍而去乎?'吕怒,诅骂曰:'我宁死此,决不独归,须尔同往也。'崔泣曰:'母远来,义不当使母独还。'然到荆州傥以不义见迫,必绝于尺组之下,愿以尸还包氏。遂偕去。母见其誓必死,卒还包氏。"

节义与品格相伴相生,《列女传》着力渲染忠于操守的女性,用意在于对当时社会风俗生活产生引导作用。其记述曰:"赵氏,贝州人。父尝举学究。王则反,闻赵氏有殊色,使人劫致之,欲纳为妻。赵日号哭慢骂求死,贼爱其色不杀,多使人守之。赵知不脱,乃绐曰:'必欲妻我,宜择日以礼聘。'贼信之,使归其家。家人惧其自殒,得祸于贼,益使人守视。贼具聘帛,盛舆从来迎。赵与家人诀曰:'吾不复归此矣。'问其故,答曰:'岂有为贼污辱至此,而尚有生理乎!'家人曰:'汝忍不为家族计?'赵曰:'第亡患。'遂涕泣登舆而去。至州廨,举帘视之,已自缢舆中死矣。"

值得注意的是,《宋史》之《列女传》特别记述了面对金兵入侵,临危不惧,誓死不屈的女性故事。如其所记:"张晋卿妻丁氏,郑州新郑人,参知政事度五世孙也。靖康中,与晋卿避金兵于大隗山。金兵入山,为所得,挟之鞍上。丁自投于地,戟手大骂,连呼曰:'我死即死耳,誓不受辱于尔辈。'复挟上马,再三骂不已。卒乃忿然举梃纵击,遂死杖下。""项氏,吉州吉水人。居永昌里,适同里孙氏。宣和七年,为里胥所逮,至中途欲侵凌之,项引刀自刺而死。郡以闻,诏赠孺人,旌表其庐。""王氏二妇,汝州人。建炎初,金人至汝州,二妇为所掠,拥置舟中,遂投汉江以死。尸皆浮出不坏,人为收葬之城外江上,为双冢以表之。""徐氏,和州人。闵中女也,适同郡张弼。建炎三年春,金人犯惟扬,官军望风奔溃,多肆房掠,执徐欲污之。徐瞋目大骂曰:'朝廷蓄汝辈以备缓急,今敌犯行在,既不能赴难,又乘时为盗,我恨一女子不能引剑断汝头,以快众愤,肯为汝辱以苟活耶!第速杀我。'贼惭恚,以刃刺杀之,投江中而去。"

"建炎"作为一种历史记忆,动乱中遇贼,成为《列女传》讲述故事的重要背景,"不惧贼"故事被浓墨重彩地渲染,如其所记述:"荣氏,蘷女弟也。自幼如成人,读《论语》《孝经》,能通大义,事父母孝。归将作监主簿马元颖。建炎二年,贼张遇寇仪真,荣与其姑及二女走惟扬,姑素赢,荣扶掖不忍舍。俄贼至,胁之不从,贼杀其女,胁之益急,荣厉声诟骂,遂遇害。""何氏,吴人。吴永年之妻也。建炎四年春,金兵道三吴,官兵遁去,城中人死者五十余万。永年与其姊及其妻何奉母而逃。母老,待挟持而行,卒为贼所得,将縶其姊及何,何绐谓贼曰:'诸君何不武耶!妇人东西惟命尔。'贼信之。行次水滨,谓其夫曰:'我不负君。'遂投于河,其姊继之。""董氏,沂州滕县人,许适刘氏子。建炎元年,盗李昱攻剽滕县,悦其色,欲乱之,诱谕再三,曰:'汝不我从,当锉汝万段。'女终不屈,遂断其首。刘氏子闻女死状,大恸曰:'列女也。'葬之,为立祠。""三年春,盗马进掠临淮县,王宣要其妻曹氏避之,曹曰：'我闻妇人死不出闺房。'贼至，宣避之，曹坚卧不起。众贼劫持之，大骂不屈，为所害。""四年，盗祝友聚众于滁州龚家城，掠人为粮。东安县民丁国兵者及其妻为友所掠，妻泣曰：'丁氏族流亡已尽，乞存夫以续其祀。'贼遂释夫而害之。""同时，叛卒杨勃寇南剑州，道出小常村，掠一民妇，欲与乱，妇毅然誓死不受污，遂遇害，弃尸道傍。贼退，人为收瘗。尸所枕藉处，迹宛然不灭。每雨则干，晴则湿，或削去即复见。覆以他土，其迹愈明。"

面对强敌贼寇，宁死不屈，以死相拼，保持节操，是《列女传》的重要主题。其意在表彰一种坚持操守的精神、品格和意志。这也表明追求气节和勇敢，不仅仅是某一个时代颂扬的品格，更是超越时代的精神。

中华民族之所以绵延五千年不绝，正是因其宝贵的民族精神。富贵不能淫，威武不能屈，自然成为《列女传》叙说的重要主题。如其所记："谭氏，英州真阳县人，曲江村士人吴琪妻也。绍兴五年，英州饥，观音山盗起，攻剽乡落。琪窜去，谭不能俱，与其女被执。谭有姿色，盗欲妻之，谭怒骂曰：'尔辈贼也。我良家女，岂若偶耶？'贼度无可奈何，害之。"其又记："同时，有南雄李科妻谢氏，保昌故村人。因于虏盗中，数日，有欲犯之，谢唾其面曰：'宁万段我，不汝徇也。'盗怒，锉之而去。"其记述"海州朐山刘氏"故事曰："刘氏，海州朐山人，适同里陈公绪。绍兴末，金人犯山东，郡县震响，公绪倡义来归，偶刘归宁，仓卒不得与偕，惟挈其子庚以行，宋授以八品官，后累功至正使。刘留北方，音问不通。或语之曰：'人言贵易交，富易妻。今陈已贵，必他娶矣，盍改适？'曰：'吾知守吾志而已，皇恤乎他？'公绪亦不他娶。子庚浸长，辄思念涕泣，倾家赀，结任侠，奔走淮甸，险阻备尝。如是者十余年，遂得迎母以归。刘在北二十五年，尝纬萧以自给。"其记述"罗江张氏"故事曰："张氏，罗江士人女。其母杨氏寡居。一日，亲党有婚会，母女偕往，其典库雍乙者从行。既就坐，乙先归。会罢，杨氏归，则乙死于库，莫知杀者主名。提点成都府路刑狱张文饶疑杨有私，惧为人知，杀乙以灭口，遂命石泉军劾治。杨言与女同榻，实无他。遂逮其女，考掠无实。吏乃掘地为坑，

第九章 历史记忆:《宋史》中的宋代传说故事

缚母于其内,旁列炽火,间以水沃之,绝而复苏者屡,辞终不服。一日,女谓狱吏曰:'我不胜苦毒,将死矣,愿一见母而绝。'吏怜而许之。既见,谓母曰:'母以清洁闻,奈何受此污辱。宁死棰楚,不可自诬。女今死,死将讼冤于天。'言终而绝。于是石泉连三日地大震,有声如雷,天雨雪,屋瓦皆落,邦人震恐。勘官李志宁疑其狱,夕具衣冠祷于天。俄假寐坐厅事,恍有猿坠前,惊寤,呼吏卒索之,不见。志宁自念梦兆:'非杀人者袁姓乎?'有门卒忽言张氏馈食之夫曰袁大,明日袁至,使吏执之,曰:'杀人者汝也。'袁色动,遽曰:'吾怜之久矣,愿就死。'问之,云:'适盗库金,会雍归,遂杀之。'杨乃得免。时女死才数日也。狱上,郡榜其所居曰孝感坊。"其记述"彭州永丰师氏"故事曰:"师氏,彭州永丰人。父骥,政和二年省试第一。宣和中,为右正言十余日,凡七八疏,论权幸及廉访使者之害而去。女适范世雍子孝纯。建炎初,还蜀,至唐州方城县,会贼朱显终掠方城,孝纯先被害,贼执师氏欲强之,许以不死。师骂曰:'我中朝言官女,岂可受贼辱!吾夫已死,宜速杀我。'贼知不可屈,遂害之。"如其记述"临江军贡士欧阳希文之妻廖氏"故事曰:"廖氏,临江军贡士欧阳希文之妻也。绍兴三年春,盗起建昌,号'白毡笠',过临江,希文与妻共挟其母傅走山中,为贼所追。廖以身蔽姑,使希文负之逃。贼执廖氏,廖正色叱之。贼知不可屈,挥刃断其耳与臂,廖犹谓贼曰:'尔辈叛逆至此,我即死,尔辈亦不久屠戮。'语绝而仆。乡人义而葬之,号'廖节妇墓'。是年,盗彭友犯吉州龙泉,李生妻梁氏义不受辱,赴水而死。"其记述"涂端友妻陈氏"故事曰:"涂端友妻陈氏,抚州临川人。绍兴九年,盗起,被驱入黄山寺,贼逼之不从,以刃加其颈,叱曰:'汝辈鼠窃,命若蜉蝣,我良家子,义岂尔辱!纵杀我,官兵即至,尔其免乎?'贼知不可屈,乃幽之屋壁。居数日,族党有得释者,咸赍金帛以赎其孥。贼引端友妻令归。曰:'吾闻贞女不出闺阁,今吾被驱至此,何面目登涂氏堂!'复骂贼不绝,竟死之。"其记述"吉州永新谭氏妇赵"故事曰:"谭氏妇赵,吉州永新人。至元十四年,江南既内附,永新复婴城自守。天兵破城,赵氏抱婴儿随其舅、姑同匿邑校中,为悍卒所获,杀其舅、姑,执赵欲污之,不可,临之以刃曰:'从我则生,不从则死。'赵骂曰:'吾舅死于汝,吾姑又死于汝,吾与其不义而生,宁从吾舅、姑以死耳。'遂与婴儿同遇害。血溃于礼殿两楹之间,入砖为妇人与婴儿状,久而宛然如新。或讶之,磨以沙石不灭,又煅以炽炭,其状益显。"其记述"永春人林老女"故事曰:"林老女,永春人,及笄未婚。绍定三年夏,寇犯邑,入山避之。猝遇寇,欲污之,不从。度不得脱,绐曰:'有金帛埋于家,盍同取之?'甫入门,大呼曰:'吾宁死于家,决不辱吾身。'贼怒杀之,越三日面如生。"

以己之力,救人于水火之中,这也是《列女传》所叙说的主题。如其"曾氏妇晏"故事所述:"曾氏妇晏,汀州宁化人。夫死,守幼子不嫁。绍定间,寇破宁化县,令佐俱逃,将乐县宰黄埒令土豪王万全、王伦结约诸砦以拒贼,晏首助兵给粮,多所杀获。贼忿其败,结集愈众,诸砦不能御,晏乃依黄牛山傍,自为一砦。一日,贼遣数十人来索妇女金帛,晏召其田丁谕曰:'汝曹衣食我家,贼求妇女,意实在我。汝念主母,各当用命,不胜即杀我。'因解首饰悉与田丁,田丁感激思奋。晏自摇鼓,使诸婢鸣金,以作其勇。贼复退败。邻乡知其可依,挈家依黄牛山避难者甚众。有不能自给者,晏悉以家粮助之。于是聚众日广,复与伦、万全共措置,析黄牛山为五砦,选少壮为义丁,有急则互相应援以为掎角,贼屡攻弗克。所活老幼数万人。"又如其所记"王袤妻赵氏"故事曰:"王袤妻赵氏,饶州乐平人。建炎中,袤监上高酒税,金兵犯筠,袤弃官逃去,赵从之行。遇金人,缚以去,系袤夫妇于刘氏门,而入剽掠刘室。赵宛转解缚,并解袤,谓袤曰:'君速去。'俄而金人出,问袤安往,赵他指以误之。金人追之不得,怒赵欺己,杀之。袤方伏丛薄间,望之悲痛,归刻赵像以葬。袤后仕至孝顺监镇。"其记述"芜湖人詹氏女"故事曰:"詹氏女,芜湖人。绍兴初,年十七,淮寇号'一窠蜂'倏破县,女叹曰:'父子无俱生理,我计决矣。'顷之贼至,欲杀其父兄,女趋而前拜曰:'妾虽婆陋,愿执巾帚以事将军,赎父兄命。不然,父子并命,无益也。'贼释父兄缚,女麾手使巫去：'无顾我，我得侍将军，何所憾哉。'遂随贼。行数里，过市东桥，跃身入水死。贼相顾骇叹而去。"其"饶州安仁人谢枋得妻李氏"故事记述曰："谢枋得妻李氏，饶州安仁人也。色美而慧，通女训诸书。嫁枋得，事舅姑、奉祭、待宾皆有礼。枋得起兵守安仁，兵败逃入闽中。武万户以枋得豪杰，恐其扇变，购捕之，根及其家人。李氏携二子匿贵溪山荆棘中，采草木而食。至元十四年冬，信兵踪迹至山中，令曰：'苟不获李氏，屠而墟！'李闻之，曰：'岂可以我故累人，吾出，事塞矣。'遂就俘。明年，徙囚建康。或指李言曰：'明当没入矣。'李闻之，抚二子，凄然而泣。左右曰：'虽没入，将不失为官人妻，何泣也？'李曰：'吾岂可嫁二夫耶！'顾谓二子曰：'若幸生还，善事吾姑，吾不得终养矣。'是夕，解裙带自经狱中死。"

在动荡岁月中，死于节义，体现出宋代妇女誓死抗争的意志。《列女传》中记述"巴陵人韩氏女"故事曰："韩氏女，字希孟，巴陵人，或曰丞相琦之裔。少明慧，知读书。开庆元年，大元兵至岳阳，女年十有八，为卒所掠，将挟以献其主将。女知必不免，竟赴水死。越三日得其尸，于练裙带有诗曰：'我质本瑚琏，宗庙供苹蘩。一朝婴祸难，失身戎马间。宁当血刃死，不作衽席完。汉上有王猛，江南无谢安。长号赴洪流，激烈摧心肝。'"其"临川人王氏妇梁"故事记述曰："王氏妇梁，临川人。归夫家才数月，会大元兵至，一夕，与夫约曰：'吾遇兵必死，义不受污辱。若后娶，当告我。'顷之，夫妇被掠。有军千户强使从己，妇绐曰：'夫在，伉俪之情有所不忍，乞归之而后可。'千户以所得金帛与其夫而归之，并与一矢，以却后兵。约行十余里，千户即之，妇拒且骂曰：'斫头奴！吾与夫誓，天地鬼神实临之，此身宁死不可得也。'因奋搏之，乃被杀。有同掠脱归者道其事。越数年，夫以无嗣谋更娶，议辄不谐，因告其故妻，夜梦妻曰：'我死后生某氏家，今十岁矣。后七年，当复为君妇。'明日遣人聘之，一言而合。询其生，与妇死年月同云。"

这些故事既体现妇女吃苦耐劳、乐于奉献、舍生取义的美好品格，也从另一方面记述了社会风俗生活中的种种丑恶，在善与恶的较量中展示出女性的不平凡。如其记述"汉州雒县王氏女陈堂前"故事曰:"陈堂前,汉州雒县王氏女。节操行义,为乡人所敬,但呼曰'堂前',犹私家尊其母也。堂前年十八,归同郡陈安节,岁余夫卒,仅有一子。舅姑无生事,堂前敛泣告曰:'人之有子,在奉亲克家尔。今已无可奈何,妇愿干蛊,如子在日。'舅姑曰:'若然,吾子不亡矣。'既葬其夫,事亲治家有法,舅姑安之。子曰新,年稍长,延名儒训导,既冠,入太学,年三十卒。二孙曰纲曰纺,咸笃学有闻。初,堂前归陈,夫之妹尚幼,堂前教育之,及笄,以厚礼嫁遣。舅姑亡,妹求分财产,堂前尽遗室中所有,无靳色。不五年,妹所得财为夫所罄,乃归悔。堂前为买田置屋,抚育诸甥无异己子。亲属有贫窭不能自存者,收养婚嫁至三四十人,自后宗族无虑百数。里有故家甘氏,贫而质其季女于酒家,堂前出金赎之,俾有所归。子孙遵其遗训,五世同居,并以孝友儒业著闻。乾道九年,诏旌表其门闾云。"

《列女传》中的"南丰人谢泌妻侯氏"是又一种典型,面对贼寇来袭,毫不屈服,面对财富,仍不动容,其更看重的是家族持续发展的大义。其记述曰:"谢泌妻侯氏,南丰人。始笄,家贫,事姑孝谨。盗起,焚里舍杀人,远近逃避。姑疾笃不能去,侯号泣姑侧。盗逼之,侯曰:'宁死不从'。盗刃之,仆沟中。贼退,渐苏,见一箧在侧,发之皆金珠,族妇以为己物,侯悉归之,妇分其一以谢,侯辞曰:'非我有,不愿也。'后夫与姑俱亡,子幼,父母欲更嫁之,侯曰:'儿以贱妇人,得归隐居贤者之门已幸矣,忍去而使谢氏无后乎?宁贫以养其子,虽饿死亦命也。'"显然,故事加入了对家族的守护,与程朱理学皈依家族的忠孝观念相呼应。或曰,这正是宋代社会家族意识在社会风俗生活中的具体体现。

与《列女传》内容相似的是《孝义传》。如《孝义传》开篇所言:"冠冕百行莫大于孝,范防百为莫大于义。先王兴孝以教民厚,民用不薄;兴义以教民睦,民用不争。率天下而由孝义,非履信思顺之世乎。太祖、太宗以来,子有复父仇而杀人者,壮而释之;刲股割肝,咸见褒赏;至于数世同居,辄复其家。一百余年,孝义所感,醴泉、甘露、芝草、异木之瑞,史不绝书,宋之教化有足观者矣。"所以,其"作《孝义传》"。

在传统文化的视野中,孝的基点在于家,其核心有两个,一是奉养父母长辈,二是维护父母的尊严。《孝义传》所举之例,讲述的传说故事,就是具有复仇情结的孝义。如其"瀛州河间人李璘"故事记述曰:"李璘,瀛州河间人。晋开运末,契丹犯边,有陈友者乘乱杀璘父及家属三人。乾德初,璘隶殿前散祗候,友为军小校,相遇于京师宝积坊北,璘手刃杀友而不遁去,自言复父仇,案鞫得实,太祖壮而释之。"其"京兆鄠县民甄婆儿"故事记述曰:"雍熙中,又有京兆鄠县民甄婆儿,母刘与同里人董知政忿竞,知政击杀刘氏。婆儿始十岁,妹方襁褓,托邻人张氏乳养。婆儿避仇,徙居赦村,后数年稍长大,念母为知政所杀,又念其妹寄张氏,与兄课儿同诣张氏求见妹,张氏拒之,不得见。婆儿愤怒悲泣,谓兄曰:'我母为人所杀,妹流寄他姓,大仇不报,何用生为!'时方寒食,具酒肴诣母坟恸哭,归取条桑斧置袖中,往见知政。知政方与小儿戏,婆儿出其后,以斧斫其脑杀之。有司以其事上请,太宗嘉其能复母仇,特贷焉。"

另外,其讲述孝义的另一种意义,即家族和睦可以受到乡里社会赞颂,为父母挣得荣誉。如:"徐承珪,莱州掖人。幼失父母,与兄弟三人及其族三十口同甘藜藿,衣服相让,历四十年不改其操。所居崇善乡缉俗里,木连理,瓜瓠异蔓同实,州以闻。乾德元年,诏改乡名义感,里名和顺。承珪尝为赞皇令。"同类故事记述曰:"李罕澄,冀州阜城人也,七世同居。汉乾祐三年,诏改乡里名及旌其门闾。太平兴国六年,长吏以汉所赐诏书来上,复旌表之。""许祚,江州德化人。八世同居,长幼七百八十一口。太平兴国七年,旌其门闾。淳化二年,本州言祚家春夏常乏食,诏岁贷米千斛。""又有信州李琳十五世同居,贝州田祚、京兆惠从顺十世同居,庐州赵广、顺安军郑彦圭、信州俞隽八世同居,陕州张文裕六世同居,襄州张巨源、刘芳、潭州瞿景鸿、温州陈偁、江陵褚彦逢五世同居,徐州彭程四世同居,皆赐诏旌表门间。巨源素习法律,太平兴国五年,赐明法及第。芳淳化四年来贺寿宁节,赐进士出身。俋事母至孝,赐其母粟帛。彦逢兄弟五人皆年七十余,至道元年,转运使表其事,诏补彦逢教练使。"其记述尤为详细者,为"江州德安人陈兢"故事,曰:"陈兢,江州德安人,陈宜都王叔明之后。叔明五世孙兼,唐右补阙。兼生京,秘书少监、集贤院学士,无子,以从子褒为嗣,褒至盐官令。褒生灌,高安丞。灌孙伯宣,避难泉州,与马总善注司马迁《史记》行于世。后游庐山,因居德安,尝以著作佐郎召,不起,大顺初卒。伯宣子崇为江州长史,益置田园,为家法戒子孙,择群从掌其事,建书堂教诲之。僖宗时尝诏旌其门,南唐又为立义门,免其徭役。崇子衮,江州司户。衮子昉,试奉礼郎。昉家十三世同居,长幼七百口,不畜仆妾,上下姻睦,人无间言。每食,必群坐广堂,未成人者别为一席。有犬百余,亦置一槽共食,一犬不至,群犬亦皆不食。建书楼于别墅,延四方之士,肄业者多依焉。乡里率化,争讼稀少。开宝初,平江南,知州张齐上请仍旧免其徭役,从之。昉弟之子鸿。太平兴国七年,江南转运使张齐贤又奏免杂科。兢即鸿之弟。淳化元年,知州康戬又上言兢家常苦食不足,诏本州每岁贷粟二千石。后兢死,其从父弟旭每岁止受贷粟之半,云省啬而食,可以及秋成。属岁俭谷贵,或劝其全受而粜之,可邀善价,旭曰:'朝廷以旭家群从千口,轸其乏食,贷以公粟,岂可见利忘义,为罔上之事乎?'至道初,遣内侍裴愈就赐御书,还,言旭家孝友俭让,近于淳古。太宗尝对近臣言之,参知政事张洎对曰:'旭宗族千余口,世守家法,孝谨不衰,闺门之内,肃于公府。'且言及旭受贷事。上以远民义聚,复能固廉节,为之叹息。大中祥符四年,以旭为江州助教。旭卒,弟蕴主家事。天圣元年,又以蕴继为助教。蕴卒,弟泰主之。泰弟度,太子中舍致仕。从子延赏、可,并举进士。延赏职方员外郎。"

其记牺牲自我的"割肉救母"故事曰:"刘孝忠,并州太原人。母病经三年,孝忠割股肉、断左乳以食母。母病心痛剧,孝忠然火掌中,代母受痛。母寻愈。后数岁母死,孝忠佣为富家奴,得钱以葬。富家知其孝行,养为己子。

第九章 历史记忆:《宋史》中的宋代传说故事

后养父两目失明,孝忠为舐之,经七日复能视。以亲故,事佛谨,尝于像前割双股肉,注油创中,然灯一昼夜。刘钧闻而召见,给以衣服、钱帛、银鞍勒马,署宣陵副使。开宝二年,太祖亲征太原,召见慰谕。"其同类故事记述曰:"吕升,莱州人。父权失明,剖腹探肝以救父疾,父复能视而升不死。冀州南宫人王翰,母丧明,翰自抉右目睛补之,母目明如故。淳化中,并下诏赐粟帛。"其"渠州流江人成象"故事记述曰:"成象,渠州流江人。以诗书训授里中,事父母以孝闻。母病,割股肉食之,诏赐束帛醪酒。淳化中,李顺盗据郡县,象父母惊悸而死,烬骨寄浮图舍,象号泣营葬。贼平,乡里率钱三百万赠之。象庐于墓侧,以衰服襟袂筛土于坟上,日三斗。每恸,闻者戚怆。未尝食肉衣帛,或赠之亦不受。虎豹环庐而卧,象无畏色。燕百余集庐中,禾生墓侧吐九穗。服终犹未还家,知礼者为书以谕之,遂归教授,远近目为成孝子。"其"江陵人庞天祐"故事记述曰:"庞天祐,江陵人。以经籍教授里中。父疾,天祐割股肉食之。疾愈,又复病目丧明,天祐号泣祈天舐之。父年八十余,大中祥符四年卒,天祐负土封坟,结庐其侧,昼夜号不绝声。知府陈尧咨亲往致奠,上其事,诏旌表门闾。天祐家无儋石储,居委巷中,尧咨为徙里门之右,筑阙表之。"其"鄞人杨庆"故事记述曰:"杨庆,鄞人。父病,贫不能召医,乃刲股肉啖之,良已。其后母病不能食,庆取右乳焚之,以灰和药进焉,入口遂差,久之乳复生。宣和三年,守楼异名其坊曰崇孝。绍兴七年,守仇悆为之请。十二年,诏表其门,复之。悆曰:'韩退之作《鄠人对》,以毁伤支体为害义。而匹夫单人,身膏草莽,轨训之理未宏,汲引之徒多阙,而乃行成于内,情发自天。使稍知诗书礼义之说,推其所存,出身事主,临难伏节死义,岂减介之推、安金藏哉!'"

维护父母的尊严,听从父母的话语,让父母得到幸福和快乐,是孝义的一大内容。《孝义传》记述"台州黄岩人郭琮"故事曰:"郭琮,台州黄岩人。幼丧父,事母极恭顺。娶妻有子,移居母室。凡母之所欲,必亲奉之。居常不过中食,绝饮酒茹荤者三十年,以祈母寿。母年百岁,耳目不衰,饮食不减,乡里异之。至道三年，诏书存恤孝悌，乡老陈赞率同里四十人状琼事于转运使以闻，有诏旌表门闾，除其徭役。明年，母无疾而终。琼哀号几乎灭性，乡间率金帛以助葬。"同类故事记述道："又有越州应天寺僧者，幼贫无以养母，剃发乞食以给晨夕。母年一百五岁而终。""潭州长沙人毕赞，仕郡为引赞吏，性至孝，父母皆年八十余。转运使表其事，诏赞解职终养。""又有杭州仁和人李琼，以鬻缯为业，事母孝，夜常十余起省母。母喜食时新，琼百方求市，得必十倍酬其直。"

无条件赡养父母，是人子的职责。《孝义传》记述"泰州泰兴人顾忻"故事曰："顾忻，泰州泰兴人。十岁丧父，以母病，荤辛不入口者十载。鸡初鸣，具冠带率妻子诣母之室，问其所欲，如此五十年，未尝离母左右。母老，目不能睹物，忻日夜号泣祈天，刺血写佛经数卷。母目忽明，烛下能缝纫，九十余无疾而终。"

守护父母，包括敬奉父母的灵魂，也是孝义的重要内容。《孝义传》记述"筠州上高人易延庆"故事曰："易延庆字余庆，筠州上高人。父赟，以勇力仕南唐至雄州刺史。延庆幼聪慧，涉猎经史，尤长声律，以父荫为奉礼郎。显德四年，周师克淮南，赟归朝，授道州刺史，延庆亦授大名府兵曹参军，后为大理评事，知临淮县。乾德末，赟卒，葬临淮。延庆居丧摧毁，庐于墓侧，手植松柏数百本，且出守墓，夕归侍母。紫芝生于墓之西北，数年又生玉芝十八茎。本州将表其事，延庆恳辞。或画其芝来京师，朝士多为诗赋，称其孝感。服阕，延庆以母老称疾不就官。母卒后，槁殡数年，延庆出为大理寺丞。尝司建安市征，及母葬有期，私归营葬，掩圹而返。知军扈继升言其擅去职，坐免所居官，复庐墓侧数年。母平生嗜栗，延庆树二栗树墓侧，二树连理。苏易简、朱台符为赞美之。后知端州，卒。子纶，大中祥符元年，进士及第。"其"江阴人陈思道"故事记述曰："陈思道，江阴人。丧父，事母兄以孝悌闻。鬻醢市侧，以给晨夕，买物不酬价，如所索与之。母病，思道衣不解带者数月，双目疮烂，饮食随母多少。洎母丧，水浆不入口七日。既葬，哀鬻醢之利,得钱十万,奉其兄。结庐墓侧,日夜悲恸,其妻时携儿女诣之,拒不与见。夏日种瓜,以待过客。昼则白兔驯狎,夜则虎豹环其庐而卧。咸平元年,知军上其事,诏赐束帛,旌其门。"其"大名宗城人李玭"故事记述曰:"李玭,大名宗城人。性笃孝,力耕以事母。母卒,让田与其弟坚,遂庐于葬所,昼夜号泣,负土筑坟高丈余。又以二代及诸族父母槁葬者尽礼筑之,凡三年成六坟,皆丈余。不食肉衣帛,不预人事,遑遑然唯恐筑之不及,坟成,复留守坟三年。常令兄之子卖药以自给。年六十余,足未尝入县门。乡人目为李孝子。天禧中,知府张知白以状闻,诏赐粟帛,令府县安存之。里中有母在而析产者闻玭被旌,兄弟惭惧,复相率同居。"其"应天府楚丘人侯义"故事记述曰:"侯义,应天府楚丘人。贫无产,佣田以事母。里人有葬其亲而遽返者,义母过其冢,泣谓义曰:'我死,其若是乎!'义乃感激自誓而不欲言,但慰其母曰:'勿悲,义必不尔。'咸平中,母卒,义力自办葬,不掩坟圹,昼则负土筑坟,夜则恸哭柩侧。妻子困匮不给,田主曹氏哀怜之,资以糇粮。逾年,坟间瓜异蒂、木连理,又有巨蛇绕其侧不暴物,野鸽飞而不去。尝遇盗劫其衣服,既而知是义物,悉还之。"其"洵同县人李筹"故事记述曰:"李筹者,洵同县人,字彦良。与弟衡字平国生同乳,二岁丧母,十岁丧父,兄弟每以不逮事亲为恨。政和中,改葬其母于杨山,负土成坟,庐于墓左。未几,庐所产木一本两干,高丈许复合于一,至其末乃分两干五枝,乡人以为瑞。"

在《孝义传》中,孝能感动生灵,赋予神奇。如其所记述"湖州武康人朱泰"故事曰:"朱泰,湖州武康人。家贫,鬻薪养母,常适数十里外易甘旨以奉母。泰服食粗粝,戒妻子常候母色。一日,鸡初鸣入山,及明,憩于山足,遇虎搏攫负之而去。泰已瞑眩,行百余步,忽稍醒,厉声曰:'虎为暴食我,所恨母无托尔!'虎忽弃泰于地,走不顾,如人疾驱状。泰匍匐而归。母扶持以泣,泰亦强举动,不逾月如故。乡里闻其孝感,率金帛遗之,里人目为朱虎残。"其"资州资阳人支渐"故事记述曰:"支渐,资州资阳人。年七十,持母丧,既葬,庐墓侧,负土成坟,蓬首垢面,三时号泣,哀毁瘠甚。白蛇狸兔扰其旁,白雀白乌日集于垅木,五色雀至万余,回翔悲鸣若助哀者。乡人句文鼎自娶妇即与父母离居,睹渐至行,深自悔责,号恸而归,孝养尽志。乡间观感而化者甚众。"

在社会风俗生活的建构中,孝义和忠烈是文化发展的重要导向,引导社会风俗的潮流。《宋史》叙说的传说故事被不断放大,以提高社会道德水平,维系社会的稳定,呈示祥和。民间信仰与传说故事共同述说着这些思想文化,这是中国文化的重要传统。

与此相联系的社会文化思潮,还有历史上的"方技",《宋史》的编撰者专列《方技传》对此解释道:"昔者少皞氏之衰,九黎乱德,家为巫史,神人淆焉。颛顼氏命南正重司天以属神,北正黎司地以属民,其患遂息。厥后三苗复弃典常,帝尧命羲、和修重、黎之职,绝地天通,其患又息。然而天有王相孤虚,地有燥湿高下,人事有吉凶悔吝、疾病札瘥,圣人欲斯民趋安而避危,则巫医不可废也。后世占候、测验、厌禳、禜禬,至于兵家遁甲、风角、鸟占,与夫方士修炼、吐纳、导引、黄白、房中,一切怃蒿妖诞之说,皆以巫医为宗。汉以来,司马迁、刘歆又亟称焉。然而历代之君臣,一惑于其言,害于而国,凶于而家,靡不有之。宋景德、宣和之世,可鉴乎哉!然则历代方技何修而可以善其事乎?曰:'人而无恒,不可以作巫医。'汉严君平、唐孙思邈吕才言皆近道,孰得而少之哉。宋旧史有《老释》《符瑞》二志,又有《方技传》,多言机祥。今省二志,存《方技传》云。"

对于民间文艺流传范围等问题的认定,长期以来,存在着二元对立的误区,即简单理解为上层社会与底层社会的相互对立引发了文献典籍的记述与口头表达相对立。继而,又以为文献典籍属于上层社会士大夫之流的文化权利,而底层社会的基本标志就是不识字。诚然,上层社会与底层社会的价值立场存在着许多不同,但是,其共处于文化整体之中,便会有许多共同认同的内容。诸如"方技",其发生基础在于中国传统社会的民间信仰,以夸张、奇异、荒诞为特点,给人以新奇的感觉,而它不仅仅存在于民间社会。

第九章 历史记忆:《宋史》中的宋代传说故事

《宋史》的修撰者称省去此"《老释》《符瑞》",正是看到其内容与方技的共通性。从神话主义理论讲,方技具有神话的属性,即超越自然和日常,其中的社会风俗与民间传说故事与社会各阶层皆有关联。方技的背后起主导作用的是巫术,是天人相通的神话思维,由此演绎为民间传说故事和民间文艺,是社会风俗生活的重要内容。

方技的神与奇,主要在于预测,未卜先知。概括讲,就是能够通神,知晓未来将会发生的事情。在民间社会,方技的化身是巫婆神汉,是民间社会风俗话语权的重要掌握者。

《宋史》之《方技传》叙说奇异,首先举例"开封浚仪人赵修己"故事,其记述曰:"赵修己,开封浚仪人,少精天文推步之学。晋天福中,李守真掌禁军,领滑州节制,表为司户参军,留门下。守真每出征,修己必从,军中占候多中。奏试大理评事,赐绯。汉乾祐中,守真镇蒲津,阴怀异志,修己屡以祸福谕之,不听,遂辞疾归乡里。明年,守真果叛,幕吏多伏诛,独修己得免。朝廷知其能,召为翰林天文","周祖镇邺,奏参军谋。会隐帝诛杨邠、史弘肇等,且将害周祖,修己知天命所在,密谓周祖曰:'衅发萧墙,祸难斯作。公拥全师,临巨屏,臣节方立,忠诚见疑。今幼主信谗,大臣受戮,公位极将相,居功高不赏之地,虽欲杀身成仁,何益于事?不如引兵南渡,诣阙自诉,则明公之命,是天所与也。天与不取,悔何可追!'周祖然之,遂决渡河之计。即位,以为殿中省尚食奉御,赐金紫。改鸿胪少卿,迁司天监。显德中,累加检校户部尚书。尝遣副翰林学士承旨陶谷,以御衣、金带、战马、器币赐吴越钱俶。宋初,迁太府卿,判监事,上章告老,优诏不许。建隆三年卒,年七十一。"其又举例"河南洛阳人王处讷"故事,记述曰:"王处讷,河南洛阳人。少时有老叟至舍,煮洛河石如面,令处讷食之,且曰:'汝性聪悟,后当为人师。'又尝梦人持巨鉴,星宿灿然满中,剖腹纳之,觉而汗洽,月余,心胸犹觉痛。因留意星历、占候之学,深究其旨。晋末之乱,避地太原,汉祖时领节制,辟置幕府。即位,擢为司天夏官正,出补许田令,召为国子《尚书》博

243

士,判司天监事","周祖尝与处讷同事汉祖,雅相厚善,及自邺举兵入汴,遽命访求处讷,得之甚喜,因问以刘氏祚短事。对曰:'人君未得位,尝务宽大;既得位,即思复仇。汉氏据中土,承正统,以历数推之,其载祀犹永。第以高祖得位之后,多报仇杀人及夷人之族,结怨天下,所以运祚不长。'周祖蹴然太息。适发兵围汉大臣苏逢吉、刘铢等家,待旦将行拏戮,遽命止之。逢吉已自杀,止诛刘铢,余悉全活。"其记述"河中人苗训"故事曰:"苗训,河中人,善天文占候之术。仕周为殿前散员右第一直散指挥使。显德末,从太祖北征,训视日上复有一日,久相摩荡,指谓楚昭辅曰:'此天命也。'夕次陈桥,太祖为六师推戴,训皆预白其事。既受禅,擢为翰林天文,寻加银青光禄大夫、检校工部尚书。年七十余卒。"其记述"汝州襄城人楚芝兰"故事曰:"楚芝兰,汝州襄城人,初习《三礼》,忽自言遇有道之士,教以符天、六壬、遁甲之术。属朝廷博求方技,诣阙自荐,得录为学生。以占候有据,擢为翰林天文。授乐源县主簿,迁司天春官正、判司天监事。占者言五福太一临吴分,当于苏州建太一祠。芝兰独上言:'京师帝王之都,百神所集。且今京城东南一舍地名苏村,若于此为五福太一建宫,万乘可以亲谒,有司便于祗事,何为远趋江外,以苏台为吴分乎?'舆论不能夺,遂从其议,仍令同定本宫四时祭祀仪及醮法。宫成,特迁尚书工部员外郎,赐五品服。淳化初,与马韶同判监,俱坐事,芝兰出为遂平令。卒,年六十。录其子继芳为城父县主簿。"总之,他们都能预知未来,逢凶化吉,化险为夷。或曰,这是后世民间文艺中机智人物故事的原型。

  方技身份有差异,不过精通于卜筮等技能是他们的共性,其记述内容有详有略。这些方技,无异于方士,虽然不一定都是装神弄鬼,却也与鬼神相通,身兼道术与儒术,被民间社会视为先知、神仙。当然,其结局也不尽相同。如《方技传》记述"周克明"故事曰:"周克明字昭文。曾祖德扶,唐司农卿。祖杰,开成中进士,解褐获嘉尉,历弘文馆校书郎。中和中,僖宗在蜀,杰上书言治乱万余言。擢水部员外郎,三迁司农少卿。杰精于历算,尝以《大衍

第九章 历史记忆:《宋史》中的宋代传说故事

历》数有差,因敷衍其法,著《极衍》二十四篇,以究天地之数。时天下方乱,杰以天文占之,惟岭南可以避地,乃遣其弟鼎求为封州录事参军。杰天复中亦弃官携家南适岭表。刘隐素闻其名,每令占候天文灾变。杰自以年老,尝策名中朝,耻以星历事僭伪,乃谢病不出。䶮袭位,强起之,令知司天监事,因问国祚修短。杰以《周易》筮之,得《比》之《复》,曰:'卦有二土,土数生五,成于十,二五相比,以岁言之,当五百五十。'䶮大喜,赏赉甚厚。䶮以梁贞明三年僭号,至开宝四年国灭,止五十五年。盖杰举成数以避害尔。大有中,迁太常少卿,卒,年九十余。杰生茂元,亦世其学,事䶮至司天少监,归宋授监丞而卒,即克明之父也。克明精于数术,凡律历、天官、五行、谶纬及三式、风云、龟筮之书,靡不究其指要。开宝中授司天六壬,改台主簿,转监丞,五迁春官正。克明颇修词藻,喜藏书。景德初,尝献所著文十编,召试中书,赐同进士出身。三年,有大星出氐西,众莫能辨,或言国皇妖星,为兵凶之兆。克明时使岭表,及还,亟请对,言:'臣按《天文录》《荆州占》,其星名曰周伯,其色黄,其光煌煌然,所见之国大昌,是德星也。臣在涂闻中外之人颇惑其事,愿许文武称庆,以安天下心。'上嘉之,即从其请。拜太子洗马、殿中丞,皆兼翰林天文,又权判监事。属修两朝国史,其天文律历事,命克明参之。大中祥符九年,坐本监择日差互,例降为洗马。天禧元年夏,火犯灵台,克明语所亲曰:'去岁太白犯灵台,掌历者悉被降谴,上天垂象,深可畏也。今荧惑又犯之,吾其不起乎!'八月,疽发背,卒,年六十四。克明久居司天之职,颇勤慎,凡奏对必据经尽言。及卒,上颇悼惜,遣内侍谕其婿直龙图阁冯元,令主丧事,赐赙甚厚"。又如其记述"濮州临泉人王老志"故事曰:"王老志,濮州临泉人。事亲以孝闻。为转运小吏,不受赂谢。遇异人于丐中,自言:'吾所谓钟离先生也。'予之丹,服之而狂。遂弃妻子,结草庐田间,时为人言休咎。政和三年,太仆卿王亶以其名闻。召至京师,馆于蔡京第。尝缄书一封至帝所,徽宗启读,乃昔岁秋中与乔、刘二妃燕好之语也。帝由是稍信之,封为洞微先生。朝士多从求书,初若不可解,后卒应者十八九,故其门如市。京虑太甚,颇以为戒;老志亦谨畏,乃奏禁绝之。尝献乾坤鉴法,命铸之。既成,谓帝与皇后他日皆有难,请时坐鉴下,思所以儆惧消变者。明年,见其师,责以擅处富贵,乃丐归,未得请,病甚,始许其去。步行出,就居,病已失矣。归濮而死。诏赐金以葬,赠正议大夫。初,王黼未达时,父为临泉令,问黼名位所至,即书'太平宰相'四字。旋以墨涂去之,曰:'恐泄机也'。黼败,人乃悟。"其记述"临安富阳人孙守荣"故事曰:"孙守荣,临安富阳人。生七岁,病瞽。遇异人教以风角、鸟占之术,其法以音律推五数,播五行,测度万物始终盛衰之理。凡问者,一语顷,辄知休咎。守荣既悟,异人授以铁笛,遂去不复见。守荣因号富春子,吹笛市中,人初不异也。然其术率验。宝庆间,游吴兴,闻谯楼鼓角声,惊曰:'旦夕且有变,土人当有典郡者。'见王元春,即贺之曰:'作乡郡者,必君也。'元春初不之信。越两月,潘丙作乱,元春以告变功,果典郡。自是富春子之名大显,贵人争延致之。淮南帅李曾伯荐诸朝。既至,谒丞相史嵩之,阍者以昼寝辞。守荣曰:'丞相方钓鱼园池,何得云尔。'阍者惊异,入白丞相,丞相一见,颇喜之。自是数出入相府。一日,庭鹊噪,令占之,曰:'来日晡时,当有宝物至。'明日,李全果以玉柱斧为贡。嵩之又尝得李全檄藏袖中,询其事,守荣曰:'此李全诈假布囊二十万尔。'剥封,果如其说。士大夫咸询履历,守荣不尽答。私谓所知曰:'吾以音推诸朝绅,互有赢缩,宋禄其殆终乎!'后为嵩之所忌,诬以他罪,贬死远郡。"

值得注意的是,一些方技精通医术,留下世间传奇。如其所记述"宋州睢阳人王怀隐"故事:"王怀隐,宋州睢阳人。初为道士,住京城建隆观,善医诊。太宗尹京,怀隐以汤剂祇事。太平兴国初,诏归俗,命为尚药奉御,三迁至翰林医官使。三年,吴越遣子惟浚入朝,惟浚被疾,诏怀隐视之。初,太宗在藩邸,暇日多留意医术,藏名方千余首,皆尝有验者。至是,诏翰林医官院各具家传经验方以献,又万余首,命怀隐与副使王祐、郑奇、医官陈昭遇参对编类。每部以隋太医令巢元方《病源候论》冠其首,而方药次之,成一百卷。太宗御制序,赐名曰《太平圣惠方》,仍令镂板颁行天下,诸州各置医博士掌之。怀隐后数年卒。昭遇本岭南人,医术尤精验,初为医官,领温水主簿,后加光禄寺丞,赐金紫"。又如其记述"德州平原人赵自化"故事曰:"赵自化,本德州平原人。高祖常,为景州刺史,后举家陷契丹。父知岩脱身南归,寓居洛阳,习经方名药之术,又以授二子自正、自化。周显德中,偕来京师,悉以医术称。知岩卒,自正试方技,补翰林医学。会秦国长公主疾,有荐自化诊候者,疾愈,表为医学,再加尚药奉御。淳化五年,授医官副使。时召陈州隐士万适至,馆于自化家。会以适补慎县主簿,适素强力无疾,诏下日,自化怪其色变,为切脉曰:'君将死矣。'不数日,适果卒。至道中,有布衣郑元辅者,尝依自化之姻吏部令史张崇敏家。元辅时从自化丐索,无所得,心衔之。乃诣检上书,告自化漏泄禁中语,及指斥非所宜言等事。太宗初甚骇,命王继恩就御史府鞫之,皆无状,斩元辅于都市。自化坐交游非类,黜为郢州团练副使。未几,复旧职。咸平三年,加正使。景德初,雍王元份泊晋国长公主并上言:'自化药饵有功。请加使秩,领遥郡。'上以自化居太医之长,不当复为请求,令枢密院召自化戒之。雍王薨,坐诊治无状,降为副使。二年,复旧官。是冬卒,年五十七。遗表以所撰《四时养颐录》为献,真宗改名《调膳摄生图》,仍为制序。自化颇喜为篇什,其贬郢州也,有《汉沔诗集》五卷,宋白、李若拙为之序。又尝缵自古以方技至贵仕者,为《名医显秩传》三卷。"其记述"蕲州蕲水人庞安时"故事曰:"庞安时字安常,蕲州蕲水人。儿时能读书,过目辄记。父,世医也,授以脉诀。安时曰:'是不足为也。'独取黄帝、扁鹊之脉书治之,未久,已能通其说,时出新意,辨诘不可屈,父大惊,时年犹未冠。已而病聩,乃益读《灵枢》《太素》《甲乙》诸秘书,凡经传百家之涉其道者,靡不通贯。尝曰:'世所谓医书,予皆见之,惟扁鹊之言深矣。盖所谓《难经》者,扁鹊寓术于其书,而言之不祥,意者使后人自求之欤!予之术盖出于此。以之视浅深,决死生,若合符节。且察脉之要,莫急于人迎、寸口。是二脉阴阳相应,如两引绳,阴阳均,则绳之大小等,故定阴阳于喉、手,配覆溢于尺、寸,寓九候于浮沉,分四温于伤寒。此皆扁鹊略开其端,而予参以《内经》诸书,考究而得其说。审而用之,顺而治之,病不得逃矣。'又欲以术告后世,故著《难经辨》数万言。观草木之性与五藏之宜,秩其职任,官其寒热,班其奇偶,以疗百疾,著《主对集》一卷。古今异宜,方术脱遗,备阴阳之变,补仲景《论》。药有后出,古所未知,今不能辨,尝试有功,不可遗也。作《本草补遗》。为人治病,率十愈八九。踵门求诊者,为辟邸舍居之,亲视饘粥、药物,必愈而后遣;其不可为者,必实告之,不复为治。活人无数。病家持金帛来谢,不尽取也。尝诣舒之桐城,有民家妇孕将产,七日而子不下,百术无所效。安时之弟子李百全适在傍舍,邀安时往视之。才见,即连呼不死,令其家人以汤温其腰腹,自为上下拊摩。孕者觉肠胃微痛,呻吟间生一男子。其家惊喜,而不知所以然。安时曰:'儿已出胞,而一手误执母肠不复能脱,故非符药所能为。吾隔腹扪儿手所在,针其虎口,既痛即缩手,所以遽生,无他术也。'取儿视之,右手虎口针痕存焉。其妙如此。有问以华佗之事者,曰:'术若是,非人所能为也。其史之妄乎!'年五十八而疾作,门人请自视脉,笑曰:'吾察之审矣。且出入息亦脉也,今胃气已绝。死矣。'遂屏却药饵。后数日,与客坐语而卒。"其记述"绍兴、乾道间名医王克明"故事曰:"王克明字彦昭,其始饶州乐平人,后徙湖州乌程县。绍兴、乾道间名医也。初生时,母乏乳,饵以粥,遂得脾胃疾,长益甚,医以为不可治。克明自读《难经》《素问》以求其法,刻意处药,其病乃愈。始以术行江、淮,入苏、湖,针灸尤精。诊脉有难疗者,必沉思得其要,然后予之药。病虽数证,或用一药以除其本,本除而余病自去。亦有不予药者,期以某日自安。有以为非药之过,过在某事,当随其事治之。言无不验。士大夫皆自屈与游。魏安行妻风痿十年不起,克明施针,而步履如初。胡秉妻病气秘腹胀,号呼逾旬,克明视之。时秉家方会食,克明谓秉曰:'吾愈恭人病,使预会可乎?'以半硫圆碾生姜调乳香下之,俄起对食如平常。庐州守王安道风禁不语旬日,他医莫知所为。克明令炽炭烧地,洒药,置安道于上,须臾而苏。金使黑鹿谷过姑苏,病伤寒垂死,克明治之,明日愈。及从徐度聘金,黑鹿谷适为先排使,待克明厚甚。克明讶之,谷乃道其故,由是名闻北方。后再从吕正己使金,金接伴使忽被危疾,克明立起之,却其谢。张子盖救海州,战士大疫,克明时在军中,全活者几万人。子盖上其功,克明力辞之。克明颇知书,好侠尚义,常数千里赴人之急。初试礼部中选,累任医官。王炎宣抚四川,辟克明,不就。炎怒,劾克明避事,坐贬秩。后迁至额内翰林医痊局,赐金紫。绍兴五年卒,年六十七。"

方技为世间所推崇,在于其技与术,或为僧,或为道。《方技传》记述此类故事,保存宋代社会历史传说。如其记述"沙门洪蕴"故事曰:"沙门洪蕴,本姓蓝,潭州长沙人。母翁,初以无子,专诵佛经,既而有娠,生洪蕴。年十三,诣郡之开福寺沙门智岊,求出家,习方技之书,后游京师,以医术知名。太祖召见,赐紫方袍,号广利大师。太平兴国中,诏购医方,洪蕴录古方数十以献。真宗在蜀邸,洪蕴尝以方药谒见。咸平初,补右街首座,累转左街副僧录。洪蕴尤工诊切,每先岁时言人生死,无不应。汤剂精至,贵戚大臣有疾者,多诏遣诊疗。"此为僧人。又如其记述"龙兴观道士"故事,曰:"苏澄隐字栖真,真定人。为道士,住龙兴观,得养生之术,年八十余不衰老。后唐明宗尝下诏召之,又令宰相冯道致书谕旨,历清泰、天福中继有聘命,并辞疾不至。开运末,契丹主兀欲立,求有名称僧道加以恩命,惟澄隐不受。当时公卿自冯道、李崧、和凝而下,皆在镇阳,日造其室与谈宴,各赋诗以赠。周广顺、显德中,诏存问之。太祖征太原还,驻跸镇阳,召见行宫,命中使掖升殿,谓之曰:'京师作建隆观,思得有道之士居之,师累辞召命,岂怀土耶?'对曰:'大梁帝宅,浩穰繁会,非林泉之士所可寄迹也。'上察其意,亦不强之,赐茶百斤、绢二百匹。又幸其观,问曰:'师年逾八十而气貌益壮,善养生者也。'因问其术,对曰:'臣之养生,不过精思练气尔,帝王养生即异于是。老子曰,我无为而民自化,我无欲而民自正。无为无欲,凝神太和,昔黄帝、唐尧享国永年,得此道也。'上大悦,赐紫衣一袭、银器五百两、帛五百匹。年仅百岁而卒。"此为道士。

民间传说中的方技不乏变幻无穷之辈,常常既是僧,又为道,见机行事,望风使舵,行招摇撞骗。《方技传》记述的"林灵素"故事,即属于此类。如其所记述:"林灵素,温州人。少从浮屠学,苦其师笞骂,去为道士。善妖幻,往来淮、泗间,丐食僧寺,僧寺苦之。政和末,王老志、王仔昔既衰,徽宗访方士于左道录徐知常,以灵素对。既见,大言曰:'天有九霄,而神霄为最高,其治曰府。神霄玉清王者,上帝之长子,主南方,号长生大帝君,陛下是也,既下降于世,其弟号青华帝君者,主东方,摄领之。已乃府仙卿曰褚慧,亦下降佐帝君之治。'又谓蔡京为左元仙伯,王黼为文华吏,盛章、王革为园苑宝华吏,郑居中、童贯及诸巨阉皆为之名。贵妃刘氏方有宠,曰九华玉真安妃。帝心独喜其事,赐号通真达灵先生,赏赉无算。建上清宝箓宫,密连禁省。天下皆建神霄万寿宫。浸浸造为青华正昼临坛,及火龙神剑夜降内宫之事,假帝诰、天书、云篆,务以欺世惑众。其说妄诞,不可究质,实无所能解。惟稍识五雷法,召呼风霆,间祷雨有小验而已。令吏民诣宫受神霄秘录,朝士之嗜进者,亦靡然趋之。每设大斋,辄费缗钱数万,谓之千道会。帝设幄其侧,而灵素升高正坐,问者皆再拜以请。所言无殊异,时时杂捷给嘲诙以资媟笑。其徒美衣玉食,几二万人。遂立道学,置郎、大夫十等,有诸殿侍晨、校籍、授经,以拟待制、修撰、直阁。始欲尽废释氏以逞前憾,既而改其名称冠服。灵素益尊重,升温州为应道军节度,加号元妙先生、金门羽客、冲和殿侍晨,出入呵引,至与诸王争道。都人称曰:'道家两府。'本与道士王允诚共为怪神,后忌其相轧,毒之死。宣和初,都城暴水,遣灵素厌胜。方率其徒步虚城上,役夫争举梃将击之,走而免。帝知众所怨,始不乐。灵素在京师四年,恣横愈不悛,道遇皇太子弗敛避。太子入诉,帝怒,以为太虚大夫,斥还故里,命江端本通判温州,几察之。端本廉得其居处过制罪,诏徙置楚州而已死。遗奏至,犹以侍从礼葬焉。"

僧人,或曰出家人,与方士某些方面相通,性情迥异于常人。如《方技传》所记"寿春人僧志言"故事曰:"僧志言,自言姓许,寿春人。落发东京景德寺七俱胝院,事清璲。初,璲诵经勤苦,志言忽造璲,跪前愿为弟子。璲见其相貌奇古,直视不瞬,心异之,为授具戒。然动止轩昂,语笑无度,多行市里,褰裳疾趋,举指画空,伫立良久,时从屠酤游,饮啖无所择。众以为狂,璲独曰:'此异人也。'""普净院施浴,夜漏初尽,门扉未启,方迎佛而浴室有人声,往视,则言在焉。有具斋荐脍者,并食之,临流而吐,化为小鲜,群泳而去。海客遇风且没,见僧操绁引舶而济。客至都下遇言,忽谓之曰:'非我,汝奈何?'客记其貌,真引舟者也。与曹州士赵棠善,后棠弃官隐居番禺。人传棠与言数以偈颂相寄,万里间辄数日而达。棠死,亦盛夏身不坏"。又如其记述"僧怀丙"故事曰:"僧怀丙,真定人。巧思出天性,非学所能至也。真定构木为浮图十三级,势尤孤绝。既久而中级大柱坏,欲西北倾,他匠莫能为。怀丙度短长,别作柱,命众工维而上。已而却众工,以一介自从,闭户良久,易柱下,不闻斧凿声。赵州洨河凿石为桥,熔铁贯其中。自唐以来相传数百年,大水不能坏。岁久,乡民多盗凿铁,桥遂欹倒,计千夫不能正。怀丙不役众工,以术正之,使复故。河中府浮梁用铁牛八维之,一牛且数万斤。后水暴涨绝梁,牵牛没于河,募能出之者。怀丙以二大舟实土,夹牛维之,用大木为权衡状钩牛,徐去其土,舟浮牛出。转运使张焘以闻,赐紫衣。"其记述"随州人僧智缘"故事曰:"僧智缘,随州人,善医。嘉祐末,召至京师,舍于相国寺。每察脉,知人贵贱、祸福、休咎,诊父之脉而能道其子吉凶,所言若神,士大夫争造之。王珪与王安石在翰林,珪疑古无此,安石曰:'昔医和诊晋侯,而知其良臣将死。夫良臣之命乃见于其君之脉,则视父知子,亦何足怪哉!'熙宁中,王韶谋取青唐,上言蕃族重僧,而僧结吴叱腊主部帐甚众,请智缘与俱至边。神宗召见,赐白金,遣乘传而西,遂称'经略大师'。智缘有辩口,径入蕃中,说结吴叱腊归化,而他族俞龙珂、禹藏讷令支等皆因以书款。韶颇忌恶之,言其挠边事,召还,以为右街首坐,卒。"

道士与方技联系相当密切。或曰,道术即方术。如《方技传》所记"贺兰栖真"故事曰:"贺兰栖真,不知何许人。为道士,自言百岁。善服气,不惮寒暑,往往不食。或时纵酒,游市廛间,能啖肉至数斤。始居嵩山紫虚观,后徙济源奉仙观,张齐贤与之善。景德二年,诏曰:'师栖身岩壑,抗志烟霞,观心众妙之门,脱屣浮云之外。朕奉希夷而为教,法清静以临民,思得有道之人,访以无为之理。久怀上士,欲觌真风,爰命使车,往申礼聘。师其暂别林谷,来仪阙庭,必副招延,无惮登涉。今遣入内内品李怀赟召师赴阙。'既至,真宗作二韵诗赐之,号宗玄大师,赍以紫服、白金、茶、帛、香、药,特蠲观之田租,度其侍者。未几,求还旧居。大中祥符三年卒,时大雪,经三日,顶犹热,人多异之。"又如其记述"陕州阌乡人紫通玄"故事曰:"柴通玄,字又玄,陕州阌乡人。为道士于承天观。年百余岁,善辟谷长啸,唯饮酒。言唐末事,历历可听。太宗召至阙下,恳求归本观。真宗即位,屡来京师。召对,语无文饰,多以修身慎行为说。祀汾阴,召至行在,命坐,问以无为之要。所居观即唐轩游宫,有明皇诗石及所书《道德经》二碑。上作二韵诗赐之,并赍以茶、药、束帛。诏为修道院,蠲其田租,度弟子二人。明年春,通玄作遗表,自称罗山太一洞主,遣弟子张守元、李守一诣阙,以龟鹤为献,又召官僚士庶言生死之要。夜分,盥濯,然香庭中,望阙而坐,迟明卒。时又召河中草泽刘巽、华山隐士郑隐、潆水隐士李宁。巽年七十余,以经传讲授,躬耕自给。授大理评事致仕,赐绿袍、笏、银带。隐以经术为业,遇道士传辟谷炼气之法,修习颇验,居华山王刁岩逾二十年,冬夏常衣皮裘。宁精于药术,老而不衰,常以药施人,人以金帛为报,辄拒之。景德中,万安太后不豫,驿召宁赴阙,未至而后崩。大中祥符四年,赐号正晦先生。上并作诗为赐,加以茶、药、缯帛。独隐辞赐物不受。"其记述"单州单父人甄栖真"故事曰:"甄栖真,字道渊,单州单父人。博涉经传,长于诗赋。一应进士举,不中第,叹曰:'劳神敝精,以追虚名,无益也。'遂弃其业,读道家书以自乐。初访道于牢山华盖先生,久之出游京师,因入建隆观为道士。周历四方。以药术济人,不取其报。祥符中,寓居晋州,性和静无所好恶,晋人爱之,以为紫极宫主。年七十有五,遇人,或以为许元阳,语之曰:'汝风神秀异,有如李筌。虽老矣,

第九章 历史记忆:《宋史》中的宋代传说故事

尚可仙也。'因授炼形养元之诀,且曰:'得道如反掌,第行之惟艰,汝勉之。'栖真行之二三年,渐反童颜,攀高摄危,轻若飞举。乾兴元年秋,谓其徒曰:'此岁之暮,吾当逝矣。'即宫西北隅自甃殡室。室成,不食一月,与平居所知叙别,以十二月二日衣纸衣卧砖塌卒。人未之奇也。及岁久,形如生,众始惊,传以为尸解。"

也有经历过奇异遭遇,"度为道士"者,如其所记述"秦州民家子赵抱一"故事曰:"又有秦州民家子赵抱一者,常牧羊田间。一夕,有叩门召之者,以杖引行,杖端有气如烟,其香可悦。俄至山崖绝顶,见数人会饮,音乐交奏,与人间无异。抱一骇而不测。会巡检司过其下,闻乐声,疑群盗欢聚,集村民梯崖而上。至则无所睹,抱一独在,援以下之,具言其故。凡经夕,若俄顷。自是不喜熟食,凡火化者未尝历口。茹甘菊、柏叶、果实、井泉,间亦饮酒,貌如婴儿。素不习文墨,口占辞句,颇成篇咏。有道家之趣。遂不亲农事,野行露宿。大中祥符四年,至京师,犹丱角,诏赐名,度为道士。自是间岁或一至京师,常令居太一宫,与人言多养生事焉。"此与遇仙传说故事内容相似,只是缺少了仙界生活的描述。

《方技传》还记述了民间传说的"梦中神授"模式,更增添了传说故事的神秘性。如其所记"太平繁昌人赵自然"故事曰:"赵自然,太平繁昌人,家荻港旁,以鬻茗为业,本名王九。始十三,疾甚,父抱诣青华观,许为道士。后梦一人状貌魁伟,纶巾素袍,鬓发班白,自云姓阴,引之登高山,谓曰:'汝有道气,吾将教汝辟谷之法。'乃出青柏枝令啖,梦中食之。及觉,遂不食,神气清爽,每闻火食气即呕,惟生果清泉而已。岁余,复梦向见老人教以篆书数百字,寤悉能记。写以示人,皆不能识。或云:'此非篆也,乃道家符箓耳。'尝为《元道歌》,言修炼之要。知州王洞表其事,太宗召赴阙,亲问之,赐道士服,改名自然,赉钱三十万。月余遣还,住青华观。后因病,饮食如故。大中祥符二年,诏曰:'如闻自然颇精修养之术。'委发转使杨覃访其行迹,命内侍武永全召至阙下,屡得对,赐紫衣,改青华观曰延禧。自然以母老求还侍养,许之。"其记述"大中祥符中郑荣"故事,曰:"大中祥符中,又有郑荣者,本禁军,戍壁州还,夜遇神人谓曰:'汝有道气,勿火食。'因授以医术救人。七年,赐名自清,度为道士,居上清宫。所传药能愈大风疾,民多求之。皆刺臂血和饼给焉。"

方技代表着古老的民间信仰,形形色色,各尽其能,各显其能,展现出社会风俗的方方面面,也体现出社会文化的兴衰走向。其中的传说故事,包含着世俗社会的喜怒哀乐。这是中国民间文艺史上源远流长,长盛不衰的一种类型。

宋代各个阶层的人物传说故事,以《宋史》中的《忠义传》为典型,体现出国家意志与世俗精神的结合。宋代文明发达,崇尚节义,英雄辈出,此如《忠义传》所言:"士大夫忠义之气,至于五季,变化殆尽。宋之初兴,范质、王溥,犹有余憾,况其他哉!艺祖首褒韩通,次表卫融,足示意向。厥后西北疆场之臣,勇于死敌,往往无惧。真、仁之世,田锡、王禹偁、范仲淹、欧阳修、唐介诸贤,以直言谠论倡于朝,于是中外搢绅知以名节相高,廉耻相尚,尽去五季之陋矣。故靖康之变,志士投袂,起而勤王,临难不屈,所在有之。及宋之亡,忠节相望,班班可书,匡直辅翼之功,盖非一日之积也。"

其中的忠义英雄成为民间传说故事角色的重要标志,就是他们除了受到国家表彰,还受到民间社会的拥戴,"哭祭于路",民众为之"立祠"。如《忠义传》所记"赵师旦""苏缄"反抗侬智高的传说故事。其记述"赵师旦"故事曰:"赵师旦字潜叔,枢密副使稹之从子。美容仪,身长六尺。少年颇涉书史,尤刻意刑名之学。用稹荫,试将作监主簿,累迁宁海军节度推官。知江山县,断治出己,吏不能得民一钱,弃物道上,人无敢取。以荐者改大理寺丞、知彭城县,迁太子右赞善大夫,移知康州。侬智高破邕州,顺流东下,师旦使人觇贼,还报曰:'诸州守皆弃城走矣!'师旦叱曰:'汝亦欲吾走矣。'乃大索,得谍者三人,斩以徇。而贼已薄城下,师旦止有兵三百,开门迎战,杀数十人。会暮,贼稍却,师旦语其妻,取州印佩之,使负其子以匿,曰:'明

第九章 历史记忆:《宋史》中的宋代传说故事

日贼必大至,吾知不敌,然不可以去,尔留,死无益也。'遂与监押马贵部士卒固守州城。召贵食,贵不能食,师旦独饱如平时。至夜,贵卧不安席,师旦即卧内大鼾。迟明,贼攻城愈急,左右请少避,师旦曰:'战死与戮死何如?'众皆曰:'愿为国家死。'至城破无一人逃者。矢尽,与贵俱还,据堂而坐。智高麾兵鼓噪争入,胁师旦,师旦大骂曰:'饿獠,朝廷负若何事,乃敢反邪!天子发一校兵,汝无遗类矣。'智高怒,并贵害之。贼既去,州人为立庙。事平,赠光禄少卿,赐其母王长安县太君冠帔,录其子弟并从子三人。师旦遇害时,年四十二。柩过江山,江山之人迎师旦丧,哭祭于路,络绎数百里不绝。"其记述"苏缄"故事曰:"苏缄,字宣甫,泉州晋江人。举进士,调广州南海主簿。州领蕃舶,每商至,则择官阅实其货,商皆豪家大姓,习以客礼见主者,缄以选往,商樊氏辄升阶就席,缄诘而杖之。樊诉于州,州召责缄,缄曰:'主簿虽卑,邑官也,商虽富,部民也,邑官杖部民,有何不可?'州不能诘。再调阳武尉,剧盗李囊橐于民,贼曹莫能捕。缄访得其处,萃众大索,火旁舍以迫之。李从中逸出,缄驰马逐,斩其首送府。府尹贾昌朝惊曰:'儒者乃尔轻生邪!'累迁秘书丞,知英州。侬智高围广,缄曰:'广,吾都府也,且去州近,今城危在旦暮而不往救,非义也。'即募士数千人,委印于提点刑狱鲍轲,夜行赴难,去广二十里止营。广人黄师宓陷贼中,为之谋主,缄擒斩其父。群不逞并缘为盗,复捕杀六十余人,招其诖误者六千八百人,使复业。贼势沮,将解去,缄分兵先扼其归路,布槎木亘四十里。贼至不得前,乃绕出数舍渡江,由连、贺而西。缄与贼战,摧伤甚众,尽得其所掠物。时诸将皆罢,独缄有功,仁宗喜,换为供备库副使、广东都监,管押两路兵甲,遣中使赐朝衣、金带。袭贼至邕,大将陈曙以失律诛,缄亦贬房州司马。复著作佐郎,监越州税十余年,始还副使。知廉州,屋多茅竹,戍卒杨禧醉焚营,延烧民庐,因乘以为窃,缄戮之于市,又坐谪潭州都监。未几,知鼎州。熙宁初,进如京使、广东钤辖。四年,交阯谋入寇,以缄为皇城使知邕州。缄伺得实,以书抵知桂州沈起,起不以为意。及刘彝代起,缄致书于彝,请罢所行事。彝不听,反移文责缄沮议,令勿得辄言。八年,蛮遂入寇,众号八万,陷钦、廉,破邕四砦。缄闻其至,阅州兵得二千八百,召僚吏与郡人之材者,授以方略,勒部队,使分地自守。民惊震四出,缄悉出官帑及私藏示之曰:'吾兵械既具,蓄聚不乏,今贼已薄城,宜固守以迟外援。若一人举足,则群心摇矣,幸听吾言,敢越佚则弩戮汝。'有大校翟绩潜出,斩以徇,由是上下胁息。缄子子元为桂州司户,因公事携妻子来省,欲还而寇至。缄念人不可户晓,必以郡守家出城,乃独遣子元,留其妻子。选勇士拿舟逆战,斩蛮酋二。邕既受围,缄昼夜行劳士卒,发神臂弓射贼,所殪甚众。缄初求救于刘彝,彝遣将张守节救之,逗遛不进。缄又以蜡书告急于提点刑狱宋球,球得书惊泣,督守节。守节皇恐,遽移屯大夹岭,回保昆仑关,猝遇贼,不及阵,举军皆覆。蛮获北军,知其善攻城,唉以利,使为云梯,又为攻濠洞子,蒙以华布,缄悉焚之。蛮计已穷,将引去,而知外援不至,或教贼囊土傅城者,顷刻高数丈,蚁附而登,城遂陷。缄犹领伤卒驰骑战愈厉,而力不敌,乃曰:'吾义不死贼手'。亟还州治,杀其家三十六人,藏于坎,纵火自焚。蛮至,求尸皆不得,屠郡民五万余人,率百人为一积,凡五百八十余积,隳三州城以填江。邕被围四十二日,粮尽泉涸,人吸沤麻水以济渴,多病下痢,相枕藉以死,然讫无一叛者。缄愤沈起、刘彝致寇,又不救患,欲上疏论之。属道梗不通,乃榜其罪于市,冀朝廷得闻焉。神宗闻缄死,嗟悼,赠奉国军节度使,谥曰忠勇,赐都城甲第五、乡里上田十顷,听其家自择。以子元为西头供奉官、阁门祗候,召对,谓曰:'邕管赖卿父守御,傥如钦、廉即破,则贼乘胜奔突,桂、象皆不得保矣。昔张巡、许远以睢阳蔽遮江、淮,较之卿父,不能过也。'改授殿中丞,通判邕州。次子子明、子正,孙广渊、直温,与缄同死,皆褒赠焉。起与彝皆坐谪官。缄没后,交人谋寇桂州,行数舍,其众见大兵从北来,呼曰:'苏皇城领兵来报怨。'惧而引归。邕人为缄立祠,元祐中赐额怀忠。"

所谓"忠义",即"忠于国家社稷""服从人生大义"。《忠义传》中的人物得到社会的尊重和敬畏,表现出时代对英雄人物的崇尚与认同,这是宋代

第九章 历史记忆:《宋史》中的宋代传说故事

国家意志的重要体现,也是社会风俗生活的表达。此亦如《忠义传》所述:"然死节死事宜有别矣:若敌王所忾,勇往无前,或衔命出疆,或授职守土,或寓官闲居,感激赴义,虽所处不同,论其捐躯徇节,之死靡二,则皆为忠义之上者也;若胜负不常,陷身俘获,或慷慨就死,或审义自裁,斯为次矣;若苍黄遇难,賣命乱兵,虽疑伤勇,终异苟免,况于国破家亡,主辱臣死,功虽无成,志有足尚者乎!若夫世变沧胥,毁迹冥遁,能以贞厉保厥初心,抑又其次欤!至于布衣危言,婴鳞触讳,志在卫国,遑恤厥躬,及夫乡曲之英,方外之杰,贾勇蹈义,厥死惟钧。以类附从,定为等差,作《忠义传》。"其传说故事的叙说背景在于保卫国家社稷安全、守护人生节操的重要关头,在英雄人物的传说故事中着力突出大义凛然、坚强不屈、视死如归的优秀品质,这也是中国民间文艺史上极为宝贵的内容。

概括讲,《忠义传》中的英雄传说故事基本上可以分为两大类,一是反抗外敌入侵时勇敢作战,不怕牺牲,二是面对强敌,不为诱惑所动摇,不屈服。前者为"忠",后者为"义"。

守卫疆土,即国家兴亡,匹夫有责。此类英雄传说故事中的人物众多,既有虎门将子,也有凡夫俗子。如《忠义传》所记述"河南洛阳人康保裔"故事曰:"康保裔,河南洛阳人。祖志忠,后唐长兴中,讨王都战没。父再遇,为龙捷指挥使,从太祖征李筠,又死于兵。保裔在周屡立战功,为东班押班,及再遇阵没,诏以保裔代父职,从石守信破泽州。明年,攻河东之广阳,获千余人。开宝中,又从诸将破契丹于石岭关,累迁日骑都虞候,转龙卫指挥使,领登州刺史。端拱初,授淄州团练使,徙定州、天雄军驻泊部署。寻知代州,移深州,又徙高阳关副都部署,就加侍卫马军都虞候,领凉州观察使。真宗即位,召还,以其母老勤养,赐以上尊酒茶米。俄领彰国军节度,出为并代都部署,徙知天雄军,并代列状请留,诏褒之,复为高阳关都部署。契丹兵大入,诸将与战于河间,保裔选精锐赴之,会暮,约诘朝合战。迟明,契丹围之数重,左右劝易甲驰突以出,保裔曰:'临难无苟免。'遂决战。二日,杀伤甚众,蹴践尘深二尺,兵尽矢绝,援不至,遂没焉。时车驾驻大名,闻之震悼,废朝二日,赠侍中。以其子继英为六宅使、顺州刺史,继彬为洛苑使,继明为内园副使,幼子继宗为西头供奉官,孙惟一为将作监主簿。继英等奉告命,谢曰:'臣父不能决胜而死,陛下不以罪其孥幸矣,臣等顾蒙非常之恩!'因悲涕伏地不能起。上恻然曰:'尔父死王事,赠赏之典,所宜加厚。'顾谓左右曰:'保裔父、祖死疆场,身复战没,世有忠节,深可嘉也。'保裔有母年八十四,遣使劳问,赐白金五十两,封为陈国太夫人,其妻已亡,亦追封河东郡夫人。保裔谨厚好礼,喜宾客,善骑谢,弋飞走无不中。尝握矢三十,引满以射,筈镝相连而坠,人服其妙。屡经战阵,身被七十创。"其记述"曹觐"故事曰:"曹觐,字仲宾,曹修礼子也。叔修古卒,无子,天章阁待制杜杞为言于朝,授觐建州司户参军,为修古后。皇祐中,以太子中舍知封州。侬智高叛,攻陷邕管,趋广州。行至封州,州人未尝知兵,士卒才百人,不任战斗,又无城隍以守,或劝觐遁去,觐正色叱之曰:'吾守臣也,有死而已,敢言避贼者斩。'廉都监陈晔引兵迎击贼,封川令率乡丁、弓手继进。贼众数百倍,晔兵败走,乡丁亦溃。觐率从卒决战不胜,被执。贼戒勿杀,捽使拜,且诱之曰:'从我,得美官,付汝兵柄,以女妻汝。'觐不肯拜,且詈曰:'人臣惟北面拜天子,我岂从尔苟生邪!速杀我,幸矣。'贼犹惜不杀,徙置舟中,觐不食者两日,探怀中印章授其从卒曰:'我且死,若求间道以此上官。'贼知其无降意,害之。至死诟贼声不绝,投尸江中,时年三十五。"

抗金故事是《忠义传》用笔墨最多的内容。其记述"霍安国"故事曰:"霍安国,不知何许人。燕山之复,以直秘阁为转运判官。宣和末,知怀州。靖康元年,路允迪奉使至怀,表其治状,加直龙图阁。岁中,进右文、集英殿修撰,徙知隆德府,未行复留。金骑再至,遂被围,安国捍御不遗力,鼎、澧兵亦至,相与共守。拜徽猷阁待制,然竟以闰十一月城陷。将官王美投壕死。粘罕引安国以下分为四行,使夷官问不降者为谁,安国曰:'守臣安国也。'问余人,通判州事直徽猷阁林渊,兵马钤辖、济州防御使张彭年,都监赵士讠仵

第九章 历史记忆:《宋史》中的宋代传说故事

、张谌、于潜、鼎、澧将沈敦、张行中及队将五人,同辞对曰:'渊等与知州一体,皆不肯降。'酋令引于东北乡,望其国拜降,皆不屈,乃解衣面缚,杀十三人而释其余。安国一门无噍类。"其记述"驸马都尉遵勖曾孙李涓"故事曰:"李涓,字浩然,驸马都尉遵勖曾孙也。以荫为殿直,召试中书,易文阶,至通直郎,知鄂州崇阳县。靖康元年,京城被围,羽檄召天下兵。鄂部县七,当发二千九百人,皆未集,涓独以所募六百锐然请行。或谓:'盍徐之,以须他邑。'涓曰:'事急矣,当持一信报天子,为东南倡。'而募士多市人,不能军,涓出家钱买牛酒激犒之。令曰:'吾固知无益,然世受国恩,唯直死耳。若曹知法乎,失将者死,钧之一死,死国留名,男儿不朽事也。'众皆泣。即日,引而东,北过淮,蒲圻、嘉鱼二县之兵始至,合而前。至蔡,天大雪,蔡人忽噪而奔,曰:'敌至矣。'即结阵以待。少焉,游骑果集。涓驰马先犯其锋,下皆步卒,蒙卤盾径进,颇杀其骑,且走。涓乘胜追北十余里,大与敌遇,飞矢猬集,二县兵亟舍去。涓创甚,犹血战,大呼叱左右负己,遂死焉,年五十三。"其记述"刘翊"故事曰:"刘翊,靖康元年,以吉州防御使为真定府路都钤辖。金人攻广信、保州不克,遂越中山而攻真定。翊率众昼夜搏战城上。金兵初攻北壁,翊拒之,乃伪徙攻东城,宣抚使李邈复趣翊往应,越再宿,潜移攻具还薄北城,众攀堞而上,城遂陷。邈就执,翊犹集左右巷战,已而稍亡去,翊顾其弟曰:'我大将也,其可受贼戮乎!'挺身溃围欲出,诸门已为敌所守,乃之孙氏山亭中,解绦自缢死。"其记述"太宗六世孙赵不试"故事曰:"赵不试,太宗六世孙。宣和末,通判相州,寻权州事兼主管真定府路经略安抚公事。建炎元年,知相州。初,汪伯彦既去相,金人执其子似,遣来割地,似至相,不试固守不下。明年,金人大入。州久被围,军民无固志,不试谓之曰:'今城中食乏,外援不至。不试,宗子也,义不降,计将安出?'众不应。不试知事不可为,遂登城与金人约勿杀,许之。既启门,乃纳其家井中,然后以身赴井,命提辖官实以土。州人皆免于死。"其"太行义士王忠植"故事记述曰:"王忠植,太行义士也。绍兴九年,取石州等十一郡,授武功大夫、华州观察、

259

统制河东忠义军马,遂知代州。寻落阶官,为建宁军承宣使、龙神卫四厢都指挥使、河东经略安抚使。明年,金人围庆阳急,帅臣宋万年乘城拒守。会川、陕宣抚副使胡世将檄忠植以所部赴陕西会合,行次延安,叛将赵惟清执忠植使拜诏,忠植曰:'本朝诏则拜,金国诏则不拜。'惟清械诣其右副元帅撒离曷,不能屈。使甲士引诣庆阳城下,谕使降,忠植大呼曰:'我河东步佛山忠义人也,为金人所执,使来招降,愿将士勿负朝廷,坚守城壁。忠植即死城下。'撒离曷怒诘之,忠植披襟大呼曰:'当速杀我。'遂遇害。"其记述"汴人李震"故事曰:"李震,汴人也。靖康初,金人迫京师,震时为小校,率所部三百人出战,杀人马七百余,已而被执。金人曰:'南朝皇帝安在?'震曰:'我官家非尔所当问。'金人怒,絣诸庭柱,脔割之,肤肉垂尽,腹有余气,犹骂不绝口。"其"代州人僧真宝"故事记述曰:"僧真宝,代州人,为五台山僧正。学佛,能外死生。靖康之扰,与其徒习武事于山中。钦宗召对便殿,眷赍隆缛。真宝还山,益聚兵助讨。州不守,敌众大至,昼夜拒之,力不敌,寺舍尽焚。酋下令生致真宝,至则抗词无挠,酋异之,不忍杀也。使郡守刘駉诱劝百方,终不顾,且曰:'吾法中有口四之罪,吾既许宋皇帝以死,岂当妄言也?'怡然受戮。北人闻见者叹异焉。"

  节操常常体现在人生的考验中。《忠义传》记述"江宁人秦传序"故事曰:"秦传序,江宁人。淳化五年,充夔峡巡检使。李顺之乱,贼众奄至,傅夔州城下,传序督士卒昼夜拒战,婴城既久,危蹙日甚,长吏皆奔窜投贼。传序谓士卒曰:'吾为监军,尽死节以守城,吾之职也,安可苟免乎!'城中乏食,传序出囊橐服玩,尽市酒肉以犒士卒,慰勉之,众皆感泣力战。传序度力不能拒,乃为蜡书遣人间道上言:'臣尽死力,誓不降贼。'城坏,传序赴火死。"其记述"睦州分水人詹良臣"故事曰:"詹良臣,字元公,睦州分水人。举进士不第,以恩得官,调缙云县尉。方腊起,其党洪再犯处州,守二俱弃城遁。又有他盗霍成富者,用腊年号,剽掠缙云。良臣曰:'捕盗,尉职也,纵不胜,敢爱死乎?'率弓兵数十人出御之,为所执。成富诱使降,良臣曰:'汝辈不知求生,顾欲降我邪!昔年李顺反于蜀,王伦反于淮南,王则反于贝州,身首横分,妻子与同恶,无少长皆诛死,旦暮官军至,汝肉饲狗鼠矣。'贼怒,脔其肉,使自啖之。良臣吐且骂,至死不绝声,见者掩面流涕,时年七十二。"其记述"扬州泰兴人孙益"故事曰:"孙益,扬州泰兴人。少豪侠。绍定中,李全犯杨州,游骑薄泰兴城下,县令王燧募人守御,益起从之。俄贼兵大至,益率众拒之。众见贼势盛,且前且却,益厉声呼曰:'王令君募我来,将以守护城邑也。今贼至城下,我辈不为一死,复何面目见令君乎?'遂身先赴敌,死之。"其记述"隆州井研人邓若水"故事曰:"邓若水,字平仲,隆州井研人。博通经史,为文章有气骨。吴曦叛,州县莫敢抗,若水方为布衣,愤甚,将杀县令,起兵讨之。夜刲鸡盟其仆曰:'我明日谒知县,汝密怀刃以从,我顾汝,即杀之。'仆佯许诺,至期三顾不发。归责其仆以背盟,仆曰:'平人尚不可杀,况知县乎?此何等事,而使我为之。'若水乃仗剑徒步如武兴,欲手刃曦,中道闻曦死,乃还。人皆笑其狂,而壮其志。"

敢于反对横行霸道的权贵,匡扶正义,也是一种忠义。如"陈东"故事记述曰:"陈东,字少阳,镇江丹阳人。早有隽声,倜傥负气,不戚戚于贫贱。蔡京、王黼方用事,人莫敢指言,独东无所隐讳。所至宴集,坐客惧为己累,稍引去。以贡入太学。钦宗即位,率其徒伏阙上书,论:'今日之事,蔡京坏乱于前,梁师成阴谋于后。李彦结怨于西北,朱勔结怨于东南,王黼、童贯又结怨于辽、金,创开边隙。宜诛六贼,传首四方,以谢天下。'言极愤切。明年春,贯等挟徽宗东行,东独上书请追贯还正典刑,别选忠信之人往侍左右。金人迫京师,又请诛六贼。时师成尚留禁中,东发其前后奸谋,乃谪死。"又如"东平人马伸"故事:"马伸,字时中,东平人。绍圣四年进士。不乐驰骛,每调官,未尝择便利。为成都郫县丞,守委受成都租。前受输者率以食色玩好盎誖而败,伸请绝宿弊。民争先输,至沿途假寐以达旦,常平使者孙俟早行,怪问之,皆应曰:'今年马县丞受纳,不病我也。'俟荐于朝。崇宁初,范致虚攻程颐为邪说,下河南府尽逐学徒。伸注西京法曹,欲依颐门以学,因张绎求见,十反愈恭,颐固辞之。伸欲休官而来,颐曰:'时论方异,恐贻子累,子能弃官,则官不必弃也。'曰:'使伸得闻道,死何憾,况未必死乎?'颐叹其有志,进之。自是公暇虽风雨必日一造,忌娼者飞语中伤之,弗顾,卒受《中庸》以归。靖康初,孙傅以卓行荐召,御史中丞秦桧迎辟之,擢监察御史。及汴京陷,金人立张邦昌,集百官,环以兵胁之,俾推戴。众唯唯,伸独奋曰:'吾职谏争,忍坐视乎!'乃与御史吴给约秦桧共为议状,乞存赵氏,复嗣君位。会统制官吴革起义,募兵图复二帝,伸预其谋。邦昌既僭立,贼臣多从臾之,伸首具书请邦昌速迎奉元帅康王。同院无肯连名者,伸独持以往,而银台司视书不称臣,辞不受。伸投袂叱之曰:'吾今日不爱一死,正为此耳,尔欲吾称臣邪?'即缴申尚书省,以示邦昌。"又如其记述"昭武人何兑"故事:"有何兑者,昭武人,受学于伸。伸没,兑尝辑其事状。绍兴中,为辰州通判,睹邸报,秦桧自陈其存赵之功,谓它人莫预。兑径取所辑事状达尚书省,桧大怒,下兑荆南诏狱,狱辞皆出吏手,兑坐削官窜真阳。"

往事如烟,历史人物的传说故事常常被记起,在记述和流传中,每一次述说都是一种选择和认同。也正是在这种选择和认同中,不断生长的文化精神之树枝繁叶茂、滋养人心。中国民间文艺包含着许许多多的历史记忆,在不尽的诉说中流露着千百万人的情感。